KB176373

선장의 의무

1판1쇄 2012. 6. 1
저   자 : 리차드 필립스
역   자 : 조학제
편   집 : 한국해양수산연수원
발행인 : 강정욱
발행처 : 해인출판사

등록번호 : 카제1-154호(91.8.22)
주 소 : 부산시 중구 중앙동4가 81-15
ISBN 978-89-91171-77-0
정 가 15,000 원

잘못만들어진 책은 바꾸어 드립니다
한국해양수산연수원 홈페이지 www.seaman.or.kr

선장의 의무

해적에 의해 장악되어 있던 라이프 보트를 네이비실이 인양하는 모습
(Photo by Jon Rasmussen/U.S. Navy via Getty Images)

오바마 대통령과 대화하는 모습(Photo by pete Souza / The White House via Getty Images)

선장의 의무
A Captain's Duty

목차

「선장의 의무」를 발간하면서

우리나라는 3면이 바다로 둘러싸인 천혜의 해양국으로 세계 1위의 조선대국이며 유수의 해운국·수산국으로 자리매김 되고 있다. 지금 이 시간에도 우리의 선박과 선원들은 국익에 크게 이바지 한다는 긍지로 세계의 바다를 누비고 있다.

해양산업에 종사하는 선원들은 이역만리의 바다에서 가족을 그리워 하며 지독한 외로움과 싸우는 산업역군이다. 바다와 선박이라는 특수한 환경에서의 생활이란 그리 녹록치 않다. 조타실의 항해사, 뜨거운 기관실의 기관사, 주방의 조리사까지 10여명의 전문직업인이 일심동체로 움직 여야만 천변만화하는 바다의 위험을 피할 수 있는 것이다.

바다는 겉으로 평화로워 보이지만 예측하지 못한 재난이 곳곳에 숨어있는 대양이다. 이런 모두를 책임지는 선장의 임무와 의무는 그래서 더욱 막중하다 할 것이다.

리차드 필립스 선장의 매스크 앨라바마 호가 피랍되었던 곳은 '아프리카의 뿔' 지역과 아라비아 반도 사이의 인도양 서북부 해역이다. 악명 높은 소말리아 해적들이 발호하는 지역으로 우리나라의 원양선, 컨테이너선, 원유운반선, LPG선 등 여러 가지 화물과 전략 물자들을 실어 나르는 주된 운송로다. 우리선박들이 해적의 피해를 자주 입는 위험해역이기도 하다.

지난 1월 소말리아 해적들에 납치되었다가 우리 해군과의 총격전 끝에 생환한 삼호 주얼리 호의 선원들 이야기는 '아덴만의 기적'이라 불리었으나, 해적과의 교전 중 총상을 입고 실려온 석해균 선장의 모습을 한번이라도 언론에서 본 사람이라면 가슴에 치밀어 오르는 뜨거운 무엇을 느꼈을 것이다.

오늘날 해적행위는 일종의 사업이 된 것 같다. 장비와 무기, 첨단 통신장비를 대고, 해적들이 선박과 선원을 납치하면 흥정하여 몸값을 받아 나눠 갖는, 교묘하고 이해가 얽힌 조직망이 배후에 있다는 루머가 사실로 밝혀지고 있다.

2008년 UN의 한 보고서에서도 "과거에는 바다에 떠도는 오합지졸에 불과했지만 지금은 충분한 자금지원을 받으면서 효율적으로 활동하는 중무장 범죄조직으로 변모했다. … 군사력과 자금면에서 소말리아 당국에 필적하거나 오히려 능가하는 조직들도 있다"고 밝히고 있다.

리차드 필립스 선장이 해적피랍에서 생환하기까지 생사를 넘나든 전말을 꼼꼼히 기록한 사투수기 '선장의 의무(A Captain's Duty)'를 읽고 깊은 감명을 받았다. 필립스 선장이 사전에 안전수칙을 준수하여 용의주도하게 준비하고, 선원들이 비상사태 시의 대응을 위한 안전훈련을 반복 연습한 것이나, 피랍시 승무원 모두의 안전을 위한 치밀하고도 헌신적인 배려, 5일 밤낮으로 해적들과의 사투 속에서도 자존, 자긍감을 지켜낸 초인적인 용기와 인내심에 경의를 표한다.

"배에서는 1천가지의 사망 요인이 있다. 그 하나하나에 직면하여 살아남는다면 다음 위험을 극복하는 방법을 가르쳐 준다."

해적의 총부리 앞에서도 목숨을 구걸하지 않고, 정신을 잃지도 않아 결국 모든 것을 승리로 이끌어낸 굳건한 선원정신은 '한국해양수산연수원'의 근본정신이기도 하다. 나는 동병상련의 심정으로 선원 교육기관의 장으로서 우리 선원들과 동시대를 사는 많은 사람들에게 이 생생한 경험담을 공유하고자 이 책을 출간한다.

2012년 6월
한국해양수산연수원 원장 강 신 길

선장의 의무 A Captain's Duty 를 옮기면서

소말리아 해적에 납치되어 배와 승무원을 먼저 구하고 인질로 피랍되었던
리차드 필립스 선장의 불굴의 용기와 목숨을 건 사투수기

이 책은 2009년 4월 8일 수요일 아덴만을 벗어나 인도양을
항해 중이던 미국 상선 매스크 앨라배마 호가 소말리아 해적에 납치
되었을 때, 리차드 필립스 선장이 배와 승무원을 구하고, 스스로 인질이
되어 구명정을 타고 죽음에 이르는 갖은 학대를 받다가 미 해군 UDT-
SEALs에 의해 구조된 수기로서, 한국해양수산연수원의 후원으로
발간하게 되었다.

우리는 지난 해 국내에서 천안함 폭침 및 연평도 피격 사건과 같은
북한의 악랄한 도전을 받았고, 해외에서도 소말리아 해적의 발호로
나라 경제에 큰 위협을 받고 있는 바, 모두가 바다에서 발생한 사건들
이다.

일찍이 바다로 진출한 나라들은 세계사를 지배해 왔다. 바이킹, 스페인, 영국 등 해양강국들은 바다를 통해 경제적 부를 획득하였으며, 군사적으로 튼튼한 국력을 바탕삼아 높은 문화를 꽃피웠고, 인류의 역사를 지배할 수 있었다. 해양강국의 가장 중요한 밑거름은 바로 진취적이며 도전적인 국민의 해양사상이다.

우리나라는 수출입 물동량의 99.7%를 해상 수송에 의존하고 있으며, 그 중의 29%를 원유 등 국가전략 물자 항로인 인도양과 아덴만을 통하여 수송하고 있다. 그러나 이 해역의 인접국인 소말리아는 정국이 매우 불안하고 군벌들과 종족들 간의 내분으로 무정부 상태이므로 해적을 통제할 능력이 없는 나라이다. 심지어 여성들의 결혼 대상자 선호도에서 해적이라는 직업이 1위라는 웃어넘길 수 없는 애기도 들린다.

인류의 공적(公敵)인 해적은 근년에 들어와 아덴만과 인도양에서 활동하고 있고 점차 발생 빈도가 증가되고 있으며, 국제법상 해적행위 퇴치에 대한 복잡하고 애매한 규제와 해적행위 발생으로 인한 인질의 몸값 흥정에 유력한 중재자들의 이권 개입으로 해적행위 근절이 어려운 실태이며, 알 카에다와 같은 테러리스트와의 야합으로 대규모 해상 테러리즘의 발발 가능성도 높아지고 있다.

필립스 선장은 평소부터 해적에 대비한 훈련을 치밀하게 실시했으며, 피랍 당일을 전후하여 해적 행위 위험해역을 항해하면서 여러 가지 준비훈련을 다했다. 해적이 매스크 앨라배마 호에 침입한 뒤에는 승무원 모두를 은밀한 격실로 대피시키고, 각종 장비를 정지시켜 승무원과 배를 구하고, 헌신적으로 스스로 인질이 되어 구명정으로 옮겨 타 피랍되었다.

사건 발생으로 인한 여러 역경에서 심지어 자신의 사형집행 연습을 지켜봐야 하는 극한 상황으로부터, 선원생활의 애환, 육지에 있는 가족이나 친구들과의 관계, 언론과의 문제, 회사와 유관기관의 기능과 협조, 미 해군 UDT-SEALs의 활약상 등 고난과 흥미로운 실화를 아주 상세하게 전하고 있다.

해양인은 물론 국가경제를 좌우하는 바다의 중요성을 인식하고 있는 시민들은 삼호 주얼리 호의 석 선장과 우리 해군의 "아덴만의 여명"작전을 상기하면서, 바다와 국가안보, 그리고 무역입국을 통한 경제발전을 희구하면서 이 책을 읽는다면, 바다를 더 이상 물뿐인 가치 없는 지구 표면의 한 부분이라는 오해에서 벗어날 수 있을 것이다.

버락 오바마 미 대통령은 2009년 4월 12일 필립스 선장의 구조 성공에 즈음하여, "나는 필립스 선장의 용기와 승무원을 위한 헌신적인 배려에 국가적 존경을 공유하고자 한다. 그의 용기는 미 국민 전체를 위한 표상이다"라고 격찬했다.

선장의 의무와 리더십, 선원의 고난과 애환, 해적의 잔혹한 학대의 극복, 가족의 고통과 언론의 문제 등, 이 책을 통한 교훈은 해적행위가 빈발하고 있는 오늘을 살아가는 우리에게 큰 귀감이 될 것이다.

2012년 6월

역 자 조 학 제

선장의 의무

A Captain's Duty

서언

미 해군과 네이비 실(SEALs)에 감사드린다. 그들이 없었더라면, 누군가가 이 사건을 다르게 끝맺음 했을 것이다.

부하 승무원들은 있는 힘을 다하여, 미국 상선 선원으로서 각자의 임무에 최선을 다했다.

우리 회사 앨라배마 모바일의 계열사인 LMS 선박 관리회사 및 버지니아 노어퍽의 매스크 라인 주식회사는 사건기간 및 이후, 승무원들과 가족들에게 많은 도움과 지원을 아끼지 않았다.

격려를 해준 가족, 친구, 그리고 이웃 사람들 페이지와 엠멧,

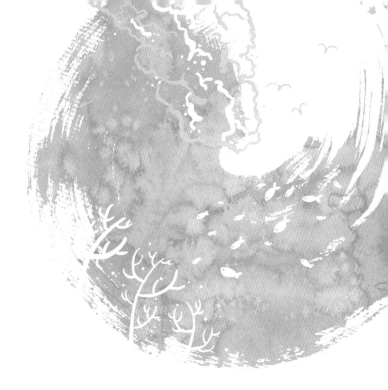

수잔과 마이클, 리, 앨리슨 및 앰버를 포함하여 많은 사람들에게 정말 감사드린다.

　마지막으로 나와 안드레아는 사건기간 및 후에 기도와 격려를 보내 준 수많은 사람들로부터 엄청난 은혜를 받았다.

　공포에 떨면, 상황은 점점 악화되지만
　신념으로 버티면, 악화되는 상황을 잠재울 수 있다.

– 존 폴 존스
미국 상선대 선원이며, 미 독립전쟁의 해군영웅

프롤로그 Prologue

구명보트 안은 견딜 수 없이 더웠다. 탈출을 시도할 때 묻은 시원한 바닷물은 이미 흔적도 없이 증발해 버렸고 나는 구명정 중앙에 손과 발이 묶여 있었다. 한밤중, 새벽 두 시 쯤에도 보트 안의 열기는 조금도 가시지 않았다. 적도의 정점에 있는 것처럼 더위가 나를 짓눌렀다. 나는 평소에도 더위를 아주 싫어하는 편이라 카키복과 양말까지 벗었지만, 바닥조차 뜨거웠다. 엔진의 배기관이 구명정의 바닥을 지나는 탓이었다. 나는 탈출에 실패했고 해적들은 가까스로 나를 붙잡자 몸값이 100만 달러인 미국인 인질을 놓칠 뻔한 화풀이로 미친듯이 나를 때렸기 때문에 갈비뼈와 팔이 견딜 수 없이 아팠다.

나는 구명정의 뒤쪽 해치로, 군함의 등화를 보고 있었다. 약 1킬로미터 후방에서 너울을 타고 오르내리는 우리나라 해군의 배를 보는 순간, 탈출에 성공할 수 있을 것 같았다. 만일 달빛이 그토록 밝지 않았다면 해적들은 결코 나를 발견하지 못했을 것이다. 만일 내가 탈출에 성공했다면 지금쯤 선장실에서 시원한 맥주를 마시며, 절반 정도의 승무원들을 모아놓고 무용담을 늘어놓으며 집으로 돌아갈 희망에 부풀어 있었을 것이다.

바깥에 보이는 군함은 거대했다. 너무 가까워 차라리 비현실적인 배는 거대한 저택의 일부 같았다. 구축함 정도의 위용으로 저 정도라면 해적의 본거지? 모가디슈로 가서 해적선 1000척 정도는 단숨에 날려버릴 수 있을 것 같았다. 그런데 왜 아직 아무런 조치도 취하지 않는 거지. 안타까워 속이 탔다. 딱딱한 플라스틱 의자가 내 등을 파고들고 다리에 경련이 일어났다. 목의 긴장을 완화시키려고 머리를 뒤로 젖혔다. 나는 구명정 중앙에 사냥당한 사슴처럼 묶여 있었다. 소말리아 해적들은 구명정 조종실 꼭대기의 수직 기둥에 내 두 손과 두 발을 함께 결박했고 이제 손가락은 감각조차 없어지고 있었다. 무소같이 생긴 껑충한 해적이 로프를 너무 세게 당기는 통에 거의 1분간 정신을 잃기도 했다. 내 손은 어릿광대의 장갑처럼 부풀어 올라 있었다. 차라리 구명정의 해치로 군함을 보고 있을 때가 더 나았다. 몇 분간 떨면서 미해군의 군함을 보고 있는데 구명보트가 삐꺽거렸다. 파이버글라스로 된 구명정 선체에 파도가 부딪치는 소리가 들려왔다. 그런데 갑자기 구명정 안의 분위기가 바뀌었다. 보트 앞쪽과 뒤쪽 해치를 통해 들어오는 달빛 아래, 아무도 말이 없고 꼼짝도 하지 않았는데 말이다. 해적들이 말하거나 웃을 때 드러나는 이빨 외에 아무 것도 볼 수 없었는데 몇 초 사이에 분위기가 바뀌는 것을 확연히 느낄 수 있었다. 전기 스위치가 플러스에서 마이너스로 찰칵, 바뀌는 것처럼.

만일 누군가 당신 얼굴에 AK-47 소총을 겨눈다면? 겪어보지 않은 사람들은 결코 그 기분을 모를 것이다. 정말로. 그건 말로 표현할 수 없는 끔찍한 기분인 것이다. 더욱이 총을 겨누고 있는 상대가 정상적인 사람이 아니라면? 그가 지금 즐겁거나 괴롭다면, 혹은 감시자의 코가 간지럽거나 여자 친구와 헤어진 것을 괴로워하던 중이라면? 여하튼 짐승처럼 결박당한 당신은 극도로 예민해져 공기의 아주 작은 변화도 놓치지 않게 될 것이다. 뭔가 위험한 것이 보트 안으로 미끄러져 들어와 바로 내 옆에 앉는 것을 나는 분명히 느꼈다.

보트 안이 어두워 모든 상황은 들려오는 소리로 파악해야 했다. 맨 처음 소리는 '찰칵' 하는 금속성이었다. 그것은 해적 두목이 보트의 조종실에서 내는 소리였다. 찰칵, 침묵, 찰칵, 침묵, 찰칵, 찰칵. 권총 방아쇠 소리. 두목이 9mm 권총의 방아쇠를 당기며 나를 겨누고 있었는지 어떤지는 모르겠다. 그 소리는 어둠 속에서 섬뜩한 전율을 느끼게 했다. 내 곁에는 애송이가 나를 지키고 있었는데 나중에 보니 그의 총에는 총알이 없는 것 같았다. 하지만 나는 그 사실을 몰랐고 애송이는 나의 고통을 즐기는 것 같았으며 그는 이성적이지 않은 것 같았다. 만일 그가 장전을 했다면? 그리하여 내가 모르는 사소한 충동으로 발사라도 하면 내 머리는 엄청난 피를 분사하며 보트 안에서 폭발해 버릴 것이다. 나는 그런 상상으로 머리 속이 복잡하고 조마조마했다. 그때 어둠 저편에서 흥얼거리는 소리가 들렸다. 조종실에서 두목이 무슨 말인가를 했고 나머지 세 사람 —키다리, 무쏘, 미친 눈빛의 애송이— 이 대답을 했다. 나는 그들이 하는 얘기를 들으려고 몸을 앞으로 내밀었다. 분명히 어떤 종교적인 의식에 관해 의논하는 것 같았다. 내 어린 시절, 매사추세츠에서 보았던 라틴 가톨릭 미사가 떠올랐다. 몇 시간 전, 해적들은 웃고 농담을 하면서 자신들이 "진정한 소말리아 수병이며, 24 내지 27세"라고 건방을 떨어댔다.

나는 가소로워 그들이 해적이고 내가 인질이란 사실조차 잠시 잊을 수 있었다. 하지만 이제 모든 것은 달라졌다. 그들은 나를 10세기 식의 방식으로 처단하려고 알라 신의 축복을 기도하기 시작했다.

나는 무슨 일이 벌어지는지 짐작했고 그냥 앉아서 그대로 받아들여야했다.

"지금 무슨 짓을 하는 거야? 나를 죽이려는 거야?"

두목에게 소리쳤다. 어둠 속에서 그의 웃음소리가 들려왔고 번뜩이는 이빨이 보였고 두목은 기침을 한 뒤 침을 뱉었다. 그리고는 뭔가를 흥얼거렸다. 나는 손목에 묶인 로프를 늦추려고 꿈지럭거렸고 무쏘 놈이 눈치를 채고 다가왔다. 그는 그래봤자 별 수 없다는 듯 더 지독하게 매듭을 조여맸다.

놈들의 기도가 그럭저럭 끝이 났다. 보트는 조용해져 뱃전에 부딪치는 파도 소리가 들려왔다. 나는 어둠을 주시하면서, 나를 향해 올려지는 AK-47 소총의 총구를 보았다. 어둠, 공포 외에는 아무것도 보이지 않았다.

"가족이 있지?" 두목의 목소리가 건너왔다.
"그래, 난 가족이 있어"
나는 가족들에게 이별을 고하지 못했다. 입술을 깨물었고 가슴이 미어지며 그 사실에 공포감이 밀려왔다.

"딸? 아들?"
"아들과 딸, 아내가 있다." 침묵이 다가왔다.
조종실 근처에서 부스럭거리는 소리가 들렸고 두목이 조용히 말했다. "정말 안 됐군" 놈이 나를 교란시키려는 것 같았다.
두목은 그런 짓에 꽤 노련했다.
"그래. 그것 참 안 됐지." 나는 그들이 나를 가지고 놀게 내버려 두지 않으려고 태연하게 받아쳤다. 무쏘가 구명정 통로를 걸어서 내게 다가왔다. 그가 셔츠에서 찢은 흰 천으로 내 손목 주위의 로프를 감았다. 놈은 세게 묶지 않고 그저 로프 사이에 꼬아 넣었는데 한 가닥은 붉고 다른 가닥은 흰, 낙하산 끈 같은 것을 꺼내어 손목 로프 안으로 두르기 시작했다. 놈은 매우 침착하게 집중하여 매듭을 묶었다. 그의 얼굴이 불과 내 얼굴과 1피트 정도 떨어져 놈이 얼마나 진지하고 열심히 매듭을 짓는지 볼 수 있었다. 희고 붉은 줄은 복잡한 패턴으로 고리를 만드는데 아주 정확히 해야 하는 것 같았다. 그것은 나를 죽일 준비 과정임이 분명했다. 자신을 죽일 절차를 곁에서 지켜본다는 것은 비참한 일이다. 열심히 준비를 하는 그들의 태도에는 내가 살인자의 처분에 순종하는 훌륭한 희생자가 되기를 기대하는 분위기가 은연중에 있었다. 그러자 격렬한 분노가 치솟았다. 놈들은 나를 가족으로부터, 내가 사랑하는 사람과 모든 것들로부터 떼어 버리려 한다. 그런데 내게 아무런 방법이 없다니!

무쏘가 드디어 매듭 묶기를 끝내고 조종실로 돌아갔다. 그들은 다시 토론을 시작했고 이번에는 쉽게 일종의 합의에 이르는 것 같았다. 두목이 그의 권총을 키다리 놈에게 건네주자 놈이 내게 다가왔다. 그가 나를 죽이도록 선정된 것이다.

키다리가 내 뒤의 오렌지색 구명동의 위에 앉았다. 놈들이 살인 의식을 치루는 동안 나는 무슨 이유로든 오렌지색 또는 붉은 것 위에 서거나 앉아야만 하는 것 같았다. 키다리는 9mm 탄창을 점검하고 찰칵하고 닫았다. 그리고는 내게 권총으로 장난을 쳤다. 어쩌면 나를 놀리려는 의도였는지도 모르겠다. 지난 이틀 내내 나를 감시했던 애송이가 다가와 미치광이처럼 웃으면서 구명동의 위로 내 발을 끌어 올렸다. 그리고 무쏘는 가까이 오더니 내 팔을 세게 잡아 당겼다. 놈들은 나를 정해진 곳에 세우려고 애썼다. 그들은 나를 죽이기 위해 형식이 필요한 것 같았다. 두목이 무쏘에게 소리쳤다. "세게 당겨!" 그리고 다른 놈에게 지시했다. "일으켜 세워!" 무쏘는 내 팔을 머리 위로 올리고 손을 묶은 줄을 홱 낚아챘다. 놈들은 나를 쭉 펴려고 했다. 나는 네놈들의 살찐 송아지가 되지 않을 거야! 속으로 외쳤다.

나는 주먹을 꽉 쥐고 턱 밑에 밀어 넣었다.
"넌 할 수 없어" 이를 악물고 무쏘에게 말했다.
내가 그들의 종교의식을 흩트리면, 나는 좀 더 오래 살 것이다.
그러자 무쏘가 날뛰기 시작했다. 그는 콧구멍을 벌름거리며 격분했다. 땀이 그의 얼굴에서 떨어지고 나도 마찬가지였다. 자동화기를 가진 소말리아 해적은 나를 마음대로 조종할 수 없어 우리는 서로 노려보았다.
"결코 나를 네 맘대로 할 수 없어" 내 말에 무쏘가 내 얼굴을 세게 가격했다. 얼굴이 얼얼했으나 나는 고통을 참고 싱긋 웃어 주었다.
그러자 두목까지 흥분하여 소말리아 말과 영어로 놈들에게 소리를 질러댔다. "세게 당겨!"

무쏘가 내 팔위에 손을 올리고, 잠시 숨을 돌리지 친구, 라는 듯이 나를 보았다. 나도 고개를 끄덕이면서 주먹은 계속 내 턱 밑으로 밀어 부쳤다. 무쏘가 내 손목에 묶인 로프를 확 잡아당겼다. 로프가 찍찍 거리며 1인치 정도 올라갔다. 그뿐이었다. 그러자 해적들은 악을 쓰고 투덜거리며 정말로 일을 저지르려 했다. 무쏘가 내 팔을 위로 낚아채자 나는 다시 버텼다. 누군가 내 발을 오렌지색 구명동의 위로 끌어당기려 하여 나는 발로 차버렸다. 다른 놈이 총을 들고 내 뒤에 섰다. 뜨거운 공기에 숨이 막혔다. 마음 한 구석에서는, 얼마나 오래 버틸 수 있나? 오래 걸리지 않아. 알아. 이별을 고하는 것이 나아. 자문자답하는 소리가 들려왔다.

갑자기 왼쪽 귀 근처에서 폭발이 일어났다. 나는 별을 보았고 머리를 채이며 고개를 두 팔 사이에 떨어뜨렸다. 온 몸이 축 늘어졌다. 손가락 사이에서 피가 분출되어 얼굴을 타고 내렸다. 제기랄. 놈은 정말로 일을 저질렀다. 놈은 나를 쏘았다.

얼마만일까. 흐릿한 시야 안으로 격벽의 수직과 수평으로된 초록 버팀목이 보였다. 십자가 같았고, 그걸 보는 것만으로도 조금 전의 공포가 진정되는 것 같았다. 그러자 머리 속에 너무나 이상한 환각이 나타났다. 나는 프래니를 보고 있었다. 프래니는 내 말을 결코 들은 적이 없는 말썽꾸러기 애완견이다. 그 놈은 내가 바다로 나오기 한 달 전, 버몬트의 우리 농가 앞에서 차에 치여 죽었다. 그런데 나는 그 죽은 개를 보러 가는 중 이었다.

그때 무쏘의 목소리가 들려왔다.

"그러지 마!" 그가 외쳤다.

내가 고개를 들자 내 머리에서 떨어지는 피가 흰 매듭을 물들이고 있었다.

"아, 안돼!" 무쏘가 소리쳤다.

아마 내가 그 매듭을 더럽히면 안되는 것 같았다.

내가 총알을 피했는지 또는 무슨 일이 일어났는지 나는 알 수가 없었다. 나는 심호흡을 하고 해적들에게 말했다.

"나는 너무나 강해서 쉽게 죽지 않는다."

나는 더욱 강인해져야겠다고 이를 악물었다.

사건 10일 전 부터
하루 전 까지

10

D-day
일전

2009년 1/4 분기 해적 행위 건수 20% 증가 :
총 36척의 선박이 해적의 습격을 받았으며 그중 1척이
납치되었다. 승무원은 인질 7명, 피랍 6명, 사망 3명,
그리고 행방불명 1명(사망으로 추정)으로 집계되었다.
대부분의 경우 해적들은 총칼로 중무장을 했다. 승무원
에 대한 폭력의 사용과 위협은 용인할 수 없을 정도로
극심하며 소말리아 주변 수역에서는 대가를 노리는
악명 높은 선박 납치와 승무원의 피랍은 계속된다.

- ICC 국제해사기구 해적 보고서
2009년 1/4분기

10일 전

나는 버몬트 주의 가장 아름다운 어느 도시에서 아내 안드레아와 함께 미국에서의 마지막 식사를 즐기고 있었다. 개조한 우리 농가 앞문으로 초록빛 언덕, 풀을 뜯는 소 떼, 또 다시 이어지는 구릉이 보였다. 언덕 아래에는 젊은 농부들이 건초 더미 위에 스프레이로, '라첼, 나와 결혼해 주겠어?' 라고 휘갈겨 써 사랑을 고백하는 버몬트 식의 낭만이 깃드는 곳이다. 3분만 걸어가면 길을 잃을 정도로 숲이 깊고 울창하며 대니엘 분(Daniel Boone: 18세기 미국의 개척자)과 함께 여행하는 것 같이 착각할 정도로 조용하다. 거기에는 잡화상점 두 곳과 성 토마스 가톨릭 성당이 있으며 맨해튼에서 오는 관광객이 간간이 있을 뿐, 달의 반대편 같이 바다와 동 떨어진 곳이지만 나는 이곳을 사랑한다. 내가 완전히 다른 두 가지 즉, 바다와 육지에서의 삶을 살아야 하는 것처럼.

나는 상선 선원으로 종종 3개월 근무, 3개월 휴식을 반복했다. 집에 돌아오면 나는 바다를 잊었다. 100% 완벽한 아빠와 남편이 되었다. 아들 댄과 딸 마리아가 어렸을 적에는 일어나서부터 잠자리에 들 때까지 그들을 돌보았다. 이웃과 친구들은 나에게 아이들을 돌봐 달라고 부탁했다. 때로 5, 6명의 아이를 보아 주기도 했다. 나는 저녁도 지었다. 촛불로 만드는 프렌치 토스트가 내 특기이다. 내 이름을 딴 리치(Rich)의 숙제 클럽에도 참여했다. 즉 가정생활에서도 나는 최선을 다했다.

가족을 떠나 있는 시간은 길었다. 뱃사람은 출항 전에 가족들을 위해 특별히 뭔가를 한다. 어쩌면 그 때가 그들을 볼 마지막 기회가 될지도 모르기 때문이다. 아들 댄이 자랐을 때 나에게 불만을 터트린 적이 있었다. "난 아빠가 없어, 결코 집에 없다고, 아빠는 날 사랑하지 않는 것 같아" 우리는 그 말을 듣고 웃었다. 댄은 내 나이 19세 때와 꼭 같았다. 약점을 발견하고는 상대가 인정하고 웃을 때까지 매달리는 영리한 악동이었다. 하지만 내가 집에 없었다고 아들이 지적한 말은 나의 뇌리에서 떠나지 않았다. 딸 마리아와 아들 댄은 석 달 동안 매일 나를 보다가, 어느 날 문득 세계의 저 먼 한쪽 구석으로 아빠가 떠나 버렸던 것이다. 나보다 훨씬 오래 선상에서 지내는 선원들도 많은데 그들에게는 석 달은 아무것도 아니었다. 실제로 내가 아는 한 통신사는 2년 동안 한 배에 계속 승선하기도 했다.

선원으로서, 우리는 육지에서의 가정생활을 부엌 찬장 속에 넣어 두고 바다로 나와야 한다. 선상에서는 개인 생활을 영위하기 어렵다. 우리는 배가 원하는 어떤 일이라도 해야 하므로 하루 24시간 대기상태에 있다. 먹고 자고 일하는 것이 대부분으로 가정은 잊고 바다에 호흡을 맞추고 살아야 한다. 그러다 뭍으로 돌아오면 찬장 속에 넣어두었던 가정생활을 꺼내 다시 살기 시작한다.

선원에게는 "빗장을 넘어(crossing the bar)" 라는 관용구가 있다. 항구를 떠나 미지의 대양(선원의 죽음을 뜻할 수도 있다)으로 향한다는 의미이며, 스스로 이 빗장을 넘을 마음의 준비를 해야 한다. 당신이 사랑하는 사람들이 스트레스를 받을 때는 바다로 나간 선원들에게 공포가 엄습하는 시점이다. 썰렁한 3월 안드레아의 걱정은-제3세계 항구에 있는 해적, 악당들의 소요사태 및 그곳에 있는 절망적인 사람들-은 아마도 내 직업상의 위험 요소였을 것이다. 언제나 나는 1000가지나 되는 많은 일들을 대조표를 통해 점검했다. 어떤 수리 사항을 확인 할 필요가 있는가? 승무원들을 믿을 수 있는가? 출발하기 한 달 전부터 이런 일을 시작했으며, 이는 안드레아를 혼란스럽게 했을 것이다. 바다에서 30년을 보낸 지금도, 두근거리는 가슴으로 내가 승선할 배의 갑판을 다시 밟을 때를 기다리고 있다.

안드레아와 나 사이에는 바다로 떠나기 전 한가지 오래 된 습관이 있다. 첫째, 우리는 다툰다. 아주 사소한 것으로, 출발 몇 주 전, 자동차나 날씨, 또는 뒷마당 빨랫줄 근처에 걸어 둔 옛날에 탔던 배의 종에 아내가 머리를 부딪치는 사소한 일로 항상 말다툼을 했다. 그녀가 세탁한 옷을 말리려고 펼칠 동안 서너 차례 머리를 부딪쳤을 것이며, 그럴 때마다 종을 떼어 버리라고 불평했다. (그 종은 아직도 걸려 있다- 일종의 감상적인 가치로) 선장으로 업무에 복귀하기 전, 몇 주 동안 우리는 상대의 감정에 이입된다. 그것은 남편의 출항에 대한 아내의 초조감과 아내를 떠나는 것에 대한 나의 초조감이었다.

• • •

안드레아는 벌링턴 어느 병원의 응급실 간호사로서, 버몬트 출신의 정열적이며 주관이 뚜렷한, 사랑스런 이탈리아계 아가씨였다. 나는 그녀를 죽도록 사랑한다. 우리는 보스턴 켄모어 광장 인근에 있는 지하실 바 '캐스크 앤드 플라곤'에서 처음 만났다. 그 때 그녀는 간호대학에 다니고 있었고 나는 젊은 선원으로서 세계 일주를 몇 번 했던 무렵이었다. 나는 깜찍하고 곱슬머리의 가무잡잡한 아가씨가 바에 앉아 있는 것을 보았다. 안드레아는 바텐더와 얘기하고 있었다. 그들은 방금 친근감을 느낀 것 같았다. 그 때, 그녀의 말에 따르면, 키가 크고 턱수염을 기른 어느 사내가 어디선가 불쑥 나타나 그녀의 곁에 앉았다고 한다.

"고민이 있는 것 같군?" 내가 말했다.

안드레아는, 그래. 이 친구 아주 매력적이야, 사귈 만 하다고 생각했다. "그게 뭔데요?" 그녀가 말했다. "당신이 들어오는데 모든 방에 있는 어느 누구보다도 가장 멋져 보이던데" "고마워요" 그녀가 말했다. "그런데 여기에는 여자가 겨우 세 사람뿐이에요. 별로 거창한 칭찬은 아니군요?" 나는 웃으면서 손을 내밀었다.

"난 리치라고 해. 필티 사에 근무하는."

그건 80년대 초 내가 즐겁게 근무했던 해운회사였다.

안드레아가 나를 추켜세웠다. 그리고 나더러 한잔 사라고 했다.

우리가 결혼한 몇 년 후, 안드레아는 처음 만났을 때의 나를 재미있고 대화하기 쉬운 상대로 보았다고 말했다. 대부분의 사람들처럼,

상선에 관한 그녀의 지식은 험프리 보가트(20세기 전반의 유명한 미국 배우)의 영화에서 본 것뿐이었다. 그러므로 그녀가 왜 그렇게 얘기를 해 달라고 하는지 짐작할 수 있었다. "당신은 뭔가 흥미로운 음모를 꾸미는 것 같아" 그녀가 말하곤 했다.

우리가 만난 뒤, 나는 배를 타고 출항해야만 했고, 안드레아는 몇 달간 내 소식을 듣지 못했다. 그녀는 간호대학 1학년을 마치고 새 아파트로 이사했다. 그런 어느 날 밤, 자정을 넘긴 한 시 경에 그녀의 아파트 도어에 노크 소리가 났다. 그녀가 문을 열었을 때 내가 서 있었다. 마치 복권에 당첨된 것처럼 미소를 지으면서. 그녀가 놀라 바닥에 주저앉았다. 내가 그녀의 새로운 주소를 찾으려고 보스턴 전체를 헤매고 다녔을 것이라고 짐작했던 것이다. 그녀는 멀리 가지 못했다.

스물다섯 살의 안드레아는 학업에 매우 열중했다. 간호업무는 그녀의 인생이 되고 있었다. 나는 그녀의 레이더 화면상에 있었지만, 단지 화면 가장자리의 한 영상에 불과했다. 나는 다시 출항을 했고 그녀는 세계 각지의 항구로부터 포스트 카드와 편지를 받았다.

그 후 나는 보스턴으로 돌아와 그녀를 만찬에 초대했고 함께 영화를 보고 다음 날 아침 7시, 첫 시간 수업에 맞춰 그녀와 친구를 차에 태워 데려다 주었다. 언제나 나는 해터러스 곶(노스캐롤라이나의 곶으로 관광지) 근해의 폭풍이나, 아시아 지역의 태풍 또는 좋고 나쁜 동료 승무원에 관한 얘기를 해주었고 그녀는 흥미롭게 들었다.

그것은 바로 나의 해상에서의 생활 자체였다. 그녀는 포스트 카드를 받는 것과 갑작스런 재회를 무척 좋아했다. "낭만적이었어" 라고 최근에 안드레아가 말했다. "정말로 낭만적이었다고."

· · ·

내가 매스크 앨라배마 호에 승선하기 위해 출발하기 전 날 밤, 안드레아와 나는 차를 타고 에섹스 읍 근처 우리가 좋아하는 식당 '유로'에 갔다. 안드레아는 새우튀김을 시켰고 나는 모듬 해물요리를 먹으면서 가지고 간 레드 와인 한 병을 마셨다. 이 방법이 싸다. 내 혈통은 아일랜드계 75%와 양키계 25%인데, 그 25%가 돈줄을 통제하고 있었다. 내가 1달러도 절약한다고 남들이 말하지만, 그런 비판에 개의치 않는다.

다음 날 3월 28일, 안드레아는 언제나처럼 나를 공항에 내려주었다. 함께 한 마지막 시간은 평소와 마찬가지였다. "모든 게 잘 될 거야." 내가 말했다. "내가 떠나면 당신은 바로 극심한 눈보라를 맞이할 거야. 그러면 뜨거운 태양 아래 갑판에서 이곳의 눈을 상상하며 거니는 나를 기억해 줘." 나는 눈을 사랑한다. 벌판으로 향하는 집 뒤쪽 창문을 통해 눈으로 새하얗게 덮인 나무를 보는 것을 제일 좋아

한다. 그녀가 웃었다. "6월에 만나." 아내가 입을 맞추었다. 그녀는 보통 내가 탄 비행기가 이륙할 때까지 기다린다. 그것은 마리아와 댄이 어렸을 때 시작된 습관이다. 그들은 내가 탄 비행기가 이륙하는 것을 지켜보기 위해 창문가에 서서 소중했던 모든 것을 들춰내기라도 하려는 듯이—아빠에게 손을 흔들었다. 그러나 애들은 이제 대학생이 되었고 안드레아는 직장으로 가는 도중이라 기다릴 수 없었다. 이런 일은 지금껏 처음이었다.

• • •

나는 바다와 상선 선원이 된 것을 사랑하지만, 선상에서는 이상한 일들이 많이 일어난다. 그런 일들은 대부분이 너무 오랫동안 육지 사람들과 헤어져 살기 때문에 일어난다. 그것들은 머리를 뒤죽박죽으로 만들기도 한다. 결혼이 파탄난다, 여자 친구는 새남자를 찾아 떠난다, 선원들은 육지에서 멀리 떨어진 외로운 바다 위에서 한밤중에 "사랑하는 존"으로 시작되는 e-메일을 받는다. 때때로, 어떤 승무원이 배에서 사라지는데, 대양의 한가운데서 바다로 뛰어들면 결코 찾을 수 없다. 대부분의 그런 사건은 사랑하는 사람으로부터 멀리 떨어진 심리적 압박 때문이다.

상선 선원들은 항상 조디(Jodie)에 관해서 얘기한다. 조디란 선원들이 배를 타고 집을 떠나 있는 동안 집에서 부인을 희롱하는 놈팡이를 말한다. 그는 당신의 돈으로 산 음식을 먹고, 당신 차를 굴리며, 당신의 맥주를 꿀꺽 마신다. 당신이 집에 도착하면 조디는 도리어 당신의 소파에 앉으면서, "당신은 누구야?" 라고 되묻는다. 한 친구가 아내에게 전화 했을 때 그녀가 전화를 받지 않으면, 우리는 "그녀가 조디 하고 나갔어" 라고 놀린다. 우리가 자주 농담으로 말하지만, 조디는 정말로 존재한다. 놈팡이는 선원들의 집을 차지하거나 그들의 아파트를 깨끗이 털어 버리고, 은행계좌의 잔액을 제로로 만들며, 약혼녀는 아무런 소식도 없이 사라진다. 어떤 선원들에게는 그런 일이 반복적으로 일어나기도 한다. 나는 조디에 관한 소문을 들을 때마다, 안드레아가 집을 잘 지켜주는 것을 무엇보다도 고맙게 생각한다. 조디는 결코 내 집을 침범하지 못한다.

나는 결코 거짓말을 하지 않는다. 어떤 승무원은 때론 다른 동료들을 미치게 한다. 특히 요리사들이 그렇다. 전체 미국 상선에 정상적이며 제대로 된 요리사는 매우 드물다. 그 유일한 예외는 내 처남 데이브이다. 그러나 나머지 다른 승무원 중에서도 괴짜를 흔히 볼 수 있다. 나는 '좌현 및 우현 피터슨' 이란 늙은 꼴통 선장 아래에서 근무한 적이 있었다. 그는 '우리 배가 다른 선박에 돌진하도록 유혹할지도 모르기 때문에' 땅콩 수프처럼 짙은 안개 속에서도 레이더를 사용하지 못하게 했던 별종이었다. "레이더는 악마야, 알겠어?" 라고 그가 말하곤 했다.

어떤 친구는 전체 3개월 항해 기간 동안 콧수염을 반쪽만 길렀다. 또 어떤 친구는 우리가 북극을 향해 항해할 때는 북극곰으로, 그리고 남극으로 갈 때는 펭귄으로 불러 주기를 요구했다. 이 친구는 곳곳의 항구에서 수많은 T셔츠를 구입하여 그의 방 도어를 간신히 밀고 들어갈 정도로 쌓아드곤 했다. 나는 머리가 그대로 달려있는 여우 모피 코트를 입고 배에 나타난 선원도 보았다. 선원들은 제멋대로 성장한 사람이 많아 온갖 부류의 사람들이 있는 것이다.

미국의 상선대는 미국에서 최초로 창설된 조직이다. 육군과 해군에 앞서 1775년에 창설되었다. 제2차 세계대전을 비롯한 미국이 치른 모든 전쟁에서, 해군 규정을 견뎌내지 못한 친구들이 결국 화물선에 승선했다. 그들은 결코 당거리(해군 작업복 하의)-쌤브레이(해군 작업복 상의)에 주름을 잡아야 하거나 승무 중인 모든 사관들에게 경례를 해야 하는 꼴을 참지 못했다. 그들은 그런 방식에 구속되지 않았다. 잭 케루엑(미국의 소설가, 시인, 작곡가)과 알렌 긴스버그(미국의 시인, 작곡가)와 같은 수많은 비트 작가들이 전직 선원이었다는 것은 우연이 아니다. 방랑에 대한 갈증과 저항에 대한 욕구가 손에 손을 거쳐 전달된다. 우리는 관습에 순응하지 않는 자, 이단자, 그리고 괴짜들로 이뤄진 무리이다.

내가 이 항구에서 저 항구로 배를 이동시킬 때 내 침대 머리맡에는 언제나 상신대 또는 제2차 세계대전에 관한 역사책들이 쌓여 있었다.

우리 상선대 선원들이 제2차 대전에서 제일 먼저 죽었다. 진주만 기습 17분 전, 호놀룰루 북방 1000마일 이상의 해상에서 일본 잠수함이 목재 운반선 SS 신시아 올슨 호를 맹공격하여 침몰 시켰다. 33명의 선원들이 구명보트를 타고 탈출했으나 결코 다시 볼 수 없었다. 왜냐하면 1000마일이나 떨어져 있는 진주만에서 벌어진 해군 군함들의 피격 소동에 모든 관심이 집중되었기 때문이다. 그리고 2차 대전에서 상선대는 어느 군대보다 더 많은 피해를 입었다. 선원 26명 중 한명이 임무 수행 중에 죽었다. 대서양 연안에서 해변의 일광욕을 즐기는 사람들이 지켜보는 가운데 어뢰 공격을 받은 선원들이 배에서 흘러나온 엔진 오일 속에 빠져 죽기도 했다.

북대서양에 있던 유조선 선원들은 유조선이 격침된 후 구명보트 바닥에서 얼어 죽었다. 탄약과 다이너마이트를 전선에 수송하던 거대한 500피트 배가 어뢰 공격을 받아 폭발과 함께 날아갔으며, 그 폭발이 너무나 강렬하여 쇠붙이 하나 또는 승선 중이던 수백 명의 사람들 중 어느 한 명도 결코 발견되지 않았다. 그들은 곧바로 희미한 연기 속으로 사라졌다. 그것이 바로 상선 선원의 운명이었다. 상선대는 항상 보이지 않는 일에 종사해 왔고, 대원들은 노르망디에 탱크를, 오키나와에 총알을 수송했지만, 아무도 결코 그들을 기억하지 않는다. 더글러스 맥아더 장군의 말은 정말로 공감이 간다.

"상선 선원들은 우리에게 생명의 피를 가져다 주었고, 대신에 그들 자신의 피로 갚았다."

더욱이 상선출신 젊은이들이 귀향하더라도 축하 테이프를 자르고 화환을 걸어주는 등 군인들에게 해주는 것과 비슷한 환영행사도 없다. 그들은 업적을 인정받고 싶어하지만, 그렇다고 권위를 망각하지 않는다. 의회는 그들을 제2차 세계대전 참전 군인으로서 지위를 보장하여 조그만 포상금을 주려고 했으나, 정치적 처리에 너무 오랜 시간이 걸려 그 법이 통과되기 전에 모두 사망할 것이다. 참으로 부끄러운 일이다.

내가 상선에 처음 근무했을 때, 2차 세계대전에 참전하여 배가 침몰된 경험을 했던 사람들을 만났다. 그 중에 한 사람이 다음과 같은 말을 했다. "전쟁이 일어났을 때 나는 상선을 타고 있었고 배들이 좌우에서 침몰하는 것을 보았다. 내가 해군에 입대해야하는 것이 매우 불안했다." 이것은 이상한 말이다. 상선 선원이 되는 것도 당시 자기 몫을 하는 훌륭한 한 가지 방법이었기 때문이다.

우리 선원들 대부분은 어깨에 하나의 훈장을 붙이고 있다. 우리는 애국자이다. 우리는 자랑스러운 전통을 가지고 있다. 우리는 흥미를 유발하기 위해 믹스트 너트를 조금씩 버리기도 하는 별종들이다.

· · ·

매스크앨라배마호에 승선하러 가는 여행에, 그런 역사책 한 권을 가방 속에 넣었지만, 승선하면 무얼 해야 할 것인지 생각하다가 비행기 속에 두고 내렸다. 내가 타고 갈 비행기는 오후 3시에 떠났다. 나는 아라비아 반도의 동쪽 해안에 있는 오만의 살랄라로 향하고 있었고, 내가 승선할 배는 거기에서 화물을 적재하고 있었다. 나는 그 배에 도착하기 위하여 장장 42시간 동안 비행하였고 그 여행에 아무런 이상이 없었다. 벌링턴에서 워싱턴 D.C.와 취리히를 경유, 오만의 머스켓까지로 비행 후, 머스켓에서는 10시간 호텔에 투숙했다. 다음 날 아침 바로 살랄라로 가는 비행기를 타려고 공항으로 직행했다. 28일 버몬트를 출발하여 30일 목적지에 도착했다. 상선 선원으로서 일이 있으면 우리는 어디든 간다. 이번 여행에 동행한 사람은 1등항해사로 유능한 경력 선원이었다.

3월 30일 시차 때문에 머리가 무거운 상태로 침대에서 뛰쳐나와 나의 배로 데려다 줄 차에 올라탔다. 매스크 앨라배마 호는 부두에 계류해 있었고 현문에 도착했을 때 배의 크레인 두대는 컨테이너를 적재하고 있었다. 이임할 선장을 만나기 위해 사무실로 갔더니 그가 진행 중인 업무를 설명해 주었다. 사무실에 붙어 있는 침실에 짐을 집어 넣었다. 내 방에서 선교브리지로 가기 위해서는 통로를 내려가 중앙 도어로 가기만 하면 된다. 그 문을 열면 연돌 주위 또는 중앙 계단에 이른다. 한 층 올라가면 배 전체의 지휘소인 선교에 도착한다.

거주구역은 선미 쪽 7층 높이의 상부 구조물로 우리는 집이라고 한다. 조그만 콘도 같은 구조에 우리의 생활공간, 식당 및 병실이 있다. 맨 위층은 선교이다. 거기에는 천장에서 거의 허리 높이까지 이어지는 커다란 창문이 있어 마모되지 않는 특수한 고무바닥으로 이어지는 실내 금속 벽판에 닿는다.(선교에는 당직자가 계속 근무하며 사관 및 경력 선원 각 1명이 경각심을 가지고 수평선을 감시한다.) 그곳은 전 방위를 통해 몇 마일의 시야를 확보하는 온실과 비슷한 곳이다.

선교의 중앙에는 선박조종통제기(-배를 어디로 움직이는-)와 항해 보조 장비로 채워진 평평한 전자 콘솔, 레이더가 있다. 요즘 레이더는 험프리 보가트의 영화에서 보는 음극선 튜브 장치와 같은 것이 아니다. 요즘도 여전히 배들이 하나의 작은 점으로 나타나는 TV 같은 것이지만 스크린 오른 쪽에 데이터를 표시한다. 데이터는 어느 선박의 속력, CPA(최단 접근 점. 접근하는 선박과 교차하려는 위치를 알려준다), 그리고 CPA 시각이다. 왼 쪽에는 해도 테이블이 있으며 2등 항해사가 담당한다. 거기에는 GMDSS 세계해상조난 및 안전장비, 전통적인 무선 작동수를 대신하는 조그만 전자통신실 및 컴퓨터를 통하여 최신 기상정보를 지속적으로 제공한다.

우현에는 매우 중요한 장비가 하나 있다. 커피 포트로 매일 아침 내가 맨 먼저 들리는 곳이다. 좌우현에는 윙 브리지(선교 윙)로 이어지는 도어가 있고, 윙 브리지는 기동이나 부두 계류시 이용하는 18피트 길이의 좌우로 돌출된 플랫폼이다. 이 윙 브리지에서 배의 현측을 내려다 볼 수 있어 부두나 다른 선박에 부딪치지 않게 해준다. 선교 위는 플라잉 브리지로서 배에서 가장 높은 곳을 제시해 주는 개방된 플랫폼이다.

선교브리지 아래 각 갑판은 하나의 알파벳 철자로 지정된다. 내 거주구역은 E 갑판에 자리 잡고 있다. 기관장도 마찬가지이다. 기관사와 항해사들의 방은 D 갑판에 있다. C 갑판은 일반 선원들의 거주구역이며 반면에 B 갑판에는 경력 선원들을 위한 추가공간과 선상 라운지가 있다. A 갑판에는 식사와 회의를 하는 식당과 병실이 있다. 갑판은 사무실이다. 상부구조물인 하우스 바로 아래, 배의 배꼽 부분 하부갑판에는 기관실이 자리하고 있다. 그 앞쪽에는 평형수(배의 균형을 잡는 물), 연료 및 청수가 들어 있는 탱크와 함께 거대한 화물 창고가 있다. 주갑판 아래 기관실이 있고, 뒤쪽에는 후부 조타기실이 있다.

나는 이후 몇 시간 동안 선장의 관점에서 매스크 앨라배마 호를 살펴보았다. 내가 맨 처음 파악한 것은 이 배가 안전상 조금 문제가 있다는 점이었다. 배 전체에 걸쳐 모든 도어가 열려 있었다. 기관실 도어, 브리지 도어, 창고로 이어지는 화물 스커틀(문)이 도어들은 침입자가 침투할 가능성이 있는 방어상 핵심위치인데 모두 활짝 열려 있었다. 비록 정박해 있더라도, 그 문들은 닫혀 있어야 했다. 해적 케이지 역시 개방되어 있었다. 해적 케이지란 배 외측에 있는 주갑판에서 상부구조물로 올라가는 계단 위에 설치된 철제 차단막이다. 누구라도 이 계단으로 올라오면, 방금 자신이 통과했던 계단 위에 용접된 철 스크린을 내려 차단하게 되어 있다. 이 스크린은 무단 침입자가 선교로 올라오지 못하도록 설계된 것이다.

나는 전에 한번 매스크 앨라배마 호의 선장으로 근무한 적이 있어 이 배를 잘 알고 있었다. 이 배는 컨테이너 선박으로, 도요타 자동차, 플라즈마 TV 또는 리복 제품을 수송하는 강력한 일꾼이다.(상선이 없으면 월마트도 없다.) 상선은 요트와 슬룹(소형 범선) 및 주류 밀수선과 같은, 멋진 배들처럼 항해하지 않는다. 우리는 진 토닉을 한 손에 들고 키를 잡지 않는다. 우리 선원들은 트롤선, 바지선, 일반화물선 및 유조선을 운항한다. 매스크 앨라배마 호는 10년 전 중국에서 건조되었다. 이 배는 매스크 사 소유의 다른 모든 선박처럼 선체는 청색이며 상부 구조물은 베이지 색으로 도장되어 있고 전장 508피트 전폭 83피트이다. 6층 높이의 40피트 크레인이 선수와 선미에 각각 하나씩 있어 항해 일정에 따라 갑판 상의 컨테이너를 신속하게 적재 및 하역할 수 있다. 하나의 디젤 엔진으로 추진되며 최고속력은 18노트이다. 화물적재능력은 1,092 TEU, 즉 부두에 쌓여 있거나 미국 전역에서 트레일러가 끌고 가는 20피트 길이의 컨테이너 1,092개를 수송할 수 있다. 이 배는 비슷한 선박 1000척 중의 하나이지만, 앞으로 3개월 동안 나의 집이자 나의 일터이며 나가 운항책임을 진다.

• • •

우리는 EAF4 항로(동아프리카 4번)즉, 오만의 살랄라로부터 인도양 연안의 지부티공화국의 지부티 및 케냐의 몸바사로 가는 중이었다. 때때로 우리 항정에는 다르 에스 살라암 항이 포함되었지만 이번에는 단지 3회의 기항뿐이었다. 요코하마에서 미국으로 향하는 손톱을 깨물 정도로 빡빡한 일정의 자동차 수송에 비해 동 아프리카 항해는 편안하고 심지어 느긋할 정도로 여유가 있었다. 그 항해는 맑은 기상, 흥미로운 입항 활동, 안정된 선상생활을 약속해 주었다. 이는 내가 여태까지 경험한 항로 중 가장 좋은 것이었으며, 매우 다행스럽게 느꼈다.

우리는 세계식량기구 물품 즉, 곡식, 밀, 콩과 생존 필수품인 소위 "악수 식품" 5톤을 비롯한 화물 17톤을 수송하고 있었다. 위에서 언급한 항구에서 르완다, 콩고 및 우간다와 같은, 어떤 다른 방법으로 이런 물건들을 구할 수 없는 내륙 국가로 수백 마일에 걸쳐 트럭으로 수송될 것이다. 모든 각종 상품들 – 각종 전구, 모든 신발, 기름 등 – 은 몸바사 또는 다르 에스 살라암 이라는 두 항구를 통하여 마침내 그 나라들에 도달된다. 나중에 들은 얘기로, 매스크 앨라배마 호에 적재된 가톨릭 구호물품 컨테이너 23개는 최종 목적지가 르완다라고 했다. 이는 그들이 보호하는 난민들을 위한 6개월 간의 구호품으로서 지연, 또는 약탈되면 절망에 빠져 있는 사람들 및 특히 어린이들이 굶어 죽는다고 했다.

· · ·

　선장은 배에 타면 바로 출항하고 싶지만, 그렇게 할 수 없다. 출항을 위한 기초적인 확인사항은 엄청나게 많다. 언제 식사를 할 것인지? 크레인은 작동 중인지? 누설되는 파이프는 없는지? 3등항해사는 자기 위치에서 출항에 대하여 반복적으로 알리고 있는지? 나는 항상 배는 모두 다르지만 선상에서 하는 일은 같다고 말했다. 우선 배에 관해서 알아야 하고 누가 임기를 마치고 배를 떠날 것인지 파악해야 한다. 선원들이 가족이나 여자 친구를 만나려고 아니면 석달치 맥주를 싣기 위해 배에서 내려 달려가려고 안달하더라도, 선장은 배에서 무슨 일이 일어나고 있는지, 어떤 일을 놓쳤는지 파악해야 한다.

　나는 선원들을 만났다. 1등 항해사 셰인 머피와는 과거에 함께 일한 적이 있었다. 그는 젊고 건강하며 매우 부지런하다. 성격은 직설적이고 보이스카웃 단원 같으며 선장의 입장에서 매사를 생각한다.

　우리는 첫 항해를 준비할 때 이상한 상황에서 처음 만났다. 그는 오만 공항을 통하여 배로 가려고 했는데 세관원이 그의 CD를 "잠정적인 압수"로 결정했다. 이런 일은 항상 발생했으며, CD는 흔히 세관 직원 개인의 수집품으로 끝난다. 셰인이 화를 내자 "공무 모독죄"로 체포했다. 3일간의 뜨거운 감방의 구금 끝에 그를 석방시켜 배에 데리고 올 수 있었다. 그는 훌륭한 선원이었으며 비상 시 신뢰할 수 있는 인물이었다.

기관장 마이크 페리는 다시 태어난 크리스챤으로 칸트리 송 및 서부 음악 가수 같은 50대로 기관실 운영을 엄격하게 했다. 나는 약 3개월 전에도 동일한 EAF4 항해에 그와 함께 했다. 그는 자신이 옳다고 생각하면 선장과의 논쟁도 결코 두려워하지 않는 과거 해군에서 근무한 사람이었으며, 이런 특성을 가진 사람을 나는 기관장이든 선원이든 존경하고 격려했다. 배에서의 어떤 일은 자신의 임무를 스스로 터득해야 할 정도로 아주 빨리 진행된다. 태풍의 위협이 배를 삼키려 하거나 해적이 25노트로 접근하면, 이를 극복하거나 맞서야 한다. 마이크와 나는 훈련의 필요성에 의견이 일치했다. 하지만 한 가지 이견이 있었다. 마이크는 모두가 고도의 수준으로 훈련될 수 있다는 해군의 관점을 신봉했다. 나는 어떤 선원들은 기초를 터득하는것도 매우 어려워하므로 적정한 수준에서 만족해야 한다고 생각했다. 어떤 친구들에게는 많은 훈련을 시킬 수 있다. 하지만 모두에게 완벽을 기대 할 수는 없다.

마이크와 셰인이 함께 있는 한 나는 안심이 되었다. 그들은 둘 다 선원들의 훈련에 적극적이었고 오늘날의 선원들이 놓치기 쉬운, 업무의 질적 능력을 훌륭하게 수행하는 강력한 리더였다.

나는 나머지 승무원들을 만났다. 3등항해사 콜린 라이트는 내가 결코 만난 적이 없는 튼튼한 남부 출신 사나이였다. 또한 60대의 나이든 경력 선원이 한 명 있었는데, 은퇴한 사회공동체에서 정원사가 되었으면 꼭 맞을 것 같은 사람이었다. 그의 항해 전성기는 과거일 뿐이었다. 때때로 가장 기본적인 것도 그에게 설명해야만 했으며, 그래도 이해하지 못할 경우도 있었다. 나는 자신을 ATM이라고 소개하는 새로운 경력 선원도 만났다. 그에게 여권을 제시하도록 요구하며 함께 식사하지 않은 이유를 말하라고 했다. 여권에는 분명히 "ATM 모하메드"라고 되어 있었다. 그는 파키스탄 인으로 운 좋게 미국 비자를 획득했다. ATM은 젊고 밝은 눈을 지녔으며 유능하게 보였다.

나머지 선원들은 그날 일을 계속하면서 나와 악수를 했다. 배를 타고 출항 준비를 하기 위해서는 시간이 없었다. 선장들은 보통 승선 후, 승무원에 대한 최초 평가를 한다. 나이 든 한 명을 제외하고는 대부분의 승무원들은 양호한 것 같았다.

상선대 선박의 지휘 구조는 군대 조직과 매우 유사하다. 선장은 선원, 선박 및 선상의 모든 것에 책임을 진다. 선장 예하에 3개 부서, 1등항해사(보통 1항사라고 함)가 운용하는 갑판부, 기관장이 운용하는 기관부, 조리장이 운용하는 조리부로 구성된다. 1항사는 화물, 안전, 의무, 정비, 저장, 적재, 안전운용, 그리고 선수갑판의 모든 책임을 진다.

그의 아래 2등항해사(2항사)는 항해, 해도유지관리 및 선교의 전자 장비의 확인에 대한 책임을 진다. 그는 항해 계획관으로, 항로에 따른 침로를 작성하고 기점하며 등대목록(항로에 따른 모든 등대를 제시하는)을 확인하고 항로고시(NOTAM)를 최신으로 수정한다. 3항사는 입문 단계의 초급 간부이다. 그는 안전장비를 관리하고 1항사가 지시하는 모든 일을 한다. 3항사 아래에는 갑판장으로, 경력 부원 선원들의 실제 리더로서 1항사의 명령을 받아 현장업무를 실행하는 책임자이다. 기관장과 그 부하(제 1, 2 및 3등기관사)는 배의 기관실을 운전하는 업무에 집중한다. 원동기 및 보조기기(압축기, 펌프 및 모터)는 물론 선상의 모든 장비의 정비에 책임을 진다.

마크 트웨인은 바다로 나가는 것은 물에 빠져 죽을 가능성이 있는 감옥에 들어가는 것과 같다고 말했다. 우리는 그런 점에 관하여 진지하게 고려해야 한다. 갑판에 발을 디디는 즉시 정상적이며 안락한 생활을 포기한다. 상선대 선원들은 주말의 전사가 아니다.

우리는 하루 24시간, 1주에 7일간 일한다. 바다 위에서는, 매일이 월요일과 같다. 오랫동안 지속되는 근무일의 연속이다.

• • •

나는 엄격하다는 평판을 받고 있다. 업무에 관해 면밀하게 요구하는 사람으로 알려져 있고, 실제로 그렇다. 뱃사람 각자의 업무는 동료 승무원의 생명을 좌우하고 있으므로 누군가의 준비 불량으로 동료의 생명이 희생되는 것을 허용할 수 없다. 한 때 선원이었던 안드레아의 남동생이 그녀에게 말했다. "배를 타고 있는 리치는 누나가 알고 있는 농담을 즐기는 사람과는 아주 달라. 아마 배에서의 그러한 그를 누나는 상상도 못할 거야." 나는 즐겁게 살기를 좋아하지만, 배에서 해야 할 업무를 게을리 하여 엄청난 대가를 치르는 과오를 절대 간과할 수 없다. 그런 일은 나의 배에서는 결코 있을 수 없다.

업무와 관련한 나의 지상명령은 안전업무를 올바르게 확립하고, 승무원들에게 불확실성이 없도록 인식시키는 것이었다. 소말리아에 대한 외부정보의 평가는 냉혹했다. 그곳의 해적은 우리가 무역항로에 울분을 토할 만큼 파괴를 일삼는 잔혹한 공적으로 알려져 있었다. 아프리카의 뿔 주변의 항로는 소말리아 연안에서 20해리 이내였지만, 2005년 이래 해적들이 상선들에 테러를 가하기 시작하자, 선장들은 이들을 따돌리기 위해 50해리, 100해리 그리고 심지어 2000해리 외곽으로 우회하여 통과했다.

과거에 5일 걸린 항해가 이제 10일로 증가되었다. 매우 위험한 해적이 아니면 상선은 좀처럼 항해기간을 2배로 늘이지 않는다. 그러나 상선들이 아무리 멀리 우회해도, 해적은 상선을 납치하고 있었다.

매스크 앨라배마 호에 선장으로 승선한 직후, 나는 해적에 관하여 해군 정보국과 여러 보안 관련기관으로부터 e메일 자료를 수집하기 시작했다. 레이더 상에 나타나는 이상한 점들의 추적, 포격전, 작전 등등의 자료였다. 선박, 어선 및 요트들이 좌우에 나타났다. 엄청난 사건들이 소말리아 연안 주변 해역과 예멘 및 아프리카의 뿔 인근에 있는 소말리아 사이의 길이 900마일 폭 3000마일의 심해 해역에서 벌어지고 있었다. 세계 석유 수송량의 약 10%가 아덴만을 통하여 이루어지는데, 유조선들이 유럽이나 미국으로 가기 위하여 사우디 아라비아 항구를 출항하여 홍해를 거쳐 걸프 해역을 통과 후 아라비아 해로 나온다. 1조 달러의 상품이 매년 소말리아 연안을 통과한다. 아덴만과 소말리아 연안 해역이 해적의 노략질 지역으로 바뀜에 따라 선원들은 세상에서 가장 불안한 해역을 통해 가장 중요한 자원을 필사적으로 수송하고 있다. 그 해역을 항해하는 모든 사람들이 나날이 정예화되고 흉포해지는 해적의 습격 위협 아래에 놓여 있었다.

연간 수천만 달러의 몸값을 지불함에 따라, 절망에 휩싸인 소말리아의 젊은이들이 꿀처럼 유혹을 느끼는 것이다. 우리의 항해지가 바로 이 위협적인 해역이었다. 우리의 목적지는 지부티로, 아덴만의 아득한 서쪽 끝에 있었다. 악당들이 달려들기 전에 우리는 입항하여 짐을 풀고 출항해야만 했다.

안전하게 출항할 준비가 되었다고 안드레아에게 e메일을

보냈다. 나는 전화를 자주하는 사람이 아니다. 전화는 너무 비싸다. 나는 내가 승선을 했으며 그녀를 생각하고 있음을 e메일로 알려 주었다. 안드레아는 내가 긴 편지나 포스트 카드를 썼던 지난 날을 그리워 한다.

나는 항상 1주일에 한 번 정도로 그녀에게 긴 편지를 썼는데 그 내용은 내가 어느 바다를 횡단하고 있고, 날씨가 어떻고, 어리석은 승무원이 무슨 바보 짓을 했다는 등등이었다.

최초의 포스트 카드 서두에 나는 "리치"로 서명했다.

그 때는 우리가 "사랑"이 아니라 "매우 좋아하는 사이"라고 생각한 무렵이었다. 안드레아는 우리가 결혼하기 전에 편지 끝 부분에 처음으로 "사랑하는 리치가"라고 쓴 편지를 받았던 때를 아직도 기억하고 있다. 그녀는 그 편지에 감동을 받았다.

그녀가 "그는 진지해지고 있어"라고 생각했을 것이다.

안드레아는 여태까지 내가 쓴 모든 편지를 보관하고 있다.

나는 세계를 돌아다니며 간간이 전화를 하는데, 언제나 같은 말로 시작한다. 안드레아는 보통 자고 있다가 내 전화를 받으면, 나는 매우 근엄하고 낮은 목소리로, "남편이 집에 있습니까?"라고 묻는다. 그러면 그녀가 대답한다.

"아뇨. 사실은 그가 집에 없습니다." "좋아요. 그럼 내가 바로 갈게요." 언제 이렇게 시작되었는지 몰라도 이는 우리만의 농담이 되었다.

그녀가 정말로 좋아한 것은 내가 매우 낭만적으로 쓰는 긴 편지였다. 나는 어느 편지에, "당신의 품속이 그립다"라고 썼다. 어떻게 그녀가 이를 거부할 텐가? 다른 편지에는, "달 속에서 당신을 보고 있을 거야"라고 말했다. 나는 보름달이 뱃사람들에게 행운을 가져다 준다고 안드레아에게 설명했다. 언젠가 보름달을 바라보며 수천 마일 떨어져 있는 그녀가 잠자고 있는 것을 연상했다. 보름달은 우리가 서로 교감하는 하나의 수단이었다. 우리 애들이 어렸을 때 깨끗한 버몬트의 밤 하늘을 쳐다보며 외쳤을 것이다. "봐. 저 달은 아버지의 달이야!" 안드레아는 대답했으리라. "그래, 맞아!" 그러면 마리아와 댄은, "잘 자요. 아빠. 어디에 있든!"이라고 했을 것이다. 안드레아는 애들의 일상생활에 나를 연결시키려고 온갖 노력을 다했다.

나는 항상 어린애를 사랑했다. 상선대에 취업하기 전 정신 분열증 어린이를 돌보았고 나는 그 일이 즐거웠다. "어린이를 돌보는 일은 선원을 돌보기 위한 훌륭한 준비다"라고 안드레아에게 말했다. 그것은 사실이었다. 나는 선상에 "울음 방"이란 것을 만들기도 했는데 문제를 가지고 있는 승무원들을 위한 소규모 명상 클럽이었다. 어떤 친구는 울음 방에 들어와 외쳤다. "그가 나에게 칼을 들이밀었다"

그리고 다른 친구는, "그가 들어오자마자 렌취를 휘둘렀다!"고 하소연했다.

나는 인내하며 듣고 고개를 끄덕이고 그들의 울분이 해소되기를 기다려 주었다. 그리고 마침내, "우리 악수하고 일에 복귀하세!"라고 말했다. 모든 선장이 나처럼 하지는 않는다. 그러나 선원들의 고통을 이해해주면 배의 분위기는 확실히 좋아진다.

내가 바다로 떠날 때, 안드레아는 언제나 "아빠의 배" 사진과 함께 내 사진 한 장을 냉장고 문짝에 붙인다. 그 옆에는 내가 집에 돌아오면 대답해야 할 아빠에 대한 질문 목록이 붙는다. 그러나 대부분 우리는 보름달을 함께 보았다. 보름달이 나를 그녀에게 가까이 데려다 주었으므로 안드레아는 이를 소중하게 생각했다.

8 D-day
일전

아덴만, 벌크 캐리어 타이탄 호는 항해 중 북위 12도 35분 - 동경 047도21분 위치에서 2009년 3월 19일 1430시에 (현지시각) 납치되었다. AK-47소총과 권총으로 무장한 해적 6명이 고속해적선을 이용하여 그 배를 납치했다. 해적들은 그 배를 장악하여 소말리아 영해로 항해 중이다.

아덴만. 화물선 다이아몬드 팔콘 호는 항해 중 북위13도 42분 - 동경 049도19분, 예멘의 알 물리칸 남서방 약 50마일 위치에서 2009년 3월 14일 0629시(현지시각) 총격을 받았다. 자동화기와 RPG로 무장한 해적들이 승선한 보트 2척이 그 배에 사격을 가했다. 선장은 회피기동과 해적 대항방책을 실시하였고, 인근에 있던 터키 군함은 덴마크 군함을 따라 지원을 하려고 헬기 2대를 출격시켰다. 보트 2척에 타고 있던 해적들은 군함이 도착하자 현장에서 도주했다.

– 동 아프리카 뷜틴, 해운에 대한 전 세계적 위협보고서,
해군정보국, 2009년 4월

우리는

4월 1일 살랄라를 출발하도록 예정되어 있었다. 나는 다섯 시에 일어나 기상상태를 점검하고 일상과업을 시작했다. 매일 선체의 결함, 누수 및 비정상적인 것을 점검하기 위하여 배 전반을 둘러본다. 육상 이동 기중기가 마지막 컨테이너를 실었고 하선하는 승무원들에게 돈을 지불하고, 새로 승선한 승무원들이 서명했으며 보급품 —식품, 새 비디오 및 연료—을 적재하여 출항 준비가 완료되었다. 오전 6시 30분 나는 선교에서 커피 첫 잔을 마시며 태양이 해면에서 불타 오르는 것을 지켜보았다. 배는 분주하게 움직이는 크레인, 사람, 흔들리는 컨테이너로 붐볐다. 그러나 바다는 조용했고 커다란 태양은 수평선 바로 위에 걸려있고 안개는 흩어지기 시작했다.

당신이 선원이라면 고대의 리듬으로 돌아갈 것이다. 태양은 일어날 시각과 잠잘 시각을 알려준다. 이 놀라운 일출과 일몰은 하루의 시작과 끝을 제시한다. 나는 물을 떠나 살 수 없다. 배를 돌아보면서 왜 우리가 바다로 나가는지 그 이유가 이것이라고 생각했다. 물 위에서 살아가는 매일은 날마다 다르다. 항상 차이가 있다. 바다는 결코 똑같지 않다. 바다 색깔은 화강암 검정에서 밝은 청색으로 또한 거의 투명한 초록으로 바뀐다. 인간은 여러 가지 이유로 바다로 나간다. 광활한 공간에서 일하는 기회, 대양을 사랑하는 것, 그들의 아버지와 할아버지들이 그렇게 했기 때문에, 또는 돈을 벌기 쉽다고 생각하기 때문에 (사실은 그렇지 않다) 바다로 나가지만, 길고 긴 항정이 앞에 놓여 있을 때 이와 같은 아침을 좋아할 수 없다면 그 사람은 뭍에서 토스트기를 만드는 공장에 가는 것이 나을 것이다. 당신이 뱃사람이라면 위험과 지루함과 외로움에도 불구하고 출항을 기다릴 것이다. 왜냐면 당신이 처음부터 그곳, 배와 바다에 있어야만 하는 할 사람이 되기를 원했기 때문이다.

출항 준비가 되었을 때 나는 선교에서 살랄라 출항을 안내해 줄 도선사와 얘기를 나누고 있었다. 도선사가 외쳤다. "미속 전진!" 그리고 3항사가 복창했으며 나는 엔진의 RPM을 지켜 보았다. 앞으로 기관이 최대속력을 발휘해 주기를 기원하면서. 우리 배는 30분 내에 항구를 벗어나 도선사를 하선시키고 살랄라 항을 빠져나와 거울같은 인도양으로 미끄러지듯 들어갔다.

$\cdots$

항구를 떠날 때마다 나는 내가 어쩌다 선장이 되었는지를 생각했다. 만일 과거 보스턴에서 아가씨들과 즐거운 시간을 보내고 싶어하는, 어느 멋쟁이 선원을 만나지 않았더라면 아마 배를 타지 않았을 것이다. 나는 보스턴 외곽 매사추세츠의 윈체스터에서 자랐으므로, 도시의 술집보다 아주 먼 곳, 바다의 직업을 선택한 것에 대해 의문을 품은 사람이 많았다.

내 성격상의 문제점은 조금 거칠다는 것이다. 고등학교 때 내

별명은 정글이었다. 친구와 나는 보스턴 또는 캠브리지의 다소 거친 곳에서 간간히 맞닥뜨렸으며, 때로는 우리 식으로 싸워야만 했다. 70년대 초에 한번, 친구와 나는 맥주를 마시고 엄청난 군중을 가로질러 가면서 보스턴 주위에서 거드름을 피웠다. 우리는 그 황홀한 무감각을 "카니발"이라고 생각했다. 우리는 군중의 선두에 도달할 때까지 사람들을 헤치고 나아갔으며, 호전적인 미치광이들이 혁명을 선동하고 있는 마우 마우 시위대(케냐의 반 백인 비밀결사)에 우리가 있음을 알게 되었다. 선동자가 우리를 보자 그는 매우 놀랐다. 우리가 살아 나온 것은 행운이었다. 그러나 그것은 윈체스터에서 온 소년들에게는 단지 또 다른 하룻밤에 불과했다.

60년대 및 70년대에 보스턴에서 살아 남으려면 매우 고생을 해야 했다. 나는 겁쟁이와 샌님들을 이웃에 두고 자랐다. 그러나 다른 시대로 역행하는 친구들과 인간의 됨됨이를 시험하는 방법으로, 맘대로 행동하는 것을 전혀 개의치 않는 친구들도 많았다. 나는 주저하지 않았다. 나는 싸움에서 뒤로 물러나지 않는 인간으로 알려졌다. 만일 내가 부드러운 인간이라면 대학에 들어갈 때까지 방안에서 머물렀으리라. 다소 거친 내 성격은 아버지 쪽의 조상들에게로 거슬러 올라간다. 그들은 당시에 거친 구역이었으며 지금도 그러한 브라이톤에서, 피델리스 웨이 프로젝트(각박한 이민자 정착 프로젝트)에 따라 살았다. 그들은 카운티 코르크(아일랜드)로부터 이주했으며 대공황 때에 미국에 도착했다. 그 어두운 시절은 그들에게 엄청난 시련을 주었다. 내 조부모님은 아마도 아일랜드에서라면 그렇게 많은 재산을 갖지 못했겠지만, 미국에서는 모든 것을 이루었고 조금도 낭비하지 않았다. 그들은 스스로 비누와 빵과 커텐을 만들었으며, 어떤 때는 옷도 만들어 입었다. 나는 딸 넷과 아들 넷 즉 여덟 아이 중 한 명이었으며, 우리 형제들은 필립스 할아버지와 할머니 집에 가는 것을 싫어 했다. 저녁 식사에 추가로 나오는 음식이 없었고 특별한 간식도 없었으므로 손에 잡히는 대로 먹어야만 했다. 나는 할머니가 웃는 것을 본 적도 별로 없었다.

당시에는 이를 생각하지 않았지만, 살아 남기 위해 조부모님이 너무나 열심히 일했다는 사실이 나의 뇌리 속에 남아있었다. 그들은 세상이 자신들에게 던져준 쓰레기로부터 삶을 구축했다. 우리 가족에게 결코 부족함이 없는 한 가지 사실은 직업윤리였고, 그 윤리가 어디에서 연원되었는지 나는 알고 있었다.

어머니는 당시 보스턴에서 부유했던 지역인 서부 락스베리 출신이었다. 외조부님은 모두 교사였으며 어머니는 사람은 교육을 받아야 한다는 신념을 가족에게 심어 주었다. 나는 공부를 썩 잘하는 학생이 아니었으나, 스스로를 개발하는데 흥미를 가질 수 있도록, 어느 수준의 독서 능력을 갖추도록 해 주셨다. 어머니는 기회가 있을 때마다 내 코를 책 앞에 바짝 붙이도록 강요하는 것을 넘어서서 가족을 함께 융합시키는 강력한 접착제였다. 어머니는 따뜻하고 인정스러웠으며, 모든 것에 호기심이 많았다 -나는 문제가 생기면 어머니와 상의했다.

우리 가정이란 범선에서 아버지는 돛 속의 바람이었고 어머니는 용골이었다고 안드레아가 말하고 있다. 어머니는 가족 간의 균형을 유지시켰다. 어머니가 없었더라면 가정이란 배는 뒤집혀 모두가 폭풍이 휘몰아치는 험한 바다에 상어 밥으로 내버려졌을 것이다.

아버지는 매우 전형적인 아일랜드 계 미국 남자였다. 그는 누군가를 위해 뭔가를 해주었지만 애정을 가지고 몰입하지는 않았다.

그는 아일랜드 계 특유의 강건함을 지니고 있었다. 필립스 혈통의 짧은 다리와 긴 몸통을 가진 185cm의 키에 둥그런 통 가슴을 지닌 그는 대단한 스포츠맨이었다. 북동부 지역의 풋볼 및 농구 선수로 활약했으며, 거기에서 어머니를 만났다. 아버지는 어머니를 데리고 외출도 하고 지독하게 열심히 일하여 자신의 사랑을 어머니에게 증명해 보였다.

아버지는 썩 부드럽게 대화를 하는 사람이 아니었다. 나는 아버지를 사랑했지만 그는 좀처럼 만족하지 않는 사람이었다. "똑바로 한번 해봐. 아니면 절대로 하지 마"는 그의 모토였고, 바로 그 말에 이어 "말 엉덩이 같은 놈"이 따랐다. 내가 무슨 일을 하더라도 "너는 언제나 더 잘할 수 있어"라는 의미인 것 같았다. 하지만 그 말은 때때로 나를 격분시켰다. 내가 똑바로 한다고 해서 얼마나 신뢰를 받았나? 나는 아버지로부터 똑바로 일하는 것을 배웠다. 아버지께 내 자신을 입증시키고도 싶었지만, 나는 내 방식대로 하고 싶었다. 아버지는 우리들에게 말씀하실 때 훌륭한 공격이야말로 최선의 방어라고 확신시켰다. 아침에 아버지는 많은 식구가 사용할 수 있는 단 하나의 화장실에서 빨리 나오라고 고함을 질렀다. "학교에 늦겠어!" 그는 깊고 크게 울리는 목소리로 외쳤다. 우리는 화장실 사용 시간을 최소한으로 줄여야 하는 것에 매우 불안했다. 그리고 책을 움켜쥐고 거리로 뛰쳐나와 친구를 만나 학교까지 먼 길을 걸어 갔다. 2분 후 우리는 아버지가 차를 운전하고 지나가는 것을 보았다. 아버지는 바로 우리 학교에 근무했지만 통과할 때 결코 뒤돌아보지 않았다.

내 친구가 물었다.

"너희 아빠 아냐 ? 왜 우리를 태워주지 않아?"

"넌 알 필요 없어." 내 대답이었다.

우리는 각박한 분위기에서 빈스 롬바르디(1960년대 미 NFL의 그린 베이 패커즈 팀의 헤드 코치)처럼 자랐던 것이다.

나의 철학은 아버지의 열정과 어머니의 보호로 융합된 것이었다. 어머니는 날카로운 모서리를 완화시켜 주었지만 여러 가지 면에서 나는 아버지와 같은 엄격한 성격을 지녔다. '너는 언제나 더 잘할 수 있어.' 나는 그걸 인정하기를 증오했다. 그러나 아버지는 나에게 그 마크를 각인시켰다. 어떤 경우에도, 아버지는 나를 사랑한다거나 내가 자랑스럽다고 말한 적이 한 번도 없었다(실제로 그가 나를 사랑하고 자랑스럽게 생각했지만). 나는 우리 애들에게 언제나 사랑한다고 말한다. 우리는 무엇을 물려 받아야 하고 무엇을 뒤에 남겨야 하는지를 배워야 한다.

· · ·

　나는 약삭빠른 아이였다. 학교에 간 첫날, 손을 잡아주며 "그래 너는 많은 능력을 지녔어!" 라고 말하는 선생님을 만났다. 그러면 나는 '당신은 나를 몰라' 하고 마음 속으로 중얼거렸다. 그리고 내 부모님이 교사였지만, 나는 공부에는 별로 관심이 없었다. 아버지는 우리 집 근처 고등학교에서 상업과 수학을 가르쳤고 풋볼 감독 보좌관 및 농구 헤드 코치로 봉사했으며, 어머니는 매사추세츠와 뉴 햄프셔 학교에서 4학년 및 6학년을 가르쳤지만 나는 겨우 턱걸이를 할 정도의 성적으로 모든 과목을 밑바닥에서 헤매고 있었다. 나에게 학교란 여학생에게 추파를 던지고, 운동하고, 그리고 친구를 만나는 곳이었다. 스포츠를 하기 위한 교회 같은 곳이었다.

　반란은 자연스럽게 다가왔다. 나는 흥미를 느끼지 못하는 것에 흥미 있는 척 가장할 수 없었다. 더구나 나는 다른 능력을 지니고 있었다. 나는 튼튼하고, 열성적인 일꾼이며, 어떻게 배워야 하는지를 알았다. 더구나 나는 내가 운이 좋은 것 같다고 느꼈고, 삶은 나를 어느 흥미로운 곳으로 데려다 줄 것이라고 믿었다. 심지어 우리 선생님도 그걸 감지했다. 어느 날 내 프랑스어 선생님인 코프란드씨가 교실 근처에 와서 우리들에게 다음과 같이 말했다. "조이, 너는 훌륭한 벽돌 쌓기 일군이 될 거야. 매리, 너는 주부가 될 거야. 조아니, 너는 아마 건축가가 될지도." 선생님이 나에게 와서 멈춰 서서 말했다. "너는 여행을 많이 하게 될 거야." 그 말을 듣고 나는 정말 기뻤다.

　자라면서 스포츠는 내 삶에 가장 큰 것이 되었다. 나의 삼형제가 나를 이기려 하면 나는 반드시 게임에서 그들을 이겨 내었다. 우리는 동네 농구장인 보그스 코트에서 친구들을 상대로 시합을 했다. 우리 동네 팀은 이웃 동네 팀과 누군가가 피를 흘리는 경우에만 반칙이 적용되는 거친 경기방식으로 싸웠다. 우리 학교는 경쟁 학교에 대항하는 중요한 풋볼 시합에서 누가 이기느냐에 따라 살거나 죽었다. 나는 스포츠를 통해 삶에 관해서, 리더와 팔로워에 관해서 배웠다. 나는 스포츠를 통해서 모든 것을 배웠다. 내가 좋아하는 스포츠 맨은 래리 버드(전 미 프로농구 선수, 인디아나 페이서스 감독)인데, 평범하게 태어났지만 강한 정신력으로 스스로 스포츠 계의 슈퍼스타가 되었다. 그게 내가 존경하는 점이었다.

　나는 고등학교 시절 풋볼, 농구 및 라크로스(하키와 비슷한 구기)를 했으며 그 종목들에 대한 실력은 그저 평범했다. 2학년 때 나는 풋볼 코치의 주목을 받았고, 그는 나에게 흥미를 가지고 있었다. 맨니 마샬 코치는 학교 복도에서 나를 보고 주 대항 챔피언 쟁탈을 위해 팀에 내가 꼭 들어가야 한다는 듯이 다가왔다. "야. 오늘 기분이 어때? 밀크 쉐이크를 많이 마셔. 몸무게를 더 늘려야 해. 그래. 체육관에 갈 필요는 없어. 체육관 걱정은 하지 마. 내가 알아서 할 테니. 기분이 어때? 든든하지?" 3학년 때, 나는 외톨이에서 벗어났고 스포츠에 대한 집착 후 거기에는 단결력이라는 흥미를 유발하는 또 다른 특성이 있음을 깨달았다. 그리고 마샬 코치는 나에게 "아무에게도 말하지 마" 라며 "내년에 넌 주장이 될 거야" 라고 지명하곤 했다.

나는 주장이 되기에 충분하지 않았다. 나는 전 학년에 걸쳐 운동을 하지 않았으므로 내가 그 자리를 받을 자격이 없었다. 마샬 코치는 스코어에 따라 살고 죽는 그의 시스템에 내가 적응하기를 원했다. 내가 이기든 지든 스포츠 자체를 즐기는 사실을 그는 이해하지 못했다. "왜 웃고 있어?" 그가 소리쳤다. "재미있기 때문에" 나는 대답했다. 그에게 풋볼은 일종의 종교였고 우리 팀이 졌을 때 내가 친구들과 웃기라도 하면 나는 이교도 취급을 받았다. 나는 그의 기대에 찬 스타에서, 벤치도 물러나는 존재가 되어버렸다. 승부에 흥미를 잃었기 때문에 우리의 숙적, 워번 팀에 대항하는 시즌 마지막 게임 전에 팀에서 탈퇴했다. 나는 색스폰을 연주하는 밴드부의 일원으로 그 게임을 지켜보았다. 나는 밴드 리더가 열광할 만큼 신나게 연주해 주었다. 누군가가 풋볼 코치에게, "미안해, 나는 밴드부에 있어야 하므로 운동을 할 수 없어." 라고 했던 내 말을 일러 바쳤다. 이후 코치는 나를 증오했다.

팀의 일원이 되면 뭔가를 배울 수 있다는 것을 알았다. 나는 스포츠를 사랑했지만 구속은 싫어했다. 농구도 마찬가지였다. 시즌 초기에 연습 후 JV 코치가 나와 정크 존슨이란 친구를 지명한 후 나에게 먼저 말했다. "필립스. 내가 학생이었을 때 너희 아버지가 나를 뛰지 못하게 했으므로 난 너에게 농구를 하게 할 수 없어. 그리고 정크, 난 너를 싫어하기 때문에 너를 운동에 참여시킬 수 없어." 그는 우리를 농구 팀에서 몰아내려고 했다. 코치가 우리에게 앞으로 어떻게 할 것인지 물었을 때 정크와 나는 서로 마주 보았고 그리고 내가 대답했다. "코치님. 우린 계속합니다." 그건 내 모토였다. 나는 계속한다. 특히 나를 밀어내려고 한다면.

당신이 나를 상선 선원으로 인정한다면 그때 그렇게 밀어붙인 나 역시 옳았다고 생각한다. 상선에서 만난 사람들은 모두 그런 스토리를 가지고 있었다. 우리는 반장이 되는 모범생이 아니었다. 우리는 시끄러운 모터사이클을 타고 학교에 가고, 공격진에서 격렬하게 운동하며, 모든 애들이 어슬렁거리는 펠즈 숲속에서 마시고 떠들었던 친구들이었다. 우리는 우리만의 길을 갔다. 우리는 누군가가 둥그런 구멍으로 몰아 넣으려 하면, "아뇨. 거기에 들어 가지 않겠어요."라고 말하는 모난 돌이었다.

1975년, 나는 내 삶에 별로 도움이 되지 못했던 험담자인 아버지의 기대를 충족시키기 위해 나의 길을 걷고 있었다. 나는 레이시언 사의 보안요원, 지역 은행의 연방준비위원회 사무실 경비업무 및 택시 운전수 등의 몇 가지 직업을 가졌다. 보스턴 북쪽 도시, 알링턴에서 택시 기사를 할 때였다. 미래가 밝은 직업이 아니었지만 화려했다.

어느 날 한 손님이 차에 뛰어들어 주소를 내밀며 그곳으로 빨리 가서 돈을 찾아야 한다고 말했다. 나는 차를 후진시켰는데 1분 후에 어떤 여자가 그 미치광이를 따라 문 밖에서 소리치며 다른 차에 올라 탔다. 사내가 택시에 타고 외쳤다. "저 여자를 잡으면 20달러를 주겠어" 사내와 여자는 뭔가 개인적인 싸움에 휘말린 것이 분명했다 —결코 그 원인을 모르는—. 나는 갑자기 그 싸움의 중간에 끼어 버렸다. 속력을 내었고 영화 Bullitt의 추적 장면처럼 알링턴 시가지를 달리기 시작했다. 마침내 나는 그 여자와 나란히 달리게 되었고 차창을 통하여 겁에 질린 여자의 얼굴을 보았다. 그 순간 내 승객이 외쳤다. "저 여자를 길에서 밀쳐버려!" 분명히 그는 나를 택시 기사가 아니라 폭력배로 생각했다. 그녀를 잡아준 대가로 20달러를 받은 후 그를 내려주고 다시 택시를 몰았다.

나는 택시운전을 통해 많은 것을 배웠다. 그건 힘든 직업이었고 책으로 배울 수 없는 것이었다. 상상력을 활용해야만 했다. 그러나 나는 삶에 대한 진정한 방향도 없었고 올바른 계획도 없었다. 부모님 모두가 선생이었고 내가 대학을 나오기를 원했기 때문에 그 이유만으로 암헤르스트의 매사추세츠 대학에 입학했다. 수의사가 되고 싶었으므로 동물학을 공부했다. 하지만 계산자를 사용해야 하는 어느 수업 시간에 대학을 졸업하지 못할 것이라고 누군가가 나에게 말했다. 너무 잦은 파티, 수많은 여자들, 그리고 책을 너무 멀리 한 대가로 나는 한 학기를 마치고 그만 두었다. 만일 1974년 가을 그 캠퍼스에 뭔가 어려운 사건이라도 터졌다면 아마 나는 그 주위에 남았을 것이다.

나는 택시 운전수가 되었다. 어느 날, 말쑥한 바지와 1천 달러가 넘을 것 같은 가죽 재킷을 입은 날카롭게 보이는 친구를 태우고 로간 공항 뒷길을 빠져 나오고 있었다. 인상적인 사내였다. "어디로 갈 까요?" 내가 물었다. "나는 뭔가 활발한 놀이를 원해" 그가 대답했다. 70년대 중반 보스턴 시에서 있을 법한 평범한 요구가 아니었다. "어떤 놀이를 찾고 있습니까?" "나는 술에 취하고 싶고 여자를 원해" 그가 대답했다. "오케이. 그건 가능해요" 내가 말했다. 나는 미터기를 꺾고 컴뱃 존으로 향했다. 그곳은 당시 한낮에도 여대생들이 노래하는 네온 사인이 화려한 거리였다. 컴뱃 존에서는 무엇이라도, 그리고 어떤 것이라도 구할 수 있었다. 베토벤 콘체르트를 연주하고 필드 하키를 하는 이중 관절의 루마니아 아가씨를 원한다고? 문제 없어요. 로켓 추진 수류탄과 올드 패션을 원한다고? 그럼 가능하지요. 정말이지 결코 실망시키지 않는 곳이었다. 그곳은 어른들의 디즈니 월드였다.

우리가 그곳에 도착했을 때 실내거울에 비친 그의 눈이 휘둥그레 졌다. "됐어요?" 내가 물었다. 그가 고개를 끄덕인다. "됐어." 요금이 5달러였고 팁으로 5달러를 받았다. 당시 나는 노부인을 위해 걸어서 20개의 가방을 열 계단 위로 옮겨주고 25센트의 팁을 받았으므로 5달러는 눈이 휘둥그레지는 팁이었다. 그가 차에서 내릴 때 직업이 뭔지 물었다. 종이쪽지처럼 돈을 쥐어주는 사람이 택시 뒷자리에 탔으므로 직업이 뭔지 묻지 않을 수 없었다.

"나는 상선 선원이야." 그가 말했다.

나는 고개를 끄덕였다.

"그게 뭐죠?"

"아 그래. 우리는 배로 물건을 수송해."

"흥미롭군요."

그렇지 않은가? 오전 열시 반에 배를 타고 항구에 들어와 현금을 두둑하게 호주머니에 넣고 보스턴에서 가장 멋진 가죽 재킷을 입고 혼자서 재미있는 시간을 보내려고 컴뱃 존에 가려는 사람은 얼마나 멋진가!

좁은 골목으로 들어가는 그의 등뒤에 대고 소리쳤다

"어떻게 하면 그렇게 살아요?"

그 친구는 아마 석달 동안 바다에 있었을 것이며, 분명히 대학을 중퇴한 나같은 남자와 더 이상 대화를 나누고 싶지 않았을 것이다.

"여기" 볼티모어 선원학교의 주소와 명함 한 장을 건네 주었다.

그리고 사라졌다.

그 학교에 편지를 썼지만 회신을 받지 못했다. 나는 형 마이클이 보스턴으로 돌아와 내 아파트의 맥주 파티에 나타날 때까지 그 일을 잊고 있었다. 형은 버자드 만에 있는 매사추세츠 해양대학에 다니고 있었는데, 솔깃한 얘기를 들려 주었다. 형은 서리가 낀 찬 폴스탑 맥주 잔을 기울이며 말했다.

"나쁘지는 않아." 그가 덧붙여 설명했다.

"그들은 네 머리를 **빡빡** 밀지도 않아. 정말로 사관학교가 아니며 특별히 제복도 없으며 규칙이 엄격하지도 않고 학교를 떠나 1년에 6개월은 집에 머물 수 있어" 나는 한 주에 220달러를 벌면서 두 가지 일을 하고 있었고 뭔가 새로운 것을 하려고 준비하고 있었다. 나는 보스턴 주위에서 온갖 난봉을 피우고 사업을 팽개친 후 더 나은 세계를 보기 위하여 여행을 하는 잭 케로엑 (미국의 소설가, 시인, 예술가)과 그의 아이디어를 좋아했다. 이웃 사람 폴슨 부인과 무라코씨가 해양대학에서 나를 받아주도록 열심히 도와 주었으며 고교시절 농구 코치가 그곳 농구 코치에게 추천서를 써 주었다. 몇 달 후 입학하게 되었다. 더 이상 기다릴 수 없었다.

친구가 전날 밤 베풀어 준 마지막 거창한 파티 덕분에 거의 눈을 감은 채로 내 폭스바겐 승합차를 몰고 캠퍼스에 들어갔다. 광란의 밤샘 파티를 한 뒤라 나는 존 벨루시(에미상 수상 미국의 코미디언, 배우, 가수)처럼 비틀거리는 듯했다. 해양대학 캠퍼스는 조그마해서 기숙사 여섯 동, 실습선 한 척, 교실이 있는 몇 개의 건물, 행정센터 및 도서관으로 구성되어 있었다. 처음 봤을 때 나는 별로 나쁘지 않다고 생각했다.

우리를 맞이한 해군 제독은 매우 점잖고 특히 부모님들께는 더 그러했다.

"오늘 여러분은 아들을 잃습니다." 그가 간단히 말했다.

"우리가 그들을 돌려보낼 때 어른이 되어 있을 겁니다."

부모님의 차들이 주차장에서 떠나자 교관들이 돌아서서 고함을 지르기 시작했다. 우리는 더 이상 소중하게 대접받는 빛나는 젊은이가 아니었다. 우리는 "애송이"이었고 애송이는 포장 도로 위에 뱉은 침 정도의 대우를 받았다. 교관들이 우리 머리를 빡빡 밀어버리기 위해 이발소로 몰고 갈 때 고래고래 고함을 질렀고 아무런 이유 없이 우리에게 소리쳤다. 그 날이 끝나기 전에 우리는 두 번이나 캠퍼스 전체를 돌아 행군하면서 비명을 내질렀다. 해양대학은 상선대 선원으로 만들기 위해 인간을 개조하는 엄격한 군사학교로 바뀌었다. 나는 형의 탓으로 돌렸다. 형은 나를 잘도 속였다. 그가 원망스럽기만 했다.

우리는 1년 동안 "신입생 골려주기"라는 안개 속을 헤매었다.

학교를 책임지는 셰이키라는 제독이 한 분 있었지만, 실제로 상급생들이 학교를 움직였다. 홀을 내려가고 있으면 세 줄짜리—3학년—가 모퉁이에서 느닷없이 나와 구명보트에서 발견할 수 있는 25가지 물품 목록을 알파벳 순서로 말하라고 명령한다. 만일 대답을 못하면 팔굽혀펴기 24회를 실시해야 한다. 버뮤다로 가는 여름 항해실습 때는 겨울 코트, 장갑, 모자 및 고글안경을 비롯한 옷을 네 겹으로 입혀 온도가 화씨 160도(섭씨 70도)나 되는 한 여름 실습선의 기관실에 집어넣어 탈수 현상으로 쓰러질 때까지 작업을 시킨다. 그리고 온갖 방법으로 막대기 사탕을 빨아 먹어야 한다. 그 이유를 묻지 말라. 동기생을 배반하면 소화 호스를 잘라 그 끝을 방 문 밑으로 밀어 넣어 물을 최대로 틀어버린다. 아끼는 스테레오 장비나 카메라와는 이별을 고하라, 친구.

네 줄짜리-4학년-에 부딪치면 불쌍한 애송이는 "모포 말이 파티"를 당하게 된다. 침대에서 조용히 자고 있는데 갑자기 모포가 머리 위에 던져지고 상급생 10명이 죽기 직전까지 짓밟는다. 아니면 상급생들은 '네 모퉁이'에 애송이를 골려 주려고 매복한다. 거기에는 악몽이 도사리고 있다. 한 구석을 돌면 상급생 갱단이 누워서 기다리고 있다. 그들은 갑자기 우리에게 "증기기관이 되어!"라고 명령한다. 한 명은 수직 피스톤이 되며, 나머지 사람은 프로펠러와 샤프트 및 스팀 드럼이 되고 이는 몇 시간 동안 작은 원안에서 뛰거나 몸을 위아래로 펌프질하거나 스스로 이상하고 힘든 행동을 해야 한다는 것을 의미한다.

이제는 이 모든 것이 불법이다. 그때로 돌아가면 신입생 골려주기는 특성 구축을 위한 훈련이었으나 이제는 잘못된 악습으로 규정되었다. 나는 첫 주에 매우 혹독한 훈련을 받았으며, 심지어 애송이가 보다나은 결과를 성취해도 오히려 벌점을 받을 정도의 지독한 과정이었다. 우리의 학생시절, 캠퍼스 내에 사는 해군소령 교관 몇 사람도 기숙사에 들어오는 것을 두려워했다.

4학년 선배 한 명이 특별히 나를 못살게 굴었다. 우리는 서로 길을 잘못 들어 스치고 지나갔으며, 그는 매우 까다로운 잔소리꾼이었다.
그것은 일종의 화학반응 같았다. 양쪽 모두 적대감이 피어 올랐고, 그는 나를 학교에서 몰아내려고 작정했다.
캠퍼스에서 그는 나를 비참하게 만들려고 했다.

"넌 뭐야, 숫총각이야?" 그가 나를 비꼬았다.

"무슨 일로 한번도 하지 않았어?"

나는 내 나이보다 어린 허튼 친구로부터 어떤 말꼬리도 잡히지 않으려고 했다.

"먼저 실례합니다" 내가 대답했다.

그날 이후 그는 나를 물고 늘어졌다.

성탄절이 다가오는 어느 날. 나는 동기생 몇 명과 식당에서 기숙사로 걷고 있었다. 그가 '네 모퉁이'에서 나를 기다리고 있었다.

"제기랄, 필립스. 너 아직도 여기 있는거야?" 그가 소리쳤다.

그의 친구 몇 명이 비아냥거렸다.

깡마른 녀석이 나를 노리고 있었다.

"왜 당장 가서 짐을 꾸리지 않아. 넌 결코 이곳을 졸업할 수 없어. 지금 바로 내가 보증하겠어."

만일 내가 이 학교를 졸업해야 할 필요성에 조금이라도 의구심을 가졌더라면 거기서 끝났을 것이다. 내 조상은 카운티 코르크(County Cork; 코르크를 만드는 척박한 나라. 즉 아일랜드)에서 왔으며, 영국의 통치에 반대했기 때문에 반항하는 나라로 알려져 있다고 들었다. 나는 그들의 유전인자를 지니고 있었다.

"나는 하느님께 맹세한다" 나는 숨을 몰아 쉬며 중얼거렸다.

"너는 결코 나를 여기에서 쫓아내지 못할 거야" 나는 그에게 미소를 지었다. 환하고 열정적인 미소를. 그는 그걸 싫어 했다.

"엎드려. 팔굽혀 펴기 20회 실시!" 그가 외쳤다.

그때는 모든 게 그런 식이었다. 나는 고개를 가로저었다.

"선배님. 그 따위 일로 엎드릴 것까지도 없는데" 그가 나를 바라보았다. 그는 충격을 받은 것 같았다.

"뭐라고 했어. 애송이?"

"나는 '그 따위 일로 엎드릴 것까지도 없다' 고 말했어요. 나에게 팔굽혀 펴기 40회 실시라고 해주시죠."

두 시간 뒤, 나는 팔굽혀 펴기와 윗몸 일으키기 기합을 받느라고 땀에 흠뻑 젖었다. 온 몸이 더럽혀져 땀범벅이 되었고 팔이 젖은 국수 가락처럼 축 늘어졌다. 그는 내 얼굴에 흘러내리는 땀방울을 보고 있었다. 동기생 모두는 기숙사로 가버렸다.

마침내 그는 배가 고픈 것 같았다. 저녁 식사를 하러 식당에 가면서,

"내가 돌아와서 네가 여기에 있는지 확인할 거야, 만약 없으면 2주간의 벌점이야." 벌점은 무엇보다 나빴다. 벌점에 대한 특수과업을 하는데 주말 전체를 소비해야만 했으니까.

그가 떠난 후, 그의 동기생 한 명이 식당에서 달려 왔다.

그는 4학년 중에서 괜찮은 사람이었다.

"됐어. 필립스, 가봐." 나는 쳐다 보았다.

그리고 팔굽혀 펴기 20회를 하기 위해 몸을 굽혔다.

"아니, 감사합니다. 저는 괜찮습니다." 내 얼굴은 매우 반짝이는 그의 구두 바로 위에 있었다. 나는 의식을 잃는 것 같았고 오줌을 찔끔 거렸다. 나는 패배할 인간이 아니었다. 내가 20회를 셀 때 한숨 소리가 들렸다. "어리석은 짓 하지 마. 필립스, 난 너를 말리려고 왔어. 해산!" 나는 숨을 몰아 쉬면서 일어나 그의 눈을 보았다. "그 선배로부터 그 말을 들어야 합니다, 선배님." "그는 미친 놈이야. 그러므로 해산하라 는 말을 할 리가 없어." 나는 힘겹게 숨을 쉬면서 잠시 생각했다. 나는 그 미치광이가 이기게 내버려 두고 싶지 않았다. 그러나 이렇게 잘못 된 돌발적 행위에 대한 다른 선배의 처분은 나에게 충분한 타당성이 있었다. 또다시 20회의 팔굽혀 펴기를 추가하면 나는 거의 죽을 것 같았다.

"좋습니다, 선배님" 나는 그곳을 떠났다.

내 고문자가 텅 빈 홀에 나를 찾으러 오는 모습을 생각하자 웃음 이 나왔다. 내가 졸업을 할 수 있었다는 사실은 부분적으로나마 그 멍청 이에 힘입은 바도 있을 것이다.

내게 세상에서 가장 훌륭한 동기부여는 폭군에 의해 자행되는 어리석음이다.

누구나 퇴교하려고 마음먹지는 않았다. 1학년으로 350명이 입학 하여 그 중 180명이 졸업했다. 졸업생들 중에는 아무도 겁쟁이가 없다. 정말이다.

그러나 나는 그 학교를 좋아했다. 무엇보다도 내가 다른 대학을 그만 두게 한 한 가지 원인이었던 여자들이 없었다. 그들은 내가 자제할 수 없는 유혹이었다. 당시 아주 미친 듯이 여학생이 없다는 것이 유리한 점(오래 가지는 않았지만)이라고 생각했다. 그리고 학교에는 매우 다양한 성장배경을 지닌 친구들로 채워졌지만, 비슷한 공통점이 있었다. 그들은 모험, 자유, 육체적인 활동, 그리고 독립을 원했다.

그들은 대부분 유머에 대한 거친 감각을 가졌으며 사무실에서 일을 하기에는 너무나 왕성한 상상력을 지닌 친구들이었다.

나는 그 점에 대해 감사한다.

학교는 내 삶에 필요한 규칙을 가르쳐 주었다.

주위의 혼란을 정리하는 법을 배웠고, 상선에서 어떤 일을 완료할 때 이런 규칙이 먹혀 들었다. 이는 2차적인 보충작업이 아니었다.

모든 과업은 실질적인 가치를 지니고 있었다. 이런 규칙은 선상에서 안전을 보장해 주고, 이후의 안전한 입항을 약속해 주었다.

선상에서 빈둥거리는 사람은 없다.

모두 자신이 맡아야 할 과업이 있다.

선상에 있는 모든 사람에게 영향을 주는 것이 무엇인가!

결정적인 계기는 최초의 실습선 항해 중인 1976년 여름에 찾아왔다. 범선들이 미국 독립 200주년을 기념하기 위해 보스턴에 입항했으며 항내에서 항해와 투묘를 하며 장관을 이루었다. 동기생들과 나는 실습선 패트리엇 스테이트호에서 일하고 있었다. 우리는 페인팅을 했고 로프를 당겼으며 훈련을 하면서 그 해 여름 동안 맑은 공기를 마시며 지냈다. 나는 그것이 너무 좋았다. 실습은 매우 실질적이었고 무의미한 것을 최소화하면서 뭔가를 성취했다는 자긍심을 느끼며 잠자리에 들게 해주었다.

이날 고등학교 시절 이후 처음으로 팀의 일원이 됐음을 인식했다. 그러나 이때는 뭔가 달랐다. 나 혼자만의 방식으로 가야한다는 필요성을 그렇게 많이 느끼지 않았다. 여기에는 생활 스타일과 전통이 있었다. 심지어 자유마저 다소 제약받을 수도 있었다. 나는 조직의 일원이 되기를 원했다.

상선대의 이야기를 듣기 시작한 곳은 그 학교이다. 미 독립전쟁 기간 동안 어떻게 미국 상선대 선원들이 사략선(私掠船)으로 해군보다 3배로 더 많이 적을 나포 또는 격파했으며, 매사추세츠의 출신 선원 1천여 명이 영국과의 전투에서 사라졌던가? 바바리안 해적들이 어떻게 선원을 납치하여 "무어인 노예의 끔찍한 운명"으로 팔아넘겼던가? 스페니시 메인(남미 대륙의 북쪽 연안) 해적들이 어떻게 선원들을 납치하여 몰래 약탈하고, 승무원을 선창에 가둔 후 갑판에 불을 질러 배를 표류 시켰던가? 미국은 정말로 목제범선을 건조하여 이를 배경으로 살렘 같은 연안항을 벗어나 먼 세계로, 카디즈(스페인 남서부 항구, 옛 스페인 보물선의 근거지)에서 남극까지 당밀, 화약, 사금,

중국 비단, 그리고 아프리카 노예까지 모든 것을 수송했던가? 상선은 언제나 맨 먼저 거기-자바, 수마트라, 피지-에 갔다. 해군은 우리를 따라 왔다. 그것이 매사추세츠 해양대학에서 배운 것이었다.

그러나 그게 모든 전부가 아니었다. 4학년들은 상선을 타고 나갔다가 들어오면, 호주머니가 현금으로 터질 것 같았으며, 베네수엘라의 죽여주는 여자, 또는 바 전체를 부셔버린 도쿄에서의 싸움에 대해서도 얘기해 주었다. 해적은 이 얘기에 언제나 곁들이는 양념으로 신출내기 선장이 말라카 해협에서 얼마나 미숙하게 대처했는지에 대한 논쟁과 콜롬비아에서 얼마나 멋지게 도적을 따돌렸는지 등의 무용담으로 요란했다. 그 친구들은 모든 항해를 로버트 루이스 스티븐슨(스코틀랜드 출신의 소설가이자 작가로서 특히 여행기를 많이 썼다)과 직결되는 것처럼 꾸며댔다. 나는 그곳으로 달려가서 모든 걸 직접 보고 싶어 죽을 지경이었다.

7

D-day
일전

선주는 승무원에게 화기 사용법을 훈련시키고 그들을
무장하는 것이 회사를 위해 바람직하지 않다는 것을
매우 굳게 믿고 있다. 만일 승무원이 사격을 하면 보복
당할 가능성이 있다. 승무원들이 다치거나 사망할 수도
있으며 선박에 대한 피해도 물론이다.

자일스 노욱스, 국제선박소유주 협회 BMC 수석해양안전관
4월 8일, 크리스찬 사이언스 모니터

살랄라 출항 후 첫날이 조용하게 지나갔다. 우리는 적
절한 때에 아라비아 반도 동쪽 연안을 내려가
며 아덴만으로 향했다. 그 때까지 정상적인 항해였다. 나는 항해가 이대
로 지속되기를 빌었다.

나는 1등 항해사가 읽고 실행하도록 선장 야간 지시록에 해적 습격에 대한 표준절차를 추가했다. 그러나 그것은 단지 문서로 강조하는 사항이었다. 나는 관련자들이 어떻게 실제 위협에 행동하며 대처하는지 확인하고 싶었다. 살랄라에서 지부티 간의 항해는 3~4일 간의 항정이었으나 첫날은 모두가 지쳐버렸다. 배가 무슨 벌레가 된 것 같았다. 꿀꺽거리는 소리를 내며 물이 몰려들었고, 엔진 소리의 리듬이 들리며, 프로펠러 회전에 배 전체가 진동했다. 이런 현상은 선원들이 출항 첫날을 사랑하는 이유가 된다. 모든 고민꺼리를 뒤에 남겨두고 그들이 잘 알고 있는 이 편안한 세계로 들어갔다. 하지만 나쁜 점은 선원들이 안전의식에 민감해진다는 것이다. 나는 먼 바다의 새파란 바다 색깔을 볼 때까지 우리가 유지해 왔던 안전태세의 해제를 원하지 않았다. 세계에서 가장 위험한 수역으로 향하고 있었으므로 우리 배가 대비 태세를 유지하기를 희망했다.

4월 2일 아침, 선교로 올라가 커피 잔을 들었다. 레이더 화면은 깨끗했다. 1항사 셰인을 바라 보았다. 그는 새벽 4시부터 당직을 서고 있었다. 우리는 그날 계획을 얘기했다. 어떤 종류의 잔업이 필요한지, 그가 어떤 프로젝트를 하고 있는지에 관한 대화였다. 얘기는 스포츠와 최신 뉴스로 바뀌었다. 이번 항해가 시작되기 전에 셰인에게 말했다.

"나는 이번에 육지에서 좀 멀리 떨어진 항로로 우회하려고 한다. 자네는 이를 위해 준비해주게. 잔업수당 책정, 정비, 안전 및 비상조치

등. 나는 자네가 잘 할 수 있다는 걸 알아" 그는 선장이 되려는 길을 걷고 있었고, 더 많은 책임을 질 준비가 되어 있음을 나도 알고 있었다.

몇 분 후 또 말했다.

"오늘 우리는 불시에 안전훈련을 하려 한다."

1항사는 배에서 가장 힘든 일을 하는 사람이다.

그는 주 7일, 하루 14시간을 일하며 안전훈련은 그의 업무를 더욱 복잡하게 만들 뿐이다. 대부분의 1항사는 말할 것이다.

"에이, 선장님. 꼭 해야 합니까?" 그러나 셰인은 달랐다.

"좋아요. 저는 비상 계획훈련을 좋아해요"

듣기 좋은 노래 같은 대답이었다.

아침 식사 후 오전 아홉 시에 할 것이라고 말했다.

"자네는 이 훈련 때문에 오늘 할 일 중에 뭔가를 끝낼 수 없을지도 모르지만 이 훈련을 해야만 해."

"우리는 준비되어 있습니다."

"자네가 뭘 하려는지 말하지 말게. 단지 어떻게 하는지 지켜 보겠네."

아홉 시 2분전, 나는 선교로 올라갔다.

3항사 콜린 라이트와 당직부원 한 명이 거기 있었다.

내가 그에게 다가가서 말했다, "우현 쪽에 보트가 접근하고 있다. 무장한 해적 4명이 위해를 가하려고." 이는 안전훈련의 시작이었다.

그가 나를 보았다. "오, 오케이" 그가 말했다. 나는 기다렸다.

그는 단지 나만 보고 있었다.

"그럼 자네가 뭘 해야지?" 내가 물었다.

"오, 오케이" 그는 배 전체에 전달되는 일반 경보를 울렸다.

"아냐, 우린 선내비상경보를 먼저 울려서는 안 돼" 내가 설명했다.

"기적을 먼저 울려야 해." 우리가 그들을 발견했고 스스로 방어할 준비가 되어 있음을 먼저 해적들에게 알려야 한다. 선내비상경보는 단지 선내에 울리지만 기적은 5마일 거리에서도 들린다.

콜린이 기적을 울렸다. 승무원들이 행동에 들어가는 것을 지켜보았다. 각자는 책임 위치가 있으며 모두들 그곳으로 달려가게 되어 있었다. 그들 중 약 절반이 다른 길로 향하고 있었다. 저건 아닌데. "소화펌프!" 내가 소리쳤다. "알았습니다." 콜린이 대답했다. 매스크 앨라배마 호와 같은 배에는 아마 호스와 노즐이 붙은 35개소의 소화전이 있을 것이다. 그러나 해적 퇴치용 호스는 특별히 습격에 대처하기 위해 배치된다. 이들 다섯 개의 호스들 −선미에 3개소와 선미 쪽으로 향하는 선수의 2개소− 은 안전하게 장치되어 있고, 선교와 붐(소화 호스 기둥)에서 즉각 펌프를 작동하여 물을 쏠 수 있도록 "ON" 위치로 유지되어 있다. 해적 습격 시 선교에서 소화호스를 통제할 수 있어야 한다. 최대 압력의 물줄기를 해적들에게 쏘아 놈들이 사다리를 타고 올라오지 못하게 함은 물론이고 몇 마일 밖에서도 소화호스를 최대 압력으로 분사하고 있다는 사실은 침입자들에게 우리가 준비 완료되었음을 경고하는 것이다.

하지만, 콜린이 버튼을 눌렀을 때 아무 일도 일어나지 않았다. 소화펌프의 밸브 하나가 열려 있는 것이 확인되었고 당연히 호스에서는 물이 분사되지 않았다.

아무런 생각이 없는 당직부원 한 명은 선교에 그저 서 있으면서 자기 개를 잃어버린 양 멍하게 서있을 뿐이었다. 그 역시 당직자가 해야할 정확한 비상절차를 깨달아야 했다.

"우리는 해적의 습격 하에 있다" 내가 물었다.

"자네는 뭘 하게 되어 있지?" 그가 나를 바라 보았다.

"저, 저는 ㅡㅡㅡ." 그가 우물거렸다.

"자네는 우선 안전신호를 발령하게 되어 있어."

적절한 신호를 울림으로써 즉각적인 조치가 취해 질 수 있다.

나팔을 분명히 강하게 울려야 하며 그렇지 않으면 "퇴선" 또는 다른 명령으로 오인 할 수 있다. 그런데 이 친구는 그걸 제대로 하지 못했다. 그가 작동시키는 소리는 미국 국가를 연주하는 것 같았다. 또 하나의 혼란. 나는 그에게 붉은 "off" 버턴과 초록 "on" 버턴이 있는 소화펌프를 작동하도록 명령했다. 멍청하게 그가 붉은 버턴을 누르고 물러섰다. "아니야" 내가 말했다.

"넌 초록색 버턴을 누르고 물이 흐르는지 확인해야 해."

"알았습니다" 그가 말했다.

'아니, 하지 마' 차라리 나는 그렇게 말하고 싶었다.

다음으로 선교 도어 세 개를 닫도록 그 당직부원을 보냈다. 해적이 승선하면 모든 주요 접근 점-기관실. 선교-을 폐쇄해야 한다. 해적이 배를 장악하지 못하게 막아야 한다. 해적이 배를 장악하게 되면 놈들은 소말리아 연안으로 침로를 잡을 수 있고 거기에는 경찰도 없고, 잭 바우어 (미 국가안보국 특수요원)도 결코 찾을 수 없는 안가에 가두어 버리기 때문이다. 그리고 놈들은 알 카에다와 같은 최고의 가격 입찰자에게 선원들을 팔아 넘기기도 했다.

그것이 가장 큰 우려이며 모든 승무원을 혼란에 빠뜨리는 것임을 나는 알고 있었다. 눈을 가리고 악취가 나는 구덩이에 집어 넣고, 동물처럼 기둥에 묶여 회교 원리주의 민병대의 처분을 기다리는 것은 상상하기도 싫은 최악의 불운이었다. 우리들 모두가 대니얼 펄(아프가니스탄 전쟁 취재 중 참수형을 당한 월 스트리트 저널 기자)의 다음 희생자가 되는 것을 두려워 했다. 경력선원이 선교에서 달려 나갔다. 이제 콜린은 제대로 역할을 하고 있었다. 그는 선내 무전기를 VHF로 돌렸고 등화를 켰고 소화펌프를 작동시켰으며 해적의 승선을 회피하기 위한 선박 조종을 하기 시작했다.

"평문(nonduress)암호는 뭐야?"내가 물었다.
그것은 차폐된 도어 구역 내에 있는 누군가에게 도어 다른 쪽에 있는 동료가 해적의 위협을 받고 있지 않음을 알려주는 것이었다.
"미스터 존스."그가 대답했다.

아니었다. 사실 "미스터 존스"는 비밀 안전경보(SSAS)로서 비상시 선장이 누르는 버턴이다. 이를 누르면 24시간 인원이 배치되어 있는 구조센터에 위성통신으로 즉각 연결된다. 구조센터 요원이, "미스터 존스 있어요?"라고 물을 때 당신이 "no"라고 대답하면 당신은 위협 하에 있지 않으며 요원은 상황에 대하여 간단하게 질문할 것이다. 만일 당신이 "yes"라고 하면 당신은 등 뒤에서 AK_47소총의 위협을 받고 있어 구조센터 요원은 당신이 자유롭게 대답할 수 없음을 알기 때문에 무선 접촉을 끊을 것이다.

이는 대통령의 핵무기 암호와 같다. 제3자는 전혀 알 수도 없다.

"근처에도 못 갔어" 내가 말했다.

"그건 서퍼타임이야." 콜린이 주춤했다.

분명히 우리 자신을 위해 모든 걸 재확인 해야만 했다.

잠시 후 당직부원이 선교로 돌아왔다. 그는 약 20초 내에 선교 도어 세 개를 닫는 임무를 받았다. 그런데 5분이나 걸렸다.

"어디 있었어?" 나는 이미 대답을 알고 있었다.

"문을 닫으러 갔습니다." "어느 문을 닫았어?"

"각 층의 모든 도어를." "그 문들 모두에 잠금장치를 하였던가?"

"아" 그가 대답했다. "아뇨." 도어를 폐쇄하는 핵심적인 목적은 침입자의 침투에 대비, 갑판을 고립하여 승무원들의 은폐 위치가 노출될 때 이동할 수 있는 안전구역을 확보하기 위해서이다. 도어를 폐쇄하지 않으면 안전구역을 충분하게 확보하지 못한다.

"그럼 자네는 문을 닫기만 했군. 잠근 게 아니고?"

"예." 그가 인정했다. "저는 그저 닫았습니다."

"그건 별로 도움이 안 되겠지?"

"네, 안될 것 같습니다." 콜린이 고개를 흔들었다.

"저는 이 일을 예닐곱 번 해 왔습니다." 그가 말했다.

내가 고개를 끄덕였다. "우리는 완벽을 추구하고 있어. 그러나, 이런 수준으로는 안전하지 않아."

몇몇 친구들이 웃었고 그들은 내 말을 이해했다.

훈련은 끝났다. 나는 선내 사무실에 있는 3항사를 제외하고 모든 승무원을 집합시켜 잘잘못이 뭔지를 짚어 나갔다. 훈련은 완벽하게 되지 않았다. 나는 이 배가 바보들의 배라는 인상을 주고 싶지 않았다. 대부분의 승무원은 훌륭한 선원이지만 모든 선장에게는 자신의 방식이 있으며 선장은 자신의 방침을 동료들에게 가르쳐야 한다. 첫 훈련은 경종을 울리는 것이었다. 나는 승무원들이 차차 나의 방식에 익숙해 질 것이며 상황이 극적으로 발전될 것임을 알고 있었다.

훈련 강평 시 기관장 마이크가 말했다. "후부 조타실을 2차적인 안전구역으로 하는 것이 어떻습니까?" 해적이 습격하면 기관장은 바로 기관실로 갈 것이다. 1등기관사 외 3등기관사는 후부 조타기실로 갈 것이다. 나머지 승무원은 선내 사무실로 달려갈 것이다. 그러나 해적이 도어를 부수면 제2차 안전구역이 필요할 것이며 후부 조타기실은 완벽한 후보구역이 될 수 있다. 그곳은 좁은 통로로 은폐되어 있어 해적들이 좀 처럼 발견하지 못할 것이기 때문이다.

"좋은 지적이야," 내가 동의했다.

"그렇게 한번 해보지."

"놈들이 무선을 들으면 어떻게 하죠?" 부원선원 한 명이 물었다.

"설마? 그러나 그것 역시 좋은 지적사항이야.

그래서 우리는 장소를 언급하지 않을 거야.

내가 1항사로부터 보고를 받으면 나는 그가 갑판에 있음을 확신한다. 2항사로부터 보고 받으면 그가 점검 위치에 있음을 확신한다.

기관사들은 기관실에 있을 것이다. 만일 그들이 점검 위치에 있지 않는다면 그들이 안전실에 있을 것으로 확신한다.

모두들 알았나?" 모두가 고개를 끄덕였다.

"해적의 습격을 받을 때 해야 할 일이 그 외에 뭣이 있을까?"

내가 물었다.

"우리는 트위스트 자물쇠와 신호탄이 있습니다" 누군가가 말했다.

트위스트 자물쇠는 컨테이너를 갑판에 고정시키는데 사용하는 무거운 금속 자물쇠이다. 그것들을 해적들에게 던져 퇴치하기에 괜찮겠지만 매우 부정확하다. 우리는 선교에 10개를 비치하고 있었다.

"그래, 모두들 각자가 해야 할 일을 알겠지?"

모두들 고개를 끄덕였다.

해적 습격에 대한 훈련을 하기 위해 한 무리의 선원들을 집합시킬 때마다, 존 웨인이 나오는 영화를 너무 많이 봐서 놈들에게 발가락 걸음으로 몰래 다가가려고 하는 사람이 한 명 있었다. 그는 나이가 대략 65세이며 체중이 300파운드로 저녁식사 대열에는 맨 처음 헐떡거리면서 달려가는 친구이다. 우리가 훈련을 마칠 무렵 그 퉁명스러운 늙은 부원선원은 아주 그럴싸하게 말했다.

"선장님, 우리도 무기를 가져야 합니다."

"나는 싸우고 싶습니다" 라는 뜻이지만 "acta non verba."

즉 "말이 아닌 행동을" 이라는 미국 해양대학의 모토를 그에게 말해주고 싶었다.

실제로 이 친구는 간신히 계단을 올라가 젊은이들 사이에 낀 채, 해적이 겁을 주면 바로 항복하거나 바다로 몸을 던질 것처럼 비겁해질 것이다.

"잘 들어." 내가 말했다.

"우리는 총으로 하는 싸움에 칼을 내밀기를 원하지 않아. 싸움은 선택이지만 우리는 지혜롭게 대처해야 해. 첫째, 우리는 점검한다. 그리고 호스와 등화를 준비한다. 그 다음에 스스로 안전을 도모한다. 알았지?" 모두가 고개를 끄덕였다.

"그때 놈들이 가진 것이 칼과 몽둥이 뿐이란 것을 알게 되면 우리가 가지고 있는 손도끼, 도끼, 그리고 파이프를 사용할 수 있다.

우리는 잠금 장치의 빗장도 쓸 수 있다"_빗장은 "지팡이" 같은 것으로 컨테이너를 고정하는 긴 쇠막대기이다. 중세기 전사들처럼 해적들과 전투하는 모습이 어리석게 보일지도 모르지만 승무원들이 안전실에서 뛰쳐나와 쇠막대기와 도끼를 휘두르자 해적들이 기겁하여 현측을 뛰어넘어 도망친 경우가 실제로 있었다. 이는 위험한 행동이지만, 몸값 흥정을 위해 넉 달씩이나 감금을 당하는 것보다 나을 것이다.

우리는 해적이 배에 올라타면 어느 누구도 열쇠 뭉치를 가지고 밖으로 나가지 말아야 한다는 것을 강조했다. 해적이 열쇠 뭉치를 지닌 승무원 한 명을 잡으면 놈들은 배 전체를 장악 할 수 있다. 또한 나는 모든 끈을 연 뒤에는 그 문을 반드시 닫도록 명령했다. 과거 기관장 마이크와 함께 항해했을 때 기관실 요원들이 뜨거운 기관실 공기 순환을 위해 해적방지 철망을 열어 두는 것에 주의를 촉구한 적이 있었다. 이는 무거운 수밀 문이 자주 열린 채 방치된다는 것을 뜻하며 기관실은 바로 상부 구조물과 직결되며 침입자들이 그대로 선교로 뛰어 올라올 수 있으므로 언제나 폐쇄되어 있어야 한다. 그리고 해적들이 자물쇠를 총격으로 파괴하는 경우에 대비하여 우리는 사전에 수밀 문 내부에 데드볼트(도어 폐쇄를 위한 볼트)를 장착 하기로 했다. 우리는 이미 상부 구조물에 데드볼트 장치를 했지만 나머지 몇몇 도어에도 데드볼트 장치를 할 필요가 있었다. 마이크가 부하들에게 그런 장치를 하도록 명령했다.

"좋아." 내가 말했다.

"이런 사전 조치가 힘들다는 것을 알지만 그것이 우리 생명을 구할 수도 있어. 우리는 다음에는 더 잘해야 해."

그 후 승무원들을 자신의 업무에 복귀하게 했다. 훈련에 15분, 강평에는 30분이 걸렸다.

다른 선장이었으면 몇몇 선원들을 야단치고 혹독하게 따졌을 것이다. 그러나 나는 수년 간에 걸쳐 다른 지휘 방법을 터득했다. 나는 아버지 또는 내가 모셨던 다른 선장들처럼 고함만 지르는 사람이 되고 싶지 않았다. 나는 그런 행위가 부하들의 대화에 나를 배제시킬 뿐이라는 것을 잘 알고 있었다. 나는 어떤 친구들이 능력이 부족할 때 바로 완벽하도록 다그치고 하고 싶지 않았다.

우리는 걷기 전에 기어야 한다.

그 후에 달리기를 생각할 수 있다.

그 자각은 나의 상선근무 초기 생활-면허증 취득 후 최초의 항해 -로 거슬러 올라 간다.

내가 해양대학을 졸업했을 때 초급사관으로서 일 할 수 있는 3등 항해사 면허증을 받았다. 그러나 채용될 때까지 기다려야 했다. 나는 집으로 돌아가 페인트 칠을 하면서 이 후에 전개될 괜찮은 직장을 기다렸다. 처음에는 플로리다와 바하마를 오가는 항로의 배를 탔는데 내 성미에는 너무 지루했다. 어느 날 여자 친구 집의 수영장에 있을 때, 해운회사 인력 담당 친구가 전화를 걸어왔다.

"우리는 배 한 척을 가지고 있는데 3항사가 필요해."

"어디로 가는데?"

"알라스카" 알라스카는 뭔가 좀 다른 듯하여 유혹을 느꼈다.

세 시간 후 나는 시애틀 행 비행기를 탔다.

반 나절 간의 비행 후 택시를 타고 부두로 달려갔다. 운전수는 마치 떠 있는 쓰레기더미 같은 것 앞에 차를 세웠다.

"잘못 왔어, 친구" 내가 말했다.

"나는 배에서 일할 것인데, 이건 바지 선이야."

그러자 내가 꿈지럭거리며 늑기라도 한다는 듯이 택시기사가 말했다.

"당신은 내가 오늘 여기에 데려다 준 세 번째 친구야. 이게 당신 배야."

내가 그 배를 타자 2항사가 나에게 말했다.

"당신은 이와 같이 형편없는 배를 결코 다시는 탈 수 없을 거야"

그의 말이 옳았다.

알루웃 프로바이더 호는 시애틀과 알라스카를 왕래하고 있었다. 우리는 알루샨 열도를 통과하여 코디악으로 가는 샬롯테타운을 경유하는 육지 쪽 항로를 타고 올라갔다. 북극권의 프리빌로프 섬으로 가면서 작은 어촌 마을들을 거치며 트롤 어선이 가져오는 연어와 킹 크랩을 적재하였다. 우리는 미국 정부와 계약하여 인디안 마을에 보급품을 수송하게 되어 있었으나, 적정한 가격에 싣고 돌아오는 모든 것은 순 이익이 발생했다. 따라서 그 배는 상상할 수 있는 모든 종류의 전방지역 생산품을 적재했다. 화물창고가 터질 만큼의 가죽, 냉동창고를 가득 채운 연어, 선연(船緣 gunwale) 높이까지 트럭, 시애틀에서 다시 채우기 위한 빈 맥주통, 모터 사이클, 전화 박스, 스노 모빌, 그리고 소화전 등을 갑판 위에 가득 실었다. 이는 목적지도 없는 비벌리 힐 영화 촬영 세트 속의 순항 같았다.

첫 항차에 나는 3항사였다. 나는 선장과 대화할 기회가 별로 없었고 이는 내가 토템 기둥에서 얼마나 낮은 곳에 있는가를 뜻한다. 내 방은 나무 문을 가진 조그만 공간이었고 그 문은 나중에 폭풍으로 돌쩌귀가 부서져 날아가 모포로 교체되어 북극 바람의 유일한 보호막이 되었다. 아침에 일어나면 발아래에 물이 흘렀다. 도대체 왜 내가 스스로 여기로 왔는지 의아하기만 했다.

해상에서의 3주간은 고생 바가지였다. 선장은 나와 2항사의 사소한 위반사항을 기록(그건 보고되는 것이었다)했다. 다음 항구에 대한 조석보고를 하지 않았다는 것이었다. 우리는 실제로 조석보고를 기록했으나 1항사가 우리 보고서를 휴지 조각으로 생각하여 버렸던 것이다. 1항사가 그 문제를 따지려고 선장을 찾아 갔으나 선장은 듣기를 거부하고 그를 내쫓았다. 그래서 1항사가 그만 두었다. 2항사도 연대 책임을 물어 그만 두었고 잡역부로 근무했던 그의 아내도 뒤따라 그만 두자 갑판장도 유능한 경력선원도 그만 두었다.

모두들 일을 그만두고 배를 떠났다. 영광스러운 택시 기사였던 나는 갑자기 북극권을 향하여 항해하고 있던 배의 1항사가 되었다. 우리는 극심한 인력 부족에 시달려 경력 선원으로 14세 및 16세 틴에이저 2명을 고용해야만 했다. 선장은 개의치 않았다. 그가 믿는 중요한 강조사항은 선상에서는 모두 침착해야 한다는 것이었다. 선장은 과거 알코올 중독자로 배에서 어떤 종류의 술도 금지했다. 그러나 일과 후 몇몇 승무원들이 에버클리어 에칠 알코올을 두고 모여 들기도 했다. 그것은 매우 강한 물질로 어떤 것에 닿게 되면 무시무시한 불꽃을 피워 모두를 미치게 하는 것이었다. 그래서 어느 날 선장이 방에서 나와 나에게 소리쳤다.

"저 친구들이 술 마시고 있는거야, 필립스? 이 배에서 술 냄새가 나는 것 같은데" 내가 대답했다.

"제가 감시할 겁니다. 선장님. 제가 그들을 감시하겠습니다"

그동안 나는 거의 매일 밤, 그 승무원들과 같이 술을 마셨던 것이다.

그러나 우리는 2주 후 알라스카의 펠리칸 만에 입항했고 거기에는 생선 가공공장, 예닐곱 채의 집과 술집 하나만 있었다. 선장은 몇몇 추가 작업을 명령했으나 모든 승무원은 함께 배를 떠났다. 모두가 현문 사다리를 걸어 내려가 로지의 보텀리스 술집으로 향했다. 나는 배로 돌아오도록 그들을 설득해야만 했다.

우리가 들어가자 바텐더가 물었다.

"당신들 곰을 봤어?"

"아니. 왜?"

"그래, 지난 번에 어느 배에서 내려 빈둥거리던 두 친구를 곰이 잡아 먹었어."

나는 승무원들이 배에 다시 돌아가도록 설득하는 동안 검은 곰 때문에 등 뒤를 주시해야만 했다. 설득은 이른 아침 시간까지 계속 되었고 마침내 나는 모든 근무 이탈자를 프로바이더 호에 복귀시키는 목자가 될 수 있었다.

내가 승무원들을 복귀시킬 때 선장은 부두 쪽 윙 브리지에 서 있었다. "제가 그들을 데려 왔습니다. 선장님" 선장은 그저 힐끗 돌아 보았다. 이후 우리는 선장을 비롯하여 모두 잠을 자기 시작했다.

다음 날 일어나 아침을 먹고 업무에 복귀했다. 아무도 말이 없었다.

그것은 상선에서 일어나는 일상적인 일로서 창조를 위한 순간적 혼란이라고 할 수 있었다. 그러나 그 항해에는 영광스런 순간도 있었다.

아름다운 해역으로 미끄러지듯 들어가는 배의 갑판에서 사슴, 곰, 여우를 볼 수 있었다. 범고래들이 해면을 20야드나 가르고 몇 마일이나 우리를 따라 헤엄쳐 왔다. 우리는 알라스카 만 중앙에서 노젓는 보트를 타고 표류하던 어부 부자 두 사람을 구조했다. 그들의 보트 는 불길에 휩싸였으며 비록 구조용 노출 복을 입고 있었지만 너무나 추워 그들은 거의 죽어가고 있었다. 우리가 어부들을 갑판에서 발견했을 때 신호를 하기 위해 누가 우리 배에 엽총을 쏠 것인지 논쟁 중이었다. 그들은 몸이 얼어 몇 시간 동안 말을 할 수 없었다. 그저 떨기만 했다. 하루 종일 그들은 지나가는 배를 바라보면서 선수에 있는 배의 이름을 읽을 수 있는 거리까지 접근했으나, 구조를 요청하는 울부짖음을 아무도 듣지 못했다고 했다. 항해 막바지에 나는 해도 에는 나타나 있지 않는 대양의 한가운데에서 나무와 눈이 덮인 섬을 보았다. 태양이 떠오르자 그 섬의 아래 부분이 천천히 녹았으며 마침내 모든 것이 사라졌다. 이는 고위도 지방의 지구 곡면 주위에서 볼 수 있는 초 굴절 현상으로 판명되었다. 실제로 나는 300마일 떨어진 산 꼭대기를 보았고 우리 배가 그곳에 올라타는 것 같았다.

이는 세상 사람들 중에 극소수만 볼 수 있는 희귀한 현상이었다. 야생 자연의 특성, 심장을 멈추게 하는 경관, 맹렬한 행동 이 모든 것은 내가 상선 선원 중 한명이 되도록 만드는 것이었다. 나는 올가미에 걸렸던 것이다.

그 항해는 어떻게 부하를 지휘할 것인가를 실습하는 시작이었다.

(제 1 과: 부하들과 대화하는 방법을 배워라) 그때 나는 해상에서의 일은 어느 것 하나 예상대로 되지 않는다는 것을 배웠다. 우리는 반란에서부터 굶주린 곰, 해상에서의 시각적 착각에 이르기까지 여러 가지 가능성이 있는 애매한 경우에 대비해야 한다. 한 가지 편견 −승무원이 맥주 한 두 잔을 마시는 것 같은 행동−으로 선장들은 부하들의 신뢰를

잃기도 한다. 그건 소말리아 연안 수역에서 깊이 느끼는 진리이다.

아파치 마을에서 살아남으려면 아파치처럼 생각해야 한다.

다음 날 아침은 맑고 더웠다.

메릴랜드의 미 해군 정보국은 해운보고에 대한 최신의 범세계적 위협을 e메일로 보내 주었다. 나는 바로 확인했다. 해적습격과 기타 위협들이 지역별로 구분되어 있었다. 북대서양, 지중해 그리고 대서양 전반에 걸쳐 단 한 건의 사건도 보고되지 않았다.

나는 동아프리카 섹션으로 건너 뛰었다. 거기에는 39건의 습격 사건이 기재되어 있었다. '단 한 주 동안에' 한숨을 쉬었다. 그 공보는 선원을 위한 경찰의 사건기록부 같았으며 동아프리카는 우리가 지금 가는 이 세상의 마지막 장소 같았다. 나는 몇몇 기록을 한동안 주시했다.

• • •

1. 어느 선박이 2009년 3월 20일 현지 시간으로 06:00시. 밥 엘 만데브 근해에서 항해 중에 수상한 선박의 접근을 보고했다.

2. 총으로 무장한 해적 5명이 고속보트 2척에 타고 밥 엘 만데브 연안에서 어느 선박의 좌현 선수로 접근했다.

3. 화학물 탱커선이 2009년 3월 29일 아덴만에서 해적이 승선을 시도했다고 보고했다.

4. 독일 해군 유조함(FGS SPESSART)이 2009년 3월 29일 총격을 받았다. 고속보트에 탄 해적 7명이 아덴만에서 상선 으로 잘못 알고 해군 군함에 사격을 가했다.

5. 아덴만에서 AK-47로 무장한 해적 7명이 탄 고속 보트 한척이 접근하여 어느 선박에 총격을 가했다.

6. 벌크선(TITAN호)이 2009년 3월 19일 납치되었다. AK-47과 권총으로 무장한 고속보트 속의 해적 6명이 아덴만에서 그 배에 승선하여 납치했다.

7. 화물선(DIAMOND FALCON 호)이 2009년 3월 14일 총격을 받았다. 자동화기와 RPG로 무장한 해적이 탄 고속보트 두 척이 해당 선박에 총격을 가했다.

8. 어느 선박이 아덴만에서 현지 시간 2009년 1월 1일 1730시 납치 시도가 있었다고 보고했다.

9. 2009년 3월 30일 어느 벌크선이 총격을 받았다. 인도양에서 모선이 멀리 후방에 대기하는 동안 고속 보트가 그 선박에 접근했다.

10. 컨테이너선이 2009년 3월 28일 탄자니아 근해에서 의아 선박 접근을 보고했다.

해적들은 아프리카의 뿔 근해에서 항해를 하는 여러 종류의 선박에 접근 및 습격을 시도하고 있었다. 유조선, 어선, 심지어 호화 크루즈선까지도 그곳에서는 안전하지 않았다. 수많은 배들이 아프리카 동쪽 연안을 항해하고 있었고, 당신이 레이더 상에서 해적선을 보게 되는 일이 없기를 희망해야 한다. 해적을 발견하면 대응하는 방법은 매우 제한적이다. 증속, 소화호스 해수분사 및 눈속임이 기껏 사용할 수 있는 수단일 뿐이다. 소말리아 해적들은 자동무기, 고속보트, 로켓추진 수류탄을 보유하고 있으며 극도로 잔인하다는 악명이 자자하다.

그것은 아프리카 초원의 사자 한 마리와 야생 동물떼와 같다. 만일 사자가 당신을 선택하면, 당신은 너무나 운이 나쁜 날을 맞이한 게 되므로 단지 무리 속에 섞여 안전하기만을 바랄 뿐이다. 사자가 그저 약점 −느리고, 연약하고, 어린 것−을 찾듯이 해적은 방어력이 부족한 것처럼 보이는 배들을 공격하기 십상이다.

그러나 미국인은 해적의 영향력에서 벗어났다고 착각하는 듯 했다. 해적에 인질로 잡힌 미국 배의 선원에 대한 기록은 200년 전의 일이었고, 대륙의 반대쪽에 있는 트리폴리나 알제와 같은 북 아프리카 항구 외곽에서 바바리안 해적이나 무슬림 산적들이 활동하던 시대 였다. 당시로 돌아가면, 해적 퇴치는 토마스 제퍼슨 대통령의 업무 중 가장 높은 우선순위를 차지했다. 1801년 미국 연방정부 예산의 20%는 아프리카 해적에게 몸값을 지불하는 것으로 투입되었다. 피랍된 상선 승무원들은 알제 해적두목의 호화 저택에서 노예로 살아가며 일을 했다. 미국은 심지어 두 차례에 걸쳐 피비린내 나는 전쟁을 치렀으며 이는 유명한 해병대 군가 둘째 줄에 – "트리폴리 해안으로" 라는 가사가 있을 정도이다.

그것은 오래 전 이야기였다. 해적 행위는 미국인의 기억 속에서 사라진 지 오래였다. 미해군은 수세기 동안 해적퇴치 활동을 할 필요가 없었다. 하지만 이 항해의 둘째 날 저녁, 나는 승무원들이 해적습격에 대해 준비 된 것을 느꼈다. 사태는 악화될 수 있지만 우리는 좋은 출발을 했다. 우리의 한계를 시험하려는 자들이 이미 해당 수역에 들어와 있음을 나는 전혀 알지 못했다.

6 D-day
일전

이 지역의 상황은 매우 심각하다. 우리는 이전에 이
지역에서 이러한 해적 활동의 폭주를 보지 못했다. 이
해적들은 상선들을 장악하려고서 상당한 화력 사용을
주저하지 않는다. 올해 260명 이상의 선원들이 소말리아
에 인질로 잡혀갔다. 보다 적극적인 조치를 취하지 않으
면 선원들은 심각한 위험에 빠질 것이다.

– 국제해사기구(IMO)
포텐갈 무쿤단 국장의 발언
2008년 8월 21일

나의 해상근무 경력을 통틀어 지금까지 한번도 해적선의
접근을 경험하지 않았지만, 이제는 아니었다. 지난 9월
아덴만 통과 항해중 1항사 셰인이 나를 불렀다.

"선장님, 우리가 일찍이 통과한 배에 관해서 말씀드린 것을 알고 계시죠?" 나는 고개를 끄덕였다.

세계 곳곳의 매우 복잡한 항로 상에서 같은 항정을 항해하고 같은 항구에 기항하면서 같은 배들을 반복적으로 보게 된다. 그 배들의 이름은 AIS, 즉 자동식별 시스템 상에 나타난다. 우리는 전날밤 컨테이너선 한 척을 통과했다. 셰인은 무선을 청취해 왔으며 언급된 선명을 기억했다.

"여섯 시간 전, 그 배가 해적에 납치되었습니다."

"어디서?" 내가 물었다.

"케냐~소말리아 국경 바로 북쪽에서 입니다."

이는 주사위 던지기와 같았다. 해적은 선수를 남쪽으로 돌려 우리를 습격하는 대신에 북쪽으로 돌려 그 배를 납치했다.

해적행위도 날씨처럼 계절이 있다. 인도양은 보통 유리판처럼 매끄럽고 열대의 황홀한 청색 바다로 선원들은 "아름다운 수역"이라 하지만, 6월 하순부터 9월 초순까지 카립(khareef) 시즌이 도래하며, 바다를 가로지르는 남서 몬순이 인도양에 몰아쳐 작은 선박에게 위험을 준다. 따라서 해적행위가 가능한 계절이 10월부터 이듬해 5월까지 계속됨을 의미한다. 4월까지, 해적들은 폭풍의 계절이 그들의 사업을 방해하기 전에 뭔가 그들에게 풍요를 가져다 줄 건수를 모색하는 것이다.

내가 알기로는 해적들의 대부분은 푼트랜드라고 하는 소말리아 북동 지역에서 출몰하는데, 이 푼트랜드는 황금, 흑단 및 블랙우드의 산지로 고대 이집트 인들에게 알려진 신화적인 푼트 지역에서 유래한 것이다. 이 지역은 당시 파라오들에게 부를 수출한 지역이었으나 오늘날은 기근, 해적, 그리고 혼란이 횡행하는 무질서한 곳으로 바뀌었다. 1991년 소말리아 정부의 붕괴는 대규모 기근과 미 육군이 주도하는 유엔 평화유지군의 주둔을 초래했다. 1993년 10월 3일과 4일, 불명예스러운 "블랙 호크 격추" 사건이 일어나 미국 병사 10명과 말레이시아인 한 명이 끔찍한 포격전에서 목숨을 잃음으로써 이 모든 것은 끝이 났다.

해적들은 자신들의 생활터전이 사라지자 어쩔 수 없이 도둑질을 해야만 했던 과거의 어부들이었다고 주장한다. 외국의 트롤어선들이 그들의 연안으로 와서 수억 달러에 이르는 참치, 정어리, 고등어 및 황새치를 싹쓸이 했다고 말한다. 어떤 배들은 신속한 수확을 위해 해로운 폐기물을 이 해역에 몰래 투기했다는 것이다. 지역 어부들은 스페인과 일본의 고도로 발전된 어로 장비를 갖춘 어선들과 경쟁을 할 수 없었고 같은 연안에서 조업하려고 하자, 침입자들이 그들에게 총을 발사했다. 그들은 자신들의 바다를 빼앗기고 구걸과 굶주림의 나락으로 떨어져 버렸다는 것이다.

그러나 나는 소말리아 해안을 항해할 때마다 고등어, 참치 및 다른 고기떼를 보았다. 거기는 살아갈 만한 터전이 남아 있었다. 소말리아

인들이 단지 보다 쉬운 일 즉, 해적행위만을 추구하고 있다고 생각하지 않을 수 없다.

1990년대, 무장한 젊은이들을 태운 보트들이 에일 항과 같은 소말리아 항구를 출발해 외국 선원들을 납치하여 인질을 억류하기 시작했다. 그들은 무자비하고 전문적인 도둑집단으로 기회를 노려서 갈수록 많은 외국인선원들을 납치했다. 대부분 1년에 대략 1인당 600달러 밖에 벌지 못하는 가난한 나라에서, 2008년에 1억 2천만 달러를 해적행위로 벌었다. 이 사람들은 정어리와 황새치 따위의 고기잡이를 내팽개쳐 버렸다. 나는 그들이 마피아 폭력배나 주유소를 약탈하는 무장강도와 마찬가지라고 생각한다. 그들이 불쌍하지만 분명히 도둑임에는 틀림없는 것이다.

1990년대 초기, 해적행위가 시작되었을 때 그들은 선외기 하나를 가진 초라한 목선을 타고 지역 항구에서 출항했다. 그 보트는 더 이상 멀리 나갈 수 없었다. 해안선을 따라서, 수천 평방 마일의 제한된 바다만을 돌아다닐 뿐 이었다. 그러나 기존의 해운 항로를 따라가던 상선을 만나면 그들은 항상 해왔던 노략질을 했다. 그렇게 되자 상선들은 항로를 바꾸었다. 큰 배들은 보다 먼 외해로 항해하게 되고 해적들은 행운을 기대할 수 없다는 것을 알게 되었다.

문제가 발생한 시점은 소말리아 해적들이 게임을 바꾸던 시기였다.

트롤어선 및 화물선의 선원을 납치하여 몸값을 받기 위해 억류하는 대신에 배를 훔쳐 모선으로 사용했다. 이 트롤어선들은 거친 기상에도 수백 마일 밖의 외해에서 항해할 수 있으며, 소형 고속보트를 모선 뒤에 메달아 큰 먹이를 찾으러 나서기도 했다. 해적들은 하나의 배를 점찍으면 3, 4명으로 구성된 팀을 보트에 태워 사냥에 나섰다.

실패하더라도 문제가 되지 않았다. 모선은 그럴싸한 먹이를 찾기 위해 몇 주간 바다에 머물 수 있었다. 2005년 무렵, 동아프리카 연안에서 상선은 피신할 곳이 없었다. 항해할 수 있는 어느 해역이든 해적이 추적할 수 있었다.

해적공격의 표준 작전 절차는 다음과 같았다. 일몰 직전 또는 일출 직후에 3~4척의 고속보트가 신속하게 목표물에 접근한다. 거기에는 모선이 뒤따를 것이며 수평선 너머로부터 표적을 차단하려 할 것이다. 해적은 표적선의 갑판에 쇠갈고리를 던져 이를 단단히 고정한 후 쇠갈고리, 로프, 줄사다리나 철제사다리를 타고 표적선 선체 현측으로 침투한다. 그때부터 인질의 몸값 흥정과 위협의 줄다리기 게임이 시작된다.

당신이 표적이 됐다고 해서 911을 호출할 수는 없다. 소말리아는 해안경비대 같은 것도 없고 유럽인이나 미국인 어느 누구의 안전을 보장할 수도 없다. 해적과 싸우기 위하여 20개국 군함들로 구성된 태스크 포스가 있지만 그들은 예멘 남부 연안을 따라 아덴 만 해역에 집중되어 있어 실질적으로 소말리아 연안은 보호되지 않은 채 방치되고 있다. 그리고 전체 해역은 수백만 평방 마일의 넓은 바다에 이른다. 해적은 당신의 배와 승무원을 몇 분 내에 장악할 수 있다. 당신이 할 수 있는 최선의 조치는 UKMTO, 즉 영국 해운무역활동국을 즉각 호출 할 수 있을 뿐이며, 이는 페르샤만 및 인도양 상의 상선들을 위한 안전 확인기구이다. UKMTO는 이 정보를 전파할 뿐이다.

화물 수송에 필사적인 선주들은-인질사태를 끝내기 위해-헬기를 차용하여 배의 갑판에 몸값이 든 돈자루를 투하 하거나, 선외기가 달린 작은 보트로 몸값이 든 방수 가방을 보낸다. 어느 회사는 범죄자들에게 돈을 주기 위하여 제임스 본드 스타일의 낙하산을 사용하여 시리어스 스타 호에 300만 달러를 투하 하기도 했다. 모두들 돈을 챙겼다. 전문 보안회사는 소말리아 해적들과 상담을 잘해주고 돈을 받았다. 몸값을 전달한 친구는 목숨을 건 대가로 100만 달러를 받았다. 선주는 배를 돌려 받았고 보험회사는 지연된 시간에 대하여 돈을 지불했고 나머지 관련자들에게도 두 배의 프리미엄을 지급했다. 관련 통계학자들은 말할 것이다. "그래, 아덴만 항행 선박 중 단지 4%만이 해적에 피랍된다." 그래도 선박들은 여전히 그곳을 통과하여 항해하고 있다. 그리고 해적들은 왕의 몸값을 받고 사라진다.

그러나 선원들은? 그들은 보통 따뜻한 식사를 하기 위해 집으로 가고, 온갖 고생으로 가족들이 눈물을 흘리며, 그런후 가능한 한 빨리 다시 바다로 돌아오게 된다. 상선에는 전투수당 같은 것이 없다.

• • •

해적들은 그들의 인질을 조심스럽게 대우한다고 언제나 주장했다. 소문을 통해 들은 바로는 보통 그러하다. 그러나 해적들은 인질들이 등을 벽으로 돌리며 반항을 하면 죽였다고 들었다. 소말리아 해적 일당이 2007년 4월 타이완 어선 제168 칭풍화 호를 납치했을 때 공격 중 한 승무원이 등에 총을 맞고 죽었다. 선주가 몸값 150만 달러라는 소말리아 해적의 요구를 거부하자 해적들은 무작위로 중국 선원 한 명을 선택하여 총알 6발을 쏘아 싸늘한 시체로 만들었다. 해적들은 시체를 상어들이 우글거리는 인도양에 던지려고 했으나 선장은 배의 냉동고에 보관할 수 있도록 해적들을 설득했다. 그리고 해적들은 선장의 22세 아들의 머리에 총을 대고 그가 타이완에 전화하여 몸값 흥정에 선주가 나오지 않으면 방아쇠를 당기겠다고 위협했다. 7개월 동안 선원들은 생지옥에서 살았다. 그들은 처형 연습이라는 잔인한 위협을 받으며 침대에서 끌려 나왔으며 소말리아 말을 알아듣지 못해 얻어맞았고, 야채가 고갈되었을 때, 바다 위의 가장 오래된 킬러 □괴혈병—의 희생자로 쓰러졌다. 심지어 소말리아 해적들은 선원들에게 집으로 전화하여 가족들에게 그들의 목숨을 구해주도록 애원하라고 강요하기도 했다.

해적들은 돈을 받지 못하면 잔인해진다. 그들은 러시아 벌크선이 1000만 달러의 몸값으로 납치되었을 때 선원들에게 채찍질을 했으며, 기온이 화씨 100도 이상인 때에 끓는 듯이 뜨거운 갑판 위에 선원들을 강제로 눕히기도 했다. 납치된 나이지리아 선원들은 3개월 동안 햇빛도 보지 못한 채 맑은 공기도 호흡하지 못하고 침실에 갇혀 있었다. 인도 선원들은 고문을 받고 처형 위협을 받기도 했다. 그리고 매스크 앨라배마 호가 아덴만에 들어갔을 때 각국의 인질 200명 이상이 20척의 선상에서 해적에게 강제억류되어 있었다. 그들의 대부분은 인도양 및 그 인근해역에서 납치되었다.

이와 같이 대부분 잔혹한 재앙을 일으키는 주요 해적그룹은 4개이다. 첫째는 소말리아 국립 자원해안경비대로서 소형 화물선과 어선을 주로 습격한다. 둘째는 도시 외곽 근해에서 그 도시 이름을 붙여 행동하는 마르카 그룹이 있고, 셋째는 실제 과거의 어부가 해적으로 바뀐 푼트랜드 그룹이 있다. 마지막으로 소말리아 해병이란 그룹이 있는데 이들은 자칭 일종의 국립해군으로 생각하고 있다. 그 조직에는 함대의 총사령관인 제독과 3성 제독 및 재정국장이 있다. 그들은 모선으로부터 고속보트를 발진시켜 위성전화로 표적선에 부하들을 유도하기도 했다. 그리고 그들은 대형표적 즉, 유조선 및 컨테이너 선을 전문적으로 노린다.

우리에게 가장 괴로운 해적관련 소식은 워싱턴 D.C에 있는 보수적인 싱크탱크 조직 내의 중동 분석가인 나의 형으로부터 전달되었다. 그는 파키스탄의 알 카에다 전사들이 소말리아와 예멘에 길을 개척하려 한다는 보고서를 보았다. 그것은 나에게 어느 정도 심각한 우려를 느끼게 했다. 알 카에다는 전혀 다른 볼을 가지고 노는 게임을 한다. 실제로 한 가지 기괴한 사건이 있었다. 일단의 해적들이 서부 말레이시아의 말라카 해협에서 어느 선박에 접근하여 현측으로 갈고리를 걸어 승선했다. 그들은 선원들을 몰아 한 격실에 가두었다. 그 후에는 보통 몸값을 요구할 것이지만 그렇게 하지 않았다. 그들이 원했던 것은 배를 어떻게 움직이는가를 배우는 것이었다. 그들은 기관실로 내려가 점검을 했다. 그리고 선교로 올라와 배의 조종을 연습했다. 무전기에 붙어 선박 항로 감시를 위한 호출국을 활용하는 VTS(선박 관제 서비스)의 운용을 실습했다. 그들은 가능한 모든 것을 배우고 나서 기관실 매뉴얼과 선교 매뉴얼 그리고 소통이 복잡한 항로통과 시 선장이 사용하는 점검 목록을 가지고 배를 떠났다. 이는 해상에서의 9/11 테러 즉, 알 카에다 작전의 예행 연습 같았다.

・・・

이 안전공보를 읽은 후 안드레아에게 짧은 e 메일을 보냈다. 나는 떠나버린 애완견 프래니를 대신할 개를 물색하는 일을 시작하려 했으므로 다소 외로움을 느끼고 있었다.

안녕 앤지

개에 대한 얘기가 없어? 사실 어제 밤 프래니를 생각하면서 영혼의 눈물을 흘렸어. 그 말썽꾸러기 개가 아직도 나를 품고 있어! 나에게는 개가 필요해!

몸바사로 항해 중이며 4월 11일 또는 12일 입항할거야. 몬순이 시작될 때까지 날씨는 좋아. 요즘 해적들이 더욱 극성을 부리고 있어. 그들은 해군 군함까지 공격하고 있어. 그 분야에 대한 사람들의 인식이 부족한 것 같아.

사랑해. 리치가.

아내가 걱정하기를 원치 않지만 소말리아 해적들이 출몰하지 않는 척 할 수는 없었다. 안드레아와 나는 이런 점에서 인식을 같이 했다. 우리는 늘 그렇게 해왔다. 집을 떠나기 전에 해적의 위협이 점점 커지고 있다고 말해 주었다.

"조만간 놈들은 미국 배를 납치하려 하고 있어" 내가 말하자,

"그들은 그렇게 어리석지 않아" 안드레아가 받았다

"그들은 우리 배를 공격하지 않을 거야."

비록 마음 속 깊은 곳에서는 그런 일이 일어날 수 있음을 알고 있었지만, 그것은 상선 선원의 아내로서 희망사항이다. 아무튼 미국의 국기가 나와 승무원들을 안전하게 지켜줄 것으로 믿었다. 누가 감히 성조기를 공격할 것인가?

안드레아는 내가 없다고 잠을 자지 못하는 경우는 없었다. 이는 바람직한 태도였다. 우리는 언제나 운이 좋았다. 당면한 모든 것에 최선을 다했고 우리가 축복을 받았다고 생각했다. 아내는 그 행운이 지속될 것임을 믿었다.

안드레아의 친구들은 언제나 놀랍다는 듯이 아내에게 말했다.

"네가 어떻게 선원의 아내로서 살아가는지 모르겠어"

아내의 장난스런 대답은 늘 같았다.

"너 나를 놀리니? 너의 남편도 절반은 집을 떠나 있어. 너도 2주 마다 남편을 체크하고 있어. 뭐가 달라?"

이 대답은 언제나 웃음 꽃을 피웠다. 그러나 뱃사람의 아내는 강하며 온수 가열기가 작동을 멈추면 드라이버나 망치를 집어 들거나 손전등을 거머쥐는 자립심이 강한 여자들이다. 나는 바다로 떠날 때, "아내가 할 일의 목록"을 종종 적어 주었다.

"여보. 자동차의 오일 교환을 했는지, 세금을 냈는지, 건조기를 고쳤는지 등등을 확인해줘" 라고. 결혼 초기 얼어 붙어 죽은 듯이 고요한 버몬트의 겨울 동안, 아내가 기저귀를 차고 있는 두 아이와 함께 집에 있을 때 그녀는 정말로 강해야만 했다.

"추운 겨울 펑크가 난 자동차와 함께 갓길에 서있는 전설적인 여자처럼 느꼈을 때가 많았어" 아내가 즐겨 말했다.

"그때는 혼자 살아남는 방법을 터득하거나 이혼하여 정상적인 생활로 돌아가는 것 중에 하나를 택해야만 했어." 안드레아가 도움이 절대로 필요했을 때 훌륭한 이웃과 가족들이 있었던 것을 하느님께 감사한다. 우리 집 정원에 나무가 쓰러졌을 때, 이웃 사람들은 기계 톱과 트럭을 몰고 나타났다.

아내의 강력한 힘은 그녀의 DNA에서 나왔을 것이다. 안드레아의 어머니는 혼자서 짊어져야 할 짐을 많이 갖고 있었다. 안드레아의 부모님이 이혼하자 어머니에게 부양할 아이 6명이 남았을 때, 그녀는 감수성이 강한 틴에이저였다. 안드레아의 어머니는 일과시간을 끝내고 아이들이 가득한 떠들썩한 집으로 돌아왔다. 어머니는 자신에게 맡겨진 아이들에 대한 엄청난 책임 때문에 얼마나 어려웠는지 안드레아는 알고 있었다. 안드레아는 온갖 일을 배웠다. 요리와 옷수선 그리고 집안 청소를 어떻게 하는지 알았다. 젊은 시절 그녀가 쓰러져 무릎이 까졌을 때 안드레아의 남동생 토미가 달려 왔던 일이 있었다. 어머니는 그 일로 마음이 상했지만 나중에 그녀가 안드레아를 매우 강한 여자로 길렀음을 깨달았다. 어머니가 안드레아를 한쪽으로 끌고 가서 한 말은 그녀에게 큰 의미가 있었다.

"나는 너 또는 내 딸 어느 누구도 결코 걱정할 필요가 없을 거야."
나도 종종 그렇게 느낀다.

안드레아는 거의 모든 것을 다룰 수 있다.

선원의 아내로서, "만약" 이 아니라 "언제" 남편이 위험한 상황과 조우할 것인지가 중요하다는 것을 그녀는 알고 있다. 우리 두 사람은 가장 위험한 상황이 -해적의 습격- 우리에게 일어나지 않기를 그저 바랄 뿐이었다.

4월 5일 안드레아는 그녀의 계모 티나와 계모의 남편 프랭크에 관한 얘기를 비롯하여 몇 가지 가족 소식을 e메일로 보내 왔다.

헤이, 자기 안녕-

지금 아침 일곱 시. 마리아가 눈이 온다며 나를 깨웠어. 걔는 마구간으로 가고 있고---[현충일 기념] 티나의 리셉션은 추운 날씨에도 불구하고 정말 멋졌어---아마 엄마와 프랭크를 같이 살게 해야겠지? 우습다.

정말 당신이 그리워. 내가 우리 침대의 당신 쪽에서 일어났어. 당신 일 모두가 뜻대로 되기를 바래요. 당신, 목소리가 그리워요.

사랑하는 안드레아가

3 D-day
일전

"당신은 단 한번 죽는다."

- 납치된 우크라이나 상선 선상의 소말리아 해적
뉴욕 타임스와의 전화 인터뷰에서
2008년 9월 30일

지부티 로 향하는 항해는 순조로웠다. 해적 보트가 나타났다고 무전기는 떠들었지만 레이더나 육안으로 아무 것도 볼 수 없었다. 우리는 예멘 연안을 따라 남서쪽으로 항해하여 4월 5일 도착했다. 입항하여 그날 하루, 하역 작업으로 지쳤으며 다음 날인 6일 출항하여 북동쪽으로 선수를 돌렸다. 우리는 아덴만 항정 중간 위치에 있었다. 드디어 위험 해역에 들어섰다. 이제 살기 위해 이 곳을 벗어나야 하며 아프리카의 뿔 근해를 우회해야 한다.

세계 곳곳의 항구는 나름대로 평가를 받는다. 선원들의 항구에 대한 평가는 300년 간 변하지 않는 엄격한 기준이 있다. 값이 싼가? 근처에 여자들이 있는가? 맥주가 있나? 그리고 뭔가 할 일이 있나? 라는 네 가지 조건에 따른다. 네 가지 모두에 예스이면 세상의 모든 선원들은 그곳에 가기 위해 노조 사무실에서 치고 박고 난리가 날 것이다.

이집트의 알렉산드리아는 비싸지 않고 열차를 타고 한 시간만 가면 피라밋을 볼 수 있어 훌륭한 항구로 평가받는다. 필리핀의 수빅 베이는 공짜에 가깝게 싼 맥주와 도덕성이 의심스러운 이쁜 아가씨들이 수두룩하다. 반면에 북한의 청진은 배에서 나가지 못하고 갇혀 있어야 하고 심지어 조금 나가더라도 그곳 사람들은 지독하게 가난하므로 하느님도 두려워하는 항구이다.

콜롬비아와 에콰도르는 밤에 자동화기 대포 발사음을 들을 수 있고 배를 부두에 묶어두는 로프를 몰래 타고 올라오는 밀항자를 볼 수 있으며, 선창가 술집에서 뒹굴거나 비집고 들어갈 수 있는 멋진 찬스를 즐길 수 있다. 그리고 모든 선원들이 북한 김정일의 지옥 구렁텅이를 벗어나려면, 적지 않은 불편을 감수해야 할 것이다.

아프리카의 항구는 평판이 뒤섞인다. 다음에 가게 되어 있는 몸바사는 울타리를 경비하는 무장 경비원들이 있고 매우 기본적인 안전조치가 정립되어 다소 안전했다. 지역 주민들은 야음을 틈타 몰래 들어와 컨테이너 고정 자물쇠를 훔쳐 한 개에 25달러를 받고 되팔고 있다. 제3세계 어느 항구도 아주 안전한 곳은 없다.

시에라 레온 내전기간 중 그곳에 들러 해변에서 손을 흔드는 사람들을 보았다. 그들은 정부지지 투표에 참여했기 때문에 반군들이 오른 팔을 잘라 외팔이가 되어 있었다. 반란이 일어나 찰스 테일러가 나라를 장악하기 1주전에 나는 라이베리아의 몬로비아에 있었다.

그곳은 다른 세상이었다. 발전기가 있는 곳을 제외하고는 전기가 없었다. 서아프리카 평화유지군이 승선하여 바로 뇌물을 달라고 재촉했다. 거기에는 안전요원이 전혀 없었다. 수백 명의 사람들이 부두에서 우리에게 편지를 건네었고 그들 중 일부는 한 개비씩 뜯어 쓰는 종이 성냥판에 글을 쓰기도 했다. '나를 내버려 달라. 그러나 가족들은 미국으로 데려가 달라'는 내용이었다. 어떤 사람이 나에게 말했다.

"나는 대학 교수입니다. 나는 아무 일도 할 수 없습니다. 가족들이 굶고 있습니다. 내가 할 수 있는 뭔가를 주실 수 있습니까?"

나는 그런 사람들을 위해 할 수 있는 것이 없어 비참함을 느꼈다.

언젠가 몬로비아에서 절실히 일을 하고자 애원하는 친구에게,

"오케이. 나는 네 사람이 필요해. 당신이 네 사람을 선택해. 당신은 보스이고 내가 자네를 보호할 거야. 만일 그들이 일을 잘 하지 않으면 당신을 해고할 거야"라고 말했다.

항구에서 표준 일당은 1달러였으며 실제로 몬로비아에서는 좋은 임금이었다. 내가 원하는 대로 이 친구는 실수없이 7, 8일 간 계속 열심히 일하여 돈을 벌었다. 임금을 지불하는 날 그가 나에게 와서 말했다. "저는 현금을 원하지 않습니다. 합판을 원합니다." 그 나라는 너무나 황폐하여 건축자재가 없었으며 합판은 황금과 같았다. 나는 그를 데리고 나와 현금이 더 안전하다고 말했지만 그는 고집을 부렸다. 나는 그에게 합판을 꾹꾹 눌러 한 트럭이나 주었다. 그가 황홀해 했다. 다음 날 그가 내게로 와서 죽도록 얻어 맞았다고 호소했다. 그는 간신히 걸을 수 있었다. 그 전날 부두에서 떠났을 때 평화유지군이 트럭에서 합판을 훔치기 시작했으며, 그가 제지하려 하자 엄청난 구타를 당했고 합판 1/3을 겨우 지킬 수 있었다고 했다. 나는 그에게 돈과 옷을 주고 보호해 주었으나 놈들은 얇은 합판 때문에 거의 죽을 만큼 그 불쌍한 친구를 구타 했던 것이다.

라이베리아의 몬로비아는 매일 오후 한 시에 쇼 같은 걸 한다.

우리가 완두와 밀이 담긴 첫 팔레트를 하역하려고 갑판으로 올리자 엄청난 군중이 몰려 들었다. 수백 명의 사람들이 부두로 몰려와서 미쳐 날뛰었고 경찰들은 묵직한 몽둥이로 후려쳤다. 사람들은 이 60 파운드 밀 부대를 부두에 있는 구멍으로 밀어 넣었고 그 뒤를 따라 뛰어 들었다. 그러자 보안군들이 뒤따라 와서 구멍으로 총을 겨누며 사람들을 쫓아 버렸다.

아프리카 동쪽이나 서쪽 연안을 항해한 선장들은 그곳 사람들의 절망적인 상황을 수없이 보아왔다.

· · ·

오후 한 시, 아무런 사고도 없이 안전하게 지부티를 떠났다. 우리가 아프리카의 뿔 주위를 돌아 소말리아 해안을 바라보며 항해할 때 나는 여전히 이번 항해의 가장 위험한 항정의 한 가운데에 있음을 알았다.

오후 한시에 "소화 및 단정(보트)훈련"을 계획했다. 우리는 신입 승무원들에게 구명보트 점검과 운용 훈련을 실시하고 있었다. 그 다음에 우현 측에서 MOB(인명구조)훈련으로 넘어갔고 신입 승무원들에게 안전장비 착용법을 시범으로 보여 주었다. 모든 승무원에게 보트 상의 위치를 부여했고, 그 위치에 배치하는 훈련도 했다. 셰인이 훈련을 주도하면서, 각 선원들에게 특정한 상황에서 각자의 임무를 질문하였고 대답을 확인하며 교정해 주었다. 햇빛이 쨍쨍 내리쬐는 뜨거운 날이었고 해상에는 최초의 몬순 바람이 일으키는 너울이 조금 일었다. 선교는 섭씨 35도로 뜨겁게 달구어 졌고 시정은 약 13Km였다.

나는 선교에서 수평선을 훑어보고 레이더를 주시했다. 대략 오후 1시 40분경, 세 개의 점이 레이더 상에 나타났으며 우리 배의 좌현 선미 7마일(약 13Km)에서 최소한 21노트(약 시속 40Km)로 빠르게 움직이고 있었다. 나는 그 배의 선수에 이는 파도를 보았다. 7마일에서는 결코 보트를 볼 수 없으며 단지 물을 가르며 일어나는 웨이크(배가 지나간 후 일어나는 와류)만을 볼 수 있었다.

훈련을 그대로 지속하면서 수평선 상의 작고 하얀 점을 쌍안경으로 주시했다. 쌍안경 위의 작은 조절기를 돌리면서 웨이크를 보고, 레이더 화면을 보았다. 육안으로 보이지 않지만 레이더 상에서 볼 수 있는 8, 9마일 거리의 큰 점과 더불어 두 척의 다른 고속보트가 후방에 있었다. 모선. 나는 그 배의 상대운동(벡터)을 체크했다. 우리 배를 추적하고 있다. 우리의 모든 행동을 몰래 추적하고 있다.

해상근무 경력을 통해 모선을 이전에 본 적이 있다고 생각했지만, 이제 나는 완전한 규모를 갖춘 해적분대를 보고 있었다. 가슴이 뛰었다. 무선으로 셰인을 불렀다.

"해적선으로 보이는 보트들이 접근 중. 좌현 선미 7마일."

"그럼 훈련을 끝낼까요?" 셰인이 물었다.

"아직은 계속해. 우린 놈들을 따돌릴 수 있을 거야. 당장은 자네에게 통보만 하는 거야."

나는 해적으로 수긍하지 않았다. 그들의 통상적인 기습시각은 일출 직전(오전 5시) 및 일몰 직후(오후 7시)였다. 이런 시각은 아덴만에 안개가 끼어 시정이 7마일에서 4마일로 떨어지는 때이다. 당시의 시각은 소말리아 해적이 선박을 습격 하기에는 좀 적정하지 않은 때였다.

하지만 그들은 빨리 접근하고 있었다. 나는 셰인에게 부원선원

앤디를 올려 보내도록 무선으로 지시했다. 그는 우리 배에서 시력이 가장 좋은 고참 선원이었다. 전에 그와 함께 선교에 있을 때 그가 큰 소리로 보고했다.

"좌현 쪽에 배가 접근 중입니다."

내가 수평선을 보았으나 아무 것도 없었다. 그러나 쌍안경으로 확인하자 선명하게 보였으며 거리는 15마일이나 되었다. 그가 육안으로 포착 했다는 것을 믿을 수 없을 정도였다. 이후 선교에서 함께 당직을 서도록 했다. 그의 뛰어난 시력이 필요했다.

나는 EOT(기관명령전송기)를 움직여 기관실에 출력을 높이도록 지시했다. 기관 회전수가 올라가기 시작하며 배의 속력이 빨라졌다.

기관 RPM(회전수)을 122까지 올렸다.

나는 기관회전수 조절기를 올리면서 기관장에게 지시했다.

"기관장. 기관실로 가게. 지금 속력을 올리고 있어"

이 배에 승선한 이래 가장 빠른 속력으로 마침내 RPM 124까지 올라갔다. 기관장 마이크가 기관실로 가서 엔진 컴퓨터를 주시하며 어떤 게이지가 -엔진 부하, 폐기 온도, 실린더 온도- 적색으로 나타나면 보고해 주기를 기다렸다. 점검사항을 제대로 확인치 않으면 나쁜 놈들이 우리 배를 추적할 때 엔진을 멎게 하는 치명적인 요인이 생길수도 있었다.

무엇이든 이상이 있으면 기관장이 보고할 것이었다.

나는 황급히 위성 전화기를 들고 UKMTO(영국해사무역기구)의 다이얼을 돌렸다. 영국 액센트의 음성이 흘러나왔다.

"여기는 매스크 앨라배마 호입니다"

나는 서둘러 우리의 상황, 위치, 침로, 속력을 통보했다.

"5, 6마일 후방에서 접근 중인 배 3척과 그 후방 1마일에서 모선으로 추정되는 배가 있습니다. 해적 일 가능성이 있습니다."

상대방은 대수롭게 생각하지 않는 것 같았다. 그는 소말리아 연안에서는 어선이나 표류하는 깡통을 보고도 놀라서 해적으로 보고하는 전화를 많이 받을 것이라고 짐작했다.

"수많은 선장들이 그곳에서는 신경이 예민해 집니다."

상대가 말했다.

난 신경이 예민한 타입이 아니라고 대답하고 싶었다.

"아마 단순한 어선일 겁니다." 그가 덧붙였다.

"그래도 승무원들을 집합시키고 소화호스를 준비하며 배의 출입구를 봉쇄해야 할 겁니다."

나는 무슨 말을 듣는지 믿을 수 없었다. 그는 처음에는 단순히 정어리 떼를 쫓는 지역 어선 무리일 것이라고 말했고, 지금은 DEF-CON(방어준비태세) 1 에 들어가도록 말하는 것이다.

"만일 내가 매우 멀리 있다면, 말하지 않았을 것입니다."

내가 다소 흥분하여 말했다.

"나는 당신에게 상황을 알려주는 것입니다."

"계속 보고해 주십시오." 그가 말했다.

"그러죠." 상대는 내가 대답하기도 전에 전화를 끊어 버렸다.

해적퇴치용 미국 비상전화망이 있어 곧바로 전화를 걸었다.

만일 인질로 잡히면 당연히 자국 정부에 알리고 싶을 것이다.

나는 레이더 상의 점들이 점점 가까워지는 것을 지켜보았다.

전화는 그저 울리고 있을 뿐이었다.

신호가 열 번 울린 후 나는 전화기를 쾅하고 놓아 버렸다. 아무도 없었다. 도저히 믿을 수 없었다. 자비심은 지옥에서나 겨우 나올 정도로 인색했지만 적어도 전화만은 받아야 할 것 아닌가.

배들은 여전히 다가오고 있었다. 이제 그 배들을 쌍안경으로 볼 수 있었다. 승무원들은 훈련을 계속하고 있었지만 모두 좌현 선미쪽을 바라보고 있었다. 그들은 그 배들을 보았고 어떤 불길한 생각이 머리를 스쳐 지나갔다. 선원들이 예민해지고 있었다. 거리 5마일, 그리고 4마일. 이제 웨이크뿐만 아니라 선도하는 보트도 육안으로 볼 수 있었다. 전형적인 소말리아 해적선이었다. 희고 선수가 뾰쪽하고 빠른 보트였다.

바다가 조금씩 거칠어지기 시작했다. 우리가 아덴만에서 멀리 벗어났을 때 너울이 2피트에서 4피트, 그리고 5피트로 높아졌다. 고속보트는 어려움에 처했을 것이다. 그들은 한동안 그대로 달리다가 너울에 부딪쳤을 것이다. 너울은 보트들을 가로로 밀어버렸을 것이며 따라서 보트는 속력을 줄였을 것이다. 놈들은 돌아서서 엔진을 낮추고 다시 다른 기회를 노려야만 했다. 바다가 우리를 도와주고 있었다. 우리가 매우 거친 바다로 들어갈 수 있다면 놈들을 따돌릴 수 있었다. 시간은 계속 흘렀다. 놈들은 거리를 좁혔다가 멀어졌다, 또다시 좁혔다가 멀어지기를 반복했다.

3시에 소화훈련은 끝났다. 훈련 시작과 함께 한 시간 이상 해적과 경주를 해왔음을 알았다. 그들은 이제 3마일로 멀어졌고 다시 가까워지고 있다. 나는 선도 보트 위에서 손에 길고 검은 물체를 −자동 소총이 분명한− 들고 있는 네 사람을 보았다.

나는 우리 배의 선교를 둘러보고 5, 6명의 승무원들이 있는 것을 알았다. 그들은 나도 모르는 사이에 나름대로 준비태세를 갖추고 좌현 선미쪽을 주시하며 침묵에 잠겨 있었다. 보통 때라면 나는 그들을 선교에서 떠나도록 명령했을 테지만 이런 상황에서는 주시하는 눈이 많을수록 더 낫다. 그들은 공포에 질리지는 않았으나 선교의 분위기는 전기에 감전된 것 같았다.

그때 어떤 아이디어가 떠올랐다. "헤이!" 내가 2항사에게 소리쳤다. "가서 무전기로 나와 교신하라. 나는 해군 군함인척 위장할 것이다." 해적들이 종종 그렇게 하는 것처럼 놈들이 우리 주파수를 모니터링 하면 우리가 해군 구축함과 교신하고 있는 것처럼 놈들이 믿게 하고 싶었다.

"네, 선장님?"

나는 설명할 시간도 없었다.

"잊어버려" 내가 말했다.

"그냥 나를 주시해."

나는 무전기로 가서 폰을 들었다.

"군함 237호, 동맹국 군함 237호, 237호, 여기는 매스크 앨라배마, 응답하라."

나는 목소리를 깊게 깔고 나의 보스턴 액센트를 없애려고 애썼다.

"매스크 앨라배마, 말하라. 여기는 동맹국 군함 237호."

내가 대답했다. 나 자신이 무선통신 가능거리 내에 있는 해군 군함으로 위장하고 있었다.

나는 나의 본래 목소리로 바꾸었다.

"여기는 매스크 앨라배마. 우리는 해적의 공격을 받고 있다. 위치는 북위 02도 02분 동경 049도 19분 침로 180도 속력 18노트. 즉각 지원 바람."

"잘 알았다. 매스크 앨라배마. 몇 사람이 승선 중인가?"

"승무원 20명. 현재까지 부상자 없음."

"잘 알았음. 우리 헬기가 비행 중이다. 재송한다. 우리 헬기가
그곳으로 향하고 있고 약 15시경 귀선의 위치에 도착할 것이다. 재송
한다. 귀선 위치에 헬기 ETA(도착 예정시간)는 5분 후이다."

나는 거의 웃음을 터뜨릴 지경이었다. 내가 하고 있는 짓은 아마도
불법일 것이다. 그리고 해군 친구들은 그들의 메뉴얼에 따라 행동할
것이다. 해군에는 자체 암호가 있지만 소말리아 해적 놈들은 헬기 탑재
군함이 자기를 산산조각 내려고 오고 있는 줄 알고 기겁을 했을 것이다.
그때 모선이 레이더 상에서 사라진 것을 알았다. 어떻게 된 일인가? 그
들은 공격을 포기했는가? 고속보트 한척이 우리 배로부터 벗어나며
돌아섰다. 나는 아드레날린이 조금 분출되는 듯한 느낌이었다.
'먹혀 들고 있다' 그리고 다른 한 척도 파도와 너울이 그 보트들
에게는 너무 높았다. 보트들은 세탁기 속의 신발들처럼 뒤흔들렸다.
이제 해적보트 한 척이 남았다. 그러나 그 보트는 어렵게 오고 있었다.
나는 레이더 곁의 수치를 보았다. 0.9마일 거리이다. 빌어 먹을. 그놈은
정말 빠르다. 이 거지 같은 놈은 정말로 포기하지 않는다. 그리고 단 한
척의 해적 보트라도 상선을 납치할 수 있다는 사실을 알고 있었다.

나는 높은 물보라 장막과 더불어 그 보트가 파도에 부딪히는 것을
보았다. 너울은 점점 높아져 6피트나 되었으며 매스크 앨라배마 호마
저도 그 파도 속에서 피칭(종 요동)을 하고 있었다. 파도에 부딪칠 때
나도 발아래에서 충격을 약간 느낄 수 있었지만 30년 간 바다 생활을
했으므로 대수롭지 않았다.

마지막 보트가 다시 우리 선미로 다가오기 시작했다.

마침내, 0.9마일 거리에서 놈을 벗어났다. 이제 1.1마일 1.5, 1.7 마일. 마치 고속도로에서 흉포한 자객을 가득태운 차가 추적하다가 기름이 떨어져 포기하는 것을 보는 것 같았다.

선교에 모여 있던 승무원들은 한숨을 푹 쉬었다.

"야. 놈들!" 소리치며 크게 웃는 누군가의 웃음소리가 들렸다.

나 역시 미소가 떠올랐다. 우리의 회피 작전은 성공인것 같았다.

우리는 총알을 피했다. 그러나 해적은 여전히 그곳에 있었다.

나는 엔진 회전수를 120으로 낮추었다.

기관장이 선교로 올라와 이전 속력으로 전진해도 문제가 없다고 했다. 이제 나는 엔진의 고장 없이 회전수 124를 낼 수 있음을 알았다.

기관장과 나는 회전수 122로 가기로 합의했다.

그가 기관실로 내려갔고 우리는 차기 해적공격에 대비하여 증속 절차를 확인했다.

해적들은 예견된 착오를 저질렀다. 모선은 고속보트를 너무 먼 해역에서 발진시켰으며 취약한 작은 보트는 거친 파도를 이길 수 없었다. 바다가 잔잔했더라면 무슨 일이 일어났을지 생각조차 하기 싫었다.

우리가 최선을 다해 일을 추진하는 한 행운이 따랐다.

달리 어떻게 대응할 방법이 없었다.

2 D-day
일전

"옛날 속담에 이런 말이 있다. 경찰이 없으면 범죄가 일어날 가능성이 높다. 우리는 100만 평방 마일 이상의 해역을 경비한다. 단 하나의 문제점은 우리가 동일 시간에 어느 곳에나 있을 수 없다는 사실이다."

– 네이던 크리스텐슨 대위. 미 5함대 대변인
2008년 4월 8일. 뉴욕 타임스

윈스턴처칠 이 했던 말처럼 사격을 당했음에도 부상 당하지 않고 탈출하는 것보다 유쾌한 것은 없다는 의미는 무엇인가? 해적의 공격을 따돌리는 것도 마찬가지이다.

나는 의기양양했다. 선장으로서 나의 일을 했다고 생각했다. 우리는 용감했고 최대 시정에서 해적을 확인했으며 그들을 따돌리기 위해 적시에 속력을 올렸다. 해적을 물리친 가장 중요한 요소는 탐색하여 대응할 시간적 여유가 있을 때 그들을 확인한 것이었다. 우리는 그 중요한 시험을 통과했다.

잘 모르는 사람들 19명이 탄 한 척의 배를 맡는다는 것은 까다로운 일이다. 상선은 몇 달 또는 몇 년에 걸쳐 육성된 승무원 또는 대원이 필요하지 않다는 점에서 해군, 육군 또는 해병대와 다르다. 선장은 선상에서 걸어가면서 바로 존경을 받고, 선장의 리더십에 대한 즉각적인 신념을 받아야 하며, 그렇지 못하면 모든 것이 떨어져 나간다. 선장은 모든 승무원이 어떤 능력을 가지고 있고 그들의 잠재력을 어떻게 고양시킬지를 몇 시간 또는 며칠 만에 현장에서 평가 해야 한다.

나는 어떻게 어려운 일이 해결되었는지 연구해야 했고, 실패했을 경우에도 그 이유를 파악해야만 했다.

내가 터득한 최초의 교훈은 듀이 볼랜드라는 상선대의 전설적 인물로부터 배운 것이다. 그는 왜 배를 잘 지휘하지 못했는가에 제1명제를 부여했다.

듀이는 키가 크고 야윈 60대 남자로 아이다호 주에서 말을 길렀던 농부가 어떻게 바다로 나왔는지 아무도 그 이유를 모른다. 그는 상선에 관해서 매우 유명하고 모든 것을 꿰고 있었다. 나는 어느 배에 멋지게 배치될 것을 기대하며 노조회관에 있었는데 한 친구가 어느 배의 사령장 티켓을 내던져 버렸다.

"좋아 보이는데. 선장이 누구야?"

"듀이 볼랜드." 그러자 내가 티켓을 집어 들었다.

"안 됐군."

듀이는 결코 이름을 부르지 않고 단지 배에서의 직책만 부른다.

"야. 3번" 그가 "3등항해사" 대신에 외치는 호칭이다.

이것이 그의 호출 방식이었다. 나는 그가 운용하는 배의 3항사였다. 듀이는 정말로 나를 그렇게 불렀다. 그 이유는 내가 매사추세츠 해양대학을 졸업하였고 아마도 아버지를 따라 같은 길을 걸으려 했던 그의 아들이 그 국립대학에서 잘렸기 때문이었을 것이다.

매일 12시 정각 우리는 "정오 보고서"라고 하는 것을 작성했는데, 이는 해도에 위치를 표시하고 평균속력을 산출하며 연료소비를 계산하는 것이었다. 계산을 어떻게 하는가에 따라 몇 마일의 차이 또는 숫자 산출 기록에 차이가 있다. 따라서 나는 관련 책과 테이블과 계산자를 꺼내어 수치를 계산했다. 그러면 이제 13시에는 그가 기록된 노트를 비교하기 위해 선교에 올라 온다. 그는 디바이더로 −기하 시간에 보통 사용하는 다리가 두 개인 컴파스− 자신의 계산을 해도 위에 가로

질러 밀어 보낸다. 3초 만에 수치를 산출했다. 그것이 아주 부정확한들 누가 상관할 것인가?

"야, 3번. 뭐라고 했어? 어떤 수치를 산출했어?"

"선장님. 저는 394마일을 산출했습니다"

우리의 최종 확인 위치에서 394마일을 항해했다는 의미였다.

"제기랄, 무슨 말을 하는 거야? 나는 396으로 나왔어."

2마일의 차이는 대양항해에서 절대적으로 아무런 문제가 없다. 그러나 듀이는 대수롭지 않은 문제를 넘어서 폭발하는 특성을 지니고 있었다. 그의 목표는 배를 위험에 빠뜨리거나 부두에 충돌시키려고 기동하는 경우가 아니라 가능한 한 가장 치졸한 것으로 부하의 삶을 비참하게 만드는 것이었다. 화가 난 나는 택시 운전대를 다시 잡을 각오까지 하게 되었다. 해군에서는 지독한 퀴익 함장으로부터 멀리 떨어져 근무할 수 있을지 몰라도 상선에서는 그렇지 않았다.

듀이는 고함을 지르는데 에너지를 소모하지 말라고 나에게 가르쳤다. 실제로 내가 너무 부드럽게 말한다고 언젠가 충고했던 1등 항해사가 있었다. "자네는 보다 크게 소리쳐야 할 필요가 있어." 그가 말했다. 나는 모두에게 했던 말을 그에게 다시 말했다. "당신이 두려워해야 할 때는 내가 조용해질 때이다" 그 말은 사실이었다.

나는 좋은 선장보다 지독한 선장들로부터 더 많은 것을 배웠다.

하루 종일 선장실에 웅크리고 앉아 괴담 영화를 반복해서 보던 선장도 있었다. 선내 깊숙한 곳에 숨어서 승무원들이 선장을 좋아하지 않는 것 같다고 울고 있는 선장도 보았다. 입항이 하루 늦어 회사를 어려움에 빠뜨리기를 원하지 않는다는 이유로 태풍의 한가운데로 배를 몰아 전복시킬 뻔한 선장도 있었다.

증기선을 타고 요코하마를 출항할 때 내게도 그런 일이 일어났다. 시속 40마일로 움직이는 높이 10m급의 너울을 만났고 자연적인 해수운동이 바다 자체에 의해 강화될 때 일어나는 롤링(횡 동요)으로 우리 배를 몰아 넣었다. 이때는 흔히 배 위로 파도가 넘나들게 된다.

선장의 대응은? 그는 게걸음으로 나에게로 와서 신경질적으로 담배 끝을 질근거리며 거친 숨을 몰아 쉬며 중얼거렸다.

"뉴욕으로 전화해서 날씨가 어떤지 알아봐야 하겠군"

"날씨가 어떤지 알고 있어요. 선장님." 내가 말했다.

"태풍입니다."

그러나 이 선장은 배를 침몰시킬 수도 있다는 것은 두려워하지 않으면서 멀리 후방에 있는 본사 경영진들에게는 오줌을 찔끔거리며 겁을 먹는 선장이었다. 그는 20명의 생명을 위험에 빠뜨리는 것을 기꺼이 감수하면서 계획대로 도착시킬 수 있었다. 하지만 우리 선원들은 살기 위해 격벽을 움켜쥐었고, 쇠사슬들이 아래로 후려치는 소리를 들었으며 장비들이 한번도 갑판에 닿지 않고 한쪽 갑판에서 날아

올라 배를 가로질러 40피트 떨어진 다른 격벽에 돌진하는 것도 지켜 보아야 했다. 그것이 롤링이자 리더십의 실패란 것을 나는 알았다.

어느 때 나는 멕시코 만 정유공장으로부터 미국 동해안을 따라 난방용 기름을 수송하는 유조선을 타고 있었다. 우리는 허리케인에 정면으로 마주쳤다. 3일간 12마일을 뒷걸음질 쳤다. 바다가 우리 주위에서 포효하는 동안 바람을 향해 선수를 지향시키는 것이 고작 이었다. 나는 선교에 서서 그 거대한 시커먼 바다 물 파도가 선수를 넘어와 내 얼굴 3m 앞의 창문에 휘몰아칠 때까지 나를 향해 그대로 굴러오는 것을 바라보았다. '제기랄, 나는 바다 위 7층에 서 있다가 파도에 묻혀 버렸다. 20m 이상의 파도였다' 그것들은 유조선조차 집어 삼킬 수 있는 파도였다.

선장은 지미 코스투라스라고 하는 자그마한 그리스 사람이었다. 그는 선교 위의 동상 같았다. 폭풍이 유조선을 짓이기려 할 때 그는 선교에 서서 아끼는 조그마한 담배 파이프에 불을 붙여 물고 다가오는 파도를 지켜보았다. 지미는 위협적인 압력에 우아하게 대처했다.

"침로는?" 그가 물었다. 내가 침로를 보고했다.

"속력은?" 속력도 보고했다.

그가 고개를 끄덕이고 담배 한 모금을 빨아들였다. 그때 찌지지직 쾅하며 파도가 휘몰아쳤고 엄청난 바다 물이 푸른 유리에 시커멓게 선교 유리창을 타고 폭포처럼 쏟아졌다.

지미는 조용히 서 있었고 한 가닥의 연기가 그의 파이프에서 피어 올랐다.

별로 잘 먹지도 않고 잠도 잘 못 이루지만 승무원들을 레이저 빔처럼 집중시키는 선장을 나는 지켜 보았다. 전혀 두려움을 보이지 않고서 만일 그 허리케인이 우리를 세로로 덮쳤더라면 우리는 당했을 것이다. 그러나 그 선장은 조용한 여름 날, 보스턴 항만을 가로지르는 조그만 돛단배를 조종하는 듯이 차분하고 냉정했다. 그는 좀처럼 말이 없었지만 우리가 극복할 것임을 결코 의심하지 않는 자신감을 불어넣어 주었다.

'행동. 말이 아닌' 언제나 바다가 그를 죽이려고 할 때 게리 쿠퍼처럼 거기에 서있던 지미를 기억했다. 나는 그런 능력과 리더십을 좋아했다.

• • •

1990년 나는 마침내 선장 면허증을 받았다. 좋은 선장, 나쁜 선장 그리고 정말로 나쁜 선장들을 보아 왔다. 나는 애정을 가지고 모셨던 부류의 선장이 되고 싶었다.

나는 아직도 워싱턴 주 타코마 시의 컨테이너선 그린 웨이브 호에서 나의 첫 선장 임무 인수를 기억한다. 나는 그 배의 1항사로 근무하고 있었고 좋은 친구 피터가 선장이었으며 군수물자를 −항공기, 헬리콥터, M16 총탄 등− 서해안 전역에 걸쳐 군사 기지에 수송하고 있었다.

피터 선장이 떠나고 내가 인수해야만 하는 시간이 되었다. 우리는 하루 종일 인계인수 작업을 마치고 식사하러 나갔다. 오후 10시경 부두로 돌아왔고 피터는 개인 물품을 들고 나와 함께 현문을 나섰다.

나는 부두에 서서 어둠 속의 엄청나게 큰 배를 쳐다보았다. 피터가 돌아서며 말했다. "오케이. 이제 선장이 되었어." 우리는 악수를 했고 그가 웃으면서 덧붙였다. "행운을 비네. 선장." 이는 내 생애 처음으로 나를 선장으로 불러준 순간이었다.

나는 신경이 예민해졌다. 아직도 준비가 되지 않은 듯했다. 그래도 그 일을 해야만 했고 어떻게 느끼건 상관이 없었다.

첫 항해에서 나는 100가지 실수를 했다. 좌충우돌하면서 붙잡고 늘어지며 배우려고 노력했다. 그러나 휘하의 부하들을 내 입맛에 맞는 완벽한 승무원으로 만들려고 몰아붙이지는 않았다. 나는 넓은 바다에서 마샬 코치처럼 되기를 원하지 않았다. 선장으로서 잘하려면 부하들이 스스로 하게 위임하고 필요시에만 개입하여 사기가 저절로 진작되게 해야 할 것으로 생각했다. 선장이란 직책을 수행하면서 존경을 받을 수 있는 자격을 부하들에게 보여 주어야만 한다. 자신을 쳐다보고 있는 부하들을 위협할 수는 없다.

내 모토는 "우리 모두는 배를 위해서 여기에 있다. 배가 우리를 위해 여기에 있는 것이 아니다" 라는 것이었다. 이는 진실이므로 나에게 도움이 되었다. 출항하면 배는 승무원의 어머니이고 잠정적인 나라이며 종족의 동아리이다. 그리고 내 스스로 간직한 언급하지 않은 부분이 있다. "선장은 승무원을 위해 여기에 있다" 라는.

이후에 나는 업무상 깐깐하다는 평판을 받았다. 나는 일할 때는 열심히 했다. 일을 똑바로 하기를 확인함에 있어 다소 강박관념을 가진다. 게으르거나 업무를 그럭저럭하는 사람에게는 엄격히 대했다. 그러나 자신의 임무를 수행하는데 장점이 있으면 그대로 내버려 둔다. 자신이 일을 맡았으니까 마지못해 일하는 사람을 결코 좋게 평가하지 않는다. 나의 태도는 "당신은 최선을 희망하지만 최악을 위해 훈련한다" 라는 것이다. 왜냐하면 언젠가 최악이 당신을 찾아올 것이기 때문이다.

여태까지 내가 만난 사람 중 가장 열심히 일한 갑판장 한 사람이, 여태까지 함께 근무한 부하 승무원 중에서 나에게 가장 훌륭한 찬사를 해주었다. 그는 여러 번 나와 함께 근무했다.

"네. 선장님은 고통을 느끼고 계시지만 저는 선장님이 그 말씀을 하시기 전에 무슨 말씀을 하려고 하시는지 압니다" 그가 말했다.

선장은 일관성이 있어야 한다는 의미이다. 나는 정말 그렇다.

선장으로서 배를 떠날 때 스스로 다음과 같이 질문을 한다. 취임 당시 보다 배가 나아졌나? 보다 잘 달리고 보다 더 안전하며 승무원들은 동기부여가 잘되거나 똑똑해졌나? 그것이 선장으로 나를 평가하는 방법이었다. 무슨 차이를 만들었는가? 내가 추구하는 것에 대한 대답이 아닌 경우에는 내가 왜 성공하지 못했는지 분석했다.

어느 면에서 나는 우연히 이루어진 리더이다. 나는 가족을 위해 더 많은 것을 원하는 평범한 사람이다. 나는 완장을 차고 사람들 위에서 권력을 행사하도록 길러진 사람이 아니었다. 선장으로서 배에 도착하면 좋은 방, 좋은 시간 그리고 좋은 급료를 받는다. 그러나 선장은 그에 따르는 모든 것을 수용해야 한다. 그리고 선장의 삶 앞에 승무원들의 삶을 먼저 고려해야하는 것이다.

"선장은 언제나 맨 나중에 배를 떠난다." 이 말은 영화에 나오는 한 줄의 대사가 아니다. 그건 선장의 의무이다.

• • •

상선대에 들어가면 다른 세계를 걷게 된다. 위험은 흔히 따르는 동반자이다. 당신을 죽일 수 있는 것들이 몇 가지 있다. 당신이 추구하는 것, 또는 배 자체를 훔치려는 사람들이 있다. 사람이 죽는 경우가 드문 일이 아니다. 컨테이너가 떨어지고 와이어가 끊어지며 중량물이 움직이며 살인 무기로 변한다. 선상 화재는 도주할 곳이 없고 도와줄 사람이 없으므로 사형선고가 될 수 있다. 그리고 고독은 역시 우리 삶의 치명적 부분이다. 사람들은 그저 육지로 돌아가 살고자 하는 희망을 잃고 한밤중에 바로 사라지기도 한다.

나도 무시무시한 부상을 당한 경험자로서 1988년 나는 그린란드에서 소방차를 하역하고 있었다. 갑판에서 바지선 위로 차를 옮겨야 했는데 배를 한 번도 타본 적 없는 육군 병사들과 함께 작업을 했다. 우리 배는 닻을 내리고 있었고 나는 중량물 분산 막대와 금속 해치문틀 사이에 있었다. 배가 약간 롤링을 하자 갑자기 4톤의 금속이 나를 향해 흔들렸다. 내가 비켜나려 했으나 계속 다가왔으므로 나는 생각했다. '내가 밑에 깔릴 수 있을 것이며 이 쇠뭉치는 내 머리를 박살내거나 내 몸을 짓이길 것이다'라고. 그러자 그 쇠막대기가 나에게로 다가와 내 몸을 짓눌렀고 배가 반대쪽으로 롤링하면서 흔들렸다. 나는 양쪽에 각각 4개의 갈비뼈가 부러졌고 쇄골이 빠졌으며 폐가 망가졌고 어깨가 빠져 버렸다. 3인치만 더 충격을 받았더라면 내 가슴은 짓이겨졌을 것이며 나는 죽었을 것이다.

육군 병사들과 선상에 남아 있던 승무원들은 내가 깔려 납작하게 죽었을 것으로 생각했다. 충격에서 회복되었을 때 나는 금속 스트레처 위에 묶여 있었다. 내 자신을 해하지 못하게 팔이 아래로 묶인 채 25피트 아래 바지선에 내려졌고 보트에 실려 기지 의무실로 이송 되었다. 그들이 나를 떨어뜨렸으면 나는 죽었을 것이다. 나는 바닷물에 떨어져 바로 피오르드 해저에 가라앉았을 것이다. 육군 병사에 의해 호출 된 구급차는 나의 고통은 아랑곳 않고 돌들이 흩어져 있는 자국 깊은 길 위를 덜컹 거리며 달려 지역 병원으로 이송했다.

계속되는 고통 속에서도 첫번째 생각은, "내가 바보처럼 부상 당한 것 때문에 안드레아가 나를 죽이려 할 것이다" 라는 것이었다. 맑고 푸른 하늘 아래에서 내가 목숨을 잃을 뻔 했던 것을 알면 안드레아도 미쳐 죽으려 했을 것이다.

그때 나 자신에게 말했다.
"그녀가 뭘 생각하든 무슨 상관이야? 다친 사람은 난데."

그때 나는 내가 그녀를 사랑한다는 것을 알았다. 그 당시 그녀를 다시 보는 것 외에 아무것도 바라는 것이 없었다.

그린란드로부터 전화를 받았을 때 안드레아는 보스턴에 있었다. 전화한 사람은 선장이었다. 그녀는 그들이 결코 좋은 소식으로 전화를 하지 않는다는 것을 직감적으로 알았다.

"무슨 일이 일어났어요?" 그녀가 물었다.
"그가 살아 있는지 말씀해 주세요" 선장은 사고를 설명했고 나를 포트 딕스로 공수하고 있다고 말했다. 안드레아도 그곳으로 날아왔다.

내가 도착한 직후, 그녀는 내 병원 침대 구석에 앉아 있었다. 우리 회사 센트럴 걸프 라인이 그녀를 오게 조치했고 지역 호텔에 방도 잡아 주었다.

그녀는 가까이에서 나를 계속 간호했다. 포트 딕스 병원의 한 의사가 마취도 하지 않고 계속적으로 가슴에 튜브를 삽입했다. 고문을 당하듯이 너무나 고통스러웠다. 간호사로서 안드레아는 어떤 병원 에서는 다른 방법으로 한다는 것을 알았지만 내가 너무 고통스러워 하자 그녀는 참을 수 없었다. 그녀는 달려가서 의사에게 지옥으로 꺼지라고 욕을 퍼부었다. 오늘날에도 어떤 기술자들이나 그런 부류의 사람들과 어려운 일이 있으면, "잘 들어. 여기에 내 아내를 불러올 필요가 있을까?"라고 반 농담조로 얘기한다.

안드레아는 자신이 근무하는 브리검 여성병원으로 나를 옮기기를 원했고 이동 중 특별관리가 필요했으므로 회사에서는 그곳으로 공중 후송조치를 해주었다. 내가 침대에 자리를 잡자, 나는 안드레아를 아내라고 농담으로 모두에게 얘기했다. "네, 그거 치우는 것 걱정하지 마세요. 내 아내가 와서 할 겁니다" 저녁 식사 시간에 안드레아는 내 병실로 와서 침대 맡에 앉았다. 어느 날 저녁식사 시간에 사고 직후 그 스트레쳐에 들어가면서 내가 생각할 수 있었던 단 하나가 그녀뿐이었 다고 얘기했다. 마침내, 내가 말했다.

"그래. 나는 당신에게 나와 결혼해 달라고 부탁해야 할 것 같은데?"

"그래." 그녀가 대답했다.

"당신이 그럴 거라고 짐작했어." 나는 그녀에게 청혼했다.

하지만 나는 후유증으로 한 쪽 무릎을 굽힐 수 없었다.

우리 사이에는 차이도 있었지만, 공통점도 많았다. 우리는 모두 대가족 출신이었고, 그 소란스런 분위기에서도 편안함을 느꼈다. 나는 아일랜드 계로서 매우 예민하고, 안드레아는 이태리 계로 감정적이다. 그녀가 키를 찾을 수 없어 흥분하고만 있을 때 내가 조용히 말한다.

"그래. 당신이 뭘 했는지 말해 봐."

"리치가 나를 진정시켰어" 그녀가 말했다.

"내가 웃어야 할 때 그가 나를 웃겼고 내가 그에게 관심을 가져야 할 때 그가 관심을 보여 주었어."

안드레아는 내가 그녀의 든든한 바위가 되어 주기를 바란다.

"그건 영화 장면이 아니란 걸 알아" 그녀가 사람들에게 말한다.

"그러나 그는 나를 완전하게 해."

• • •

뱃사람은 자연히 미신을 믿게 된다. 예를 들어 일출 시 돌고래를 보면 그날이 좋게 될 것임을 의미한다. 빨강 머리, 목사, 생화 및 왼발을 먼저 디디고 배에 오르는 것 등등은 불운이다. 그들의 삶은 기상,

달의 인력 및 아프리카 어느 구석으로 휘몰아치는 폭풍 등의 통제를 받는다. 모든 선원들에게는 각자의 불운한 해역이 있다. 아덴만 항해를 시작하기 전까지 나의 불운 해역은 프랑스와 스페인 사이에 있는 지옥 같은 비스케이 만이었다. 대륙붕이 만의 밑으로 뻗어 나와 일대 해역을 가로질러 수심을 얕게 만들고 얕은 수심은 한 가지 사실 즉, 거친 바다를 뜻한다. 나는 그 일대 지긋지긋한 바다의 저주를 받았다. 그곳을 통과하는 항해 시 거의 언제나 뭔가를 기억나게 했던 폭풍을 만났다.

언젠가 미 육군용 탄약을 적재하고 독일의 노르드하임으로부터 노스 캐롤라이나의 서니 포인트로 향하고 있었다. 내 발아래에는 소총탄, 500파운드 포탄, 탄약 상자 및 여러 가지 폭발물 등 수백만 발이 적재되어 있었다. 그 배 자체는 난파선과 같았다. 황천(黃天: 날씨가 거칠어져 있는 상태) 시 화물이 선체에 부딪치는 것을 막아주는 보호벽은 갈기갈기 찢겨져 소용이 없었고 우현 앵커는 사용할 수 없었으며 선상의 거의 모든 것들은 탈락 또는 망가져 있었다. 선박 소유자는 선박 운용비를 깎아 내렸고 승무원들은 급료조차 받지 못했다. 나쁜 상황이었지만 나에게 이는 재앙을 어떻게 극복할 것인지를 배우는 기회가 되었다.

그때 우리는 비스케이 만의 외곽을 항해 중이었으며 폭풍이 휘몰아치자 불운하게도 정전이 되었다. 엔진이 죽어버려 나는 배를 기동시킬 수 없었다. 우리는 만 주위에 코르크 조각처럼 내버려져 있었고 아래에서는 엄청나게 쿵쾅거리는 소리가 들렸다. 나는 아래에서 선교에 까지 전달되는 진동을 느낄 수 있었다. 창고에서 뭔가가 벗겨져 움직이고 있었다.

폭풍은 점점 강해졌다. 선박의 롤링 각도를 알려주는 경사 표시기를 볼 때까지 피칭을 하기 시작했고 롤링을 재개하자 그 각도가 40도나 되었다. 나는 그렇게 심한 경사 각도를 결코 본 적이 없었다. 결국 우리는 헤매는 거북이처럼 거의 뒤집힐 듯 비스케이 만의 해저에 가라앉을 것 같았다. 결박줄이 벗겨져 쿵쾅거리는 화물은 배의 무게 중심(G점)을 변화시키고 있었다. 롤링이 조금만 더 추가되거나 전체 화물이 좌현 또는 우현으로 치우치게 되면, 우리를 영원한 안식처로 잠재워 버릴 수 있었다.

나는 기관실로 내려갔다. 중앙통로를 뛰어 내려가며 오른 쪽에 이상한 것을 보았다. 멈춰 서서 뒤돌아 갔더니 거기에는 승무원 7명이 구명의를 입고 함께 허둥거리고 있었는데, 타이타닉 호에 마지막까지 타고 있던 사람들 같았다. 그들은 어둠 속에서 나를 주시하고 있었고, 입술을 떨며 모두 겁에 질려 정신이 나간 것 같았다. 나 역시 그랬지만 겉으로 드러낼 수 없었다.

"뭘 하고 있어?" 믿을 수 없었다.

선원들은 서로를 쳐다보았다.

아래쪽의 소음은 더욱 시끄러워지고 있었다.

"저, 선장님" 이윽고 한 명이 입을 열었다.

"우리는 퇴선 준비를 하고 있습니다." 나는 그들을 보았다.

"너는 이렇게 말하는 군" 내가 말했다.

"너희는 이 큰 배를 떠나 작은 보트를 타려고 준비하고 있다고. 이 거친 날씨에? 그게 나에게 한 말의 뜻이지?"

그들이 서로 두리번거렸다.

비단 그들에게만 해당되는 일이 아닐 것이다.

현명한 판단이 아니라고 말했다.

"우리가 하려는 일은 이런 거야. 누구든 일할 수 있는 사람은 나를 따라 와. 일할 수 없는 자는 자기 방으로 가. 너희 놈들은 나머지 승무원들에게 겁을 주고 있어."

그들 중 4명이 나를 따라왔고 나머지는 그들 방으로 흩어졌다.

나는 기관실로 달려갔다. 기관장은 추진기관에 달라붙어 맹렬하게 싸우고 있었다.

"상황이 어때?" 내가 물었다. 그가 고개를 끄덕였다.

그는 소위 "완전 몰입" 한 상태로 즉각 해야 할 필요가 있는 여섯 가지 일을 결사적으로 하고 있었다.

나는 화물 창고로 달려갔다. 문을 열고 손전등을 비추며 거대한 공간으로 들어갔다. 보이는 상황은 실망뿐이었다. 점착성 모터 오일 6인치가 바닥에 흘러 있었다. 55갈론 드럼통들은 계속해서 선체에 부딪혀 공간을 비좁게 만들었다. 20개 파렛트 면적에 2파렛트 높이로 쌓은 500파운드 포탄은 뒤흔들리며 이쪽 저쪽으로 선체를 쾅쾅 치고 있었다.

1 항사를 불렀다. "창고로 승무원 몇 명을 데려와 화물을 고정시켜." 포탄 한 발이라도 터진다면, 30분 내에 배는 네 조각이 나서 스페인 연안 바다 밑으로 가라앉을 것이다. 그는 두 사람을 —부상 당하지 않고 창고에 가기를 겁내지 않는 20명 중의 두 경력선원— 불러 화물창고로 가서 거기에 있는 포탄 및 화물들과 씨름을 하여 제자리에 묶었다. 12시간 후 기관이 수리되어 작동을 했으며 포탄 화물은 안전하게 수송되었다. 재앙을 모면했던 것이다.

배에서는 1천가지의 사망 요인이 있다. 그 하나 하나에 직면하여 살아남는다면 다음 위험을 극복하는 방법이 어떤 것인지 터득하게 된다.

1 D-day
일전

여기부터 몸바사까지 항해 기간 중 해적 사건의 발생 가능성이 매우 높다. 특별한 주의가 필요하다.

– 선장 야간 지시록
매스크 앨라배마 호, 4월7일 2000시

그날밤 승무원들이 식탁에 모였다. 긴장된 분위기였다.
"최초의 해적 상황이었습니까. 선장님?"

"그건 분명해." 내가 식사를 하려고 자리에 앉았다. "이게 마지막 해적 출현이었으면 좋겠어."

그 주제는 처음 거론된 것이 아니었다. 며칠 전 3항사인 콜린이, "제가 무슨 생각을 하고 있는지 아십니까?" 하고 물었다.

"우리가 인질로 잡히면 어떻게 해야 합니까?" 나는 콜린을 마주 보며, "너는 그걸 걱정하고 있군?" 되물었다.
콜린이 고개를 끄덕였다. 그는 예민해져 있었다.

"자네가 겁이 난다면, 이 배를 타지 말았어야지." 내가 물었다.
"너는 이 배가 어디로 가는지 몰랐어?" 승무원 한 사람이라도 공포감을 느끼기를 나는 원하지 않았다. 만일 콜린이 소말리아 해적선에 당하는 것을 두려워했다면, 출항하기 전에 나와 일하는 것을 그만 두었어야만 했다.

인질로 잡힌다는 것은 선원들 사이에 금기시 되는 주제이다.
어떤 것-심지어 난파-이라도 그것 보다는 낫다.

"이 봐. 우리는 걷기 전에 기어야만 해" 마침내 내가 말했다.
"우리가 대 해적 훈련을 마스터하는 것을 먼저 확인하고 싶네."
하지만 나는 그의 불안감이 여전하다는 걸 알았다. 갑자기 해적은 더 이상 추상적인 것이 아니었고, 해운 회관에서 듣는 얘기 꺼리나 소문도 아니었다. 승무원들은 자신들의 눈으로 소말리아 해적선을 보았고 우리 배의 무방비 상태를 절감했던 것이다.

"내가 간단히 요령을 바로 말해 주겠네" 내말에 콜린이 고개를 끄덕였다.

"좋습니다."

"아주 간단해. 우선 종교에 관해 언급하지 마. 그건 절대 금물이야. 알라 또는 예수에 관해서 얘기함으로써 그들에게 반감을 갖게 하지 말고 자네가 하는 무슨 일이든 자네의 신념이 그들보다 낫다고 설득하지 마. 정치 역시, 특히 중동지방에 관한 것도 금물이야. 그들은 아마 미국이 세계에서 가장 나쁜 나라라고 말하며 자네를 화나게 할거야. 자네는 나라의 명예를 지키기 위해 그곳에 있는 것이 아니야. 자네는 살아남기 위해 노력하는 거야. 그러므로 그런 것들을 간과해야 하는 거야."

이것이 며칠 전 우리가 나눈 얘기였다. 콜린은 소말리아 해적 때문에 여전히 예민한 것 같았다. 그 자리에는 다른 승무원들도 있었다.

"무엇이든지 그들이 말하는 대로 하라." 나는 말했다.

"가능한 한 정보를 적게 제공하라. 친밀감을 쌓기 위해 중요하지 않은 것들을 제공하고, 심각한 위협에 직면하지 않는 한 장애물을 만들지 말라."

"어떤 것들을 제공합니까?" 누군가 물었다.

내가 어깨를 으쓱했다.

"식수를 어떻게 구하는지 보여주라. 안전 장비를 잘 사용할 수 있도록 알려 주라. 그들이 배를 통제하고 있다고 느끼도록 해야 하며 반면에 그들을 안내할 때는 항상 레이더 또는 기관 통제장치와 같은 매우 중요한 장비들로부터는 멀리해야 한다. 다른 승무원들에 관해서는 언급을 회피하라."

"알았습니다" 콜린이 말했다.

"그리고 무엇보다 유머는 도움이 된다."

내가 부원선원 한 명을 쳐다보았다.

"불행하게도" 나는 잠시 말을 끊었다.

"자네들 어느 누구도 유머 감각이 별로야. 따라서 규칙 제1번, 해적에게 인질로 잡히지 말라."

해적이 승선하기만 하면 모든 것이 끝이라고 나는 생각했다. 우리는 해적들이 어떻게든 승선하지 못하게 해야 한다.

그 때 우리 배는 소말리아 해안선과 나란히 항해하고 있었다. 나는 방으로 가서 야간 지시록을 작성했다. 선장들은 모두 전체 항정에 대한 기본 명령서를 제시한다. 그 기본 명령서는 항해 첫날 제시되고 결코 바뀌지 않는다. 그러나 야간 지시는 매일 밤이 다가올 때마다 명령할 필요가 있는 특별한 메시지나 임무를 포함한다.

"우리는 여전히 아파치 나라 연안에 있다"라고 그날 저녁에 썼다.

"우리는 우리 자신에게만 의존하고 있다. 따라서 계속 경계심을 늦추지 않아야한다. 우리가 가진 것은 우리들 각자뿐이다"

승무원들이 계속 관심을 가지도록 새로운 방법을 모색해야 했다.

이제 해적들이 눈독을 들이고 있음을 알았으므로 지속적인 경각심으로 대비해야 했다.

새벽 3시 30분경, 전화가 울렸을 때 나는 자고 있었다.

자정부터 오전 4시까지 "도그 워치"(방당번)당직자는 2항사 켄이었다.

"선장님, 여기로 올라오시는 게 좋을 것 같습니다."

"뭐야?"

"소말리아 해적입니다." 그가 대답했다.

"어디야?"

"무전기에서" 그가 말했다.

"그들이 무선 통신으로 얘기하고 있습니다."

"바로 올라가지."

나는 통로로 뛰쳐나와 선교로 향하는 계단을 올라갔다. 맑은 대기 속으로 나가자 구름이 보름달을 스쳐 지나가고 있었다. 선교 도어를 열자 켄과 그를 보좌하는 당직부원 한 명이 있었다.

"여기는 소말리아 해적" 통신기에서 흘러나오는 소리였다.

"소말리아 해적이다."

켄을 보았다. 그의 눈이 쟁반 같이 동그래져 있었다. 아래로 보니 통신기는 국제조난주파수 채널 16번으로 맞추어져 있었다.

"소말리아 해적, 소말리아 해적, 당신에게 접근 중이다."

무시무시한 목소리였다. 아프리카인인 것 같았다.

나는 케냐 액센트와 소말리아 액센트를 구별할 만큼 오래 아프리카에 체류하지 않았지만, 분명히 아프리카 인의 목소리였다.

목소리는 매우 진지하게 들렸다.

"어떻게 된거야?"

"약 7마일 거리에서 지나가는 배를 보았습니다.

불을 환하게 켜고 있었습니다." 내가 고개를 끄덕였다.

어선들은 어망 작업을 하는 어부들을 도와주기 위하여, 그리고 15노트 속력으로 항해하는 유조선들과 충돌을 방지하기 위하여 언제나 크리스마스 트리처럼 불을 켜고 있다. 해적선들은 좀처럼 그렇게 불을 켜지 않았다. 그렇게 하면 값비싼 연료를 너무 많이 소모하고, 해적들이 결코 원하지 않는 수평선상에서 노출되므로. "그리고 몇 분 뒤, 이 무선 통신 목소리를 들었습니다" 켄이 통신기를 가리키며 말했다. 나는 망원경을 집어 들었다. 우현 선미 후방 7마일에 배 한 척이 있으며 전형적인 어선처럼 불을 환하게 밝히고 있었다. 그러나 자세히 보자 그 배의 선미에 다른 보트 한 척이 매달려 있는 것을 볼 수 있었다.

"소말리아 해적, 소말리아 해적." 그 목소리가 통신기를 통하여 다시 울리자, 선교는 죽음의 침묵으로 가득 차는 것 같았다. 놈은 거의 콧노래를 흥얼거리는 듯 했다. '도대체 무슨 짓거리를 하고 있나?' 소말리아 해적들은 스텔스 전술을 알고 있었다. 그들의 마지막 의도는 접근하고 있다는 경고를 하는 것이었다. 틀림없다.

단지 어부 몇 명이 우리에게 장난을 하는 것일 수도 있었다. 아니면 우리의 안전태세를 확인하기 위하여 건드려 보는 해적일 수도 있었다. 기관을 증속하여 달아나려 하기 전에 우리를 자극하지 않으려고 하면서 멀찌감치 대기하고 있을 수도 있었다. 그들은 끊임없이 방법을 개발하고 계속적으로 약점을 노리고 있었다.

나는 쌍안경으로 그 배를 유심히 살펴보았다. 항해 중이 아니었다. 어선들이 보통 취하는 방식으로 표류 중이었다.

"회전수 120으로 가자" 지시했다.
우리는 정상 회전수 118로 항해하고 있었다.
"회전수 120" 2항사가 소리쳤다.
그는 텔레그라프, 기관 명령 전송기 앞에 서서 속력을 통제하고 있었다.
"침로는 몇 도야?"
"230도입니다" 조타수가 대답했다.
선수를 230도로 항해하고 있다는 뜻이다.
"180도로 변침하라" 해적에게 -만일 해적이라면- 과감한 침로

수정을 하여 그들이 주위에 있다는 사실을 우리가 인식했음을 보여주고 싶었다. 그리고 가능한 한 선미 후방 멀리에 해적을 두고 싶었다.

"키 좌현 5도, 180도 잡아!" 켄이 소리쳤다. 조타수는 명령을 복창하며 키를 돌렸다. 배는 돌아가기 시작했고 30초 뒤에 새로운 침로를 잡았다. 보다 빨리 배를 선회시키려면, 50도를 변침하는데 키를 조금만 돌려도 순식간에 가능하다.

쌍안경을 통해 의심선박을 주시했다. 여전히 우리 선미에서 표류하고 있었다. 그러나 그 배 뒤의 보트도 뛰쳐나와 우리 쪽으로 오려고 하지 않았다. 만일 그들이 공격을 가하려면, 고속보트로부터 감행될 것이다. 그 고속보트가 모선을 이탈하지 않는 한 우리는 안전했다.

나는 쌍안경으로 수평선 사방을 훑어보았다. 북, 남, 동, 서쪽으로, 때때로 해적들이 꾸미는 짓은 일반적인 시야에 평범한 배를 배치하여 그 배에 상대의 시선을 집중시키도록 모략을 한다. 상대의 시선이 그것에 고정되는 동안 사각지대에서 경주를 하듯이 반대 방향으로부터 3척의 고속보트가 돌진해 올 것이다. 그러나 주변 수역은 깨끗했다. 매스크 앨라배마 호 주변 시야 내에 다른 보트가 없었다.

30분 간 나는 계속해서 의심선박을 감시했다. 우리를 추적하려는 시도가 없었고 고속보트도 발진시키지 않았다. 이상했다. 그러나 우리 주변 7마일 내에 다른 동반자가 없다면, 그는 우리를 공격하지 않는 다는 것이었다.

"괜찮을 것 같은데" 켄에게 말했다.

"만일 어떤 일이 발생하면 바로 보고해. 다음 당직자에게 이를 분명히 인계해. 그리고 아침에 내가 여기에 올 때까지 회전수 120으로 계속 항해하게."

내가 알고 있는 한 해적은 결코 밤에 공격하지 않는다. (이후 해적은 단 한번 야음을 틈타 공격을 한 적이 있었다.) 그러나 내가 소말리아 해적이라면 그렇게 했을 것이다. 어둠 속에서 몰래 기습하여 승무원들이 대응할 시간을 갖기 전에 배를 장악할 것이다. 해적들이 왜 그렇게 하지 않는지 이해할 수 없다 −갈고리를 던져 승선하는 것이 어려울지 모르지만, 그 대가는 엄청나게 클 것이니.

나는 그런 상황의 최초 희생자가 되기를 원하지 않았다.

침실로 돌아가 침대에 몸을 던졌다. 나는 이전에 결코 확증적인 해적 사건에 휩싸이지 않았으며 지난 24시간 동안 단지 잠재적인 위협을 경험했을 뿐이었다. 하지만 현재 우리의 주변 해역에는 해적들이 우글거리고 있으며 우리는 전혀 새로운 세계에 있었다. 통계학자들이 말하는 0.4%의 확률을 잊어라. 걸프 해역을 통과하는 절반 이상의 배들이 표적이 되는 것 같았다.

침대에 들었지만 잠을 이룰 수 없었다. 과거 상선대의 일이 떠올랐다. 제2차 세계대전 당시, 100척 이상의 배들로 구성된 호송선단이 유럽에 주둔 중인 미군 병사들에게 절대적으로 필요한 보급품을 수송하기 위하여 대서양을 횡단하고 있었다. 대양에는 독일 잠수함들이 득시글거리고 있었고 이들 수송선들은 대양에 떠 있는 오리에 불과했다.

하지만 모든 배가 그렇지는 않았다. 호송선단의 중앙에 있으면 거의 공격을 받지 않았다. 그러나 진영의 네 모서리 중 어느 한 곳에 위치하면, 노출되어 버린다. 취약하므로 적 잠수함의 먹이가 되었다.

이 취약한 위치를 "관(棺) 모서리"라고 했다.
나는 매스크 앨라배마호가 지금 그 한 모서리에서 항해하고 있다고 느꼈다.
적을 항만에 가두어 둘 구축함은 한 척도 보이지 않았다.

사건 당일, 06:00부터
19:00까지

D-day

사건 당일 06:00

"배를 납치하면 이는 윈-윈 상황이다. 우리는 매일 여러 배를 습격하지만, 이익을 건질만한 배는 극소수에 불과하다. 인도 또는 아프리카 선원이 타고 있는 제3세계 배를 구조하러 오는 사람은 아무도 없으므로 바로 석방해 버린다. 그러나 서방 국가의 배라면… 그것은 잭팟 복권 당첨과 같다."

소말리아 해.Wired.com, 2009년 7월 28일

상선에서는 - "즉각 잠에 곯아떨어진다." 라는 말이 있다. 선원들은 10초 만에 잠자리에 들 수 있고 2시간 내에 작업에 복귀할 준비를 해야 한다. 선원은 그렇게 하는 방법을 스스로 터득해야 하며, 그렇지 않으면 살아남을 수 없다.

나는 시체처럼 자다가 침실 차광 커어튼 자락으로 태양이 살며시 기어 들어오는 다음 날 오전 6시에 일어났다.

4월 8일 수요일. 우리는 또 하루를 시작했다.

아래 탱크에서 올라오는 청수로 샤워를 했다. 몸을 닦고 옷을 입으며 기상 정보를 보았다. 또 다시 맑다. 항해를 하기에 더 없이 완벽한 기상이다.

수신 메시지 -해적에 관한 복잡한 얘기들을- 체크했다.

'내가 모르는 것을 말해 다오' 라고 기원하면서.

선교로 올라갔다. 얼굴에 내리쬐는 태양은 벌겋게 단 포커 같았다.

커피 잔을 들고 당직 중인 셰인을 만났다. 바로 그 날 해야 할 일에 대한 계획을 구상했다. 몸바사항 입항에 대비해 매일의 일과가 바빴다. 해적이 있든 없든 상선 승무원들은 항구에 다가감에 따라 -화물을 내리고 보급품을 싣고- 엄청난 여러 가지 잡무 즉 세탁, 임금 지불, 신입 승무원 승선 등의 일이 있다. 때로는 현지 정부 관리들이 배를 조사한 답시고 궁지에 몰아넣거나(선장이 그들에게 뇌물을 줄때까지) 계류 로프를 타고 몰래 기어오르는 밀항자와 같은 예상하지 못한 일도 발생한다.

내가 이런 복잡한 일에 골몰하고 있을 때, 파키스탄 출신 경력 선원 ATM이 우리의 생각을 가로 막았다.

"보트가 접근하고 있습니다. 선미 3.5마일 거리에서."

셰인과 나는 휙 돌아보았다. 거기에는 하얀 보트가 적어도 20 노트의 속력으로 다가오고 있었다. 그 배는 어제 우리를 추적하던 것들 중의 한 척 같았으며 강력한 선외기를 가진 길이 12미터의 고속 보트였다. 청록색 바다에 하얀 포말을 일으키는 그 배의 웨이크를 볼 수 있었다. 안개로 인해 시정이 3 내지 4마일로 짧았지만, ATM은 가장 빨리 그 보트를 육안으로 확인했다.

해상을 살펴보았다. 어제 이후 바람이 잦아들어 바다는 잔잔했다. 우리는 더 이상 행운을 기대할 수 없었다. 이제 훨씬 빠른 보트와 경주를 하고 있었고 오늘의 조용한 바다는 그 보트를 멈추게 하지 않았다.

"1항사, 갑판장이 부하들과 어디에 있는지 확인해!"

대부분의 승무원들은 침대에 누워 있거나 방금 일어나 정상적인 아침 일과를 시작하고 있었다. 그러나 갑판장은 어느 팀과 선상 어디선가 일을 하고 있었을 것이고 모두가 그걸 알았으면 좋겠다고 생각했다.

"갑판장은 선수에 있습니다" 셰인이 말했다.

"부하들을 동원해야 할 경우 갑판장이 무엇을 해야 할 것인지 확인해!"

"알았습니다."

"침로는?" 내가 소리쳤다.

"230도입니다."

"침로, 180도 잡아"

"침로 180도!"

조타수가 키를 돌렸고 나는 쌍안경을 통해 살펴보았다. 고속 보트는 2.5마일 거리에서 다가오고 있었다. 그 배도 우리의 신 침로에 맞춰 변침했다. 이제 의심의 여지가 없었다. 놈들은 참치 잡이에 나선 것이 아니다. 우리를 추적하고 있었다.

"영국 해운무역기구를 바로 호출해."

나는 영국인들과 얘기할 시간이 없었다. 셰인이 호출했다.

그의 대화에서 쏟아지는 상대의 질문을 들을 수 있었다.

해적선의 승선 인원은? 해적들이 총을 몇 정 가지고 있나?

해적선의 색깔은? 마침내 그가 통신기의 폰을 걸었다.

"뭐라고 해?"

"1마일 이내에 들어오면 다시 호출하라고 했습니다."

이유를 물을 시간도 없었다. 휴대용 무전기를 집어 들었다 -앞으로 몇 시간 동안 내 손 안에 있을 것이다- 그리고 레이더를 체크했다.

"빌어먹을 놈의 모선은 어디 있어?" 우리는 소말리아 해안으로

부터 300마일 거리에 있었다. 그들이 혼자서 이렇게 멀리 올 수 없었다. 공격을 지휘하는 두목과 함께 트롤어선이 있어야만 했다. 하지만 그 배를 볼 수 없었고 레이더에도 나타나지 않았다. 이들이 우리에게 떼를 지어 몰려든다면 어떻게 모선의 지휘를 받을까?

소말리아 해적선을 확인하자마자 셰인은 신호탄 상자로 가서 18발을 꺼냈다. 그는 승무원들의 시선을 끌기 위하여 주갑판으로 내려가기 전에 신호탄을 터뜨리기 시작했다.

"준비하기 위해 내려가겠습니다. 3항사를 올려 보내겠습니다"
선교에서 달려 나가면서 그가 외쳤다.

나는 기관장이 깨어 있는 것을 알았다. 마이크는 일찍 일어나는 사람이며 지금 자신의 침실에 앉아 성경을 읽고 있을 것이다. 그의 방으로 전화를 걸자 그가 바로 받았다.

"우리는 해적을 만났어. 자네가 기관실로 갔으면 좋겠네"
나는 서둘러 폰을 제자리에 걸었다. 배가 속력을 올릴 때 그가 엔진 콘솔에 있어야 했다.

해적선은 2마일 떨어져 있었다. 우리 속력은 16.8노트, 그들은 21노트였다. 그들이 우리를 따라잡고 있었다.

해적선과의 거리가 1마일로 좁혀졌을 때 콜린에게 지시했다.

"침입자 경보를 울려!" 그가 선내 기적을 울렸다. 장음 단음, 장음 단음, 장음 단음. 그리고 선교 벽쪽으로 달려가서 동일 코드의 일반 경보를 울렸다. 그 경보는 선내 모든 선원은 즉시 자신의 점검 위치로 달려가라는 의미였다. 선미 쪽으로 돌아서자 해적퇴치 호스에서 해수가 쏟아지며 분사되기 시작했다. 평방 인치 당 100파운드 압력의 해수 물줄기는 웬만한 사람이라도 쓰러뜨릴 수 있다. 나는 무전기로 지시했다.

"채널 1번으로 교체하라!" 그것은 우리 비상용 채널 밴드였다.

콜린은 명령을 계속 하달하기 시작했다.

"소화펌프 작동, 신호탄 투하, 부하들을 집합시키도록 갑판장에게 전달!"

내가 신호탄 상자를 가리키며,

"저 신호탄을 투하하도록 준비하라!" 콜린에게 지시했다.

"해적선이 1마일 이내로 들어오면 첫 신호탄을 투하하라. 놈들을 바로 조준하라!" 콜린이 고개를 끄덕였다.

오전 일곱시였고, ATM, 콜린, 그리고 내가 선교에 있었다. 승무원들은 안전한 격실로 모여들고 있었다. 기관사들은 스스로 기관실을 폐쇄했다. 1기사 및 3기사는 후부 조타실로 가고 있었다. 기관장은 이제 기관실에 있었다. 그곳에 있으면 기관장은 필요 시 기관을 멈출 수 있고, 선교에서 문제가 발생하면 1기사는 후부 조타실에서 배의 조종을 인수할 수 있다. 거기에는 선교의 대체수단으로 완전한 선박조종 통제장치가 있었다.

이제 해적선에 서있는 해적들의 상반신을 볼 수 있었다. 그들은 보트의 진동에 따라 몸을 웅크리며 앞으로 기댄 채 있었다.

"영국 해운무역기구를 다시 호출해!" 콜린에게 명령했다.

"실제 해적상황이라고 말해. 그리고 교신을 끝낸 후 그들이 현재의 진행 상황을 모니터링 할 수 있도록 무전기를 오픈 상태로 내버려 둬! 알았어?"

"알았습니다." 콜린이 복창했다.

콜린이 호출을 했고 6개의 신호탄을 들고 우현 브리지 윙으로 달려갔다. 나는 비밀 안전경보 장치 SSAS로 달려가 버튼을 눌렀다.

우리가 납치되었다는 것을 구조센터에 경보할 것이다.

콜린도 SSAS를 눌렀다.

갑자기 자동화기 소리가 들렸다.

해적선에서 불꽃을 뿜는 총구를 보았다.

그들은 약 500미터 거리에서 우리를 향해 총을 쏘고 있었다.

총알이 금속으로 된 상부 구조물에 탕, 탕, 탕 부딪히는 소리가 났다.

총알들이 연돌을 스쳐 지나갔다.

ATM에게 조타기 근처 바닥에 앉아 명령에 따라 키를 잡도록 지시했다.

"콜린, 여기로 들어 와." 내가 외쳤다.

그는 윙 브리지에 나가 있었다. 신호탄 상자 뒤에 웅크리고 앉아 있었다.

"곧 가겠습니다." 그가 외쳤다.

"놈들이 사격을 멈추는 즉시."

이제 해적 상황에 직면했다. 정말 빠르게 진척되었다. 그러나 도대체 빌어먹을 모선은 어디에 있어? 만일 더 큰 배가 현측에 계류하면, 놈들은 무장된 해적 25명을 승선시킬 수 있을 것이다. 그러면 게임은 끝난다.

나는 승무원들이 갑판에 앉아 있었으면 했다. 해적들은 일정한 각도를 두고 위를 향해 사격한다. 구조물에 부딪쳐 떨어지는 유탄은 서 있는 사람에게 피해를 입힐 수 있었다. 사격이 잠시 멈추어졌을 때 콜린이 황급히 선교로 뛰어들어 왔다.

"거리 1/4마일" 휴대용 무전기로 전달했다.

"몇 발을 사격했어. 몇 발을."

총알들은 상부구조물 곳곳을 관통하거나 스치면서 커다란 라켓을 만들고 있었다. 탕, 휭휭, 탕탕. 나는 해적선을 내려다 보았다. 이제 거리는 50미터이다. 놈들은 갑자기 모터를 증속시키면서 선미에서 좌현 쪽으로 접근했다. 놈들은 여전히 자동 및 반자동으로 사격을 가하고 있었다. AK-47 소총은 특이한 총성으로 빠르고 둔탁하게 탕-탕-탕-탕 울렸다. TV에서 들은 총성을 제외하고 이전에 한 번도 들은 적이 없었다. AK-47소총이 뱉어 내는 총알은 상부구조물에 부딪치며 구멍을 뚫었다.

나도 뭔가를 해야만 했다. 신호탄 몇 발을 집어 들고 좌현 윙 브리지로 가서 해적선으로 던지기 시작했다. 그들이 우리 배의 2번 크레인 위치에 계류하러 오는 것을 볼 수 있었다. 총알은 곳곳으로 난무했지만, 소말리아 해적들의 조준은 양호했다. 총알이 윙 브리지를 휩쓸었으며 내가 있는 윙의 곳곳을 관통했다. 나는 웅크리고 기어 갔으며, 다리를 꼬고 앉아 보트 바닥에서 총을 쏘는 해적 한 명을 보았다. 나를 향해 총알을 발사하는 데 집중한 해적의 얼굴이 분명히 보였다.

　　나는 신호탄을 투하하면서 기어가, 바람을 굴절 시키는 장치인 금속 덮개 장치인 방풍판 뒤로 몸을 웅크렸다. 마치 숨었다가 신호탄을 투척하기 위해 다시 나타나는 잭 인 드 박스(뚜껑을 열면 이상한 것이 나타나는 장난감) 같았다. 신호탄은 놈들을 멈추게 하는 우리의 유일한 수단이며 —해적선에 신호탄을 던져 가스통을 맞히는 백만 분의 1의 확률로—선교에 있는 부하들을 총알로부터 벗어나게 하는 유일한 방법이었다.

　　신호탄을 모두 투하하고 나는 선교로 되돌아 달려왔다.
　　"키 왼편 15도" 이제 키에 배치되어 있었던 ATM에게 소리쳤다.
　　GPS를 내려보니 18.3 노트를 가리키고 있었다. 나는 흔히 말하는 "경주 기동," 즉 다른 보트가 현측에 계류하기 어렵게 지그재그 항해법을 운용했다. 매스크 앨라배마 호의 건현 즉, 수면에서 갑판까지의 높이는 20피트에 불과했다. 해적에게 필요한 것은 갈고리가 달린 로프를 던져 올릴 나란한 위치였다. "이제 키 오른편 15도," 라고 명령했다. 선장은 급선회를 원하지 않는다. 그렇게 하면 배의 속력이 줄게 된다. 선수를 좌우로 선회시키다가 원 침로로 복귀시켰다.

수면을 내려다보자 믿을 수 없는 일이 벌어지고 있었다. 해적들이 멋지고 긴 흰 사다리를 공중으로 세우고 있는 것이 아닌가. '어디서 저런 빌어먹을 것을 구했을까?' 어쩌면 홈 디포에서 살 수 있는 위에 고리가 있는 수영장 사다리 같았다. 보통 소말리아 해적들은 갈고리가 달린 로프나 장대 또는 끈을 사용하지만, 이 망할 놈의 사다리는 우리 배를 납치하기 위해 특별히 설계 제작된 것 같았다. 거기에는 멋지게 연결된 두 개의 수직 기둥이 있어, 우리 배의 주갑판 위로 6인치가 올라오는 딱딱한 금속 부분인 피시 플레이트(금속 이음매관)에 고정되었다.

후크가 우리 배에 고정되는 것을 지켜봐야했다. 5초 내에 사람 머리 하나가 현측으로 불쑥 나타나더니 이어서 몸 전체가 갑판위로 재빠르게 뛰어 올랐다. 그는 우리 배 2번 크레인 바로 뒤에 있었으므로 나로부터 20미터 거리에 있었다. 놈은 나중에 알고보니 두목이었다. 제기랄. 놈들이 승선했다.

"해적 1명 승선" 무전기에 대고 소리쳤다.
"놈들이 우리 배에 승선했다." 소말리아 해적은 손에 무기를 들고 있지 않았다. 나는 앞으로 몸을 내밀어 그가 노란 끈이 있는 흰 물통을 끌어 올리는 것을 보았다. 거기에 그의 무기가 들어 있을 것이다.

그 물통 바로 뒤에 두번째 해적이 따라 올라왔다.

"해적 한 명이 승선했고 또 한 명 올라오고 있다."

나는 무전기로 전달했다.

우리는 재앙을 향해 경사로를 내려가고 있었다. 해적들은 총을 가졌고 우리는 없었다. 놈들과 싸워야만 하는 우리가 가진 것은 두뇌와 의지력 뿐 이었다. 그런 시합에서 대부분 상대방도 총을 가져야 하지만 우리는 맨손으로 맞서야 했다.

나는 새 신호탄을 들고 윙 브리지로 달려갔다. 갑판 상의 소말리아 해적은 돌아서며 손을 올렸고 나는 탕, 탕, 탕. 총소리를 들었다. 그는 이제 총을 가졌고 그걸 쏘고 있었다. 나는 신호탄을 던졌고 그것이 갑판에 튕겨 물속으로 사라졌다. 놈이 연발로 총을 쏘아 나는 몸을 숙였는데, 총알 한 발이 내 얼굴 바로 앞의 바람막이 판을 때렸다. 금속판의 찌그러진 흔적이 보였다.

"제기랄!" 욕이 튀어나왔다. 그 총알이 철판을 관통했다면 내 얼굴을 그대로 짓이겨졌을 것이다.

나는 뛰었다. 첫 해적이 사라졌다. 그는 갑판 상의 컨테이너 뒤에 숨은 것이 틀림없었다. 나는 그의 궁극적인 표적이 선교란 것을 알았으나, 여기 도착할 때까지 시간이 다소 걸릴 것으로 짐작했다.

둘째 해적이 사다리 끝을 넘어와 갑판에 내려섰다. "해적 2명 승선했음" 무전기로 연락했다.

나는 결정해야했다. 이제 선교를 포기하고 안전한 곳으로 철수하여 거기에서 대기한다. 아니면 내가 선교를 장악하고 해적들이 해적방지 철망을 통과하여 7층 높이의 선교에 도달할 수 없도록 기도하는 것이었다.

나는 배를 포기하고 싶지 않았다. 절대로. 나는 누구에게도 선교를 내어주지 않을 것이다. 선교는 선장에게 특별한 곳이다. 그 곳은 배의 통제를 상징하는 것이고 선장은 보잉 747 비행기의 조종사와 같다. 나는 그렇게 믿어왔다. 절대로 선교를 남에게 넘겨주어야 할 필요성이 없는 한 그렇게 해서는 안 된다.

이것이 나의 첫째 실수였다. 나는 그 때 철수해야만 했다. 나는 시간이 좀 있다고 생각했다. 가능한 한 오래 배를 통제하고 싶었다. 와서 빼앗아 봐라 식의 어리석은 과신이 있었던 것이다.

나는 둘째 해적에게 신호탄 2발을 던졌다. 그 해적은 더러운 T 셔츠에 반바지, 고무 샌들 차림을 한 매우 여윈 사람이었다. 둘째 해적은 두 다리를 갑판 위에 꼬고 앉아 AK-47 소총으로 나를 향해 사격하기 시작했다.

그 때 아래에서 세 번의 총성을 들었다. 그 총성은 외부 계단을 폐쇄한 '해적방지 철망 체인'의 자물쇠를 첫째 해적이 사격으로 날려 보낸 것이었다. 그러나 나는 첫째 해적이 컨테이너 뒤에 숨어서 다른 해적들이 합류하기를 기다리고 있는 것으로 생각했다. 시간은 그들의 편이었다. 그들은 우리가 비무장인 것을 알고 있었다. 해적방지 철망 외에 다른 방지 수단이 없었다. 만일 놈들이 그것을 통과하면, 우리는 인질이 된다. 그러나 해적 두목이 뒤에서 접근할 때까지 나는 여전히 선교는 안전하다고 착각했다.

나는 선교로 달려왔다. 차단 장치를 걸고 배의 방어수단을 강화 하기 시작했다. ATM은 바닥에 웅크리고 앉아 겁에 질려 다음 명령을 기다리고 있었고, 콜린은 선교 주위에서 움직이고 있었다. 곁눈으로 어떤 그림자를 보았다고 생각했을 때 무슨 말을 하려고 돌아섰다. 그 그림자는 첫째 해적이었다. 그는 선교 도어 밖에서 선교 창문을 통해 찌그러진 AK-47 소총을 나에게 겨누고 서 있었다.

D-day

2009년 4월 8일 수요일

사건 당일 07:35

"우리가 성공할 수 있는 관건은 우리는 기꺼이 죽을 수
있다는 점이며, 선원들은 그렇지 않다는 것이다."

소말리아 해적. Wired.com, 2009년 7월28일3

내가 돌아서는 순간, 그 소말리아 해적은 공포 두 발을
쏘았다. 탕! 탕! 위를 향하여. 총성은 아래에서 들려
오던 그 어떤 소음보다도 더욱 가공스러워 지옥의 아비규환 같았다.

"우린 당해 버렸어!" 등 뒤에서 누군가 탄식했다.

"침착해요, 선장 안심해요." 해적이 말했다.

키가 작고 말랐으며 신경질적으로 보였다. 그의 얼굴은 긴장되어 있었다.

"비즈니스야, 그저 비즈니스일 뿐이야. 배를 정지시켜, 배를 정지시키라고."

충격을 받아 나는 대답할 수도 없었다. 놈이 이렇게 빨리 배를 장악하다니. 도저히 믿을 수 없었다. 애들이 장난을 치듯이 그들은 해적 방지 철망을 통과했다. 7시 35분이었다. 해적들이 승선하여 배를 장악하는데 겨우 5분밖에 걸리지 않았다.

나는 여전히 휴대 무전기를 손안에 쥐고 있었다. 해적에게 등을 돌리고 무전기 키를 눌러, 작은 소리로 속삭였다.

"선교가 장악 되었다. 선교가 장악 되었다. 해적이 선교에 있다."

후부 조타실에 있는 1등 기관사에게 해적이 선교를 통제하고 있음을 알렸다.

"배를 조종하라."

"알 카에다가 아니야. 우린 알 카에다가 아니야. 문제 없어. 걱정하지마." 해적이 AK-47 소총으로 나를 겨누며 외쳤다.

"이건 사업이야. 우린 돈만을 원해. 배를 멈춰."

그와의 거리는 3~4미터였다.

"오케이, 오케이" 내가 말했다.

"시간이 걸려. 기다려."

배를 정지시킬 때 단계적으로 기관을 내려야 한다.

나는 우리 배의 항해속력 회전수 124에서 기관 명령전송기를 뒤로 당겼다가 최대한 앞으로 밀어, 항만 내에서 사용하는 저속 기동 속력으로 낮추었다.

갑작스런 기관 변속 명령에 갖가지 경보음들이 주위에서 쿵쿵, 쾅쾅, 삑삑거리며 소란스러워 졌다. 나는 콘솔 주위에서 갖가지 경보음을 침묵시키려고 애를 썼다. 무선전화기를 보았다. 그것은 콜린이 내버려 둔 그대로 데스크 위에 뒹굴고 있었다. 제발 저쪽 단말에 있는 영국해사무역기구(UKMTO)가 진행되고 있는 모든 상황을 듣고 있기를 바랬다.

보안경보에 의해 경보를 접수한 구조센터는 평문으로 호출 및 질문을 하지 않는 것을 알고 있었다. 이것이 납치이지 단순한 고장이 아님을 누가 알 것인가? 조종간으로 가서 전후좌우로 돌려 보았다.

아무 일도 일어나지 않았다. 기관장이 기관 통제실에 있는 장치로 기관통제를 이미 전환시켰다. 모두들 각자의 위치에 있었다.

작은 승리였다. 얼마나 다행인가. 해적들이 승무원 전원을 납치하지 않는 한, 매스크 앨라배마 호가 소말리아 연안으로 향해 가지는 않을 것이다.

"배를 멈춰. 배를 멈춰." 무전기로 내가 말했다.

손가락으로 무전기 키 버턴을 누르고 있으므로 승무원 모두가 해적이 하는 말을 들을 수 있었다. 기관사들이 기관을 정지시킨 것을 느낄 수 있었다.

이제 배는 물 위에서 미끄러지듯 선회하기 시작했다.

"선회를 멈춰!" 해적이 소리쳤다.

AK-47 총구를 빙글빙글 돌리면서 명령했다.

"배를 똑바로 잡아."

"오케이, 문제없어"

내가 조종간과 키를 작동하기 시작했다.

물론 아무런 반응이 없었다.

1기사 매트가 저 아래 후부 조타실에서 배를 조종하기 때문이었다. 나는 숨을 헐떡이면서 해적을 바라보았다.

"배가 고장 났어. 고장이 났다고."

나는 키를 돌렸지만 반응이 없는 것을 해적에게 보여 주었다.

"뭐?" 그가 외쳤다.

"배를 똑바로 잡아!"

나는 어깨를 움츠려 보였다.

"나도 당연히 그렇게 하고 싶지만 네가 배를 고장 냈어. 네가 속력을 줄이라고 해서 너무 급히 서둘렀어."

기관조종 콘솔을 가리키며 바우 스러스터(선수 선회 장치) 전시판을 두드렸다. 바우 스러스터는 배의 선회를 가능하게 해주는 선수 쪽의 다른 프로펠러이다. 그 눈금은 "0"이었다. 그리고 타각 지시기를 가리켰다. 그것 역시 죽어 있었다.

"배가 고장 났어"
내가 반복하자 해적은 화를 내기 시작했다.
"소화 호스를 꺼, 펌프를 끄란 말이야. 배를 멈춰!"
ATM은 다른 해적이 계단을 올라오는 것을 도와주러 선교를 나갔다.
나는 콘솔 주위에서 경보기를 차단하고 소화펌프를 정지시켰다.
해적퇴치 소화 호스에서 분사되던 해수가 잦아들었다.

나는 레이더 장치로 갔다.
해적 두목이 흥분하여 ATM에게 발악적으로 명령을 내리고 있었다. 레이더에는 노브 스위치가 세 개 있다.
첫 노브는 게인(수신 이득) 조절용으로 입력되는 데이터에 대한 레이더의 감도를 조절한다. 나는 그 노브를 최저로 돌려 두었다.
그리고 대 강수 노브 및 대 해상 잡음 노브가 있는데 이것들은 해상의 파도, 너울 및 강수로 인한 레이더 잡음 현상을 제거해 주는 조절기이다. 나는 이 두 노브를 최대로 올려 두었다. 그렇게 함으로써 레이더 성능을 완전하게 저하시켜 두었다. 그러면 2마일까지 군함을 접근시킬 수 있으며 레이더를 텅 빈 만찬용 접시처럼 깨끗하게 보이게 할 것이다. 해군 함정이 접근하려 할 때 해적이 이용할 수 있는 부가적인 확인 수단을 차단하고 싶었다.

다시 VHF 통신기로 다가가 채널을 16번에서 72번으로 바꾸었다. 이제 해적이 VHF를 사용하려면 저 멀리 달의 표면에다 대고 호출하려는 꼴이 될 것이었다.

내가 고개를 들자 ATM이 해적 3명을 데리고 선교로 들어서고 있었다. 한 명은 나를 향해 사격을 가했던 키가 큰 놈이고, 다른 한 명은 무쏘라는 놈이었다. 무쏘는 AK-47 소총과 탄띠를 어깨에 둘러메고 있었다. 그는 람보같이 보였다. 그는 다리를 절고 있었는데, 분명히 사다리를 타고 올라올 때 발에 부상을 입은 것 같았다. 어린 애송이 해적이 또 한 명 있었다. 대학생 정도로 보였다. 그러나 그가 찰스 맨슨(미국 사교집단 맨슨 패밀리의 두목이며 흉악범) 같은 눈을 가진 것으로 보아, 가학적인 해적으로 돌변할 수도 있을 것 같았다. 키가 큰 해적은 인상적이지 않았다. 책임자가 있다는 것에는 의심의 여지가 없었다. 맨 처음 승선한 해적이 두목으로서 명령을 내렸고 다른 해적들은 명령에 복종했다.

3명의 해적들은 22세에서 28세 정도인 것 같았다. 내 짐작으로 애송이는 22세 이하일 것 같았다. 그들은 AK-47 소총 2정과 탄띠

몇 개를 가지고 있었다. 그들은 또한 개머리에 로프나 끈이 달린 9mm 권총 같은 것을 가지고 있었고, 미 해군의 로고가 붙어 있는 것 같았다. 도대체 놈들이 어떻게 미 해군 무기를 지니게 되었을까?

그 의문은 나중에까지 풀리지 않는 의문으로 남았다.

해적들이 선교에 자리를 잡았다. 그들은 경험이 있는 자들 같았다. 두목은 우리와 함께 있고 키다리는 우현 윙 브리지로 가고, 애송이는 플라잉 브리지로 갔으며, 무쏘는 좌현 윙 브리지로 갔다. 그들이 ATM과 3항사에게 우현 쪽 갑판에 앉게 했다. 나는 콘솔에 있었는데, 경보장치들이 여전히 삑삑거리며 요란하게 울렸으므로 그것들을 침묵시켜야만 했다. 경보장치는 전쟁이라도 벌어진 듯이 울렸고 스트레스를 가중시켰다.

두목이 나에게, "저 놈들은 미쳤어. 저 놈들은 소말리아 해적이야. 나는 단지 통역자이지." 라고 말했다.

내가 힐끗 그를 보았다.
좋은 순경이든 나쁜 순경이든 정말로 어느 편인지 상관없다는 듯이.
"위험한 놈들" 두목이 외쳤다.
"놈들이 당신을 죽일 거야. 놈들은 미쳤어!"

제기랄. 놈들은 정말 위험한 것 같았다.

내 심장은 아드레날린과 공포로 소용돌이치고 있었다.

두목의 접근법은 아주 영악했다. 그는 우리가 자기를 믿길 원하는
것이다. 미쳐 날뛰는 해적에 대항하여 우리의 유일한 구조자로 자신을
믿게 하는 것보다 더 나은, 교활한 방법이 있을까.

"승무원들을 소집해" 두목이 말했다.

내가 예상한 주문이었다.

인질이 많을수록 해적들이 매스크 회사와 교섭할 지렛대가 많아
진다. 그들은 모든 승무원을 선교에 집합시켜 그들이 잠자는 동안
승무원들이 렌치로 내리치거나 습격할 가능성을 방지하려는 것이다.

그러나 내가 부하들 중 한명이라도 놈들에게 내어 주면 지탄을
면하지 못할 것이다. 나의 계획은 가능한 한 빨리 콜린이나 ATM을
위험한 선교에서 탈출시키는 것이었다.

"오케이" 내가 대답했다.

그리고 선내 방송 마이크와 휴대용 무전기를 들었다.

"승무원 총원, 승무원 총원. 선교에 집합하라. 해적들은 승무원
여러분이 선교에 집합하기를 원한다. 다시 반복한다. 해적들은 승무원
여러분이 선교에 집합하기를 원한다."

당연히 반응이 없었다.

나는 선원들이 자신들의 위치에 숨어있기를 간절히 바랐다.

두목이 자신의 부하들에게 소리치는 동안 나는 휴대용 무전기로 조용히 송신했다.

"해적 4명 승선했음. 윙 브리지에 2명, 플라잉 브리지에 1명, 선교 내에 1명. 윙 브리지에 AK 소총 2정, 선교에 9mm 권총 1정."

두목이 돌아서며 날카롭게 쏘아 보았다.

"다시 승무원을 소집해!" 놈이 짖었다.

나는 "선교로 집합하라"는 메시지를 반복했다.

아래에서는 여전히 아무런 소리도 없었다.

선교는 점점 불안해지고 있었다. 아래에 있는 승무원들이 2차 전력 공급을 아직 차단하지 않았으므로 대부분의 비상등은 켜져 있었고, 모든 3차 전구는 불을 밝히고 있었다. 에어컨은 작동이 정지되었으므로 아래의 밀폐된 격실은 들끓기 시작했을 것이다. 갑판은 온실과 같다. 갑판은 열을 흡수한다. 땀이 바로 등줄기를 타고 내리는 것을 느꼈다.

나는 그들이 명령을 짖어대고 내가 따르는(따라가는 척 하는) 방법 외에 다른 종류의 의사소통 방법을 해적들과 가지고 싶었다. 인질로 피랍되었을 때를 가상한 어떤 훈련에서도 너무 반항적이거나 너무 고분고분하게 자신을 드러내지 말라고 하고 있다.

'권위를 유지하라' 라는 말을 나는 기억하고 있었다.

해적 두목에게 비명을 지르거나 구석에 웅크리고 있으면, 납치한 자가 당신의 머리에 총알을 퍼붓는 불필요하고도 사적인 감정을 야기하는 빌미를 제공하는 원인이 될 수도 있다.

나는 내 자신의 방식대로 하기로 했다.

지금까지 살아오면서 통했던 방식이었다. 나의 본능에 따르기로 했고 완벽한 인질이 되려는 노력에 대해 잊기로 했다. 해적들과 관계를 완화시킬 필요가 있었다.

해적들은 매우 예민했으며 우리가 다가가는 것을 원하지 않았다.

접근할 때마다 그들은 눈을 크게 뜨고 다가오지 못하게 총을 흔들었다.

두목을 바라보며 말했다.

"저 친구들에게 물이라도 좀 주어도 좋을까?"

그가 고개를 끄덕였다.

내가 ATM에게 몸짓을 하자, 그가 일어나 좌현 도어 근처의 식수통으로 걸어가는 동안 해적들은 유심히 관찰했다.

콘솔에서 작업하면서 옆걸음으로 조용히 두목이 서있는 곳으로 다가갔다.

"헤이" 내가 불렀다.

"담배 가진 것 있어? 없다면 우리가 좀 가지고 있는데."

그가 고개를 끄덕였다. 나는 전 세계 해상조난 및 안전시스템 (GMDSS) 장비가 있는 테이블에 가서 항만 도선사와 문제를 일으키는 항만 공무원들을 위해 항상 보관해 두었던 담배 몇 갑을 꺼냈다. 나는 담배를 나눠 주었다. 몸바사와 몬로비아와 같은 곳에 있을 때 아프리카에서 담배가 얼마나 인기가 있는지 알았다. 나의 최종목표는 니코틴에 찌든 어떤 해적이 내 부하에게 겨누는 총이 흔들리게 만드는 것이었다.

그들이 담배를 피워 물었고 그러자 긴장이 많이 완화되는 것 같았다. 나는 음료수도 꺼내 그들에게 나누어 주었다. 두목이 담배 한 모금을 빨고는 나를 주시했다.

"국적이 어디야?" 그가 물었다.

"나?" 내가 반문했다.

"아니면 배? 어느 편이야?"

"배, 배. 국적이 어디야?"

"미국" 내가 답변했다.

그가 눈을 둥그렇게 떴다. 나는 다른 해적들이 혹하고 안도의 숨을 쉬는 소리를 들었다. 분명히, 놈들은 금광의 광맥 본류를 잡은 것이다.

"승무원은? 그들의 국적은?"

"모두 달라" 내가 말했다.

"미국인, 캐나다인, 아프리카인"

이제 담배도 피우고 웃기도 하면서 좋은 분위기로 유도했으니 사태를 완화시켜야 했다. 생각할 시간이 필요했다.

영국 해사무역국은 우리가 해적에 피랍된 것을 알았다. 구조 세력이 도착할 때까지 얼마나 시간이 걸릴 것인지 계산하면서 가능한 한 나는 오래 브레이크를 밟고 있어야 했다. 어떤 지체도 전략적으로 활용할 시간을 줄 것이다. 나는 몇 단계 앞선 행동을 구상하느라 머리를 짜야했다.

두목은 배를 멈추기를 원했으나 다소 혼란해했다. 내가 장황한 얘기 −배가 고장 났으며, 어떤 조치를 해야 한다− 를 계속하자 그가 마침내 나에게 소리쳤다.

"당장 정지해!"

나는 눈썹을 치켜 올리고 이해하려고 애쓰는 척 하며, 오른손 검지 손가락을 목에 가로로 끌어 올렸다. 기관을 죽여도 좋다면, 등 뒤에서 콜린이 말했다.

"살인자에게 국제적으로 통하는 제스츄어를 멈추지 않으시렵니까?" 나는 미소를 지었다.

"오케이, 오케이."

해적이 이번에는, 전화를 걸고 싶다고 했다.

"뭐?" 내가 물었다.

"뭘 하고 싶다고?"

"그들이 전화를 걸고 싶다고 말합니다!" 콜린이 외쳤다.

그는 내가 뭘 하려고 하는지 이해하지 못했다.

그는 내가 스스로? 그리고 그에게도- 총 맞을 짓을 한다고 생각했다.

"알고 있어." 나는 입 한 쪽 귀퉁이로 내뱉었다.

"조용히 해. 그들이 무슨 말을 하는지 알아. 내가 그들과 얘기하도록 내버려 둬. 넌 잠자코 있어."

나는 모든 대화를 가능한 한 지연시키려고 애쓰고 있었다. 마침내 두목이 선교에 있는 위성전화를 가리키며 전화번호를 주었다.

그것은 소말리아 국가 번호였다. '모선'이라고 생각했다.

'놈들은 이후 지침을 필요로 한다.'

두목은 전화기로 다가가는 나를 밀착하여 감시했다. 나는 번호를 누르고 기다렸다.

버튼을 누름에 따라 번호가 나타난다, 그러므로 잘 못 누를 수 없지만, 나는 마지막 단계를 완료하지 않았다. 대부분의 위성전화에서는 번호 입력을 완료 했을 때 송신을 위해 눌러야 할 마지막 키가 있다.

나는 그 키를 누르지 않았다.

두목에게 전화기를 보여 주었다.

"작동이 안 돼." 내가 말했다.

"전화가 고장 났어."

그가 다가와서 나를 뚫어지게 보았다.

"어디 봐" 그가 짖었다.

나는 그에게 LED 액정화면을 보여 주었다. 거기에는 그가 원하는 번호가 있었지만, 호출이 이루어지지 않았다.

나는 어쩔 수 없다는 듯이 어깨를 움츠렸다.

"통화권 밖이야." 내가 말했다.

"멍청한 전화기."

그들이 다른 전화번호를 주었다. 아마 그것은 소말리아에 있는 그들의 상관이나 후원자일 것이다. 분명히 그들은 배를 납치한 것을 보고하고 싶었을 것이며 아마도 몸값 협상을 개시하게 하거나 매스크 앨라배마 호에 물품이나 증원세력을 파견해 주기를 요청할 것이다.

그것 역시도 통화가 되지 않았다.

나는 번호를 계속해서 눌러댔고 두목은 나를 계속 노려보았다.

"레이더" 그가 소리쳤다.

나는 그에게 콘솔을 가리키기 전에 보통 때의 버릇인 것처럼 뭐? 실례지만?" 이라는 말을 계속했다. 내가 앞장서라고 그가 총을 흔들었다. 나는 걸어갔고 그가 곁에 서서 레이더 스크린을 내려 보았다. 먹통이었다. "72" 그가 말했다. "72마일 스케일." 그는 레이더의 거리 범위를 증가시키기를 원했다. 그는 항법과 선상 기술에 관해 좀 알고 있었다. 나는 이 해적 두목이 단순한 어부가 아님을 짐작하게 되었다. 이놈은 훈련을 좀 받은 놈이다. 나는 거리 스위치를 한 단계 더 높였다.

노브를 96마일로 높인 것이었다.

그가 내려 보았다.

"아무 것도 없어." 내가 말했다.

그는 당황했다.

"그게 어디 있어?" 그가 물었다.

"이건 뭘 가리키나?"

모선이 외곽에 없음을 알고 두목이 얼마나 놀라는지 나는 알 수 있었다. 레이더가 우리 배로부터 몇 마일 이내에 버팀목이 되어줄 하나의 멋진 영상을 전시하지 않자 그는 멍청해졌다. 지구상에서 자신이 타고 도주할 차량이 사라져 버린 것과 같았다. 이제 그는 미국 상선 중에서도 고장이 나서 덜컹거리는 배에서 비틀거리고 있음을 자각해야만 했다. 배 전체에서 할 일이 아무 것도 없는 것 같았다.

"아무 것도 없어." 내가 말했다.

세 해적은 소말리아 말로 지껄이기 시작했다. 나는 돌아서서 휴대용 무전기를 집어 들었다. 어떤 의미에서 그들은 나에게 그 무전기를 계속 휴대하도록 해주었다. 아마 그들은 내가 승무원들을 선교로 집합시키거나 배를 움직이게 하는데 필요할 거라고 생각했을 것이다. 나는 일부러 휴대 무전기를 손에 잡았다가 허리에 차면서 잘 보이도록 했다. 하지만 나는 그들의 주위가 산만하거나 시선을 돌릴 때에만 그것을 사용했으며, 무전기를 입에 대지 않고 버튼만 눌러 조용히 말하곤 했다.

"선교에 4명" 내가 말했다.

"아직 모선 없음"

나는 소말리아 해적이 다시 선교에 자리 잡았다는 것과 그들의 무기에 관해서 알려주었다.

"선장님" 누군가 불렀다.

콜린이 나에게 몸짓을 보내고 있었다.

땀에 흥건하게 젖은 그는 열기와 신경과민으로 얼굴이 창백했다.

"선장님, 저들에게 그저 돈만 주지요" 그가 말했다.

주위를 둘러보았다. 해적들이 듣지 않았기를 원하면서.

선장들은 모두 보급품 적재와 비상시를 대비하여 금고에 현금을 보관하고 있다. 나는 잔돈과 큰돈으로 3만 달러를 가지고 있었다.

"콜린, 놈들은 3만 달러 이상을 원하고 있어."

"그저 그것만 주어 버리죠" 그가 사정했다.

나는 차라리 그가 조용히 입을 다물었으면 싶었다. 이번 항해 초기에 그가 인질로 잡혔을 때에 관한 질문을 한 훈련 이후, 나는 그가 변덕을 부리지 않았으면 했다. 우리는 모두 겁을 먹고 있지만, 그 겁을 드러내지 않아야 했다. 공포는 약함을 의미했고, 약함은 나약한 생각으로 유도된다. 그렇게 되어서는 안된다.

"그건 선택이야" 내가 말했다.

"우리는 그들에게 이미 담배를 주었어. 돈이 필요한 경우를 대비하여 예비로 그걸 견지해야 해."

나는 돈을 무시할 순 없지만, 사태를 지연시켜 전략적으로 이용할 기회를 포착하려했다.

"그냥 돈을 주어야 한다고 생각합니다" 그가 우겼다.

나는 그에게서 떠났다.

두목은 VHF 통신기에 있었다. 초단파 통신기로 15 내지 20마일 거리의 수평선 내에서 교신이 가능하다. 그 통신기는 원래 국제 조난 주파수인 채널은 16으로 설정되어 있었다. 모두가 그 채널을 모니터링 하는데, 다른 배를 호출하여 선상 사고를 보고하는 것이다. 그러나 나는 아무도 보지 않을 때 채널을 72로 돌려두었다. 아무도 채널 72를 듣지 않았다. 두목은 달을 향해 호출하는 꼴인 것이다.

그가 반복해서 소말리아에 도움을 요청하는 호출을 했다. 두목은 모선을 접촉하려고 애썼다. 그러나 아무런 응답을 듣지 못했다. 나는 해적 두목의 기분을 면밀하게 체크 했다. 다른 해적들은 발언과 행동 지침을 그로부터 받고 있었다. 두목이 화를 내면, 부하들도 화를 내었다. 그가 침착해지면 부하들도 조용해졌다. 그는 포탄의 기폭 와이어 같았다. 나는 그를 매우 주의 깊게 관찰하고 있었다.

한편, 내가 얼마나 멀리 두목을 몰아갈 수 있을지 궁금해지기도 했다. 나는 그의 머릿속에 들어가고 싶었다. 그는 다음에 무엇을 원할까? 그가 그렇게 하기 전에 어떻게 먼저 거기에 도달할 수 있을까? 그러나 그것은 해적을 기만하는 것과 내 머리에 총알이 박히는 것 사이의 연결 선상에 있었다.

D-day

2009년 4월 8일 수요일

사건 당일 09:00

"우리는 먹이를 쫓아 달리는 굶주린 이리떼와 같다."

소말리아 해적 두목 샤문 인드하부르,
Newsweek.com, 2008년 12월 18일

선교는 점점 찌는 듯이 더워졌다. 아덴만 해역의 기온
은 섭씨 38도 이상으로 올라갈 수 있다. 그런
유리 온실 속에서 탈수현상이 급격히 진행되고 있었다. 해적들은 보통
미풍이 들어오게 열어두는 선교 도어를 꽉 닫고 있었다.

"승무원들은 어디 있어?" 해적 두목이 물었다.

"어디에 있는지 알 수 없어. 나는 여기에…"

"승무원들을 데려와 즉시!" 그가 소리를 질렀다.

"2분을 주겠다. 그렇지 않으면 저 친구들이 당신을 죽일 거야."

윙 브리지에 있던 두 해적이 선교 안으로 달려와 바닥에 웅크리고 있는 ATM과 콜린에게 AK-47 소총을 들어 겨누었다. 그들이 총신을 부하들의 얼굴에 조준하며 소리를 쳤다.

"죽고 싶어? 2분 내에 죽일 거야."

"진정해. 진정해." 내가 만류했다.

"난 최선을 다하고 있어."

"이제 1분 30초 남았어" 키다리 친구가 외쳤다.

눈이 툭 불거져 나왔다.

그가 총을 내 배에 겨누었다.

"우린 심각해" 두목이 협박했다.

"내가 말했지. 나쁜 놈, 나쁜 놈들이라고."

나는 선내 방송으로 되돌아갔다.

"승무원 총원, 승무원 총원" 방송을 시작했다.

"지금 즉시 선교에 보고하라. 해적들은 너희들이 선교에 오기를 원하고 있다." 두목이 나를 보고 있었다. 그의 눈이 싸늘했다.

"이 승무원 놈들과 뭘 할 수 있겠어?" 내가 하소연하듯 말했다.

"누가 총을 맞아 죽기 전에?" 그가 어깨를 움츠렸다.

"난 단지 불쌍한 소말리아 사람이야" 두목은 말했다.

"그러나 이 말만을 할 수 있어. 당신은 지금 즉시 누군가를 여기에 올라오게 하는 것이 좋다고."

"1분!" 키다리 놈이 경고했다.

"모두 죽여 버릴 거야."

나는 손짓했다. 진정해, 진정하라고. 심장은 뛰고 손은 고슴도치 가시에 찔린 것 같았다. 나는 두 승무원이 죽는 것을 지켜보아야 하는가? 그들이 한 명을 쏘면, 배 전체를 뒤져 모두를 쏠 것이다.

"해적들이 우리를 쏘려고 위협하고 있다."

나는 선내 방송과 휴대 무전기로 말했다.

"그들은 지금 승무원들이 선교에 모이기를 원하고 있다."

"30초!" 무쏘가 외쳤다.

"내 말이 들려? 30초면 너는 죽어."

키다리 놈과 무쏘가 콜린과 ATM을 향해 돌진했으며 단검처럼 AK 소총을 난폭하게 휘두르면서 부하 승무원들을 찌르려고 위협 했다. 콜린과 ATM의 얼굴에는 공포가 가득했다.

두목이 달려와 키다리 놈의 가슴에 손을 대고 뒤로 밀었다.

"위험한 해적 놈들." 그가 나에게 속삭였다.

"누구든 즉시 불러 올려!"

"나도 더 이상 어쩔 수 없다고"

두목에게 소리치자 그가 어깨를 움츠렸다.

나는 무전기로 말했다.

"1분 이내에 승무원들로부터 소식이 없으면 우리는 죽을 것이다. 해적들로부터는 어떤 인정도 기대할 수 없다."

나는 해적이 우리에게 사격을 하면 숨어있던 승무원들도 찾아내야 할 것이라고 인식시키고 싶었다. 이것 외에 다른 방법이 없었다.

"승무원들을 불러 올려. 당장." 두목이 화를 냈다.

"승무원들을 지금 당장 선교에 불러올리지 않으면 우리는 이 배를 날려버릴 거야." 나는 그를 노려보았다. 지금 배를 날려버린다고.

"그래, 우린 포탄을 갖고 있어. 우린 30초 만에 배를 날려버릴 거야."

믿을 수 없었다. 물통을 끌어올리는 것을 보았고 그 속에는 폭발물 같은 것이 없었다. 나는 두목이 승무원들을 격리시키려고 허풍을 떠는 것 같았다.

윙 브리지에서 나를 주시하고 있던 애송이가 미소를 지었다. 해적들이 우리에게 압력을 가하는 것을 즐기기라도 하는 듯이. 그의 얼굴에 뭔가 이상한 점이 엿보였다. 이 모든 것을 TV라도 보는 것처럼 즐기는 것 같았다. 시한이 지나갔고 나는 심호흡을 했다. 우리의 첫 시련이었고 놈들은 아직까지 우리를 죽이지 않았다.

나는 계속 삑삑거리고 재시동되는 경보기를 정지시키려고 바삐 움직였다. 선교에서 벌어지는 상황을 휴대 무전기로 가끔 전송했다. 전략적인 궁리도 멈출 수 없었다.

나는 승무원들이 어디에 있는지-후부 조타실에 있는 것-알았지만, 확신할 수 없었다. 아마 아직 자고 있을지도 모르고, 어쩌면 통로에서 거닐고 있을 수도 있었다. 그들은 위치를 비밀로 하고 있으므로, 해적들이 치고 내려가 인질로 납치할 수 없었다. 그 순간 셰인이 앞 크레인 쪽으로 올라와서 우리를 염탐하고 있음을 나중에야 알았다.

그리고 기관장은 배 내부를 돌아다니고 있었다. 기관장이 한 가지 아이디어를 제시했을 때, 후부 조타실에 다른 승무원들이 있었다. 승무원들은 하부 구역에서 틀림없이 고생을 했을 것이다.

그곳은 화씨 100도(섭씨 37도) 이상이었다. 그리고 60대 및 70대 승무원도 있었다. 만일 너무 오래 그곳에 두게 되면, 열사병(열 스트레스)에 걸릴 것이다. 그들은 탈수현상으로 괴로움을 겪을 것이다.

혼란, 적대감, 극심한 두통, 붉은 피부 반점, 혈압 저하가 일어날 것이다. 그리고 한기와 경련도 일어날 것이다. 그리고 마지막으로 혼수상태에 이르게 될것이다.

세 가지 시계가 우리 위에서 째깍거리고 있었다. 모선이 언제 도착할 것인가. 승무원들이 열 스트레스를 얼마나 견딜 것인가. 구조해 줄 기사는 언제 도착할 것인가. 나는 머릿속으로 세 가지 모두를 계산해야 했다. 그리고 가능한 한 해적을 배에서 빨리 내보내야 하는 것이다. 1분, 또 1분이 지났다.

무쏘와 키다리해적이 선교로 되돌아 왔다.

"2분!" 무쏘가 외쳤다.

그가 콜린 위에 서서 1.5m 거리를 두고 AK 소총으로 얼굴을 조준했다.

"선장, 승무원들을 데려와." 두목이 그들 뒤에서 말했다.

"해적들이 이제 화가 났어."

"나는 당신들과 여기 있어!" 나도 절반쯤 외쳤다.

"내가 어떻게 하기를 원해? 승무원들이 어디 있는지 나도 몰라."

"승무원 당장!" 키다리 놈이 외쳤다.

"아니면 모두 쏘아 버리겠어."

같은 수법을 두 번 쓸 수 없고 같은 효과를 기대할 수도 없다. 자동 소총으로 위협하면서 해적들이 허세를 부리고 있었다. 만일 놈들이 우리를 죽이기 원한다면 이미 부하 한 명을 처치했을 것이다. 총을 보는 것으로 여전히 내 심장은 뛰었지만 사격을 개시할 것 같지는 않았다.

소말리아 해적들은 다시 카운트 다운에 들어갔다. 1분 30초, 1분,

30초, 20초…. ATM과 콜린이 절망적으로 머리를 숙였다. 땀이 이마에서 흘러내리며 내 눈을 찔렀다.

다시 시한이 다가왔다가 지나갔다. 키다리 놈과 무쏘는 두목에게 뭐라고 하고는 화를 내며 나를 노려보았다. 나는 정신이 나간 척했다. 이놈들은 결국 장사꾼일 뿐이다. 사기성이 농후하고, 난폭하며, 흉측한 장사꾼이라 사람의 생명 같은 값비싼 자원을 함부로 낭비하려 하지 않았다.

갑자기 노크 소리가 들렸다. 내 귀를 믿을 수 없었다. 누군가가 해적들과 함께 있기 위하여 선교 도어를 노크했다. '분명히 나는 저 사람을 알고 있다.' 스스로 생각했다.

해적은 아무 것도 듣지 못했다. 그들은 우리를 위협하는데 너무나 골몰했다. '제발 저 친구가 그저 지나 가기만을.' 나는 기도했다.
똑. 똑. 이번에는 소리가 더 분명했다. 두목이 나를 보았다.
"저 친구를 들어오게 할까?" 내가 물었다.
그가 고개를 끄덕였다.

선교 도어로 가서 문을 활짝 열었다. 승무원 중의 한 명이었다. 나는 콜린과 ATM 쪽으로 가리켰다.
내가 말했다. "넌 죽었어"

새로 온 승무원이 나를 보았다.

"저기로 가서 승무원들과 함께 앉아" 내가 말했다.
"알았습니다. 선장님."
그가 말했고 동료들 쪽으로 걸어갔다.

그 승무원에게서 해적은 아이디어를 얻은 것 같았다. 선원들이
오기를 기다리는 대신 그들이 찾아 나선다는 것. 만일 이 선원이 배 안
에서 어슬렁거리다가 도어에 노크를 한다면 나머지 승무원들을 찾아
내는 것이 얼마나 어렵겠는가?

두목이 나를 보았다.
"우리는 배를 돌아보고 싶다." 두목이 말했다. "나를 따라 와."
나는 무전기를 누르고 말했다.
"당신은 배를 수색하고 싶어 하는군? 오케이, 좋아. 갑시다. E 갑판
부터 시작합시다. 승무원들을 찾아내기에 좋은 장소이지."

• • •

나는 선교를 나섰고 두목이 뒤따랐다. 그는 내가 가까이 오는 것을
원하지 않았다. 내가 연돌로 향하는 도어를 가리키자 그가 고개를 끄덕
였다. E 갑판으로 가는 계단으로 그를 안내했다. 비상전력에 의존하여

해상에 표류하는 배는 무시무시한 느낌을 주었다. 배는 단지 흘러가고 있었고, 유령이 나올 것 처럼 매우 조용했다.

매스크 앨라배마 호와 같은 컨테이너선은 해상에 떠 있는 마천루와 비교될 수 있다. 숨을 수 있는 수많은 격실, 수천 평방피트의 공간과 통로 및 계단들이 있다. 배에 관한 나의 지식은 소말리아 해적을 능가하는 유일한 전술적 이점이었다. 아래에 있는 16명의 승무원을 어떻게 계속 해적으로부터 숨겨둘 것이며 선교에 있는 3명의 승무원을 어떻게 저 격실로 안전하게 피신시킬 수 있을지 궁리하기 시작했다.

체스의 3차원 게임 같았다. 내가 부하들을 여기로 옮기고, 상대가 대응한다. 내가 하나의 말을 보호하고, 상대가 다른 말을 움직인다. 해적들이 내 전략을 알기 전에 내가 해적의 전략을 알아야만 했다. 두목은 키다리 해적에게 총을 맡겼다. 그는 이제 비무장이었다. 그는 키가 대략 170cm에 체중이 60kg 정도이었다. 그가 젊고 날쌔더라도 나는 그를 쓰러뜨려 어느 격실에 감금할 수 있었다. 그러나 그 다음에는 어떻게 해야 할 것인가? 승무원 3명이 여전히 선교에 남아 있다. 나의 은신으로 아무런 문제를 해결할 수 없는 것이다.

"이 격실을 열어." 두목이 말했다.

E 갑판에는 나와 기관장의 방이 있었다. 이 구역에는 아무도 있어서는 안 되었다. 키를 꺼내 첫 도어의 열쇠 구멍에 끼우고 문을 활짝

열었다. 두목이 들어갔다. 거기에는 TV와 침구류, 헝클어진 침대와 옷가지들, 그리고 책상과 의자가 있었다. 그 곳은 무덤처럼 조용했다.

우리는 계단을 타고 내려가 1등 항해사의 방을 뒤졌다. 승무원 중 누군가가 자기 방에 숨어 있을 경우를 예상하여 나는 큰 소리로 말하고 있었다. 내 목소리는 우리가 다가가는 누구에겐가 위치를 알려주는 위치 안내 비이콘과 같을 것이다. 또한 옆구리에 차고 있는 무전기를 눌러 무전기 휴대 세트를 가지고 있는 누구라도 우리가 어디에 있는지를 알 수 있게 했다.

나는 무서웠다. 정말로 무서웠다. 하지만 절제된 모습을 보여야만 했다. 그런 모습을 보이지 않았다면 나에게는 아무 것도 없었다. 갑판 한 층, 한 층을 내려갔다. 다른 문을 열어 두목이 들어가서 점검하게 했다. 그가 숨을 몰아쉬었다. 놈이 누군가를 발견한 것으로 알았다. 나는 재빠르게 코너를 돌아 그 방으로 달려 들어갔다.

두목이 아래를 가리켰다. 바닥에는 기도용 깔판이 놓여 있었다. 그 위의 데스크 램프 아래에 흔들리고 있는 것은 화살표가 붙은 "메카"를 표시하는 방향 표시기였다.

"무슬림? 무슬림?" 두목이 물었다.

그는 기뻐하는 듯 했고 동시에 당황하는 것 같았다.

"그래 확실히" 내가 대답했다. 그 곳은 ATM의 방이었다.

우리는 회랑을 돌아 나왔다.

"C 갑판은 다 보았어" 내가 말했다.

"B 갑판으로 가고 싶어?" 그가 고개를 끄덕이었다.

"오케이. 그렇게 합시다."

아래로 내려가면서 걱정이 되었다. 모든 도어를 여는데 사용하는 열쇠고리에는 대부분의 승무원들이 있을 기관실과 후부 조타실의 열쇠도 있었다. 두목이 그것들을 열라고 요구하면 문제가 복잡해진다. 모든 도어에는 그 기능을 표시하는 1등항해사 사무실, 기관통제실 등과 같은 이름이 붙어 있었지만 해적 두목이 어떤 격실들을 그냥 지나치게 해야만 했다. 나는 두목의 영어 능력이 부족하거나 농담으로 그를 따돌릴 수 있기를 기대해야만 했다.

우리가 B 갑판에 내려갔다. 두목이 하나의 도어를 가리켰다.

"아, 저건 그저 창고일 뿐이지. 아무도 없어" 라고 말했다.

"열어!" 그가 손가락으로 그 도어를 밀었다.

나는 미소를 지었다. 정말로 중요한 격실에 도착 시 그 곳을 지나치기 위해 그와 신뢰를 쌓고 싶었다. 도어를 열었다. 정말로 렌치나 다른 공구들로 가득한 창고였다. 그가 고개를 끄덕였다. 몇 분 후 똑같은 일이 벌어졌다.

"이것 또한 다른 창고지만, 기분을 상하지 않았으면 좋겠어."

그 창고를 열었다. 자질구레한 물건들 뿐이었다.

그 후부터 그가 나를 믿었다. 우리가 기관통제실 도어 앞에 도착했을 때, 내가 다른 키를 사용하여 문이 열리지 않았다. 바로 지나치면서 계속 걸어갔다. "창고야" 그리고 "시간 낭비야." 라고 말했다. 연돌 주위 통로를 통하여 선교에 복귀했을 때까지 일곱 층 갑판과 주 외부 갑판을 돌아 다녔다. 우리가 선교에 들어서자, 키다리 해적과 무쏘의 얼굴이 충격을 받은 것 같았다. 그들이 소말리아 말로 두목에게 질문하기 시작했다. 두목이 짧게 대답했다. 놈들은 분명히 즐겁지는 않았다.

내가 ATM, 콜린 및 다른 한 명의 승무원에게 고개를 끄덕여 보였다. 그들에게 승무원들이 여전히 안전하게 숨어 있음을 알렸던 것이다.

"선장님, 선장님 나오세요."
소리가 죽기를 바라면서 휴대용 무전기를 다리에 대고 눌렀다.
그리고 천천히 꺼내 볼륨을 껐다. 나는 레이더로 가서 내려다보는 척 하면서 휴대용 무전기를 켜 송신했다.
"셰인, 말해봐." 그가 숨을 훅하고 내쉬는 소리를 들었다.
안심하는 것 같았다.

"저는 E 갑판에 있습니다. 해적들이 어디 있어요?"

나는 고개를 들었다. 해적 네 명은 각자의 위치로 돌아갔다. 각 윙 브리지에 한 명씩, 두목은 우리와 함께 선교에, 그리고 어린 애송이 놈은 플라잉 브리지에 있었다. 나는 콘솔을 작동하는 척 하면서 상황을 셰인에게 알려 주었다.

"놈들을 해치울 수 있을 것 같습니다."
셰인은 책임감이 강한 적극적인 사람이다. 나는 그 점을 좋아했다. 하지만 해적을 공격하는 것은 좋은 아이디어가 아니었다.
"네거티브, 네거티브" 라고 두목을 향해 등을 돌리고 속삭였다.
"해적들이 분산되어 있어. 자동화기. 시도하지 마."
무쏘가 윙 브리지에서 외쳤다. 두목이 서둘러 도어 너머로 고개를 숙이고 귀를 기울였다. 그가 듣고 있었던 것 같았다.
"셰인, 놈들이 네 말을 듣고 있는 것 같아. 조용히 해."
"알았습니다." 두 시간이 흘렀다.

• • •

두목이 소말리아에 있는 본부를 호출하려고 무전기를 작동하려 했다. 나는 돌아서서 선교 창문을 내다보았다. 해적들이 승선했던 위치인 본선의 우현 정횡 약 500야드의 물속에 뭔가 흰 것이 보였다. 언뜻 보기에 뭔지 알 수 없었다. 반 쯤 물에 잠겨 우리와 같은 속도로 밀려가는 무슨 표류 쓰레기 같았다. 폭풍으로 배에서 떨어진 컨테이너 또는 표류하는 플라스틱 쓰레기 같은 것들은 언제나 볼 수 있다. 하지만 뭔가 특이한 점이 나의 시선을 그곳으로 끌었다. 놀랍게도, 그것은 해상에 떠있는 쓰레기 조각이 아니었다. 소말리아 보트였다. 그 보트는 뒤집혀 있었고, 선체 대부분이 수면 하에 있으며, 옆에 그 멋진 흰색 사다리가 붙어 있었다. 그 보트는 우리를 따라 천천히 표류하고 있었다.

소말리아 해적을 부르려고 돌아섰지만, 스스로 자제했다. 두목이 그 보트를 침수시키라고 명령을 내렸을까? 놈들은 단지 계류 로프를 풀어 매스크 앨라배마호 곁에 띄워 두었을 것이다. 저런 식으로 보트를 잃는 일은 우연히 발생하는 것이 아니다. 그들이 본선에 승선할 때 고리를 풀었을 것이다. 이제 그들은 점점 더 절망적으로 변하고 있었다.

두목이 부하들을 위협하려고 보트를 침수시켰을까 "아무튼 우리는 저 배를 납치한다" 그가 말했을 것이다. 아니면 저 배에서 죽을 것이라고. 유일한 탈출 수단을 포기한 것은 소말리아 해적들이 도망치기 위하여 모선과 접촉하거나 아니면 우리 구명보트 한 척을 차지한다는 의미였다. 해적들의 허풍이 실패하여 나는 득의를 느꼈다. 놈들은 실수를 범했다. 놈들이 이제 빈손으로 떠나지는 않을 것이다.

· · ·

정오에 우리는 일상적인 행동을 시작했다. ATM과 콜린은 선교의 우현 선미 쪽 갑판에 앉아서 때때로 물을 마시고 있었다. 제3의 승무원은 시원하게 있으려고 선교 내 벽에 기대고 있었다. 두목은 레이더와 VHF 통신기 사이를 오가며 모선을 찾으려고 노력 중이었으며, 폐결핵에라도 걸린 듯이 자주 기침을 하며 곳곳에 가래침을 뱉었다. 나는 때때로 울리는 경보음을 차단하면서 같이 있는 승무원 세 사람을 어떻게 해서 아래에 있는 동료들과 합류시킬 것인지 골몰하는 중이었다.

일이 쉽지는 않았다. 만일 그 승무원들에게 도주하라는 신호를 보내면, 해적들은 그들이 네 계단을 내려가기도 전에 처치해버릴 것이다. 그래, 해적들로 하여금 승무원들을 데리고 선교를 떠나게 해야 할 것이다. 나는 개략적인 계획을 구상하기 시작했다.

"아" 두목이 중얼거렸다. 그는 VHF 통신기를 만지작거리고 있었다. 제기랄, 놈이 알아챈 것 같았다. 그 쪽으로 걸어가 채널 번호를 보았다. 놈은 승무원과 외부 세계 간의 통신을 위한 정확한 주파수, 16번으로 되돌려 놓고 있었다.

"매스크 앨라배마 호이다. 우리는 해적의 공격을 받았다. 다시 한 번, 해적 4명이 승선했다." 두목이 통신기를 주시했다. 나 역시 바라보았다. 셰인의 목소리가 흘러나왔다. 그가 무엇을 하고 있는 것인가?
"잘 알았다. 본 함은 미 해군 유도탄 순양함 버지니아 호이다. 헬기를 발진 중이다.”

“고맙습니다. 버지니아 호. 헬기가 언제 도착합니까?”

나는 미소를 머금었다. 그 주파수에 버지니아 호가 없었다.

두 교신 목소리 모두 셰인의 것이었다. 그는 내 방으로 가서 거기에 있던 휴대용 VHF 통신기를 확보 한것이 분명했다. 그는 어제 내가 했던 것처럼 해군 군함을 환영하고 도움을 요청하는 척 연극을 하고 있었다.

해적 두목은 매우 당황했다. 승무원 모두가 엷은 공기 속으로 사라져 버렸지만, 그들 중 한 명이 미 해군과 통신을 하고 있었다. 무쏘가 확인하러 들어왔다. 그가 교신을 들으려고 몸을 기울이자 AK 소총이 콘솔에 부딪혀 쩔꺽거렸다.

“저게 누구야?” 두목이 물었다.

나는 단지 눈썹만 치켜 올렸다.

“나도 몰라. 나도 당신과 함께 여기 있잖아.”

셰인의 목소리가 통신기에서 계속 들려왔다.

“나는 1등항해사 입니다. 반복한다, 소말리아 해적이 승선했다. 그들이 배를 장악했다.”

“저 사람은 1등항해사야?” 두목이 물었다.

내가 경청하는 척 했다.

“그런 것 같다.” 셰인이 계속했다.

"해적 4명이 승선 중. 모두 무장하고 있다. 4명 모두 선교 안과 주위에 위치하고 있다… "

그리고 그는 유령 해군 군함과 연극을 계속하였다.

"다른 통신기는 어디에 있어?" 두목이 물었다. 그의 눈 속에 공포가 보였다. 해적들은 미 해군과의 협상을 원하지 않았다. 그들은 단지 선박소유자와의 거래를 좋아했다. 선주는 레이저 유도탄과 저격수를 가지고 있지 않았다.

"내가 아는 한 통신기는 두 대뿐이야" 내가 설명했다.
"선교에 두 대 모두 있어."

두목의 뇌가 폭발할 것 처럼 보였다. 우리는 그의 계획을 바깥으로 노출시키고 있었다. 소말리아 해적이 우리 배를 장악했지만, 우리는 소말리아 해적을 장악했다. 이제부터가 중요하다.

"다시 배를 둘러보겠다." 두목이 말했다.
내가 어깨를 으쓱했다.
"무엇이든지."
다시 그와 내가 나섰다.
우리는 E 갑판으로 내려가 주 갑판의 곳곳을 둘러보았다.

나는 어두운 계단을 내려갔다. 폭격 당한 도시처럼 배는 죽었고 침묵 속에 잠겨 있었다. 기관장이 전력을 차단했다. 손전등 밖에 없었다. 내 앞에 선내 공기조화장치실로 가는 도어가 열려 있는 것을 보았다.

나는 두목이 그 곳을 체크하지 않을 것임을 알았다.

휴대용 무전기를 꺼냈다.

"오케이, 공기조화 장치실에 들어가고 있어. 우현 도어가 열려 있다. 너희는 그걸 잠가야 해."

우리는 공기조화장치 구역으로 들어갔다. 그 거대한 장비가 배 전체를 시원하게 해준다. 그러나 공기 압축기는 지금 조용하다. 전방은 기관실이다. 꼭 필요하지 않는 한, 그 곳으로 들어가고 싶지 않았다.

만일 어떤 이유로 기관장이 정보를 제공받지 못했으면, 그와 기관사들이 우리를 기다리고 있었을지도 모른다.

"기관실에 들어가고 있다" 나는 말했다.

기관실에 발을 들여 놓자 작동이 멈춘 죽은 기관실은 조용하고, 정말로 오싹했다. 희미한 연기가 내부에 감돌고 전구 하나가 껌뻑이지만 기관실은 거의 암흑 같았다. 각종 파이프에서 물이 뚝뚝 떨어지고 있었다. 바로 앞에 있는 엄청난 덩치의 디젤 기관을 느낄 수 있지만 실제로 볼 수는 없었다. 침묵에는 텅 빈 침묵과 완전한 침묵이 있는데 이는 후자였다. 우리가 매복 당하고 있는 것 같이 느꼈다.

내가 앞섰다. 여섯 걸음을 옮기자 두목이 나를 불렀다.

"아니. 아니. 됐어. 그만 가."

내가 돌아섰다. 두목은 겁에 질린 것 같았다.

그가 돌아섰고 내가 뒤따랐다.

우리는 곳곳을 들렀고, 건조물 보관창고까지 체크해 봤지만 모든 곳이 텅텅 비어 있었다. 그렇게 하는 동안 나는 가능한 한 모든 외부 도어를 개방했다. "여기를 보고 싶지 않아?"라고 말하면서 도어를 개방한 채 내버려 두었다. 이렇게 하면 필요 시 승무원들에게 빨리 움직일 수 있는 기회를 줄 것이다. 또한 구조자가 있다면, 선내로 신속하게 진입할 기회를 줄 수도 있을 것이다. '최선을 바라지만, 최악에 대비해야 한다'고 생각했다.

하지만 나는 누군가가 우리를 구조하러 오리라고는 믿지 않았다. 우리는 현 시대에서 결코 일어나지 않았던 ㅡ미국 배는 해적에 납치 되지 않는다는ㅡ 통념에 사로잡혀 있었다. 심지어 해군이 관심을 가지고 있는지 조차 알 수 없었다. 주변 해역에 군함들이 있다는 것을 알았 지만, 상선을 구조하는 법령이 없었다.

우리를 구조하는 유일한 수단은 우리 자신들 뿐이었다.

· · ·

제2차 선내 순찰에서도 우리는 아무도 발견하지 못했다. 두목이 점점 무신경해지고 있었다. 모든 침실은 개방되고 누군가 방금 옷을 입으려고 한 것처럼 옷이 널려 있고, 방금 따라 둔 것처럼 오렌지 쥬스 컵 하나가 놓여 있었다. 우리는 조리실로 갔는데 도마 위에는 바로 몇 분 전에 썰어 놓은 것 같이 멜론 여섯 조각과 칼이 올려져있었다. 버너에는 커피포트가 놓여 있고 주둥이에서 김이 나고 있었다.

이런 상황이 저 유명한 '메리 셀레스테(Mary Celeste)호 사건을 연상시켜 주었다. 이는 오래 전인 1872년 대서양에서 발생한 사건으로 그 배는 승무원들의 머리빗과 부츠와 셔츠는 제자리에 있고 화물도 그대로 있지만, 승무원만 모두 사라진 채 발견되었다. 이 이야기는 모든 시대를 통해 가장 유명한 해양 미스터리 사건으로, 승무원 8명이 모두 사라진 유령선은 지브롤터 해협으로 항해 중이었다. (본질적인 해적사건으로 의심되었지만, 수십 년 간 그 해역에서 해적사건이 발생했다는 보고가 없었으며 귀중품에 손을 댄 흔적도, 폭력을 행사한 조짐도 전혀 없었다.) 매스크 앨라배마 호도 한 격실에서 다른 격실로 이동하는 동안 똑같이 버려진 유령선의 분위기를 풍겼다.

"기관장은 어디 있어?" 두목이 물었다.
"나는 몰라" 내가 대답했다.
"이 친구들 미쳤어. 어디에도 갈 수 없는데."
갑판장의 방으로 들어갔다. 소말리아 해적들은 너덜거리는 싸구려 슬리퍼를 신고 있었다. 갑판장은 멋진 가죽 샌들을 침대 곁에 두었으며 해적 두목은 그것에 눈독을 들였다.

"저 신발을 좀 봐" 그가 말했다.

내 허락을 구하는 것 같았다.

"가져!" 내가 말했다.

"갑판장은 개의치 않아. 신어 봐."

두목이 싸구려 슬리퍼를 내던져 버리고 그 샌들을 신었다.

그리고는 만족한 듯 고개를 끄덕였다.

다음에 들린 곳은 식당으로 우리가 처음에 둘러보았던 곳이었다. 담요 한 장이 내던져져 있는 긴 테이블이 있었다. 나는 그 담요를 주시했다. 그것은 우리가 처음 둘러 봤을 때 없던 것이었다. 당시에는 몰랐지만, 셰인은 우리가 오는 소리를 들었을 때 선내를 돌아다니고 있었으며 우리 바로 앞에서 이 격실로 뛰어 들어갔다고 나중에 내게 말했다. 그는 EPIRB(비상 위치표시 무선 비이컨)를 지니고 있었으며 이는 조난 선박이 어디에 있는지 그 위치를 구조자에게 정확하게 알려주는 송신기이다. 우리가 아래로 내려가기 전에 셰인이 그 장비를 시동시키기 위해 보관 용기에서 꺼냈던 것이었다. 담요를 테이블 위에 내던지고 황급하게 돌아서서 숨을 곳을 찾던 셰인은 다음 격실인 의무실에 있었다. 보통 의자들을 밀어 넣는 공간인 테이블 아래에 웅크리고 있을 때 우리가 그곳에 걸어 들어갔고 겨우 1미터 거리에서 셰인은 내 구두를 보았던 것이다. 해적이 만일 그를 보았더라면 우리는 최고의 리더를 잃었겠지만 나는 그의 숨소리조차 듣지 못했다.

우리는 몇 개의 방을 더 보고 선교로 돌아가고 있었다. 승무원들과 나는 이런 점에서 서로 간에 안전 방책을 유지하고 있었다. 나는 그들에게 해적의 동향을 경고해주었고, 그들은 숨어 있음으로서 한 장의 와일드 카드를 쥐고 있었다. 만약 해적이 승무원 몇 명을 쏘더라도 그들에게 이득이 없었다. 해적들은 여전히 배 전체에 16명의 승무원들이 숨어 배를 그들의 손아귀에 장악하지 못하게 방해하는 상대를 두고 있었다. 그리고 배는 표류하면서 전력도 없었다. 우리는 격리되어 있었다. 그러나 소말리아 해적들은 나보다 더 가까이에 더 많은 증원 세력이 있었다.

배는 거대한 뜨거운 오븐이 되고 있었다. 에어컨은 나갔고 격실 전체에 신선한 공기를 공급하는 통풍장치는 작동되지 않았다. 때때로 미풍이 불어도 열기는 점점 심해졌다. 후부 조타실에 있는 승무원들이 얼마나 고생을 하는지 상상조차 할 수 없었다. 신선한 공기와 물 없이 얼마나 오래 버틸 것인가. 아직도 맨 처음 해적이 배에 올라왔을 때의 공포가 사라지지 않고 있었다. 하지만 너무 바빠 공포에 신경을 쓸 겨를이 없었다. 어떤 점에서 ATM과 콜린과 제3의 승무원이 더욱 공포를 느꼈을 것이다. 그들은 갑판에 앉아서 무슨 일이 그들에게 벌어질지 상상만 했을 것이다. 나는 이 시퍼런 칼날 아래에서 어떻게 우리가 빠져나갈 것인지 계속적으로 생각해야했다.

· · ·

우리는 이글거리는 오후의 열기 속에 있는 선교로 돌아왔다. 해적들은 점점 신경질을 부렸다. 왜 우리가 승무원들을 찾을 수 없는가? 나는 어깨만 움츠릴 뿐이었다.

"그들이 어디 있는지 나는 몰라" 반복해서 시치미를 뗐다.

"나도 당신들과 함께 여기 있었어."

두목은 다른 탐색 방법을 궁리했다. 이번에는 무쏘와 키다리 해적이 나와 동행 했고 모두 무장을 했다. 다시 기관실로 들어가면서 승무원들이 있을 것으로 생각하는 후부 조타실로 가는 반쯤 열려 있는 도어로부터 그들의 시선을 돌리려고 애썼다. 우리의 손전등 불빛이 여기저기를 비추자, 윤활유 탱크, 다이얼 및 파이프 등의 장비들이 반사되어 나타났다. 무쏘와 키다리 해적은 두목이 "됐어!" 라고 소리친 곳보다 몇 걸음 더 앞으로 나갔다. 해적들도 어둠을 두려워했다. 놈들이 총을 지니고 있으면서도 놀라는 것을 보고 나는 몰래 싱긋 웃었다.

그들을 식당으로 데려가자 멜론을 보고 눈을 번쩍 떴다.

"과일을 먹고 싶어?" 내가 물었다.

"이게 모두 당신들 거야. 맘대로 먹어"

주스 박스와 멜론 조각을 집어 그들에게 주었다. 선교로 돌아가면서 상부 구조물의 외부 계단을 올라갈 때 소말리아 해적 두 명이 그 약탈품을 들고 끙끙거리는 것을 보았다. 나는 그들이 오기를 기다렸다.

"도와줄까?" 내가 무쏘에게 손을 내밀었다.

"여기, 내가 총을 들어줄게" 그가 웃었다.

내가 주스와 과일을 들고 앞장섰다.

두목과 함께 수색했을 때처럼 나는 언제라도 도주할 수 있었다. 그러나 그런 생각은 결코 내 마음 속에 없었다. 부하 승무원 세 명이 급박한 위험에 처해 있었다. 나만 숨을 수는 없었다. 도주는 어떤 문제도 해결할 수 없었다. 내가 도주하면 일을 해결할 수 없으며 나는 과거의 내가 아닐 것 이다. 나는 자신에게 떳떳한 인간이 되고 싶었다. 그리고 이 사태가 끝났을 때 승무원 가족들에게 말하고 싶었다.

"선장으로서 내 의무를 했다" 라고, 나는 자주 말해왔다.

일을 하므로 봉급을 받는다고.

선교에 복귀했다. 우리는 안으로 들어갔고 해적들은 그들의 정해진 자리로 돌아갔다. 정오를 지나고 있었다. 해적들이 초조해 하며 당황했다. 미국 상선을 납치했을 때의 환호는 괴로움으로 바뀌고 있었다. 그들은 서로 소말리아 말로 떠들었고 대화는 더욱 다급해졌다. 공황의 조짐마저 엿보였다. 나는 물 한 잔을 마시고 이마를 닦으며 몇 차례 숨을 몰아쉬었다.

두목이 나에게 무선 전화기를 내밀었다. 놈이 번호를 불렀다. 이제 마치 고장 난 레코드 같았으며 해적들은 끊임없이 똑 같은 전술, 수색, 호출, 위협을 반복했다. 그러나 그 위협은 약발이 떨어지고 있었다. 제2차 통첩 이후 놈들이 2분 이내에 우리를 죽이기 시작할 것이라고 말했을 때 그들은 이미 그 전술을 포기했다.

두목이 전화기의 LED 표시를 보려고 걸음을 멈추었고 나는 그저 아무런 숫자나 입력하려고 버턴을 눌렀다. 전화기가 삑삑거렸다.

"이 전화기는 정말 안 되겠어. 정말로 당신을 위해 작동을 하고 싶은데."

승무원 한 명이 해적들과 대화를 시작하려고 기회를 엿보았다. 전날 밤, 인질로 잡혔을 때를 대비한 나의 충고에도 불구하고 그가 처음으로 언급한 것은 종교 이야기였다.

"아쌀라무 알라이쿰" 그가 말했다.
그가 무쏘에게 고개를 끄덕였다.
무쏘는 단지 바라볼 뿐이었다.
"나는 아프리카 사람이다" 그가 말했다.
"우리는 무슬림 형제이다." 해적들이 서로 쳐다보았다.
무쏘가 웃기 시작했다.

나는 그 승무원의 눈을 보려고 애썼다. 그는 크리스챤 이교도들의 머리를 베어 자신을 소말리아로 데려다 달라고 해적들에게 얘기하고 있었다. 그러나 그가 모하메드로부터 바로 강림한 직계자손이라 해도 해적들은 개의치 않았다. 그는 게임의 앞잡이 허수에 불과했다.

두목이 나를 쳐다보았다.
"다시 찾아본다." 나는 이를 기다리고 있었지만,
"안돼" 라고 거절했다.
"돌아다니느라고 나는 지쳤어."
내가 ATM을 가리켰다.
"그를 데려가. 그가 당신이 원하는 모든 것을 보여줄 거야."

만일 ATM이 가게 되면 단 한 명의 해적을 안내하여 도주할 것으로 예상했다. 한 사람은 배를 알고 다른 사람은 몰랐다. 두목이 ATM을 쳐다보며 그 제안을 깊이 생각하는 눈치였다.

"오케이" 그가 말했다.
"지금 가자."
ATM이 일어나 나에게로 다가왔다. 두목이 다른 해적에게 소말리아 말로 지침을 주려고 돌아섰다.
ATM이 나를 지나칠 때 내가 속삭였다.

"그는 무장을 하지 않았어. 놈을 승무원들에게 넘겨."

그가 빠져 나갈 때 얼굴을 볼 수 없었다.

심지어 그가 고개를 끄덕였는지조차 알 수 없었다. 그러나 게임판은 조금 돌아간 것이다. 우리가 인질을 잡을 차례였다.

.

D-day

사건 당일 11:00

"우리는 해군 군함이 동료 해적들에게 접근하고 있다는
말을 듣고 세력을 증강시키려고 계획하고 있었다."

– 압디 가라드, 소말리아 에일 항 소재 해적 지휘관,
2009년 4월 8일, 에이전스 프랑스 프레스

ATM과 두목이 떠났다. 나는 경보기를 끄기 위해 되돌
아가면서 ATM이 해적 두목을 궁지에 몰아넣고
안전하게 숨기를 바랬다. 나머지 해적들은 우리를 주시하면서 간간이
수평선을 훑어보았다.

두목과 함께한 선내 탐색은 약 20분이 걸렸다. ATM과 두목이 떠난 지 15분 후 내 무전기가 울렸다. "주의, 해적, 주…" 나는 무전기를 쥐고 볼륨을 줄였다. 돌아서서 선미 쪽을 보았다. 기관장 마이크 페리가 무전기로 얘기하는 것을 들을 수 있었다. 경보음이 사라졌고 서로 간의 고함소리가 뒤섞여 해적들은 아무런 눈치도 채지 못했다. 나는 무전기를 귀 가까이로 올렸다.

"-해적 1명. 반복한다. 우리는 너희들 동료를 잡았다. 그와 선장을 교환할 것이다." 나는 무전기를 쥐고 미소를 지었다. 제기랄, 결국 해냈군. 그러나 축하를 하기엔 아직 일렀다. 다시 경보음을 죽이려고 돌아섰다. 나는 아직 대항하기를 원하지 않았다. 일을 천천히 지연시키고 싶었다. 30분 후 해적들은 점점 더 불안해지고 있었다. 키다리 해적이 선교에 들어와 총으로 나를 가리켰다.

"헤이, 그는 어디 있어? 통신을 하는 이 친구는 어디 있어?"
"나는 몰라" 내가 말했다.
"나는 당신들과 여기 함께 있잖아."
"그 친구를 데려 와" 그가 말했다.
내가 무전기를 가리켰다.
"간섭이 많아. 이 배에는 쇠붙이가 너무 많아."
그가 얼굴을 찌푸렸지만, 윙 브리지로 돌아갔다.

15분이 지났다. 그리고 또 30분. 나는 해적들이 서로 쏘아보는 시선을 볼 수 있었고 소말리아 말로 질문하는 소리도 들을 수 있었다. 키다리 놈이 고함을 질렀다.

"그들이 어디 있어?"
"나도 알고 싶어" 나는 대답했다.
"확인하기 위해 누군가를 아래로 보내야겠어." 무쏘가 말했다.
"오케이, 네가 가."
"나는 돌아다니느라 지쳤어. 저 큰 친구를 보내는 게 어때?"
나는 콜린을 가리켰다. 무쏘가 고개를 끄덕였다.

"오케이 덩치 큰 친구. 네가 내려가서 그들을 찾아 봐." 나는 미소를 지었다. 아직도 승무원 두 사람이 그들의 지휘 하에 있으므로 해적들은 콜린 혼자 승무원을 찾으러 보내더라도 분명히 안전하다고 느꼈다. 해적들과 나 자신을 제외하고 모두 선교에서 떠나게 하려는 내 목표에 매우 가까이 다가가고 있었다.

해적들이 우리 가까이에서 감시하고 있었으므로 콜린이 혼자 선교를 떠날 때 소곤거릴 기회가 없었다. 단지 그가 선내에서 스스로 숨을 충분한 센스가 있기만을 희망했다. 또 한 사람이 선교를 떠나게 되어 나는 약간 더 홀가분해 졌다. 무거운 짐이 내 어깨로부터 천천히 내려지는 것 같았다.

선미 쪽 격벽을 보았다. 거기에는 어떤 도어나 해치가 열려 있거나 닫혀 있는 것을 알려주는 "수밀문 지시기"라는 장치가 있었다. 그 장치는 밀려오는 해수로부터 배의 어느 부분이 방수가 되는 것을 제시하는 것이다. 그러나 그 장치는 다른 용도도 있었다. 도어 지시기가 적색(닫힘)에서 녹색(열림), 그리고 다시 적색으로 바뀌는 것을 지켜보면서, 콜린이 도어를 열고, 걸어 들어가서 뒤로 잠그는 행동을 그려볼 수 있었다. 그가 하나의 도어를 열 때마다 그 지시기는 잠시 멈추었다가 색깔을 바꾸었다.

'그가 어디로 갈까?' 나는 생각했다. 매스크 앨라배마 호에는 누군가가 숨으면 다른 사람이 결코 찾을 수 없는 곳들이 있다. 과거 컨테이너선에 밀항자가 탔는데 며칠 간 승무원 모두가 전혀 몰랐다고 했다. 나는 콜린이 올바른 은신처를 찾기를 바랐다. 그가 후부 조타실로 향할 것으로 생각했지만, 그 때 제2의 안전한 격실에 관해서 모르고 있었다. 해적퇴치 훈련 후 강평 시에 그는 선교에 있었기 때문이다.

찰칵. 그는 제1번 출구에 있었다. 찰칵. 이제 그는 주 통로에 있었다. 콜린은 승무원들의 거주구역에서 먼 배의 깊은 내부로 향하고 있었다. 찰칵. 그는 비상 소화펌프 실에 들어갔다. 그 곳은 작고 비좁은 격실로서 잘 사용하지도 않고 심지어 매우 찾기 어려운 공간이었다.

나는 지시기 스크린을 주시했다. 더 이상 적색에서 녹색으로 색깔이 바뀌지 않았다. 그는 자신의 은신처를 찾았다. 나는 미소를 지

었다. '멋진 놈'이라 생각했다. '거기에 머물러 있게나.'

이제 나와 승무원 한 명만 남았다. 도주를 시킬 생각도 않은 멍청히 굴러 들어온 놈이지만, 일이 주어지면 아무튼 해결해야 한다. 옆걸음으로 그에게 다가갔다. 그가 쳐다보았다.

"선교 도어를 좀 수리해야 할 거야" 내가 말했다.

"몸을 밀착시켜 밀어 봐."

그가 고개를 끄덕이었다. 해적 한 명이 몸을 앞으로 내밀어 우리를 의아하게 노려보았다. 해적의 머리 부분이 사라졌다.

"바로 준비해" 내가 그 승무원에게 말하면서 선교의 중앙으로 돌아갔다. 나는 무전기 키를 눌렀다.

"해적 3명 선교에 위치, 모두 총을 지니고 있다" 무전기가 삑삑거렸다. 무전기의 전원 표시기를 보았다. 전원이 저하되고 있었다.

• • •

해적 두목과 ATM은 옅은 공기 속으로 사라졌다. 무슨 일이 벌어졌는지 알게 되는데 그리 시간이 오래 걸리지 않았다. ATM은 해적을 기관실로 향하여 선내 깊숙한 곳으로 데려 갔다. 기관장 마이크 페리가 이미 그 곳에 있었다. 그는 해적 공격의 첫 조짐이 일어났을 때 주기관 쪽으로 가고 있었다. ATM과 해적이 꾸불꾸불한 통로를 지나가고 있을 때 마이크는 어떤 장비를 점검하고 있었다.

"깜깜했어. 빛이라고는 광입자 하나 없었어" 그가 회상했다.

매스크 앨라배마 호는 적도 태양 아래에 있었으며 바닷물은 그 열기를 선체에 반사시키고 있었다. 내부 온도는 섭씨 50도를 향해 올라가고 있었다.

"우리는 죽어가고 있었습니다." 나중에 어느 승무원이 말했다.

그리고 마이크는 해적들의 절망감을 느낄 수 있었다. 놈들이 분노와 당혹감을 나에게 어떻게 퍼붓고 있을 것인지도 짐작했다.

"리치가 위험하다는 것을 알 수 있었어" 그가 말했다.

"단지 그의 목소리 톤으로."

마이크는 기관실로 가면서 안전을 위해 칼을 쥐고 있었다. 그 때 갑자기 한 줄기 빛이 그의 얼굴을 가로질러 갔다. 깜깜한 통로 바로 몇 야드 앞에서 해적 두목이 그를 보았다. 마이크는 돌아서서 통로를 달려 내려갔고 해적 두목이 비명을 지르면서 뒤쫓았으며, 목소리는 벽의 철판에 반사되어 울려 퍼졌다. 마이크는 통로가 직각으로 꺾어지는 곳에 도착하여 재빠르게 코너를 돌아 벽에 등을 밀착시켰다. 암흑 속에 기다리자, 해적 두목이 미친 것같이 손전등을 비추면서 불 가까이 다가올 때 마이크는 생각했다. '내가 하려는 짓이 미친 짓이 아닐까?' 하고. 해적들은 납치한 배에서 선원들에게 러시아 룰렛 게임을 강요한다고 들은 얘기를 회상했다.

"내 마음 속에" 그가 말했다.

"바로 거기에, 그 질문에 대한 대답이 있었다."

마이크는 발걸음 소리가 다가오는 것을 들었다. 그의 오른 손은 면도칼처럼 예리한 톱니 날을 가진 나이프를 쥐고 있었다. 고함 소리는 점점 가까워지고 있었다. 소말리아 해적의 얼굴이 코너를 돌아 비쳤을 때 마이크가 달려 나갔다. "내가 놈을 덮쳤어" 그가 말했다. 해적의 목을 조르면서 마이크는 칼날 끝을 해적의 목 줄기에 들이밀었다.

"내가 해야만 했던 것은 손을 옆으로 움직이는 것 뿐 이었어. 그렇게 하면 놈의 목이 쫙 벌어졌을 거야" 마이크의 체중이 실린 힘이 해적을 바닥에 내동댕이쳤고 목 경부에 칼날이 닿은 것을 느낀 해적은 저항을 바로 단념했다.

마이크는 해적이 혼자라는 것을 몰랐다. 그는 다른 해적이 코너를 돌아올 것이며 AK 소총을 쥐고 그를 비춰 볼 것이라고 생각했다.

"마음속으로 생각했어. 어디서 총을 쏠까? 왜 총소리가 안 나지?"

그가 밑을 보았다. 뒹굴며 싸우는 동안 해적의 손은 심하게 베여 바닥에 피가 떨어지고 있었다.

ATM과 마이크는 두목을 일으켜 세워 후부 조타실로 데려 갔다. 그들이 도어에 노크를 했고 마이크가 문을 열라고 고함을 질렀다. 그가 암호를 외치자 문이 활짝 열렸다. 지쳤지만 진지하고 결연한 열다섯 개의 얼굴이 어둠 속에서 두목의 얼굴을 노려보았다. 해적 두목은 마침내 놓친 승무원들을 발견했다. 단지 그가 원했던 방법으로는 아니지만.

"나는 무전기를 꺼내 선장과 모두에게 알리려고 호출했어."
마이크가 말했다.
"그리고 그저 '한 놈 해치웠다' 라고 했지."

• • •

좋은 소식은, 우리가 소말리아 해적들과 벌리고 있는 거대한 삶과 죽음의 게임이 먹혀들고 있다는 것이었다. 나쁜 소식은, 놈들이 그 게임을 전혀 좋아하지 않는 점이었다.

1분, 2분, 매분이 흘러감에 따라 키다리 해적의 눈이 찌푸려지는 것을 알았다. 애송이는 플라잉 브리지에 있었지만, 무쏘와 키다리 해적은 선교에서 나와 승무원 한 명을 계속 감시하고 있었다.

'이 놈들 중 한 명이 떨어져 나간다면…' 나는 생각했다.

배가 인간을 먹어치우고 있는 것 같았고, 선교의 해적들이 신경 질을 부리기 시작했다.

"그가 어디 있어?" 무쏘가 물었다.

"나는 몰라. 내 부하들이 미쳤어. 그들이 무슨 놀이를 하는지 모르겠어."

나는 자신의 부하 승무원들도 통제할 수 없는 멍청이 선장 역할을 하고 싶었다. 하지만 그것에 한계가 있었다.

"덩치 큰 친구는 어떻게 되었어? 왜 돌아오지 않아?"

다시 선내 방송시스템으로 돌아갔다.

"승무원 총원, 제발 선교에 보고하라! 콜린, 선교에 복귀해!"

소말리아 해적들은 시간이 흐를수록 초조하고 혼란스러워하기 시작했다.

"왜 배가 가지 않아? 배를 가게 해!"

나는 손을 내밀어 그들을 진정시켰다. 방송 시스템으로 다시 갔다.

"기관장, 제발 해적에게 복종하고 선교로 와."

키다리 해적과 무쏘가 실제로 신경질을 부리면서 방방 뛰었다. 놈들이 다른 휴대용 무전기 하나를 찾아 그걸 감청하고 있었다. 내 무전기는 배터리가 죽어가고 있었다. 적어도 30분 이내에 마이크 페리와 셰인의 얘기를 듣지 못할 상황이었다.

해적들은 갑판을 둘러보기 시작했다. 그들이 뭔가를 주시했고 무쏘가 나에게로 돌아섰다.

"저 보트는 뭐야?"

"무슨 보트? 어디?"

"바로 저기" 그가 B 갑판에 묶여 있는 바다에 빠진 사람을 구조하는 인명구조용 보트(MOB)를 가리켰다. 자체 엔진과 보급품을 갖춘 구조용 보트라는 것을 그들에게 설명했다.

"저 보트, 작동 돼?"

"그럼. 분명히 작동되지" 내가 말했다.

나는 그들이 MOB를 이용하여 도주할 수 있다는 사실을 숨기려 하지 않았다. 그들이 저 보트를 가지고 도주하기를 원했다. 제기랄, 내가 저 보트를 운전할 수도 있었다. 놈들을 매스크 앨라배마 호에서 이탈시켜 승무원들을 안전하게 격리시키는 것은 나로서는 슈퍼볼에서 승리하는 것과 같았다.

"시동이 되는지 보여 줘" 무쏘가 말했다.
선교 도어를 나서서 우리는 선명한 오렌지 색 MOB로 향했다.
선내를 걸어가면서 나는 말을 크게 하고 무전기의 키를 눌러 내가 어디에 있는지 승무원들에게 알려 주었다. MOB는 전장이 약 18피트로 덮개가 없는 개방 디자인이며, 단일 선외기와 좌석 세 줄이 있는 강화 파이버 글라스로 만들어 진 보트였다. 그 보트를 해상으로 내려 착수(着水)시키려면 거치대에서 윈치로 끌어올려 현측 밖으로 내밀어 아래로 내리고 해제 바를 당겨 조심해서 강하해야만 했다.

내가 MOB에 올라가 엔진 스위치를 눌렀다. 간단하게 시범을 보인 후 해적들이 시동을 걸어 보았다. 매번 그 선외기는 시동이 되며 포효했다.

"우리가 이 보트를 가질 수 있어?" 키다리 해적이 물었다.
어떤 긴장감이 그의 얼굴에서 사라지는 것 같았다. 분명히 해적들은 꼭 필요한 경우 도망칠 수 있는 방법을 알고 싶었던 것이다.

"물론" 내가 말했다.

"당신들을 위해 보트를 해상에 내려줄 거야"

그와 무쏘가 소말리아 말로 얘기했다.

그들의 무전기가 삑삑거렸다.

"우리는 너희들 동료를 감금하고 있어"

마이크 페리가 무전기로 말했다.

"너 거기 해적이지? 우리는 너희 동료를 데리고 있고 그와 우리 선장을 교환할 것이다." 키다리 해적이 버튼을 눌렀다.

"누구야?"

"기관장이야."

"우리 사람을 데리고 있다고?"

"그래, 선장과 바꾸려 한다."

이 교신이 또 한 차례 소말리아 말의 대화에 불을 붙였다.

키다리 놈이 나를 보았다.

"우리는 돈이 필요해" 그가 말했다.

"돈 없이 떠날 수 없어."

나는 고개를 끄덕였다.

"알고 있어. 내 방에 가면 돈이 많아. 이 배를 떠난다면 그 돈을 가질 수 있어."

"얼마나 돼?"

"3만 달러."

놈들은 만족하는 것 같지 않았다. 그들은 3만 달러가 아니라 수백만 달러를 가지려고 인도양으로 나왔다. 그러나 그들도 인질로 잡혀 있다면 그 정도의 돈을 받고 본선을 떠나는게 나을 것이다. 하나의 거래로 초점이 모여지고 있었다.

• • •

우리는 E 갑판으로 올라가 내 방으로 들어갔다. 셰인이 우리의 행동을 감시하며 우리에 앞서 통로를 걸어가고 있다는 사실을 나는 전혀 모르고 있었다. 더 이상 갈 곳이 없어지자 그는 내방에 틀어박혀 절망적으로 숨을 곳을 찾고 있었다. 내가 해적 두 명과 들어섰을 때 그는 1.5m도 떨어지지 않은 옷장 속에 숨어 있었다.

"얼마나 많이 내 목숨을 구해 주었는지 선장님은 모르실 겁니다" 그가 나중에 말했다.
"저는 배 내부를 돌아다니며 선장님이 하시는 말을 들었으며 위급 시 가장 가까운 개방구역으로 뛰어들었습니다."

나중에 이 시간들을 회상할 기회를 가졌을 때 내가 셰인과 다른 승무원들의 안전을 지킬 수 있었던 요령에 대해 나는 만족했다. 그러나 그 때는 그걸 생각하지도 못했다. 승무원 한 명을 손이 닿는 거리에 혼자 있게 하는 등 다른 어떤 것도 생각하지 못하고, 소말리아 해적들에게 줄 돈을 준비하고 해적들을 배에서 이탈시키려는 것에만 깊이 골몰하고 있었다. 나는 바로 금고로 가서 다이얼을 돌리고 번호 조합을 맞추어 마침내 금고 문을 열었다. 나는 각종 지폐 단위 다발로 정리되어 있던 3만 달러를 꺼내어 무쏘에게 건네주었다. 그와 키다리 해적이 돈을 세고 고개를 끄덕였다.

그 동안 해적들은 기관장 마이크와 무전기로 계속 얘기하고 있었다.

그들은 승무원이 해적 두목을 포기하고 동시에 해적들이 나를 넘겨주는데 동의했다. 나는 협상에 개입하지 않았다. 나는 소말리아 해적들이 배를 떠나도록 하는 준비에 분주했다.

우리는 MOB로 돌아가서 물건을 해상에 오르내리는 조그만 크레인인 데비트를 이용하여 거치대를 올리기 시작했다. 보트를 들어 올려 현측으로 밀어내 40피트 아래 해상에 내려야만 했다. 그러나 데비트에는 아직 전력이 들어오지 않았다. 따라서 나는 무쏘와 키다리 해적이 AK 소총을 들고 지켜보는 가운데 수동 크랭크를 돌리기 시작했다.

"잠깐" 키다리 해적이 말했다.

"연료가 더 필요해."

"더 많은 연료?" 내가 말했다.

"보트에 적재된 것만으로 너희들이 소말리아로 갈 수 있어."

불가능 했다.

MOB에 적재된 2.5갤런으로 그들은 소말리아 해안까지 가다가 도중에 표류할 것이다. 나는 알았지만 그들은 몰랐다.

"연료를 더 실어" 무쏘가 우겼다.

"내 말을 들어."

"얼마나 더 필요해?"

"많이, 우리는 아주 많이 필요해."

아무튼 나는 갑판을 올라가 갑판장의 로커로 가서 호스와 파이프 장치 및 연결 클램프를 꺼냈다. 적절한 길이로 호스를 잘랐다 -해적들은 결코 나의 3인치 잭 나이프를 빼앗지 않았다- 그리고 이를 비상 디젤 발전기 탱크 위로 올렸다. 적어도 거기에 연료가 100갤런이 있는 것을 알았다. 나는 5갤런 플라스틱 통을 몇 개 찾아 널어놓고, 발전기 연료 탱크 배출부에 호스를 연결하여 디젤 연료가 플라스틱 통에 흘러 내리게 했다.

키다리 해적이 내 곁으로 와서 비상 발전기 패널을 보았다. 그가 다가가 스위치를 위 아래로 돌리기 시작했다. 만일 잘만하면 이 멍청한 배를 움직일 수 있을 것으로 생각했을 것이다. 내가 그에게 소리쳤다.

"그걸 그대로 내버려 둘 수 없어?"

그가 웃으면서 물러섰다. 나는 연료 작업을 계속했다.

나는 주의 깊게 플라스틱 통을 골랐다. 그것들은 배에서 가장 지저분한 것으로 그리스와 화학물질, 그리고 컨테이너선 운용 시 쌓이는 잡동사니로 가득 채워진 것들이었다. 그것들이 MOB의 엔진을 짓이겨 버리기를 바랐다. 통들을 빨리 채워 해적들이 MOB 근처 갑판으로 옮기는 것을 도와주었다. 보트를 해상으로 내리게 되면 우리는 그 통을 보트로 내릴 것이다. 그렇게 많은 연료로 그들은 소말리아 해안 어디에라도 갈 수 있을 것이다. 내가 그 통을 옮길 때, 갑판 위 5피트에 있는 로프 배출 해치(선체의 문)를 통하여 작업했다. 그 특별한 해치는 매스크 앨라배마 호의 모든 로프를 보관하는 작은 공간인, 후부 로프 창고로 이어졌다. 그리고 그 해치는 넓게 개방되어 있어 로프들을 쉽게 내릴 수 있었다. 그 해치가 열려 있는 이유는 단 한 가지였다. 승무원들이 스커틀(문)을 통하여 내려가 로프 위에 드러누워 외부의 미풍을 받아들이고 선내의 열기를 몰아내려는 것이었다. 나는 해적들이 눈치 채지 못하기를 빌었다. 그 해치 도어는 우리가 처음 통과할 때 닫혀 있었다. 이제 그 도어는 활짝 열려 있었다. 몇 초간 망설이다가 키다리 해적과 무쏘가 몸을 내밀어 어둠 속을 살펴보았다.

나는 무전기를 켰다. "친구들, 해적이 해치를 들여다보고 있다. 바로 그곳에서 떨어져. 해적들이 너희들 바로 위에 있어." 무쏘가 손전등을 꺼내어 아래로 비추었다. 나는 숨을 멈추었다. 놈들이 승무원들을 발견하면 거래는 결렬되는 것이다.

키다리 해적이 AK-47 소총을 어깨에서 내려 스커틀을 가리켰다. 놈들은 승무원들이 아래에서 움직이는 소리를 들었던게 틀림없다. 제기랄, 모든 게 끝났다고 나는 생각했다. 그는 총을 당겨 무쏘에게 주었다. 키다리 해적은 몸을 숙여 해치 속으로 머리를 넣어 개방 부분을 통하여 움직일 수 있는지 확인하려 했다. 그들은 그곳 아래로 내려가 승무원들을 사냥하려 했다. 그러나 그는 어깨를 해치 사이로 통과시킬 수 있을 만큼 야위지 않았다.

"이리 와" 약 4.5m 거리에서 내가 무쏘를 불렀다.

"당신은 이 연료를 필요로 하지 않아? 나는 도움이 필요해. 그렇지 않으면 우리는 결코 빠져 나갈 수 없을 거야." 무쏘가 어깨를 해치 개방구로 웅크리며 밀어 넣고 있는 키다리 해적을 돌아보았다.

"거기서 꺼져" 내가 무전기에 대고 날카롭게 속삭였다.

"해적이 내려가고 있어."

무쏘가 키다리 해적의 옆구리를 두드리며 뭔가 소말리아 말로 얘기하고 있었다. 키다리 해적이 머리를 해치에서 빼내어 나를 주시했다.

"저 통 두 개를 들어" 내가 소리쳤다.

"빌어먹을 선내 조사는 이제 그만 해! 이 배를 떠날 거야 말거야?"

키다리 놈이 손전등을 위 아래로 비추면서 해치 아래를 다시 살펴보았다. 그리고 돌아서서 나를 향해 걸어오기 시작했다. 전신에 긴장이 풀렸다. 나는 MOB 안으로 들어갔다. 해적들이 엔진의 시동 및 차단 방법을 가르쳐 주기를 희망했다. 나는 그제야 안심이 되었다.

키다리 해적과 무쏘는 MOB를 타고 항해하여 본선을 이탈하는 아이디어를 정말로 진척시키고 있었다.

"우리는 당신 배를 떠날 것이다" 무쏘가 미소를 지으며 말했다.

"우리는 여기에서 끝낼 것이다."

3만 달러로 그들이 메르세데스 SUV와 저택을 살 수는 없을지 모르지만 대부분의 소말리아인들이 평생 동안 일하여 번 돈보다 많을 것이다. 하루의 강도짓으로 나쁘지 않았다. 내가 반복해서 생각하고 놈들도 환영할만한 일이었다. 게다가 우리가 배와 승무원을 돌려받기 위한 댓가로는 적은 돈이었다.

이제 늦은 오후로 접어들었다. 나는 일몰 전에 소말리아 해적들을 매스크 앨라배마 호에서 이탈시키기 위해 매진했다. MOB을 거치대에서 분리시키려고 윈치를 작동했지만, 진행은 고통스러울 정도로 느렸다.

"기관사들은 어디 있어?" 무쏘가 물었다.

"똥구멍의 치질 같은 놈들."

"네 말을 듣고 있어" 나는 혼자 싱긋 웃었다.

나는 일종의 역 스톡홀름증후군(역자 주: 스톡홀름증후군, 1973년 스톡홀름의 은행 강도사건에서 인질이 범인에게 자진 협력하여 그 행위를 지지하려고 하는)이 일어나는 것을 자제했다. 키다리 해적과 무쏘와 나는 우리 승무원의 무능함에 대해 함께 혐오감을 느꼈다. 바보들! 그들은 생각했다. 어떻게 이 멍텅구리 배로 항해할 것인지? 나중에 알았지만 키다리 해적과 무쏘는 유능한 선원이었고, 두목은 처음부터 영악한 놈이었다. 하지만 나는 그들이 납치 인질극의 기초를 배우지 못했다고 의심한다. 선장이 부하 승무원들을 갑판으로 불러 모으지 못한다고 믿은 것은 아마추어적인 착오였다.

3만 달러를 손에 쥔 두 해적은 만족했다. 여전히 해군에게 조난 신호를 호소하는 셰인의 조그만 트릭은 분명한 효과를 보였다. 그들은 구축함의 징후라도 찾으려고 끊임없이 수평선을 훑어보았다. 그러나 그들의 기분은 한결 나아져 있었다. 제정신을 찾으면서 악몽은 거의 끝나고 있었다. 하지만 우리가 거의 자유로워졌다고 생각하지 말아야 했다. 나의 이런 성격은 심한 아일랜드식 미신, 또는 일을 완전하게 마무리 지으려는 아버지의 집념에서 유래한 것이다. 해적 국가의 블랙홀에서 내 삶의 나머지를 보내야 한다는 위협은 점점 옅어지는 것 같았다.

"당신은 할 수 있어" 무쏘가 나에게 말했다.
"하지만 이제 우리 친구가 필요해."
"우리가 해상에 내려갈 때까지 네 친구를 돌려받지 못해."
내가 되받았다.
이놈들이 배를 떠날 때까지 교환을 생각하지도 않았다.
"오케이, 오케이."

내 무전기가 삑삑거렸지만 끈적거리는 주스 같은 연료가 아직도 좀 남았다. 나는 연료 통으로 걸어가 한 통을 들고 바쁜 척 했다.

한편, 무전기로 기관장을 호출했다.

"기관장, 놈들은 MOB를 탈 준비가 됐어. 우리가 해상에 착수하면 인질 교환을 할 거야."

"알았습니다."

"그들이 배를 떠나자마자 출발 준비를 한다. 자네가 여기에 가능한 한 빨리 나왔으면 좋겠어. 기회가 보이면 바로 실시해. 나를 걱정하지 마."

내 말에 거짓은 없었다. 나에게 있어서 승리란 내 승무원들과 배를 저 해적 놈들로부터 분리하는 것이었다. 나머지는 나중에 걱정할 일이었다. 이제 애송이 해적이 계단을 내려오고 있었다. 나는 황홀했다. 이는 선원 한 명이 아무런 감시도 받지 않고 선교에 있음을 의미했다.

"친구들, 누군가 바로 선교로 올라가. 우리 동료 한 명이 거기에 홀로 있다. 해적들은 모두 이제 나와 함께 있다. 그 친구를 붙잡아서 다시는 돌아다니지 못하게 감금해!"

전신에 아드레날린이 넘쳐나는 것을 느꼈다.

내가 1회전에서 이겼다. 이제 나머지는 살아남는 것이다.

D-day

2009년 4월 8일 수요일

사건 당일 15:30

해적들은 오바마 대통령의 9.11 이전 미국 지도자들의
무사안일한 심리적 태도에 도전 하고 있다.

— 월 스트릿 저널

소말리아 해적들은 오바마 대통령의 외교정책상 위기에
쉽지 않은 문제를 제시했다.

— 폭스뉴스

사태는 급작스럽게 진척되었다. 애송이 해적이 MOB
근처에 있는 우리 세 사람에게 합류했다. 우리보
다 3층 위에 있는 윙 브리지에서 셰인과 마이크가 내려다보고 있었
다. 승무원들은 여전히 해적 두목을 아래에서 감금하고 있었다. 그리

고 셰인과 마이크 및 해적들 간에는 충분한 철벽이 있어 납치될 우려가 없었다. 하지만 소말리아 해적들은 예측할 수가 없다. 놈들은 계단을 뛰어 올라가 보이는 누구라도 쏠 수 있었다. 셰인과 마이크는 비상발전기가 있던 좌현 선미 수밀 도어 밖으로 나온 승무원과 무전으로 교신을 시작했다.

나는 특별히 셰인과 마이크가 다투지 않기를 빌었다. 그들은 지적이며 매스크 앨라배마 호를 살려 멀리까지 항해를 하는데 각자의 임무와 역할이 있는 사람들이었다. 승무원들의 안전한 대피를 위해 그 두 사람이 필요했다.

"헤이, 선장님. 괜찮아요?" 셰인이 내려다보며 소리쳤다. 그의 얼굴에 두려움이 보였다. 자신을 위해서가 아닌 나를 위한. 나는 그에게 엄지손가락을 세워 보여 주었다.

"모든 게 좋아" 내가 말했다. 그건 사실이었다. 나는 이 가혹한 시련의 끝이 눈에 보이는 것 같았다. 혈관에 스며든 아드레날린이 이제 밀물처럼 넘치기 시작했다. 그러나 MOB는 거치대에서 겨우 5cm 정도 분리되었다. 이를 보다 빨리 움직이려면 어떤 힘이 필요했다. 내가 무전기를 들었다.

"기관장, 이 데비트에 동력을 연결해야 하겠어. 그렇게 하지 않으면 내일 아침까지 여기에서 씨름해야 할 거야."

"알았습니다." 배는 위와 아래에서 살아나기 시작했다.

승무원들은 각자의 은신처에서 몰려나와 시스템을 구동시키려고 뛰어다니기 시작했다. 유압장치, 비상전력, 공기공급 장치 등등. 해적들은 나로부터 몇 걸음 떨어져 MOB 인양기를 보다가 수평선을 체크하려고 돌아섰다.

"오케이, 보트를 곧 해상에 내릴 수 있을 거야."

나는 그들을 진정시켜 한 곳에 모아두고 싶었다.

내 무전기는 마이크가 여러 승무원들에게 명령을 내리고 상황 파악을 하느라 분주하게 울렸다.

"저게 누구야?" 애송이가 외쳤다. 내가 돌아보았다.

선미 갑판에서 그림자를 보았지만 바로 사라졌다.

"잘못 보았어" 내가 해적에게 말했다. 나는 무전기를 눌렀다.

"기관장" 조용히 불렀다.

"승무원들이 격벽에 가까이 붙도록 지시해. 해적들이 그들을 보려고 해." 그가 승무원들에게 무전으로 경고했다. 셰인이 무전기로 말했다. 그는 내가 데비트 작업으로 고생하고 있는 것을 볼 수 있었다. 비상전력이 아직 들어오지 않았으므로 수동으로 크랭크를 돌리고 있었다.

"보트 강하를 도우도록 갑판장을 내려 보낼까요?"

"아니, 안돼" 나는 거절했다.

"나는 그들에게 더 이상의 인질을 줄 수 없어. 나는 보트를 내릴 수 있어. 너희들은 단지 시선에서 벗어나 해적들을 주시해. 내가 언제나 그들을 감시할 수 없고 다시는 그들의 손아귀에 승무원 한 명이라도 걸려들게 하고 싶지 않아."

"알았습니다" 셰인이 대답했다.

"전력 복구에 뭐 이렇게 시간이 오래 걸려?"

내가 무전기로 추궁했다.

"비상발전기 패널에 어떤 스위치가 탈락되었을지도 모른다고 기관장에게 말해. 소말리아 친구들이 그걸 흐트러뜨렸어."

그리고 나는 해적들에게 다시 재촉하기 시작했다. 누구나 선장이 되면 오래된 습관을 버리기 어렵다. 나는 해적들도 계속 바쁘게 만들고 싶었다. 그러면 그들은 승무원들 사이에 무슨 일이 벌어지고 있는지 눈치를 채지 못할 것이다.

"오케이" 내가 무쏘에게 소리쳤다.

"이쪽으로 와. 모터 마운트를 담당해. 거치대에서 분리되면 프로펠러가 손상되지 않도록 조심해" 그리고 자네 —애송이를 가리키며—

"보트에 타. 너는 균형을 잡아야 해" 너는 프로펠러를 위로 올려 엔진이 떨어져 빠지지 않도록 잡아야 해. 또 자네 —키다리 해적에게—

"자네는 저기에서 뭔가를 해야 해" 키다리 해적은 기관장과 무전기로 교신하고 있었다. 그들은 이제 친구처럼 되었다.

"기관장, 배가 어떻게 됐어?"

"배가 갈 수 없어, 해적 친구" 마이크가 말했다.

"기관장, 왜 그런 문제가 생겼어?" 그리고 그가 웃기 시작했다.

"헬로, 내 친구" 내가 소리쳤다.

"엉덩이를 빼고 뭔가 일을 해. 그렇게 하지 않으면 우리는 결코 여기를 떠날 수 없어." 셰인은 내 말을 분명히 들은 모양이었다.

"저 목소리는 우리 선장님이야."

내가 들을 수 있을 만큼 큰 목소리로 그가 말하면서 웃음을 터뜨렸다.

"이제 선장님은 해적에게도 명령을 내리고 계셔."

그것은 초현실이었다. 분위기는 유쾌하게 바뀌었다. 어느새 우리는 같은 일을 하는 한 무리의 동업자가 되었고, 그 일을 스스로 즐기고 있었다. 몇 분 동안 승무원과 해적은 적이 아니었다. 하지만 오래 지속되지는 않았다. 40분 후 보트 데비트에 전력이 들어왔다.

나는 보트를 배 현측 밖으로 밀어냈다.

"오케이, 모두 타" 내가 말했다.

"보트에 뛰어들어. 내가 뒤따를 테니."

바로 그때, 한 가지 생각이 번개처럼 머리에 떠올랐다. '비상해제' MOB는 보트 중앙의 대략 어깨 높이에 해제장치를 가지고 있었다. 그 장치는 트레일러 걸이 핀과 레버로 구성되어 있다. 핀을 당겨 레버를 내리면 보트는 금속 보관걸이에서 풀려 40피트 아래 바닷물에 떨어진다. 이는 본선의 갑판에 불이 났거나 배가 거의 전복되어 대서양의 깊고 깊은 해저로 가라앉으려 할 경우 배의 위기에서 보트를 빨리 벗어나게 하려 할 때 간단하게 조작할 수 있는 메커니즘이다.

문제는 핀을 뽑기 위해 내가 보트에 타야만 하는 것이었다. 내가 매스크 앨라배마 호의 갑판에 있으면서 할 수 있는 일이 아니었다. 따라서 나는 핀을 당겨 레버를 내려야만 했고, 동시에 순간적으로 금속걸이를 잡고 보트가 바다에 떨어지게 내버려 두어야만 했다. '쿵, 쾅, 쿵.' 나는 배의 현측에 매달려 있을 것이고, 소말리아 해적들은 바다로 향해 돌진했을 것이다. 아마 적어도 그들의 등뼈는 부러졌을 것이다. 물은 압축되지 않는다, 즉 그 의미는 어느 정도의 높이 이상에서 물체가 물 위에 떨어지면 콘크리트와 같이 물도 충격을 흡수하지 못한다. 보트가 떨어졌다면, 나는 인디아나 존스처럼 줄을 타고 갑판에 오를 수 있을 것이다. 그러나 내가 만일 금속걸이를 붙잡지 못하면 죽을 수도 있었다. 또는 MOB가 떨어질 때 내 발이 로프에 뒤엉켜도 나는 죽을 것이다. 아니면 해적 한 명이 살아남아 자신을 죽이려 한 놈에게 몇 발을 갈겨 버려도 나는 죽을 것이다. 나는 보트 강하를 위한 마지막 준비를 하고 있었다. 해적들은 그들의 자리를 찾아 MOB내 벤치에 흩어져 앉았다. 나는 결심을 위해 30초의 여유를 가졌을까. 내가 아주 빨리 걸이를 잡을 수 있을까? 알 수 없었다. 나는 맨손으로 공기 중에서 기동훈련을 하고 있었다. '당기고, 풀고, 붙잡고' '당기고, 풀고, 붙잡고' 모든 것은 순식간이다. 머릿속으로 상황을 그려보려고 했다. 내가 집중한 것은 마지막 단계였다. 내 손가락이 금속걸이에서 미끄러질까? 너무 멀리 떨어져 잡을 수 있을까?

마침내 나는 바보 같은 결론을 내렸다. 그냥 이 해적들을 바닷물 위에 내려주자. 그들이 승선했을 때 사용했던 사다리를 잃어버렸으므로 다시 승선할 방법이 없었다. 나에겐 그것으로 충분했다. 그것이 바로 나의 제2의 실수였다. 이후 4일 간 나는 반복해서 그 순간을 생각하고 후회했다. 나는 계속 생각했다. 나는 이 쓰레기 같은 놈들을 바다에 떨어뜨려야만 한다. 또 한 번의 기회가 온다면, 1초의 고민도 없이 떨어뜨려버릴 것이다.

• • •

버몬트의 집에서는 아무도 이 납치 사건에 관해서 알지 못했다.
안드레아는 그녀를 쓰러뜨린 독감 때문에 화요일 하루 종일 앓고 있었다. 장모님은 처제 리아가 와서 안드레아를 돌봐 주도록 부탁했다. 수요일 아침 리아가 출근 준비를 하고 있었다. 날씨는 맑지만 전형적인 버몬트의 4월 초순 아침이었다.

오전 7시 30분 경, 리아가 트럭으로 가고 있을 때 전화가 울렸다. 여덟 시간이 앞서는 소말리아에서는 오후 3시30분이었다. 전화를 건 사람은 윗길에 사는 이웃인 마이크 월라드 였으며 그는 상선의 기관사로 근무하고 있었다. 안드레아는 다소 특이한 마이크의 음성을 기억한다.

"리치가 타고 있는 배의 이름이 무엇입니까?" 그가 물었다.

"왜 무슨 일이 일어났어요?"

"안드레아, 그 배의 이름이 뭐죠?"

"매스크 앨라배마."

"그 배… 그 배가 방금 납치된 것 같은데요. 내가 바로 올라갈게요."

안드레아는 믿을 수 없었다. 그녀는 바로 공포 상태에 빠지지는 않았다. 왜냐하면 선원들은 자주 피랍되고 몸값만 주면 안전하고 건강하게 모두 돌려보낸다는 것을 알고 있었다. 그녀는 동생이 출발하기 전에 붙잡으려고 밖으로 뛰어 나갔다. 안드레아가 고함을 질렀다. "리아, 리아! 리치가 납치되었어! 가지 마. 가지 마!" 그리고 두 사람은 집으로 들어와 CNN 방송을 켰다. 마이크는 나와 같은 회사에서 일하기 때문에 회사로 전화를 걸었다. 그들은 최초 보도가 사실인지 확인하려고 필사적인 노력을 했다. 한편 안드레아는 컴퓨터로 달려가 오전 11시 29분에 나에게 신속 e-메일을 송신했다.

리차드–

무슨 일이 진행되고 있는지 알고 있어. 나는 언제나 당신과 함께 있어. 계속 신념을 가지길… 내 모든 것을 다해 당신을 사랑해.

사랑하는 안드레아가.

나는 시련이 끝날 때까지 그걸 보지 못했다. 안드레아는 당시로서는 그녀의 유일한 정보원인 TV 앞으로 돌아갔다. 얄궂은 운명의 장난으로 폭스 뉴스 요원은 아무 관계도 없는 주제로 매사추세츠 해양 대학을 등장시키고 있었다.

나중에 셰인 머피의 아버지 조셉이 그곳에 교수로 근무하고 있어 해적에 관한 뉴스가 나왔을 때는 그 방송 요원이 조셉과 대화하려고 달려들었다. 셰인이 매스크 앨라배마 호에서 조셉 머피에게 전화를 했다. 조셉은 "나의 아들, 선장… "이라고 하면서 해적에 납치된 사건을 설명함으로써 안드레아는 "리치에게 무슨 일이 벌어졌나?" 하고 더욱 애가 탔다. 나에 관한 소식은 하나도 없이 납치 사건만을 계속 듣게 되자 그녀는 거의 미칠 것만 같았다.

오전이 지나면서 안드레아는 집을 떠나 대학에 다니고 있던 아이들, 댄과 마리아에게 전화를 했다. 그녀는 아이들에게 엄마로부터 뉴스를 들어야 하지 다른 리포터 따위의 말을 믿지 말라고 말하고 싶었다. 아내는 마리아에게 메시지를 남겼다.

"전화해주길 바란다. 아빠에게 관한 거야. 괜찮아. 내가 알고 있는 한. 하지만 너는 내가 하는 말만 믿기를 바란다."

안드레아는 TV로 되돌아갔다. 셰인 머피를 여전히 "매스크 앨라배마 호의 선장"으로 호칭하고 있었고 나에 관해서는 한 마디도 듣지 못했다. 아내에게 있어서 나는 지구 표면에서 사라져버린 것만 같았다.

D-day

2009년 4월 8일 수요일

사건 당일 19:00

백악관은 인도양에서 미국 국적 선박의 피랍을 근접 감시
하고 있으며, 이 문제를 해결하기 위한 방책을 주의깊게
모색하고 있다. 우리의 최우선 문제는 승무원의 안전이다.

– 백악관 발표, 2009년 4월 8일

나는 보트 속에 있던 세 해적과 함께 MOB를 해상에 착
수시켰다. 보트 강하용 데비트는 매우 부드러운 감촉
으로 우리를 내려 주었다. 나는 나의 배를 올려다보았다.

갑자기 그 배가 그야말로 대양을 오가는 수송선 같았다. 매우 거대하게 보였다.

"그들은 여전히 배에 총격을 가할 수 있다"
나는 무전기로 말했다.
"승무원들을 위험한 곳에서 계속 격리시켜라."
연료는 여전히 갑판 상에 있었다.
셰인의 얼굴이 보트가 있는 현측으로 나타났다.
"헤이, 선장님" 그가 외쳤다.
"우리는 거의 강하 완료되었어, 셰인" 내가 말했다."
"연료 강하를 개시해."

해적들은 정말로 그 여분의 디젤연료를 필요로 했다. 그들은 연료와 해적 두목이 이송될 때까지 매우 초조해 했다. 나는 키다리와 무쏘가 벤치에 앉아 총을 무릎 위에 올린 채 총구는 나를 향해 있었다.

셰인이 나타났다. 1분 후 첫 연료통이 현측으로 나타났고 셰인이 그것을 내렸다. 그 통이 수면 상 5피트 정도 되었을 때 그가 떨어뜨렸다. 통이 해면 아래로 돌진했고 그가 다시 당겨 올렸으며 통 표면에 해수가 흘러내렸다.

나는 웃었다. 이심전심이었다. 셰인은 MOB 엔진을 망가뜨리도록 연료를 해수로 희석시키고 있었다. "걱정 마" 나는 무전기 키를 누르고 소근거렸다. "나는 그 통에 이미 충분한 물을 넣었어" 소말리아 해적들은 엔진 하나를 가진 쓸모없는 쇳덩어리로 해안으로부터 200해리나 떨어진 바다에서 자신들의 길을 찾으려는 것이다. 연료통이 계속 내려졌다. 내가 마지막 통을 붙잡아 제자리에 두었을 때 무쏘가 말했다.

"오케이, 우리는 더 많은 연료와 음식이 좀 필요하다."
그가 말했다. 내가 그를 쳐다보았다.
"연료를 더 많이? 어디로 가려고 디즈니 월드에라도?"

그가 웃었다. 해적들은 그들의 중요한 것들 즉 식수, 연료 등을 가지고 있었고 인질로서 미국인 선장을 붙잡고 있었다. 그들의 마음으로는 한 가지라도 잃고 싶지 않았다. 무쏘는 내 농담을 받아들일 여유가 있었다.

나는 MOB를 본선에서 멀리 두고 싶었다. 보트를 본선의 좌현 선미 100야드 거리에 옮긴 뒤 엔진을 껐다. 우리는 표류하면서 기다렸다.

나는 무전기로 추가 보급품을 주문했다. 셰인이 식당으로 가서 야식을 얼마간 쌌다. 야식은 저녁 및 이른 아침 당직자 혹은 아주 먹기를 좋아하는 사람을 위해 조리사가 내어 놓는 음식이다. 야식에 무엇이 들어가는지 말할 수도 없을 정도이다. 하지만 그걸 "말좆" 이라는 다른 이름으로 부른다. 그 말은 실제로 수말의 성기를 비하하는 것이다. 승무원 스스로 자신의 페니실린을 만들 수 있을 정도로 곰팡이가 생길 때까지 1주일 내내 똑같은 야식을 내어 놓는 조리사도 있다. 위생 상태를 전혀 믿을 수 없었다. 거기에는 돼지고기도 포함된다. 나는 알고 있었다. 무슬림인 소말리아 해적이 죽을 것 같은 상황이 되어야 손을 댈 식품이라는 걸. 그것은 셰인의 마지막 "저주의 조롱"이었다.

모든 것이 잘 진행되고 있었다. 마침내 우리는 인질 교환 준비를 했다. 나는 셰인이 뛰어다니며 준비하는 것을 보았다.

"오케이, 준비되었습니다." 셰인이 무전기로 말했다.

"알았어" 내가 응답했다.

그리고 MOB 시동을 했다.

반응이 없었다. 다시 시동을 했다. 무반응.

'이런 일이 있어서는 안 돼' 다시 시동 스위치를 눌렀다.

조용했다. "제기랄" 내가 내뱉었다.

해적들이 나를 보고 있었다.

"뭔가 잘못 되었어, 선장?" 무쏘가 물었다.

"엔진이 죽었어. 올려봐. 배터리를 체크해야 겠어."

MOB은 지속적으로 배터리를 충전해 두어야 한다. 배터리 두 개 모두 연결부에서 본선의 격자에 자동적으로 꽂혀 있어야만 했다. 그러나 내가 충전 스위치를 체크했을 때 배터리 하나만 제대로 되어 있었다.

오른쪽 단자는 기름을 온통 뒤집어쓰고 있었지만 이제는 역시 흘러 내리고 있었다. 내가 두 배터리를 모두 오른쪽 단자에 연결시키자 엔진은 웅웅거리기만 할 뿐 시동이 걸리지 않았다.

"셰인, 문제가 생겼어" 내가 무전기로 말했다.
"뭡니까?" 셰인이 물었다.
"배터리가 죽었어."
나는 그의 한숨 소리를 들었다.
"그래요. 게임이 끝났습니다."
"아직 끝나지 않았어." 내가 말했다

몇 가지 공구를 꺼내 작업을 시작했다. 느슨한 전선이 있을 것으로 기도하면서 모든 연결부위를 체크했다. 그러나 모든 것이 양호했다. 문제는 분명히 배터리였다. 이제 나는 두 번째의 실수를 넘어 세 번째 실수로 들어서고 있었다. 나는 MOB를 이탈시키고 싶지 않았던 것이다. 그것은 개방된 보트였다. 만일 누군가 우리를 도와주려고 나타났다면 해적들이 숨을 곳이 없었다. 사실상 우리는 뜨거운 태양 아래에서 구워삶길 우려도 있지만 소총 한 자루만 가진 사람이라면 누구라도 카니발의 나무오리처럼 쉽게 소말리아 해적들을 붙잡을 수 있었다.

바다에 빠진 사람을 구조하는 보트인 고장난 MOB를 타고 나는 거기에 머물러 있어야 했다. 하지만 나는 일이 성취되기를 갈망하는 문제 해결형 인간이다. MOB가 작동불능 상태로 되자 남아있는 유일한 방안인 낙하식 구명정(역자 주; 선박 침몰, 화재 및 조난 시 승선한 사람들의 대피용 보트)으로 생각을 돌렸다. 구명정은 덮개가 있는 보트로 높이는 10피트이고 길이는 25피트이다. 선명한 오렌지색으로 선외기 하나로 추진되며, 내부에 후방으로 향하는 좌석 열과 배를 조종할 수 있는 창문을 가진 약간 높은 칵핏(조종실)이 있다. 구명정은 45피트 높이에 있는 거치대에서 커다란 물기둥을 일으키며 바닷물에 자유낙하로 떨어진다. 그리고 그것은 최후의 방안이었다.

"잘 들어. 우리는 본선으로 노를 저어 가야 해." 내가 말했다.

"이 보트는 우리를 어디에도 데려다 줄 수 없어."

우리는 보트를 저어 매스크 앨라배마 호의 현측에 계류시켰다.

"총을 내려" 이동 시 해적에게 말했다.

접근하는 동안 해적들이 승무원들에게 AK 소총을 조준하게 하고 싶지 않아서였다.

3등기관사와 갑판장이 추가연료와 음식을 적재한 뒤 갑판 상에 있는 구명정에 탔다. 구명정의 진수에는 단 한 명만 승선하면 되었지만 3등기관사는 내리지 않았다. 내가 도움을 필요로 할 경우에 대비한 것이다.

셰인도 구명정에 승선하고 싶어 했지만 이제 그는 매스크 앨라배마 호에 선장이라고 내가 주장했다.

"그러나 누군가 다른 사람을 위험에 빠뜨려야 할 겁니다."

세인이 말했다. 하지만 "그 방법을 환영하네" 내가 대답했다.

준비가 완료되자 세인이 무전기로 보고했다.

"오케이" 나는 해적들에게 몸을 돌렸다.

"미쳐 날뛰지 마. 저것은 바위처럼 떨어지며 엄청난 소음을 일으켜." 그들이 고개를 끄덕였다.

엄청난 물기둥과 함께 낙하식 구명정은 물속으로 틀어박혔다가 다시 떠올랐다. 우리 승무원들이 MOB로 접근하여 계류하자 우리는 음식과 연료를 새로운 보트에 옮겨 싣기 시작했다. 우리는 갑판장 및 3등 기관사와 위치를 바꾸었고 다행스럽게도 해적들은 그들을 나와 함께 나포하려고 시도하지 않았다. 내가 나중에까지 눈치 채지 못한 것은 3등기관사와 갑판장이 나이프를 몰래 지니고 있었던 사실이었다. 최초 기회에 그들은 해적들을 덮치려 했으나 기회를 포착하지 못했다.

"행운을 비네"

우리가 구명정을 움직이려고 준비하면서 내가 갑판장에게 말했다.

"승무원들이 즉시 자네들을 승선시키도록 하라. 그리고 무슨 일이 일어나도 내 걱정을 하지 마라. 이 지옥에서 단지 벗어나기만 하라. MOB도 걱정하지 마라. 해적들이 역시 되돌아 와서 끌고 갈지도 모르니까."

구명정의 시동을 걸자 엔진이 작동 되었다. 3등 기관사와 갑판장이 우리 보트의 계류 로프를 풀어 던져 주자 우리는 자유롭게 되었다. 내가 보트를 선회시키면서 엔진 스로틀을 바짝 내리고 구명정의 정미를 함에 부딪치게 했다. 쿵하는 충격과 더불어 매스크 앨라배마 호의 선체에 부딪쳤다.

"뭐야?" 해적들이 소리쳤다.

"오, 이런 일은 흔히 있는 거야" 나는 구명정의 프로펠러를 손상시키고 싶었다. 소말리아 해적들과는 어디라도 함께 가고 싶지 않았다. 하지만 놈들은 생존을 위한 조치를 쌓아가고 있었고 프로펠러는 여전히 물을 차고 있었다. 나의 운명은 잘못된 길로 비틀어지고 있었다.

· · ·

다시 집으로 돌아가 보면 안드레아는 내 체취가 풍기는 혹한의 극지용 양털 재킷을 걸치고 우리 농가 주위를 걸어 다니고 있었다. 그녀는 내가 아프리카로 떠난 뒤 서둘러 내 모든 옷가지를 세탁한 것을 후회하며 미칠 지경이었다. 그 재킷은 집안에서 내 체취를 풍기는 유일한 물건이었다.

"나는 그것만은 세탁소에 맡기지 않을 거야" 그녀가 말했다.
"당신이 납치되었다고 들었던 순간부터 그 재킷을 입었어. 그리고 밤에는 내 침대위에 펴 친구 앰버와 내가 한 자락씩 깔고 잤어."

수요일 정오 경 언론은 내 이름을 거론했다. 갑자기 지역 뉴스 요원들이 우리 농가에 몰려오고 주변 도로를 메우기 시작했다. 진정한 버몬트인이 되어가던 안드레아의 여동생은 그들에게 커피를 대접했다. 이른 오후에 안드레아와 여동생은 집안 가득 지역 리포터들과 카메라맨들을 소파에 앉히고 쿠키를 대접했고, 그들은 안드레아가 TV를 시청하는 것을 지켜보았다. 셰인 머피의 아버지는 여전히 그의 아들을 매스크 앨라배마 호의 선장으로 부르고 있었고 -선장이 배를 떠나면 1등 항해사가 선장 직을 인수하는 것으로 기능적으로는 맞다- 그러나 안드레아는 나를 완전히 잊어버린 것 같은 느낌에 충격을 받았다. 더욱이 국가적 네트워크도 여전히 나에 대한 언급은 없었다.

안드레아는 생각했다, '이것은 하나의 시나리오다. 배 한 척이 납치되었다. 해적은 몸값을 요구할 것이다. 회사는 잠시 상황을 지켜볼 것이다. 그리고 몸값을 지불할 것이다. 승무원들은 풀려나고 모두들 기뻐하며 무사할 것이다.' 알고 있는 선원 친구 몇 명이 그녀에게 전화를 했다.

"안드레아, 해적들의 목적을 알고 있지? 그들은 장사 속을 가질 뿐이야. 놈들은 아무도 해치려 하지 않아."
"알아, 알아요." 안드레아가 말했다.

"리치를 안다면 그는 아마 나쁜 농담을 주고받으며 구명정 위에 있을 거야. 그리고 엄청난 얘기를 가지고 집으로 돌아올 거야."

안드레아가 기도했던 것은 흔히 있는 그저 평범한 납치사건이길 바랄 뿐이었다. 그녀는 영웅적인 것을 바라지 않았다.

딸 마리아가 전화를 했다.

"엄마, 아빠에게 무슨 일이 생겼어?" 안드레아는 딸을 안정시키려고 자제하면서 알고 있는 것을 말했다. 마리아는 강했다. 매우 걱정했지만 히스테리는 없었다.

"집에 가고 싶어" 딸이 말했다. 안드레아는 그냥 머물러 있으라고 설득했지만 마리아는 완강했다. 댄 역시 전화가 왔다. 안드레아는 학교에 머물러 있거나 집으로 오는 것을 스스로 선택하게 했으며 댄은 시험 주간 며칠을 학교에 머물기로 결정했다.

"마치고 싶어요" 댄이 말했다.

"아, 엄마. 나는 이 과목들을 정말 열심히 공부했어요. 그리고 아빠도 내가 계속 학교에 남아있길 원할 거예요. 아빠는 아마 다음과 같이 말할 거예요. 학교에 머물면서 시험을 끝내라고요."

"네 말이 옳다고 아빠가 말할 거야" 그녀가 말했다.

그들이 옳았다. 내가 대학에 돈을 얼마나 지불했는지 너희들이 알아? 댄은 공부를 끝내기 위해 학교에 머물렀다. 안드레아는 아이들이 공부를 계속하면서 이번 사태를 받아 들이기를 원했다.

안드레아는 아이들이 굳건하다는 것을 확인한 뒤 뉴스를 보려고 TV를 시청했다. TV는 수천마일 너머에서 벌어지는 것을 알려주는 그녀의 생명선이었다. 그녀나 다른 가족들에게 공개되지 않은 상황을 알려주는 특별한 조치는 없었다. 나중에 그녀가 말했지만 사건 당일 그녀를 도와준 것이 한 가지 있었다. 나는 출항할 때 결코 '굿바이'라고 하지 않았다. 나는 '헬로'와 '굿바이'를 아주 싫어했으며 안드레아가 전화를 하면 "평범한 삶의 부분"만을 듣고 싶어 했다. 그래서 나는 언제나, "다음에 만나" 또는 "곧 돌아갈게"라는 두 가지 중의 한 가지로 말했다. 그것이 안드레아를 버티게 해주었다.

"곧 돌아갈게, 라고 그가 말했어" 그녀는 그 말을 반복했다.
"그리고 난 그를 믿어."
그녀는 다음 며칠 동안 무슨 일이 기다리고 있는지도 모른채 잠자리에 들었다.

• • •

나는 구명정을 도선사용 사다리가 있던 좌현으로 몰고 갔다.
승무원 4,5명이 사다리 꼭대기에 서 있었다. 나는 그들을 구명정 창문을 통해 볼 수 있었다. 시야는 개방된 MOB에 비하여 훨씬 더 많은 제한을 받았다. 1피트 길이의 창문을 통해 원하는 것을 보려면 몸을 웅크리고 바짝 다가가야만 했다.

"오케이, 우리는 교환준비가 됐어" 내가 셰인에게 말했다.

"이봐, 우리가 다가갔을 때 두목이 내려오도록 확인해. 이 친구들이 사다리에 뛰어올라 다시 배를 장악하는 것을 원치 않아. 알았지?"

"알았습니다." 셰인이 대답했다.

"나는 구명정으로 접근하고 있어." 두 승무원이 해적 두목을 갑판으로 데려왔다. 두목은 손에 흰 헝겊을 두르고 있었다.

"내가 올라갈 기회가 왔을 때 그를 내려 보내" 우리가 계류하며 매스크 앨라배마 호에 덜컥 부딪쳤다. 사다리 끝은 구명정 덮개 위에서 약 4피트 높이에 있었다. 나는 두목이 내려와 마지막 사다리 단에서 뛰어 내리는 것을 보았으며 구명정이 바위에라도 부딪치는 것 같은 충격을 느꼈다.

"해적 두목이 구명정에 탔어" 내가 무전기로 말했다. 두목이 나에게로 왔다. 그의 손은 자유롭지 못한것이 분명해 보였지만 기분은 좋아 보였다. 나 역시 싱긋 웃어보였다. 나는 선장으로서 내 의무를 다했다. 이제 내가 해야 할 것은 나 자신을 구하는 것 뿐이었다. 기회가 오면 잡을 수 있었다. 가장 원초적인 본능 □생존- 이 다가왔다. "보트를 어떻게 작동하는지 보여줘" 두목이 말했다. 나는 그렇게 해주었다. 두 번이나 엔진을 껐다가 재시동 했다. 나는 나침판이 어디에 있으며 어떻게 조종하고 어떻게 켜는지 보여 주었다. 그가 가고자 하는 코스는 340도였고 어떻게 침로를 잡는지 알려주었다. 조종실에서 내가 내려왔고 그가 올라가 조종을 하게 했다. 그 조종실은 좌석 열 위쪽에 있었다.

그가 키를 잡아 매스크 앨라배마 호에서 다른 쪽으로 돌려 속력을 올렸다.

"약속은 어떻게 됐어?" 내가 물었다. 충격이었다.

"거래는 없어." 두목이 잘라 말했다. 나의 제3번째 실수. 해적과는 협상을 하지 말라. 우리는 결코 거래를 하지 말았어야 했다. 나는 배반에 놀라지 않았다. 여전히 내가 게임에서 선수를 치고 있다고 느꼈다.

나는 네 가지 문제 중 세 가지, 즉 승무원, 배, 그리고 화물의 안전을 해결했다. 그리고 나 자신을 구하기 위해 나의 행운과 완강함에 의존하야 했다.

해적들은 나를 보트의 앞쪽 끝으로 밀었다. 나는 그곳의 해치가 열려있는 것을 눈여겨보고 그 해치를 뛰쳐나가 바다로 뛰어들려고 했다. 하지만 그것은 수평으로 나있는 해치 도어였다. 나는 내 자신을 4피트나 끌어올려 물속에 뛰어들어야 했다. 그렇게 하면 내 등에 해적이 AK 소총을 몇 발 발사할 것이다.

"우리는 떠나고 있어" 내가 무전기로 말했다.

"해적과 거래는 없어." 두목이 조종을 시험하면서 한 쪽으로 휩쓸고 가다가 다른 쪽으로 갔다. 두목이 감을 익히면 직선 코스를 잡을 것이다. '다음 목적지는 소말리아'라고 생각했다. 그곳에 해적은 나를 감금할 것이며, 그들의 목적지였다. 내 목숨 값을 흥정할 장소. 그들의 후견인과 증강세력이 있는 곳이기도 하다.

황혼이 가까워지고 있었다. 열대지방의 박명(일출 전, 일몰 후 하늘이 희미하게 빛나는 현상)은 적도에 가까워 오래 지속된다. 그리고 달은 거의 만월이었다. 우리는 아직도 그리 머지않은 곳에 있는 매스크 앨라배마 호를 볼 수 있었다. 항해등이 켜졌고 연돌에서 연기가 뿜어져 나오고 선미에 웨이크가 하얗게 일고 있었다. 해적들은 "와우! 배가 달린다."라고 말하듯 놀라움으로 뒤돌아보았다. 수리할 수 없을 정도로 부서진 배가 완벽하게 움직이고 있었다. 사라졌던 승무원들이 왔다 갔다 하면서 각자의 업무를 하고 있었다. 해적들은 믿을 수 없었다. 마이크가 무전기로 "선미로부터 다른 보트가 접근하고 있는지 확인하라"고 말하는 것을 들었다. 나는 무전기로 다른 해적선을 경계하라는 주의를 주려 했었다. 나는 고개를 끄덕였다. 배는 훌륭한 승무원들의 관리를 받고 있었다. 그들이 출발하는 것을 보자 나는 야릇하게도 기뻤다. 우리는 여전히 해적 국가 내에 있었고 아무곳에서나 다른 해적 팀이 나타나 매스크 앨라배마 호를 납치하는 것을 저지할 수단이 전혀 없었다. 만일 해상에서 배가 고장나 표류했다면 승무원들에게는 기회가 없었다.

배가 선수를 우리 쪽으로 돌리자 해적들의 얼굴에서 미소가 사라 졌다. 매스크 앨라배마 호는 우리에게 빠르게 접근했고 마치 퀸 메리 호 같았다. 나는 두려워하지 않았다. 만일 배가 우리를 들이받으면 구명정은 단지 수면 아래로 내려갔다가 바로 떠오를 것이다. 그렇지만 나는 현대 구명정의 이 놀라운 성능을 소말리아 해적들에게 결코 알려주지 않았다.

두목이 말했다.

"1등 항해사가 우리를 깔아뭉개려 하고 있어"

"그래 맞아" 내가 수긍했다.

"그는 내 직책을 원했어. 우리가 살랄라 항을 떠난 이후 계속 생각해 왔어." 무쏘가 나에게 총을 겨누었고 눈을 크게 떴다.

"너, 이리 와!" 두목이 고함을 지르며 조종실에서 뛰어내렸다.

"좋아" 내가 대답했다.

"우리에게 접근하지 못하게 해" 두목이 명령했다.

"우리가 다시 승선하도록 말해" 나는 조종실에 들어갔고 매스크 앨라배마 호 주위를 돌았다.

배는 구명정의 진로를 차단할 것 같았고 다시 빙그르르 돌아 그런 기동을 반복했다. 내가 30분 간 키를 잡았으며 마침내 매스크 앨라배마 호는 아주 낮은 속력으로 약 100야드 거리로 벗어났다.

밤이 찾아왔다.

• • •

해적들은 무전기에 매달려 셰인과 통화를 했다.

"헤이, 우리는 내일 돌아갈 거야" 그들이 말했다.

"아 그럼, 우리는 다시 시작할 거야" 셰인이 말했다.

"단지 서로 간의 오해였어."

"그래, 우리를 태워 줘" 해적 두목이 말했다.

"물론이지" 셰인이 농담을 했다.

"아침에 돌아 와. 우리는 당신들을 위해 음식과 물을 가지고 있어."

정말로 이상스러운것은 사태가 어떻게 돌아가더라도 모두 느긋했다. 오로지 해적들이 신경을 쓰는 것은 하늘이었다. 소말리아 해적들은 구명정의 선미 좌석에 앉아서 밤하늘을 훑어보며 항공기나 헬리콥터를 탐색했다. 그들은 구조자들이 올것이란 것을 우려하고 있었다. 하늘은 아주 맑아 위성이 머리 위로 지나가는 것을 볼 수 있었다. 그리고 비행기 2대를 보았는데, 큰 비행기와 그보다 작은 비행기가 상공을 날아갔다 되돌아 와서 선회했다.

해적들은 비행기 한 대가 나를 구조하기 위하여 올 것이라고 예상하는 듯했다. 그들은 쭈그리고 앉아 비행기 엔진 소리를 들었다. 공군이 와서 우리 위에 폭탄을 떨어뜨리거나 요술 사다리를 내려 나를 구조할 것으로 생각하는 것 같았다. 무전기를 누르고 내가 말했다.

"해적 4명, 선미 해치에 2명, 조종실에 1명, 선수 해치에 1명, 선미 해치에 AK 소총 2정, 조종실에 권총 1정."

수신을 완료했다는 셰인의 응답을 들었다. 나는 계속했다.

"나는 선미 도어쪽으로 나가려 한다. 선미 쪽에서 물기둥이 솟으면 그건 나야. 배를 물기둥이 솟아오른 곳으로 몰고 오면 나는 배의 반대 현측으로 갈 것이다."

만약 탈출했다면 -그 '만약'은 대단한 경우로서- 나는 매스크 앨라배마 호를 나와 구명정 사이에 두고 싶었다.

해적들은 나를 좌현 쪽 3번 좌석에 앉게 했다. 그곳은 조종실과 배의 나머지 부분을 잘 볼 수 있는 위치라 그 자리에 있고 싶었다. 그 러면 현장에 출동한 우군은 내가 어디에 위치하고 있는지 정확하게 알 게 될 것이다. 내 위치에 혼동을 주면 우군 사격에 적군 처럼 사살 당할 수 있다. 나는 무전기를 눌러 승무원들에게 내가 어디에 앉아 있는지를 알려 주었다.

해적들은 선수와 선미의 해치 두 개를 닫았다. 그들은 특전 잠 수요원들의 구명정 침투를 두려워하는 것 같았다. 찌는 듯한 열기가 시작되었다. 견딜 수 없고 무자비한 사우나 같은 열이 구명정 전체에 침투하는 것 같았다. 정말 지옥이었다. 나는 아마 두어 번 졸았을 것이다. 그리고 목요일 새벽 두 시 경에 깨어났다. 나는 눈을 두리번 거렸고 바로 내 생애 전체를 통하여 가장 아름다운 광경을 보았다.

갑판에서 대낮같이 밝은 조명을 비추며 미 해군 군함이 30 노트의 속력으로 우리를 향해 질주 해 오고 있었다. 사이렌이 웽웽 거렸고 엄청난 스피커 소리가 울렸다. 스포트 라이트는 너무 강력하여 영화 촬영 현장 처럼 구명정 내부를 밝혔다.

"라이트를 꺼, 라이트를 꺼." 두목이 무전기에 대고 울부짖었다.

"행동 중지, 군사행동 중지."

내 나라 사람이 왔다. 내 영혼은 높이, 높이 고양되고 있었다.

· · ·

수요일, 뉴스 미디어는 해적이 나를 구명정에 태워 납치했다고 보도했다. 안드레아는 말했다.

"세상에, 어떻게 그런 일이 일어날 수 있어?"

그 때 뉴스 채널은 매스크 앨라배마 호의 2등 항해사와 연락이 닿았고 2등 항해사는, "해적들이 우리 승무원 한 명을 납치했다. 나는 가야만 해! 내가 그 보트를 조종하고 있어!" 라고 말했다. 그리고 전화가 끊어졌다. 2등 항해사가 그 구명정을 조종하지 않았다. 당시 모두들 조금은 정신이 나간 것 같았다.

목요일 아침 안드레아의 여동생 리아가 몇몇 방송의 모닝 쇼에 간단한 인터뷰를 했다. 그것이 국가적 미디어가 우리 집으로 몰려온 시작이었다. 오전 늦은 시각에 위성방송 접시를 단 미니밴의 엄청난 물결이 우리 집 우편함 앞을 지나가는 2차선 도로에 몰려들어 앞마당에 진을 쳤다. 안드레아가 밖으로 나왔을때 그 엄청난 저널리스트 무리가 소리쳤다,

"사진이 필요해요, 당신과 얘기하고 싶어요. 인터뷰를 원해요." 안드레아가 말했다.

"여러분, 저는 매우 공적인 곳에서 일해요. 그리고 떠들썩한 선전을 바라지 않아요."

그녀는 미디어의 광란으로부터 아이들을 보호하려고 했다.

안드레아가 창문가를 살피고 있는데 어느 방송사 소속 밴에서 나온 전선이 우리 집 소켓에 꽃혀 있는 것을 보았다. 그 친구는 안드레아의 남동생이나 어느 누구에게 단지 "그래요, 왜 안 되죠?"라고 물었을 것이다. 하지만 우리 식구들은 평범한 나날에 원만한 성격을 가진 그저 그런 사람들일 뿐이다.

안드레아와 우리 가족들을 더욱 난처하게 한 것은 쉼없이 계속되는 루머들이었다. 저널리스트들은 집으로 전화를 걸어 "방금 X를 들었습니까?" 또는 "우리는 미확인 보도 Y를 가지고 있습니다"라고 했다. 납치자들을 도우려 다른 해적들이 오고 있다, 회사에서 몸값 지불을 했다, 구명정은 연료가 떨어졌다는 등등의 갖가지 가십과

추측이 난무했다. 안드레아와 그녀의 친구는 그저 좋은 소식이기를 기도하면서 첫 전화 벨의 초음이 울리자 마자 바로 전화기를 들곤 했다. 그러나 사실이 아닌 것으로 판명 되었을 때 그녀는 소리쳤다.

"제발 나에게 이러지 마세요. 저를 미치게 하고 있어요."

언론사는 그녀의 휴대폰 번호도 알고 있었다. 우리 집의 음성 메시지가 노출되어 있음을 알았을 때 안드레아는 놀라 기겁을 했다.

그녀는 바로 그 메시지 수신장치를 바꾸었으나 상처는 남았다.

리포터들은 점점 집요해졌다.

목요일, 모두들 "평상시 처럼 하라"고 충고했다. 만일 안드레아가 미디어에 말을 하면 그들이 물러갈 것으로 순진하게 믿었다. 그래서 안드레아는 미디어와 간단한 인터뷰를 준비했다. 그녀가 TV와 인터뷰 한 것은 수요일 단 한 번뿐이었다. 그러나 이는 벌통을 개방한 것과 같았다. 다음 날 세 네트워크 모두 그녀를 방송에 끌어들이려고 번갈아 경쟁을 했다. 전화는 계속해서 울렸다. 결국 리아가 안드레아를 대신 해서 언론과 대화 하겠다고 결심했다.

우리 집에는 지속적으로 사람들이 몰려들었다. 모르는 사람들의 편지와 포스트 카드들이 우편함에 쏟아지고 보이스카우트 대원들은 아무도 요청하지 않는데도 찾아와서 우리집 마당을 청소했다.

버몬트주 출신 두 상원의원인 패트릭 리히와 버니 샌더스는 우리 지역 대표자 및 시 공무원들과 함께 방문했다. 테드 케네디도 그가 할 수 있는 일이 있으면 요청하라고 전화번호를 남기고 갔다. 모두 적극적인 지원을 아끼지 않았으며, 메모를 직접 전달하기 위해 왔던 지역의 소말리아인 공동체의 한 부부는 안드레아와 우리 가족을 위해 기도하고 있다고 했다.

수많은 방문과 편지와 지속적인 뉴스의 홍수는 목요일 오후 피크를 이루었다. 심지어 매스크 회사 CEO인 존 라인하트도 방문하여 믿기 어려울 만큼의 격려와 배려를 해주었다.

"난 리차드가 필요해요" 안드레아가 그에게 말했다.

"오로지 나는 리차드를 원해요. 제발 내 남편을 집으로 데려다주세요."

안드레아는 언론과 회담을 할 계획이었으나 거의 실신할 정도였다. 그녀는 언론의 공개적인 발언을 증오했으며 인터뷰 때문에 신경과민 상태에 빠져 있었다. LMS 선박관리회사에서 파견 된 피트 존슨이 안드레아를 방문했다. 그녀는 미디어에 발언을 해야 한다는 것이 얼마나 스트레스인지 그에게 호소했다.

"당신은 아무것도 할 필요가 없어요. 한 마디 말도 할 필요가 없어요"라고 그가 충고했다. 그녀는 고통으로 거의 붕괴될 지경이었다.

그래서 누군가가 대신 발표를 해야만 했다. 납치에 관해 처음으로 안드레아에게 알려주었던 우리의 불쌍한 이웃인 마이크가, 비록 자신도 안드레아 만큼이나 공개적인 발언을 증오했지만 앞마당으로 씩씩하게 걸어 나가 뉴스를 발표했다. 위기 시 좋은 이웃의 도움은 그 사람 몸무게에 상당하는 황금의 가치가 있다.

포위된 아내를 위한 도움이 답지했다. FBI 희생자 봉사국의 놀랄만한 두 여성, 제니퍼와 질은 최신 정보를 아내에게 전화로 알려주기 시작했다. 국방부 관계관도 입수되는 상황정보를 그녀에게 전달하기 시작했으므로 내 아내는 남편이 아직도 살아 있는지 확인하기 위해 TV 채널을 이리저리 바꿀 필요가 없었다.

"나는 확실치는 않지만 제니퍼 또는 질과 얘기 했다고 기억하는데" 그녀가 회상했다.

"내가 말했어. 당신에게 리차드는 그저 한 사람일 뿐이지만 나에게 그는 나의 인생, 나의 미래, 그리고 나의 전부야. 나는 복귀만을 원해."

대양의 한 복판에서 나는 이 모든 상황을 모른 채 안드레아가 어떻게 지내는지, 집으로 가고 싶어 애만 탈 뿐이었다.

• • •

미국 구축함은 해적들과 쥐와 고양이 놀이를 하고 있었다. 군함은 우현으로 아주 가까이 접근했다가 멀어졌다. 0.5마일 정도 떨어졌다가 다시 구명정으로 압박해 왔고 힐끗 지나치고는 표류했다. 그것은 공세적 의지의 표현이었다.

'우리가 원한다면, 언제라도 너희 보트를 침몰시킬 수 있다' 라는.

매스크 앨라배마 호는 약 3마일 뒤에 있었다. 이제 해군이 도착했으므로 그 배는 위험에서 벗어났다.

나는 해군 통신병이 구축함의 이름이 배인브리지 호라고 무전기로 말하는 것을 들었다. 그 함의 이름이 미소를 띠게 했다. '배인브리지'라는 이름은 윌리엄 배인브리지로부터 따온 것으로, 14세에 미국 상선을 타기 시작하여, 마침내 미 해군의 저돌적이며 강력한 제독으로 승진한 사람이었다. 바바리아 해적들의 노략질이 최고조에 달했던 1803년 토마스 제퍼슨 대통령은 마침내 저돌적이며 강력한 미 해군의 제독으로 승진한 사람이었다. 해적들을 퇴치하기 위하여 배인브리지를 트리폴리에 파견했다. 그러나 오히려 그는 미 해군 군함 필라델피아 호를 트리폴리 연안에 좌초시켜 해적에게 포로로 잡혀 버렸다. 그런데 그 이름을 딴 군함이 바바리아 해적의 상속자인 소말리아 해적으로부터 나를 구출하기 위해 이곳에 오다니. 이 무슨 운명의 장난인가! 그러나 나를 괴롭히는 한 가지 꺼림직 함은 배인브리지가 자유를 찾아 석방될 때까지 19개월 동안 감금되었다는 사실이었다.

해적 두목은 조종실로 올라가 보트를 움직였다. 그는 6노트 이하의 속력으로 원 침로에 복귀시켰다. 거기에는 자기나침의가 있어 큰 어려움 없이 소말리아 연안으로 코스를 잡을 수 있었다. 그리고 그는 해군이 보트를 습격할 경우 엔진을 증속하기를 원했다. 구명정 내 해적들의 일상적인 업무는 두 명이 정미에서 AK 소총으로 나를 겨누고 있는 것과 조종실에서 두목이 9mm 권총을 지닌 채 보트를 조종하는 것이었다. 정수에 있는 넷째 해적은 주로 졸고 있었다. 그들은 교대로 쉬기 위하여 자리를 바꾸었다. 나는 해적의 위치를 셰인에게 무전기로 알려 주었다. 이제 나는 거의 24시간 정도를 구명정에서 보내고 있었다.

찌는 것 같은 열기 속에서 목요일이 지나갔다. 사실 나는 더위를 아주 싫어한다. 나는 버몬트의 첫눈을 간절하게 기다리는 사람이다. 시기의 썰렁한 피부 감촉을 좋아한다. 섭씨 26도를 넘으면 나는 괴로워진다. 오전6시에 보트 내의 온도는 쉽게 40도가 되었다. 이후에는 더 뜨거워졌다. 땀이 이마에서 흘러내려 눈을 찔렀다. 구명정 엔진은 갑판 아래에 있고 배기관도 보트 아래에서 나오며 엔진을 계속 작동했으므로 배기관과 엔진이 바닥을 가열하고 있었다. 너무나 뜨거워 발을 내려놓을 수조차 없었다.

지금껏 승선했던 배에서 일출은 기다려지는 일이었다. 해의 각도로 시간을 측정했다. 그러나 구명정 안에서는 아침이 무서워졌다. 해가 떠오르면 보트가 가열되기 시작했기 때문이다. 물집이 생길 정도의 뜨거운 온도로부터 해방될 수도 있도록 황혼이나 어둠을 간절히 기다렸다.

해군으로부터 무전이 왔다. 그들은 우리에게 음식과 물을 투하하고자 했다. 해적들이 승낙했다. 나는 해군이 어떻게 그 음식을 전달했는지 볼 수 없었지만 그들은 조디악 고무보트 비슷한 것을 내려 접근했을 것이다. −그 엔진 소리를 들을 수 있었다− 지금 자유는 나로부터 6m 거리에 와 있다. 해군은 음식 한 박스를 물속에 던졌다. 해적들의 얼굴에 긴장이 감돌았다. 우리는 박스 주위를 선회하다가 해적 한 명이 선미 도어를 열고 안으로 끌어들였다. 무한의 지혜를 가진 해군이 휴대용 무전기, 배터리, 식수, 그리고 팝−타트를 보냈다. 쵸콜렛 팝−타트 상자들이었다. 안드레아는 그걸 아주 좋아했지만 나는 특별히 즐기는 사람이 아니었다. 도대체 왜 배인브리지 호 함장이 그걸 선택했는지는 알 수 없었다.

내가 모르는 특별한 영양적 비밀이 숨겨져 있는 것인지? 아니면 최면제 가루를 두르기라도 했던가?

날씨가 너무 뜨거워 그걸 먹을 수 없었다. 위장은 굶주림으로 으르렁거렸지만 음식 생각이 나의 흥미를 끌진 못했다. 물을 조금 마시고 해군이 보낸 군사용 휴대 무전기 하나를 만져 보았다. 내가 이전에 결코 본 적이 없는 형태였다. "Talk" 버턴을 눌렀을 때 장치가 삑삑거렸다. 민간 무전기의 삑삑거림 현상은 전원이 꺼지고 있는 의미였으므로, 거기에 무슨 일이 일어나는지 생각했다. 그래서 나는 계속 해적에게 말했다.

"배터리를 교환하라. 무전기가 죽어가고 있어."

나는 무전기가 전원을 잃어 외부 세계와 연결 고리가 차단되는 것을 두려워했다. 매스크 앨라배마 호에서 가져온 내 무전기는 이제 죽어 있었다. 나중에 해군들이 그들의 모든 무전기는 "Talk" 버턴을 누르면 그와 같이 삑삑거린다고 말해 주었다.

해적들도 나와 같이 더위를 느끼고 있었다. 4시간 마다 한 명씩 선미 도어를 열고 몸을 식히기 위해 바닷물에 뛰어들었다. 또는 거기 뒤쪽에서 오줌을 쌌다. 그날 놈들이 나를 선미로 데려가서 똑같이 하게 했다. 내가 거기에 서있을 때 최소한 두 정의 총이 나를 겨누었다.

멀리 배인브리지 호를 볼 수 있었지만 도주할 기회는 제로였다. 심지어 오줌도 쌀 수 없을 지경이었다. 이는 올드셰퍼 스타디움 풋볼 경기의 첫 쿼터 동안 맥주 넉 잔을 마시고 소변을 보려 하는데, 400명이 뒤에서 그들의 차례를 기다리는 것과 같았다. 엄청난 스트레스였다.

보트 내의 분위기는 그런대로 가벼웠고, 해적들은 태연했다. 여전히 그들이 게임의 패를 쥐고 있는 것으로 생각하는 것 같았다.

그들은 인질을 잡아두고 있으므로 어마어마한 군함과 거래를 할 필요도 없거니와 보이지 않는 군함 대원들이 몰래 잠입하여 그들을 내려칠 것이라는 우려도, 등 뒤를 돌아볼 필요도 없는 것처럼 행동했다. 사실 해적들은 이런 방법을 의도적으로 도입 할 것이다. 표적으로 찍은 배에 승선하여 구명정을 투하하고, 선장과 몇몇 승무원을 납치하여 본선에서 이탈하는 것이다. 이는 해적들의 관점에서 효과적인 전략이다. 20명의 인질 대신에 한, 두 명을 납치하면 훨씬 관리하기가 수월하다. 소말리아 연안에서 해적의 구명정 전략이 나타나는 것은 이제 시간의 문제라고 나는 믿는다.

해군이 나타난 것은 기뻤지만 나의 상황을 크게 전환되지 않았다.

여타의 해적 인질 납치사건과 같은 패턴이 뒤따를 것이다. 해적이 배를 납치하고, 인질을 감금하고, 인질을 육상으로 데려가, 몸값을 흥정한다. 소말리아까지 해적을 추적했던 프랑스, 또는 영국, 또는 어느 나라 군함도 해상에서 인질을 내려 안가로 데려가지 않는 것만을 확인할 뿐. 더욱이 군함들은 거리를 두고 지켜 볼 수 밖에 없다. 구조작전도 하지 않았다. 해군이 개입할 것이라고는 나도 생각하지 않았다.

마음속으로 나는 대양 한 복판의 구명정 안에 여전히 나 혼자 있었고, 나의 구조를 자신에게 의존하고 있었다. CNN이 나에 관한 상황을 최신 정보로 방영할 것이며 대통령이 협상의 진척 상황을 추적할 것이라는 생각은 상상 밖이었다. 보트 속의 대화는 시시한 농담 찌꺼기였다. 해적들은 나를 위협하지는 않았다.

아직은 함께 항해하며 나눈 대화의 주제는 지저분한 얘기뿐이었다.

"그 미친놈의 기관장" 누군가가 말했다.

"1항사도 역시. 똥구멍을 쑤셔 놓을 놈. 그들이 무슨 상관이야?" 해적들이 배를 납치하는데 기관장이 깨어버렸다는 불만이었다. 다른 해적 한 놈은 승무원들이 그들을 속인 것에 광분하였으나 두목은 교활하게 화를 자제했다.

"왜 당신 승무원들이 나를 공격했어?"

취조하는 것 같이 두목이 물었다.

"그들이 나를 찔렀어!"

나는 웃음을 터뜨릴 뻔 했다.

'너는 AK-47 소총으로 우리 배를 납치했고 모두를 죽이겠다고 위협했으므로, 우리 승무원 누군가가 네 손을 베어 버릴 것 같은 행동을 왜하지 않겠어?' 되묻고 싶었다.

"당신은 그들에게 총을 쏘았어" 내가 대답했다.

"당신은 그들을 위협했어! 도대체 뭘 바라는 거야?"

시간이 흘렀다. 나는 구명정 안의 모든 것을 보여 주었다. 응급 처치 세트, 식수, 생존장비, 손전등, 식품 등등이었다. 그들은 어떤 것들이 있는지 열중한 나머지 비닐 백을 열어 내용물을 사용하고 싶은 것들과 나중에 필요할 지도 모르는 것들을 훼손하기 시작했다. 그들이 비닐 백을 찢을 때 두목이 다친 손을 다른 손바닥으로 잡고 고통으로 얼굴을 찡그리는 것을 보았다.

"헤이" "상처 부위를 소독했어?" 그가 고개를 가로저었다.

"소독해야 해. 상처가 감염되면, 썩게 돼." 해적이 응급처치 세트를 열고 병과 포장들을 뒤지기 시작했다. 해적들이 그 약을 마야인의 조각품처럼 보고 있었다. —분명히 소말리아에는 이런 응급처치 의료 세트가 없을 것이므로— 무쏘가 모든 것을 상자 속에 도로 집어넣어 나에게 주어 내가 필요한 것을 일러주었다. 눈 세척 안약, 식염수, 붕대, 그리고 반창고가 필요했다. 나는 붕대를 내 호주머니 속의 칼을 꺼내, 적당한 길이로 잘라 무릎위에 놓았다. 보트 안이 조용해졌다. 머리를 들자 해적들이 나를 주시하고 있었다.

"그거 어디서 났어?"

"이거?" 칼을 들어 올리며 내가 반문했다.

내가 칼을 지니고 있다는 사실을 그들은 모르고 있었다.

"오, 내 칼을 가지고 싶어?" 내가 웃자 무쏘와 키다리가 덩달아 웃었다. 칼을 무쏘에게 주었다. 두목은 내 시계를 요구하여 풀어 주었다.

그는 이미 내 손전등을 갖고 있었다. 아이들이 자전거에서 떨어졌을 때처럼 두목도 엄살을 떨며 끙끙거렸다. 더러운 헝겊을 풀고 손바닥을 가로지르는 몇 개의 베인 상처를 보았다. 그가 숨을 깊이 들이쉬었다.

"오, 별로 심하지 않은데" 두목은 손이 거의 잘려 나간 것처럼 굴었다. 이 해적이 얼마나 빨리 훌쩍거리는 아이로 바뀌는지 믿을 수 없을 정도였다. 나는 상처에 식염수, 안약을 조금 발라 때와 더러운 것들을 모두 깨끗이 닦았다. 그리고 베인 곳에 진통제를 바르고, 그 위에 방부제를 발라 깨끗한 붕대로 감아 반창고로 멋지게 붙였다. 그리고는 진통 소염제를 주며 여덟 시간마다 두 알씩 먹도록 말했다.

"당신은 매일 이렇게 해야 해"

내가 말하자 두목이 고개를 끄덕였다. 나는 조그만 선의를 베풀었다.

• • •

이제 나는 해적들의 성격에 대해 잘 이해하게 되었다. 키다리와 무쏘는 잘 웃었다. 그들은 소탈했고 말하기를 좋아 했으며, 항해에 관하여 적극적으로 질문했다. 아마 이 친구들은 선원이었을 것이다. 그들은 자신들의 처지를 분명히 알고 있었다.

두목은 좀처럼 웃지 않았다. 그는 영리했고, 언제나 나를 주시하며 내가 뭘 생각하는지를 간파하려 했다. 나의 동료 양키들이 두목의 계획을 망가뜨렸던 것은 그의 능력을 초월한 것이었다. 솔직히 그는 내가 여태까지 함께 항해했던 선장들 몇 명을 상기시켰다. 지금 보트 안은 그를 중심으로 돌아가고 있었다. 그러나 나는 인정하지 않을 것이다, 그는 훌륭한 리더였다. 그는 보트를 깐깐하게 운용했고 부하들은 치밀하게 그의 지침을 따랐다.

첫날의 한 가지 사건이 나의 추측을 확인시켜 주었다. 구명정 조종에 익숙해진 뒤, 그가 조종실에서 내려와 돈을 보여 달라고 했다. 다른 해적 한 명이 돈 가방을 건네주자 그가 현금을 꺼냈다. 100달러 지폐 두 묶음, 50달러 한 묶음, 그리고 20달러, 5달러 및 10달러 지폐 묶음들. 그는 해적들 각자 앞으로 돈을 쌓으며 나누기 시작했다. 그가 이렇게 말하는 것 같았다, "여기 이건 네 것, 이건 네 것, 이건 네 것, 그리고 이건 내 것" 그러나 100달러 지폐 대부분을 자기에게 놓았고, 다른 해적들의 돈뭉치에는 10달러와 5달러를 놓았다. 나는 속으로 웃었다. '개새끼. 도둑놈들 사이에는 명예고 의리고 뭐고 없구나.' 다른 해적들은 한 마디 군말도 없었다. 나는 결코 그 돈을 다시 보지 못했다. 나중에 그들이 나에게 자루에 기대게 했을 때 그 속에 돈 뭉치가 있음을 느꼈지만, 현금이 다시 드러나는 것을 본 적이 없었다.

애송이는 애송이었다. 그는 나머지 세 놈에 비해 덜 여물었다. 나는 그가 해적질을 그만두고 모가디슈 또는 어디서건 건전한 시민이 될 자질을 볼 수 있었다. 그렇지 않으면 흉악범 찰리 맨슨이 될 수도 있을 것이다. 그는 추수감사절 아침 닭장 속의 칠면조처럼 나를 보았다. 엄지손가락으로 도끼날을 만지고 있는 것 같은 그의 모습을 나는 자주 느꼈다. 그는 미치광이가 될 수 있는 잠재성도 가지고 있었다. 하지만 아직 거기까지는 가지 않았다. 언젠가 나머지 해적 세 명이 조종실에 들어가 있을 때 나는 애송이에게 충고했다. 그는 아직 어린애 같았다.

"너는 이 사람들로부터 벗어나야 해," 내가 말했다.
"그들은 너를 아주 나쁜 곳으로 데려가고 있어. 너는 다른 길을 선택할 수 있어." 그가 미소를 지으며 고개를 끄덕였지만 내 메시지가 먹혀 들었는지 확실치는 않았다.

한 낮에 열기가 엄청났으므로 해적들은 구명정의 도어를 개방하기로 했다. 키다리가 조종실로 올라갔다. 두목의 얼굴 위쪽의 플라스틱 유리에 매 순간 총구가 지나갔다. 탄창이 키다리의 총에 꽂혀 있었다. 제기랄. 이놈들은 바보야. 놈들은 오발로 누군가를 쏠지도 모르고 그러면 해군은 대포로 불을 뿜으며 박살을 낼 것인데.

"헤이, 헤이!" 두목에게 고함을 질렀다.
"당신 머리에 총알이 박히기 전에 저 친구에게 탄창을 빼게 해!"
두목이 소말리아 말로 키다리에게 뭔가 말했다.
키다리가 탄창을 뺐고 다시 창문에 달라붙어 두들겼다. 마침내 그가 유리창 두 장을 깼다. 그러나 그 깨진 창문을 통해서는 겨우 실오라기 같은 공기만 들어올 뿐이었다. 밤에는 그럴싸한 미풍을 느낄 수 있었지만 낮에는 그저 온 몸이 벌겋게 구워지고 있었다.

해군은 온갖 수소문 끝에 소말리아어 통역관을 찾아 배인브리지 호에 승선시켰다. 통역관은 무전기로 해적들과 얘기하기 시작했다.
두목이 무전기 키를 누르고 말했다.

"압둘라를 바꿔, 압둘라를 바꿔."

압둘라가 등장하면 소말리아 말로 얘기하기 때문에 무슨 말을
하는지 알 수 없지만, 놈들은 몸값을 요구하고 해군은 나의 상태를
확인하는 것 같았다. 자주 나는 외쳤다 "나는 매스크 앨라배마 호의
리차드 필립스 선장이다" 두목이 무전기 키를 누르면 내가 살아 있다는
것을 해군에게 알려줄 방법은 그것뿐이었다.

나는 카키복과 양말을 벗었다. 신발을 MOB에 벗어두고 왔다.
너무 더워 셔츠를 입을 수가 없었다. 끝없이 땀을 흘렸다. 도주할
기회가 없었기 때문에 나는 당황하기 시작했다. 스스로 미쳐가고 있다고
생각했다.

'겁쟁이가 되지 말자. 탈출할 기회가 생기면 잡아야 한다.'
나는 기도했다.

"하느님, 저에게 기회를 포착할 수 있는 지혜와 힘과 인내를 주십
시오. 저는 단 한 번의 기회가 있음을 알고 있습니다. 그것을 알 수
있게 하는 지혜를 저에게 주십시오."

나는 결코 탈출하려고 기도하지 않았으며, 힘과 인내와 행동할
때를 포착하는 지혜를 주시도록 기도했다. 나는 하느님은 스스로 돕는

자를 도우신다고 믿었다. 예전부터 하느님께 요구하는 것은 나의 스타일이 아니다. 그래서인지 탈출 기회를 도와주는 것이 전혀 없었다. 해적들의 주의 깊은 감시의 눈 아래에 있지 않을 때에도 조그만 기회도 없었다. 나는 언제 기회를 포착할 수 있을지 의구심을 갖기 시작했다.

• • •

안드레아는 잠을 잘 이룰 수 없었다. 그녀는 나와 가까이 있어야 한다는 소망으로, 침대 위 내가 잤던 쪽에 드러누웠을 것이며 그녀의 친구 앰버와 내 양털 재킷을 그들 사이에 두고 소매 하나씩을 깔고 누웠을 것이다.

"나는 아주 나쁘게라도 당신과 연결 되기를 원했어요"
그녀가 나중에 말했다.
"나는 혼잣말을 했어. '리치, 당신이 내 말을 들을 수 있으면, 나를 느낄 수 있으면, 나는 오케이이고 이걸로 통할 수 있어요.'"
이점이 그녀에게 무척 어려웠던 것이다. 내가 아프거나 부상을 당하면 그녀는 항상 완벽한 간호사로 바로 내 곁에 있었다. 하지만 이제는 그럴 수 없었다. 그녀는 나를 도와줄 수도 위로할 수도 심지어 어떻게 지내는지 조차 알수 없었다. 그것이 무엇보다도 어려운 것이었다. 그녀는 내가 겪은 것보다 훨씬 더 큰 역경을 겪었을 것이라고 나는 확신한다.

해질 무렵이 가장 힘들었다. 그때가 돌보아 주는 사람없이 그녀 혼자 있을 때였다. 그녀는 하느님께 기도했다.

"왜 제가 당신께 매달려야 합니까?" 그녀는 기억하고 있었다.

"당신은 저를 이교도 같은 사람으로 알고 계십니다. 저는 신앙심은 있지만, 주기적으로 성당에 가지 않았으며, 삶에 힘겨운 간호사는 자신이 겪고 있는 고통과 참혹함을 보았을 때, 비로소 당신의 믿음에 의지했습니다." 안드레아는 여전히 신자였고, 그녀의 생애 중 어느 때 보다 하느님을 필요로 했다. 그리고 그녀는 하느님이 그 점을 알아 주시도록 기도했다.

이틀 후, 집 근처 세인트 토마스 성당의 전 주임 사제이며 이제는 모리스빌에 사는 프리브 신부님이 안드레아의 손을 잡고 우리집 식당 테이블에 앉았다. 우리 부부는 그 분과 특별한 관계를 가지고 있었다.

프리브 신부는 우리가 미사에 참석하지 않게 되자 규칙적으로 성당에 나오도록 했다. 안드레아가 신부님을 보고 말했다.

"신부님, 신부님은 우리가 훌륭한 가톨릭 신자가 아니라는 것을 아십니다. 그러나 이렇게 찾아 주시니 저는 놀랐습니다. 정말로, 저는 단지 리치를 잃고 싶지 않습니다. 신부님은 많은 능력을 가지고… "

그가 미소를 지었다. 하지만 안드레아는 진지했다.

"내 남편을 도울 수 있는 누군가가 있다면, 하느님께서 그들에게 리치를 도와주는 힘을 주시도록 기도해 주십시오."

그는 그렇게 하겠다고 약속했다.

"나의 여생 동안 당신이 옆에 없다는 것을 상상도 할 수 없었어요"
나중에 그녀가 나에게 말했다.

안드레아가 언더힐에 가서 프리브 신부의 손을 잡고 있었던 시간에, 나는 어두운 구명정 속에서 신부님을 생각하고 있었다. 나는 언제나 그를 좋아했다. 도넛을 만들기 위하여 아침 일찍 일어나고, 교구 성당의 마당에 있는 새 모이통을 두고 서로 논쟁을 하는 추기경님들을 바라보는 것 등등에 관한 얘기를 늘어놓는 신부님이다. "그리고 그것이 토마스 성인을 연상시켜 주었어" 라고 하며, 성서적인 우화 속으로 유도하기도 했다. 그는 고집도 있었다. 바티칸 교황청에서 소녀 복사를 더 이상 허용하지 않는다고 공포했을 때 강단에 올라가 미사를 드릴 때 계속하여 소녀 복사를 둘 것이라고 신도들에게 선포했다. 그는 자신만의 방식을 고집하는 반골 기질이 있었다. 그 신부님과 강론을 생각하면 지루한 시간과 어려운 순간을 견디는데 도움을 되었다.

버몬트에서는 내 친구, 가족, 심지어 무신론자마저도 현 주임 사제인 다니엘슨 신부님과 함께 서클에서 기도했다. 그들은 나에게 어떤 힘을 주시도록 하느님께 기도했다. 나에게 힘을 주는 것, 그것이 안드레아가 갈망하는 것이었다. 그녀는 자신의 필요 때문이 아니라 다른 사람의 필요에 조화롭게 맞추었다. 그건 그녀 속에 이탈리아인의 모성이 자리하고 있기 때문이다.

하지만 안드레아는 의구심을 가졌다.

'나는 왜 내가 특별하다고 생각하는가? 다른 친구들은 이혼을 했거나, 사랑하는 사람이 죽는 것을 지켜봐야 하거나, 또는 집을 잃었다. 나는 언제나 행운이 따랐다.'

그것들이 아내가 프리브 신부님과 하느님께 물었던 질문이었다. 왜냐하면 그 질문에 관한 대안 즉, 불운은 생각만 해도 너무나 무서웠기 때문이다.

'리치가 죽으면 어떻게 할까?' 그녀는 스스로 대답했다.

아이들은 아버지를 잃고 미래를 어떻게 헤쳐 나갈 것인가?

그러나 그녀의 가슴 속 깊은 곳에선 내가 난관을 극복할 것이라고 믿고 있었다. 그녀는 그런 질문에 대답을 찾을 수 없었다. 그녀가 생각할 수 있는 것은, 우리는 함께 늙어 갈 것이다. 여생을 홀로 산다는 것은 생각조차 하지 않으려 했다.

• • •

안드레아는 뉴스에 필사적이었다. 그녀는 어느날 e메일을 체크했는데 거기에 1항사 셰인 머피로부터 온 메시지가 있었다.

안드레아-

저는 매스크 앨라배마 호의 1등 항해사 셰인 머피입니다.

내가 수집한 당신 남편에 관한 마지막 정보는 그가 여전히 양호한 정신상태에 있으나 감금되어 있다는 사실입니다. 그는 놈들을 때려눕힐 것입니다. 그가 얼마나 강한 사람인지 나는 압니다. 그의 의지는 내가 여태까지 함께 항해해 왔던 어떤 선장보다도 더 강합니다. 그렇습니다. 그리고 이 배를 타고 있는 19명의 승무원은 우리가 살아 있음이 그의 덕분이란 것을 알고 있고, 우리 모두가 자유롭게 숨을 쉬고 있는 것에도 그에게 깊은 감사를 드립니다. 훈련과 준비에 대한 그의 세심한 배려는 우리가 대응할 수 있는 시간을 확보하게 된 근본 원천이었습니다. 나는 무전기를 통해 그와 접촉하고 비밀리에 정보를 교환하여 상황을 유리하게 돌릴 수 있었습니다. 제가 말씀드릴 수 있는 것은 적극적인 자세를 견지하고 이 난관을 극복할 것이라는 신념을 가지시라는 것입니다.

그를 납치한 해적 네 사람은 연약한 겁쟁이들입니다.

언제까지 놈들이 감금할지 알 수는 없지만, 필립스선장님은 놈들의 학대를 견뎌낼 것이라고 확신합니다.

이 어려운 상황에서 건재하게 계시기를 희망합니다…

현장에 몇몇 무장 해적선이 있었으며, 해군은 우리 승무원들이 그 지역을 벗어나는 것이 최선이라고 판단했습니다.

우리가 당신 남편과 헤어질 때 -그가 저에게 말씀하셨으므로- 그것이 그분이 원했던 바였습니다. 그는 제가 도우러 가는 것을 허용하지 않았고, 자신만이 해적과 같이 있어야 하는 유일한 사람이라고 완강하게 주장했습니다. 우리는 그의 헌신에 언제나 감사하고 있습니다. 행운과 건승을 빌며.

- 셰인

셰인이 피랍될 것 같던 상황에서 탈출을 도와주었던 나의 헌신에 감사하는 세심한 인사를 보고 안드레아는 정말 고마워했다. 셰인은 나중에 배에서 그녀에게 전화까지 했다. 그는 우리 배가 현장을 떠나 케냐로 가도록 해군이 강요했다고 그녀에게 말했다.

"우리들 중 아무도 리차드를 내버려 두고 떠나기를 원하지 않았음을 당신이 알기 바랍니다." 그가 말했다.

안드레아는 셰인의 목소리에서 자기들만 떠나온 것에 얼마나 큰 고통을 느끼고 있는지 느낄 수 있었다.

"당신들이 무사하다니 저는 기쁩니다."

안드레아가 셰인에게 말했다.

"당신이 해야 할 필요성에 따라 그대로 하십시오. 가야만 한다면 그냥 가십시오."

그것이 내가 바라는 바였고, 안드레아는 그걸 알고 있었다.

한편 리포터들과 저널리스트들은 집 앞 도로에 서서 언발을 녹이려고 방방 뛰고 있었다. 마침내 안드레아는 남에 대한 배려심이 깊은 천성이 발동되어 밖으로 나가 말했다.

"여성분들은 화장실을 사용할 필요가 있을 때 들어오세요. 남자들은 숲속으로 가야 할 겁니다."

그러나 그녀가 밖으로 나간 순간, 사람들이 몰려들며 외쳤다.

"나에게는 데드라인이 있어요. 신문에 뭔가를 써야 해요."

안드레아가 그들에게 말했다.

"저는 누군가가 시설을 사용할 필요가 있는지 알아보려고 여기로 나왔을 뿐입니다. 제가 뭔가 좋은 소식을 들을 때 여기로 나와 모두에게 말할 수 있다면 저 역시 기쁠 겁니다."

그 일은 장모님의 마무리로 넘어갔다. 언론이 안드레아가 아무 말도 하지 않을 것임을 알고, 말을 할 것 같은 누군가를 찾았다. 버몬트의 리치몬드에 사시는 천성이 선한 장모님은 추운 바깥에 있는 TV 저널리스트들을 초대하여, 신문에 나올 것으로는 결코 상상도 할 수 없는 우리들의 얘기를 커피 한잔을 나누며 모두 털어 놓았다. 안드레아는 다음과 같이 말한 모든 기사와 리포트를 보았다.

"첫 데이트 후, 안드레아가 어머니에게 전화로 말했어요. 엄마, 내가 결혼하려는 사람을 만났어요."

그녀는 그 말을 믿을 수 없었다. 우리가 처음 만났던 날 밤, 안드레아는 누구에게도 전화를 하지 않았다. 그녀는 그 얘기들이 어디서 나왔는지 알았다. 그녀가 장모님께 전화하여 따졌다.

"엄마!" 그러자 장모님이 말했다.

"그래, 그 사람들이 추위에 떨고 있었어. 그래서 그저 안으로 들어오라고 했지. 그러자 그 사람들이 질문하기 시작했어!"

매트 로어(NBC 뉴스 앵커)가 세 번째의 인터뷰 시도 끝에 겨우 우리집과 전화 연결이 되었다. 안드레아가 전화기를 들었다.

"매트, 이건 완전히 오프 드 레코드입니다."

안드레아가 그에게 말했다.

"나는 언제나 당신의 토크쇼를 좋아 했어요. 그래서 내가 얘기하는 겁니다." 그리고 이 모든 진행에 관하여 내가 어떻게 생각할 것인지 안드레아에게 물었다. 안드레아는 내가 웃으면서 이렇게 할 것이라고 말했다.

"안드레아는 더 어려울 거야. 나는 단지 해적 네 놈을 상대하고 있는데. 그녀는 모든 미디어를 상대해야 하니." (사실이다)

그러자 매트가 웃으며 말했다.

"우리가 그렇게 나빠요?"

그녀가 대답했다. "그래요, 당신들은!"

안드레아는 완전히 정신이 나간 멍한 상태로 이 방에서 저 방으로 걸어 다녔다. 그녀는 당시 어느 순간 정신이 몸에서 벗어나는 것을 느꼈다고 말했다. 결코 우리는 '피플' 잡지의 표지 인물이 될 수 없다고 생각한다. 이것은 일어날 수 없다. 이건 단지 다른 사람들에게만 일어난다. 라고. 단지 비극 때문이 아니라 미디어의 포화상태로 인해, 안드레아는 TV의 사진 하나를 보고 말했다.

"세상에, 저 사람이 리차드야?"

일어나고 있던 것은 극히 개인적인 것이지만 이제 모두가 TV 드라마를 위해 만들어진 것처럼 벌거벗겨 방영되고 있었다. 그녀는 이상한 것을 눈치 채기 시작했다. 위기의 시간 속에 사람들은 엄청난 양의 식품들, 라자냐(이탈리아 면류 요리의 일종), 초콜릿 바, 쿠키 통, 브라우니(땅콩이 든 초콜릿)을 보내왔다. 20년 간 소식도 없던 친구들이 전화를 걸어 왔다. 그녀가 대화했던 사람들은 지난주의 일이 결코 일어나서는 안 되는 일이었다고 떠들었다. 그녀 주위의 어떤 사람들은 상황이 비극적인데도, 자신이 그 중심에서 소외된 것 같이 분개했다. 그리고 안드레아는 인간이 엄청난 스트레스 아래에 놓이면 가까운 사람을 걷어차며 분풀이를 하는 경향이 있다는 것을 깨달았다.

"내가 당황했을 때 가족 누군가를 매몰차게 대했을 것이다"

그녀가 말했다.

"그런 상황에서 인간은 다른 모든 사람들에게 극기를 해야 한다. 따라서 그 대신에 가족들에게 분노의 화살을 돌린다."

단지 집밖으로 나가는 것도 그녀는 힘들었다. 그러나 목요일 오후 그녀는 집을 몰래 빠져나와 밭을 가로질러 혼자 사는 나이 든 이웃 할머니를 찾아 갔다. 안드레아는 그 할머니가 나와 아이들에 관해서 걱정하고 있을 것임을 알고, 우리 모두가 무사함을 알려주고 싶었다. 그 짧은 산보가 머리를 맑게 하고 홀로 있게 된, 기회 중의 한 번이었다. 화장실에 있던 때를 제외하고.

언론의 광란은 점점 심해졌다. 안드레아는 이 방에서 저 방으로 거닐 때 우리 집 모든 창문을 통해 리포터들을 볼 수 있었다. 그들은 집 앞 2차선 도로에 ─동네의 유일한 길─ 진을 치고 이웃 사람들의 길을 차단해 버렸다. 따라서 주지사 짐 더글러스가 전화를 걸어,

"필립스 부인, 당신을 위해 우리가 무엇을 도와 드릴 수 있을까요?"라고 물었을 때 그녀가 대답했다.

"주 경찰을 보내어 우리 마당에 있는 사람들을 해산시켜 주세요!"

시청 관계관이 시청 주차장을 비워주도록 제안했고, 마침내 리포터들이 짐을 꾸려 거기로 이동했다. 그런 조치는 안드레아의 엄청난 중압감을 해소시켜 주었다. 늦은 주말에, 이웃 사람이 어떤 여성 TV 리포터와 얘기하고 있다고 안드레아에게 알려 주었다. 이 저널리스트가 말했다.

"아시죠. 안드레아가 뒷문 현관 밖에 앉아 있는 것을 보고 그곳으로 달려가 특종을 캐고 싶었지만, 나는 그저 조용히 바라보고만 있었어요. 안드레아는 평화의 순간을 사색하고 있었고 나는 그 평화를 앗아가고 싶지 않았어요." 안드레아는 단 몇 분간만이라도 혼자 있게

내버려 둔 그 저널리스트에게 매우 감사했다. 몇몇 리포터들은 정말로 진정한 인간미를 보여 주었다.

그녀는 밤중에 회사와 FBI 여성 두 명을 통하여 최신 정보를 받고 있었다. 현장에 있던 해군은 인질 상태에 있는 내 영상을 보여 주었는데, 그것은 그들이 "살아 있다는 증거"로 간주한다는 사실을 안드레아는 나중에야 알았다.

"그가 뭘 하고 있어? 선탠이라도 하는가?"

안드레아가 친구들에게 농담도 했다. 친구들은 안드레아의 자유로운 유머 감각을 이해했다. 그녀는 정말로 생각하고 있었다. '리치는 도대체 저 구명정을 타고 무엇을 생각하고 있을까?' 그러나 그녀는 마음 속 깊이 내가 매우 현명하다는 것을 확신하고 있었다. 또한 해군이 나와 통신을 하면서 내 목소리를 들었다는 보도도 있었다. 따라서 그녀는 어떤 직통 정보를 받고 그 점에 대하여 감사했다. 그리고 목요일 밤, 그들은 암호화된 메시지 하나를 그녀에게 제공했다.

"아주 멋진 금요일을 맞이하거나, 즐거운 부활절을 맞으려 한다."
"나는 당신을 꿈꾸면서 잠자리에 들었어."
그녀가 나중에 나에게 말했다.

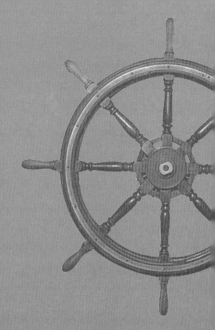

3일 후, 02:00부터
5일 후, 19:45까지

3 D-day
일 후 02:00

미국 선장이 인질로 잡혀있는 현장에 많은 군함들이 가고 있다. 소말리아 해적과 인질인 미국의 선장은 금요일 아프리카의 뿔 근해에서 미 구축함의 그늘 아래 표류하고 있었고, 미국의 힘을 과시하기 위하여 더 많은 군함들이 현장으로 향하고 있다.

- 폭스 뉴스, 4월 10일

금요일

이른 새벽이 지나면서 나는 의자에 앉은 채 잠시 잠을 잘 수 있었다. 다른 때라면 조는 척하며 해적들이 뭘 하는지 보았을 것이다. 놈들이 감시태세를 늦출 것인가? 그런 행운은 없었다. 조종실에 있는 두목은 손전등을 빼내어, 내가 어느 해치로 움직일까 확인하려고 나를 비추었다.

마침내 무쏘가 선미 끝에서 선수로 향하는 통로를 따라 움직이는 것을 보았다. 그는 AK소총을 풀어 바닥에 내려놓았다. 잠시 후 그의 코고는 소리를 들었다. 보트는 점점 매우 조용해졌다. 뒤이어 두 사람, 무쏘와 애송이의 코고는 소리도 들을 수 있었다. 두목은 조종실에서 졸고 있었다. 보기 흉한 영화에서처럼 머리가 축 늘어져 있었다.

나는 그들이 속이려고 자는 척 하는지 확인하려고 통로로 몸을 내밀었다. 그렇지 않았다. 남은 놈은 키다리 뿐이었다. 잠시 후 키다리가 일어나 해치를 열고 걸어 나갔다. 그가 오줌을 싸려고 선미 해치로 가는 것을 보았다. 그리고 AK 소총을 도어 바로 오른 쪽에 내려놓았다. 그렇게 해서 그가 두 손을 자유롭게 사용할 수 있게 되었다. '아마 바로 이 순간 일거야' 나는 생각했다. 나는 완전히 깨어 있었고, 앞으로 몸을 내밀어 두 발로 균형을 잡았다. 심장이 뛰기 시작했다.

달빛에 물든 해면을 등지고 열린 도어 사이에 서있는 키다리를 주시했다. 보트는 너울에 실려 조금 흔들렸다. 그가 도어 프레임을 잡으려고 팔을 내밀었다. 두 손이 모두 그의 앞쪽에 있었다. 그가 아무 것도 개의치 않을 만큼 보트 안은 매우 조용했다.

'지금' 이라고 나는 생각했다. '주저하지 말고 이 기회를 잡아라. 그대로 해!' 나는 발의 감각을 느끼려 했다. 그들이 자고 있나? 나는 체중을 받쳐 줄 수 있는지 확인하려고, 한 발을 조심스럽게 아래로 내렸다. 몇 시간이 흐르는 것 같았지만, 단지 몇 초간이었다. 나는 자리에서 일어나 키다리 놈에게 다가갔다. 두 걸음으로 해치 밖으로 나와, 팔을 내밀어 키다리를 밀쳤다. 그가 반쯤 돌아서며 넘어지려 하자 다시 더 세게 밀었다. 놈이 비명을 질렀다-제기랄. 너무 크게 비명을 질렀다- 뛰어들 준비를 하면서 고개를 숙이자 총이 보였다.

바로 그 순간, 그저 총을 집어 들고 쏘았어야 했지만, 나는 AK소총을 쏘는 방법을 몰랐다. 그리고 앞으로 나가 바다로 뛰어들었다. 바다에 뛰어든 후, 첫 생각은 '자유 또는 수영 운운'이 아니고, 단지 '좋으신 주님. 이 물은 정말 맛있을 만큼 시원합니다'였다. 해적들은 결코 나를 바다에 들어가게 하여 몸을 식혀주지 않았고, 내 몸은 그 열기로 너무 지쳐 있었으므로 시원한 바닷물에 닿는 순간 새로운 감각이 놀라울 뿐이었다. 나는 대양에 드러누워 도주한다는 것 따위는 몽땅 잊었으면 좋겠다고 바랄 지경이었다. 피부에 닿는 물의 감촉은 정말 좋았다. 내 두 번째 생각은 안경이었다. 나는 안경을 잃었다. 대부분 독서용 안경이었으나 그게 없으니 벌거벗겨진 것 같았다. 숨을 들이쉬고 잠수하여 가능한 한 멀리 헤엄쳤다. 나는 숨을 최대한으로 참으면서 수면 아래로 내려갔다. 내 위의 바닷물은 옅은 그린 색조를 띠고 놀랄 만큼 깨끗하여 바로 위에 라이트가 있는 수영장 같았다. 달빛이 실제로 그렇게 비쳤다. 심장이 터지는 것 같았으므로 부상해야만 했다. 해면을 뚫고 튀어 올라와 허파 가득히 공기를 빨아들였다. 바로 그때 해적을 보았다. 30m에서. 놈들은 보트를 시동하여 선회하면서 도어를 활짝 열고 AK-47 소총으로 해면을 겨누고 있었다. 키다리가 소말리아 말로 외치고 있었고 구명정 내에서 일어나는 일을 나는 듣고 볼 수 있었다. '오케이, 이제 뭘 해야 하지?' 구름이 하늘을 덮고 있었지만 달빛이 비쳐 소말리아 해적들은 깜깜한 물속에 있는 흰 물체인 내 머리를 볼 수 있었을 것이다.

보트가 선회하여 이제 선수가 나를 향해 직진하고 있었다. 뭔가 조치를 취하지 않으면, 프로펠러에 씹혀 너덜너덜 찢어 질 것이다. 나는 약 1km 거리에 있는 군함을 보았다. 숨을 급히 몰아쉬고 호주식 크롤로 있는 힘을 다해 수영하기 시작했다.

'놈들, 오줌을 찔끔거릴 테지' 놈들은 지금까지보다 더욱 화를 내면서 목청껏 욕설과 비명을 지르고 있었다. 내가 구명정 속에 없으면, 해군은 그 보트를 대포로 갈길 수 있을 것이며 해적의 몸에는 '보니와 클라이드'('우리에게 내일은 없다'라는 영화의 원 제목이며 주인공 이름)보다 더 많은 총알구멍이 날 것이다.

나는 소말리아 연안에 상어가 있는 것을 알고 있었다. 커다란 백상어, 타이거 상어, 그리고 심지어 상어들 중에서 가장 흉측한 메가마우스 상어까지. 노예 밀수입자들이 이 해역에서 쓸모없는 화물, 즉 병든 노예나 사체를 배 밖으로 던져 버렸는데, 끔찍한 이빨 자국이 있는 사체 조각이 해변으로 밀려 왔다고 들은 적이 있었다. 그러나 바다에서 상어에 잡아먹히는 생각 따위는 접어두었다. 그날 밤 나를 죽이려는 것이 있다면 그것은 해적이었다. 하지만 결국 나는 잡혀 꽁꽁 묶일 처지였다. 고함을 질러 해군이 나를 발견하여 배인브리지 호가 나와 해적들 사이에 들어오거나 바로 그 놈들을 잡아주었으면 했다. 해군들은 고도의 경계태세를 유지하고 있었다. 수병들이 고성능 망원경 또는 소총 망원경으로 주시하여, 물속에 있는 것이 해적이 아니라 나란 것을 알아주기를 간절히 바랬다. 그러나 내가 너무 시끄럽게 고함을 질렀으면 해적들이 나를 쏘아 가라앉혔을 것이다.

수영을 하며 나는 숨을 몰아쉬고 있었다. 나의 심장 상태는 최고가 아니었다. 심장이 펌프질하는 소리를 들었고 마음속으로 빌었다. '예수님. 저를 군함에 데려다 주십시오.' 달빛은 새하얀 테이블 크로스처럼 대양을 덮고 있고 해적을 대낮처럼 밝게 볼 수 있었다. 그들은 나를 향해 직진하고 키다리는 현측에 매달려 있었다. 놈들은 키다리를 끌어올리려고도 하지 않았다. 그들이 나를 보았는지 또는 내가 해군 군함을 향해 수영을 하고 있는 것으로 짐작하는지 알 수 없었다. 그러나 그들은 15m 거리에서 빠르게 다가오고 있었다.

나는 구명정이 접근하는 소리를 들으면서, 숨을 들이쉬고 다시 잠수했다. 1.5m 아래로 내려가 떠오르는 것을 막으려고 팔을 벌려 물을 위로 밀었다. 유령처럼 새하얀 구명정 프로펠러의 와류를 바로 위에서 보았다. 해적들은 바로 내 머리 위로 지나갔고 선회하며 완전한 원을 그랬다. 구명정이 정지하면서 해적들은 기관을 멈추었다. 그들이 분명히 나를 확인했다. 나는 천천히 표류하기 시작했다. 구명정 선미 근처에 떠올랐다가 구명정에 다가가 현측을 만진 후 다시 아래로 잠수했다. 하지만 갈 곳이 없었다. 헤엄쳐 멀어지면, 내 몸이 떠올라 놈들이 단 1초 만에 나를 발견할 수 있을 것이다. 다시 구명정 밑으로 헤엄쳐 돌아가 이번에는 선수 쪽에서 떠올랐다. 보트 끝단을 잡고 매달려 해적들이 나를 찾지 못하기만을 빌었다. 30초 간 매달려 있으면서 해적들이 구명정 내에서 뛰어다니며 비명을 지르는 소리를 들었다. 나는 보트 자체의 그늘에 있었다. 나를 보려면, 놈들은 몸을 내밀어 현측 아래에 있는 나를 확인해야 했다.

구명정이 너울 속에서 흔들리고 있었으므로 보트를 놓치지 않고 떠 있으려면 세게 잡고 있어야 했다. 해적들은 기관을 시동하고 구명정을 천천히 선회시키기 시작했다. 구명정 용골 아래에 나와 있는 기관 냉각 파이프를 잡고 구명정이 움직이는 대로 따라 움직였다. 해적들이 구명정을 정지시켰고 나는 선수 반대쪽으로 부상했다. 발소리를 듣고 바로 물속으로 잠수하여 선체 밑을 헤엄쳐 다시 반대쪽으로 떠올랐다.

전장 500피트의 매스크 앨라배마 호 선상에서 하던 숨바꼭질을 이제 25피트 보트 아래에서 똑같이 하고 있었다. 기회가 사라지는 것을 느낄 수 있었다. 해군 군함에 도착하는 희망을 잃어버렸다. 해군이 나를 향해 전속으로 다가오는지, 또는 여전히 바람 따라 물결 따라 표류하고 있는지 알 수 없었지만, 내가 군함에 도착하지 못할 것을 알았다. 나는 구명정 선수 좌현으로 갔다. 해적들이 보트 외부에서 뛰어다니며 물속을 살피면서 떠들고 있었다.

　　나를 향해 다가오는 발소리를 듣고, 기관 냉각 파이프를 두 손으로 번갈아 잡으면서 구명정 반대 현측으로 잠수했다. 파이프를 반대 현측 중앙에서 떠올랐을 때 키다리의 얼굴과 정면으로 마주쳤다. 놈이 비명을 질렀다. 심장이 멈추었다. 그 놈에게 돌진하여 목을 조르며 놈의 머리를 물속으로 쳐박으려고 안간힘을 썼다. 그는 구명정의 안전 로프를 잡고 있었으며 로프가 풀리지 않도록 올가미에 묶여 있었다. 물속으로 그의 머리를 쳐박자 그의 비명이 공기 방울로 바뀌었다. 놈이 숨을 헐떡이며 떠오르자 눈과 이빨이 어둠 속에서 하얗게 비쳤다. 놈이 소말리아 말로 계속 비명을 질렀고 입으로 침과 바닷물을 내뿜었다. 놈을 익사시키려 했지만 안전 로프를 너무나 세게 매고 있었으므로 물속으로 끌어내릴 수 없었다. 놈은 생각보다 강했다. 우현 쪽으로 발자국 소리가 몰려 왔다. 다른 해적들이 나를 향해 오고 있었고, 놈들의 발은 파이버 글라스 선체를 북치듯 울리고 있었다.

　　나는 키다리의 목을 풀어주고 다시 잠수했다. 놈들은 이제 내가 보트 아래에 있다는 것을 알았다. 놈들이 갑판을 뚫고 쏠 것인가? 놈들이 그런 총을 가진 카우보이였으면 나는 그들의 횡포를 피할 수 없었을 것이다.

이제 나는 독안에 든 쥐와 같았다. 갈 곳이 없었다. 내가 반대 현측으로 부상하자 나에게 다가오는 그림자가 보였고 목소리도 들렸다.

다시 숨을 한껏 들이쉬고 물속으로 들어갔다. 반대 현측으로 부상했을 때, 해적 한 놈이 내 머리 바로 앞 1피트에서 AK-47 소총을 겨누고 있었다. 소총이 거칠게 두 발 스쳤다. 빵. 빵. 총알이 내 머리 물 위로 스쳐 지나갔다. "잡혀 버렸어!" 절망감이 나를 사로 잡았다.

해적들은 계속 총을 겨누며 소리쳤다. "죽여 버릴 거야! 죽여 버릴 거야!" 놈들이 키다리를 해치를 통해 구명정으로 끌어 올리고 나서 나에게로 다가왔다. 나를 구명정 속으로 끌어 올리면서 때렸다. 놈들은 분노로 정신이 나간 상태에서 내가 구명정 바닥에 쓰러질 때까지 기다릴 수 없다는 듯 주먹과 권총 개머리로 구타하기 시작했다. 내가 팔로 머리를 감싸자 놈들이 계속 때렸다. 거의 1분간 발로 차고 주먹으로 때린 뒤 놈들이 현측으로 끌고 가서 구명정 덮개 위의 수평 막대기에 나를 묶었다. 무쏘가 로프에 매듭을 만들어 내 팔을 옆구리에 붙여 단단히 묶었다. 나는 무릎을 꿇었고 무쏘가 내 손을 잡고 막대기에 묶었으며 어깨가 빠질 때까지 내 팔을 당겨 올렸다. 놈은 내 발을 앞에 있는 의자 다리에 묶었다. 그 후 놈들은 본격적으로 나를 학대하기 시작했다.

해적 놈들이 나를 찢으려 했다. 만일 내가 좀더 억센 놈들에게 당했다면 아마 아직까지도 성형외과 진료를 받아야 했을 것이다. 놈들은 미쳐 날뛰고 갑판에서 방방 뛰면서, 욕지거리를 퍼붓고 얼굴에 침을 뱉었다. 그러나 그들은 여윈 놈이라 주먹에 별로 위력이 없었다. 솔직히 내 여동생 패티가 힘이 더 셀 것이다. 얼굴과 갈비에 타박상을 느낄 수 있었지만 내가 버틸 수 있음을 알았다. 정말로 두려운 것은 총이었다. 애송이 녀석이 총으로 내 무릎을 때리는데, 그 때마다 총구가 내 몸통을 지나갔다. '놈은 나를 때리고 있다' 나는 생각했다. '하지만 실수하면 나를 죽이게 될 것이다.' "이제 너를 죽일 거야! 죽여 버릴 거야!" 놈들은 화난 벌떼 같았다.

놈들은 나를 내버려 두지 않았다. 한 명이 쉬려고 내려가면 다른 해적이 올라와 때리고 찼다. 4명이 모두 한꺼번에 나를 때릴 수 있는 공간이 없었으므로 교대로 구타했다. 마침내 놈들이 나를 때리다 지쳤다. 놈들은 숨을 몰아쉬었고 나 역시 지쳤다. 그리고 나는 그 오븐 같은 구명정 덮개 위에 눕혀져 있었다. 그것은 때리는 것 이상으로 나를 괴롭혔다. "손에 감각이 없어지고 있어!" 내가 소리쳤다. "매듭을 늦추어야 해!" 로프가 손을 자르는 것 같았다. 그 고통은 수천 개의 핀과 바늘로 찌르며 고문하는 것 같았다. 무쏘가 와서 매듭을 풀고 느슨하게 다시 묶었다. 놈들이 때리기를 멈추었다. 두목이 소말리아 말로 부하들에게 소리쳤다. 그의 몸짓으로 보아 무슨 말을 하는지 알 수 있었다. "저 친구에게 항상 두 사람이 붙어 있어야 해. 그리고 한 명은 도어 옆에, 언제나." 총은 항상 몇 피트 거리에서 내 몸통을 겨누고 있었다. 그것은 그들 나름대로의 즐거움이 끝난 것이었다. 나는 시시

껄렁하게 기분을 잡쳐 버렸으나 괜찮았다. 가면은 찢겨졌다. 내가 탈출하려 한 것에 놈들은 충격을 받았다. 내가 룰에 따라 게임을 하지 않고, 내 자신을 구조하려한 배반을 그들은 분명히 파악했다.

나에 대한 태도는 이제 완전히 바뀌었다. 전에는 그들의 인질이었지만 그래도 하나의 인간적 존재였다. 무쏘 키다리와 농담을 했고 심지어 애송이 녀석과 재미있게 지내기도 했다. 이제 그것은 깨어졌다. 놈들은 나를 하나의 동물 또는 물건처럼 보았다.

숨을 진정시키려고 앉으면서 나는 생각했다. '내가 여기에서 살아나가거나 아니면 놈들이 살아나갈 것이다. 양쪽 모두 살아나갈 수는 없다.'

• • •

금요일 일출 후 몇 시간이 흘렀다. 탈출을 시도한 것이 30분간 정도로 느꼈지만, 사실은 기껏 단 5분이었다. '나는 여기에 홀로 방치되어 있다'고 생각했다. 해군이 나를 구조하기 위해 여기에 있다면, 저격수를 함미로 내려 기회를 노리다 이 개새끼들을 산산조각 내어 물속에 흩어버렸을 것이다. '왜 해군이 아무 것도 하지 않는가?' 나는 생각했다. 그들은 분명히 나를 보았을 것이다. 그들은 모든 상황을 주시했다. 하지만 그들의 배는 조금도 움직이지 않았다. '그들은 실제로 단지 지켜보려고 여기에 있다'고 생각했다. '일종의 사격 금지 명령을 받고서.' 소말리아 해적 퇴치를 위한 노력이 국제정치 무대에서 어떤 작용을 하는지 생각해 보려 했으나 나의 뇌리는 피로로 인하여 안개가 짙게 깔려 있었다. 배인브리지 호 승무원들이 감시 장비로 사건을 그대로 보았지만, 해적들이 수영을 하며 쉬는 것으로 생각했다는 것을 나중에 알았다. 우연히 그들이 흰 턱수염을 보고 나라는 것을 알았지만, 어떤 조치를 취하기에는 너무 늦었던 것이다.

모두가 지쳐 있었다. 나는 돼지 바비큐처럼 묶여 있었고, 해적들은 드러누워 나에게 총을 겨누고 있었다. 두목은 해적들에게 위협적이었다. 내가 무슨 짓을 하는지 감시하기 위하여 해적들은 머리를 곧추세우고 손전등을 비추었기 때문에 조금도 움직일 수 없었다. 그때까지 애송이는 단지 뒤치닥거리 역에 불과했다. 스스로 일을 찾아서 하는 것이 아무 것도 없었다. 그는 명령을 받고 있었다. 이제 그가 다가와서 통로를 사이에 두고 내 반대편 자리에 앉았다. 나는 좌현 3번 좌석에 앉았고, 그는 우현 3번 좌석이었다. 나는 그가 앉는 것을 지켜보다가 시선을 돌려버렸다. 찰칵. 내가 돌아보았다. 그가 AK 소총을 무릎 위에 올려두고 나를 보고 있었다. 찰칵. 놈이 총으로 나를 겨누고 있었다. 총에 탄창이 없는 것을 알았다. 배를 겨누면서 총의 격발 소리를 듣는 것은 여전히 몸서리치게 거슬리는 일이다. 처음 몇 번은 깜짝 놀라 경련을 일으켰다. 애송이는 실험실의 쥐처럼 나를 보고 있었다.
차고 비정한 눈으로 그저 뚫어지게 보았다. 그 눈은 죽은 사람의 눈 같았다. 이전에 결코 그런 눈을 본 적이 없었다. 그는 자신이 무엇을 하는지 전혀 모르는, 그리고 삶과 죽음이 무슨 의미를 가지는지 생각조차 없는 철부지 어린애 같았다. 애송이는 탈출 시도 이전에는 그렇지 않았지만, 지금은 쓰레기 한 조각처럼 나를 취급해도 된다는 허락을 받은 것 같았다. 뭔가가 그를 바꾸어 놓았다. 뭔가가 역시 나도 바꾸어 놓았다.

나는 존 웨인의 대단한 팬이며 그의 영화 '추적자'의 한 대사를 기억했다. 어느 카우보이가 무법자를 쏜 것을 사과했다. 그러자 존 웨인이 다음과 같이 말했다.

"괜찮아. 누군가는 어떤 사람을 죽여야 할 필요가 있어."

나는 결코 죽어야 할 필요가 있는 누군가를 본 적이 없다. 그러나 애송이 놈이 그런 짓을 할 것 같았다. 놈은 인질에게 비굴함을 드러내게 하면서 인질과 암살 장난을 치는 것 같았다. 놈은 이것을 즐기고 있었다. 그는 거의 20분 이상 그 짓을 계속했다. 나는 그를 무시하려 하면서 주시했다. 놈의 눈에는 감정이 없었다. 놈은 나의 공포심이 악화되는 것을 보고 싶어 하며, 반응을 살피려고 나를 자극하고 있었다.

• • •

해가 떠오르자 불고기 판이 다시 뜨거워졌다. 해적들이 무전기로 통역관과 얘기 했고 나는 군함 단정이 다시 접근하는 소리를 들었다. '됐어' 나는 생각했다. '팝 타트 좀 더' 사실이었다. 팝 타트 그리고 새 무전기 배터리 및 식수. 믿을 수 없었다. 해치를 통해 살펴보자 매스크 앨라배마 호가 어제와는 달리 보이지 않았다. 해군 군함 후방 1,2마일에 있었는데, 이제는 가버렸다. 우리가 선회할 때 수평선을 둘러보며 그 배가 떠났음을 알았다. 승무원들이 안전한 곳으로 가고 있음을 알고 나는 마음이 느긋해졌다.

셰인이 나를 내버려 두고 떠나지 않으려고 싸웠다는 얘기를 나중에야 들었다. 나를 승선시키지 않고 현장을 이탈하는 것보다 차라리 어떤 일이라도 하겠다고 말다툼을 했다. 하지만 현장에 다른 해적들이 여전히 있었고, 해군은 자신들의 책임 아래에 또 다른 인질 사건이 발생하는 것을 원하지 않았으므로 완강했다. 무장 군인 18명이 매스크 앨라배마 호에 승선하여 배의 선수를 우리 최초 목적지인 몸바사로 돌렸다.

두목은 조종실에 머물면서 늙은 폐결핵 환자처럼 기침을 하고 침을 뱉었다. 해적들은 계속해서 담배를 피웠다. 놈들은 지옥처럼 뒤죽박죽 이었다. 좋았던 시간은 영원히 끝났다. "그런 짓거리가 너희를 죽일 거야" 내가 말했다. 아무런 대답이 없었다. 애송이만 나를 주시했다. "건강에 나빠." 무반응. 그러자 놈들이 모두 사용해 왔던 라이터가 고장났다. 라이터의 기름이 닳아 없어졌거나 너무 많이 사용하여 부서졌겠지만, 문제는 불이 붙지 않았다. 놈들의 눈에 일종의 공포가 나타났다.

"무슨 일이야?" 나는 사실 조금 놀랐다.

"불이 안 붙어? 야, 그거 정말 안 됐군."

나는 여전히 묶여 있었고 묶은 로프는 고통스러웠다. 놈들은 내가 현측에서 소변도 못하게 했다. 병 하나를 주어 거기에 소변을 하게 했다. 몇 갤런의 식수가 남아 있었지만 나의 몫을 제한하고 있었다. 어느 때는 한 병을 주었고 다른 때에는 주지 않았다. 단적으로 말해 놈들은 나를 비굴하게 만들 수 있는 온갖 짓을 다했다. 고통으로 측은하게 보이는 것만이 내게 주어진 보너스였다.

"아마 너희들은 그 카앗트(khat)를 끊어야 할 거야" 카앗트는 소말리아에서 누구나 사용하는 환각성이 있는 나뭇잎이다. 하지만 그것들은 거두어들인 뒤 바로 씹어야 하므로, 오랜 인질 납치 시 사용하기엔 좋지 않았다.

소말리아 해적들은 야단법석이었다. 다른 라이터를 찾으려고 구명정의 위아래를 모두 뒤졌으나 허탕이었다. 나는 모든 구명정에 비치되어 있는 여분의 성냥에 관해서 말하지 않았다. 마침내 그들은 손전등 하나를 부수어 반사경을 꺼냈다. "야, 정말 영리하군" 내가 말했다. 구명정에서 일어나는 모든 일은 나에게 고갈되어가는 흥미를 되살렸다. 만일 내가 열기와 시간의 흐름에만 집중했다면 나는 미쳐버렸을 것이다. 따라서 불을 구하는 그들의 분투는 내게 일종의 오락이 되었다. 해적들은 점점 몸을 떨었고 니코틴을 흡입하지 못하면 죽을 것처럼 굴었다. 그들은 소말리아 말과 영어로 떠들면서 직사광선에 반사경을 놓고 그 아래에 종이를 두었다. "이쪽으로 옮겨. 기울여, 기울여." 그저 불이 붙기만을 바라면서 그들이 종이를 주시했다.

"잘 돼야 할 텐데, 아 그래." 나는 웃으며, 몸을 내밀어 보았다.

"안 되는군" 10분 후 내가 말했다.

"야, 정말 안 됐어."

하지만 그들은 열중했다. 생명 그 자체의 비밀을 드러내기라도 하는 것처럼 계속해서 반사경 아래의 종이를 주시했다. 20분 후 연기가 피어올랐다. 무쏘와 키다리는 흥분하여 오줌을 쌀 지경이었다.

"됐다! 됐어!" 그들이 외쳤다. 종이에 불이 붙었고 두 해적은 종이를 들어 담배에 불을 붙였다. 이후 그들은 담배의 불이 꺼지기 전에 다음 담배에 불을 붙여 구명정 내에서 계속 불씨를 살렸다. 그러나 그것이 유일한 흥분이었다. 나를 비롯하여 모두가 위축되는 것 같았다. 나는 마음속으로 탈출 사건을 계속 생각했다. 그 때 총을 거머쥐어야만 했던가? 아니면 계속 수영을 했어야만 했던가? 그러자 나의 이전 실수들이 되살아났다. 우리가 MOB를 전개하고 있었을 때 그 멍텅구리를 40 피트 물속으로 떨어뜨려야만 했다. 또는 구명정으로 결코 옮겨 타지 말았어야만 했다. 그리고, 놈들이 어디서 그 흰 사다리를 구했을까?

그것이 여전히 나를 혼란시켰다.

그래도 무엇보다 큰 상처는 탈출에 실패한 것이었다. 이제 다른 기회가 있을 것으로 생각되지 않았다.

해적 한 명이 다가와 내 손을 만졌다. 내 손은 묶여 있었으므로 점점 부풀어 올랐고 아팠다. 그들이 내가 어떻게 반응하는지 보려고 손가락을 꼬집었지만, 나는 별로 느끼지 못했다. "오, 그게 좋아. 잘 됐어" 그들이 말했다. 아마 그들은 나를 행동 할 수 없게 만들거나, 고통을 가하고 싶었을 것이다. 나는 알 수 없었다. 내 마음은 표류하기 시작했다. 지속적으로 손을 움직이고 있었으며, 로프로 묶인 채 뭔가 손을 놀리려고 했다. 심지어 손을 굽혔다가 입으로 올려 로프의 실을 씹으려 했다. 그러나 로프의 실은 고급 재질이었다. 그걸 이빨로 끊으려면 1주일이 걸릴 것 같았다. 내가 로프를 물어뜯는 것을 무쏘가 보았다.

"안돼, 너는 그렇게 할 수 없어" 그가 튀는 듯이 나에게 돌진해 왔다. "그것은 하랄(halal; 회교법이 인정하는 방법으로 잡은 동물의 고기)이야. 그것에 입을 대서는 안 돼."

"하랄." 그들이 그 단어를 쓰기 시작했다. 종교적인 의미에서 신성함을 뜻하는 것으로 짐작했다.

"만일 당신이 계속 그걸 씹으면, 입에 막대기를 넣고 재갈을 물릴 거야" 그는 화를 내었고 일종의 혐오감도 느끼는 것 같았다.

"오케이, 씹지 않을게."

"움직이지도 말아."

"동작을 멈추지는 않을 거야." 내가 그에게 되받아쳤다. 사실 나는 겨우 움직일 수 있었다. 놈들은 내가 시체처럼 거기에 누워 있기를 원했다. "움직이지 마!"

"어쩌려고 해?" 내가 물었다. "나를 묶을 거야?"

무쏘가 입을 다물도록 쉿 하고 제지했다.

· · ·

내가 해적들과 다투고 있었을 때, 안드레아는 7500마일 떨어진 지구 반대쪽에서 그녀가 아는 모든 사람으로부터 전화를 받고 있었다. 그녀는 우리가 서로 만나기 전 20대 초에 사귀었던 남자 친구로부터도 전화를 받았다. "그는 내 마음을 사로잡은 최초의 남자야" 안드레아가 나에게 말했다. "그 후 30년 이상 거의 대화가 없었어. 나에게 걸려온 전화를 확인하던 사람이 그의 이름을 말했을 때, 그 전화를 받겠다고 했어." 안드레아가 전화기를 들었다. "오, 내가 시간이 나는 대로 전화하려고 했어… " 그녀가 말했다.

"TV에서 당신을 봤어" 남자 친구가 웃으며 말했다, "그리고 그저 전화를 했어. 당신이 유머 감각을 잃지 않았음을 알았어."

"그는 다소 초현실적으로 내가 좋아 보인다고 말했어" 안드레아가 기억했다. "단지 그가 나와 우리 가족에게 관심을 가지고 있음을 알려주고 싶었을 뿐이었어. 나에게 전화하기까지 그가 많은 생각을 했을거야."

때때로 지원은 압도적이었다. "오, 하느님, 안드레아!" 신경질적으로 울면서 문을 밀고 들어온 사람도 있었다. 그러면 안드레아가 말했다, "잘 될 것입니다" 그들은 깜짝 놀랐다. 그들이 말했을 것이다. "당신이 나를 위로하려고 하지 마세요. 내가 당신을 위로하려고 하는데."

금요일 오후, 조그만 우리 시골 농가는 사람들로 가득했다. 내 누나 및 여동생들이 몰려와 그들 특유의 풍취를 뒤섞었다. 우리 필립스 가계의 사람들은 때때로 안드레아를 비롯한 다른 사람들이 갖지 않은 우리만의 투박한 유머 다발을 지니고 있다. 다음과 같은 예를 들 수 있겠다. 어느 날 밤, 누나 및 여동생들이 인질 납치 영화를 제작하고 배역을 캐스팅 하는 것에 관해 안드레아와 농담을 하고 있었다.

"으음, 아마 조지 클루니(아카데미 남우조연상을 수상한 미국 배우)가 주연을 해야겠지." 그러자 여동생 돈이, −하느님이 사랑하사 그 녀만이 아는 단 한 가지 이유로− 고등학교 시절 무도회 사진 액자를 가 져와 침대 위 안드레아의 베개 곁에 두었다. 안드레아가 말했다.

"돈, 세상에 무슨 일이야?"

"유쾌하지 않아?"

"뭐가 유쾌해?"

"내 무도회 상대. 그는 그 나이 때 리차드 오빠와 똑 같아 보여."

사실이었다. 그 친구는 턱수염과 나와 같은 모든 걸 갖추고 있었다. 그러나 안드레아 베개 곁에 왜 그 사진을 두었을까?

"모두들 내가 무도회에 친오빠와 갔다고 말했어!"

한 바탕 왁자지껄 웃음을 터트리는 가운데 돈이 말했다.

"아, 그래서 그냥 가져왔어."

안드레아의 친구 앰버와 페이지는 콜로라도의 스노보드 여행을 초입에 중단하고 우리 집에 와 있었다. 그들은 안드레아를 깨진 도자기

조각처럼 내버려 두어서는 안 된다는 것을 알고 있었다. 한 때 안드레아가 부엌 테이블에 앉아 있었고, 그녀의 친구들이 물건을 옮겼다. 그녀의 접시와 찻잔들을 그녀가 보통 두던 곳에서 단지 몇 피트 옮겼던 것이다. 페이지와 앰버는 집안관리를 맡았고 그녀가 부엌을 남에게 맡기는 것을 매우 싫어하는 것도 알고 있었다. 페이지가 안드레아에게 말했다.

"너를 죽이려는 것 같지?"

"뭐가?"

"우리가 네 부엌에 있는 게."

그들은 안드레아가 편하도록 물건을 조금 재배치했다. 그것은 안드레아에게 필요했다. 남편이 곧 죽을 것 같은 여성에게 어떤 호의를 베풀기란 매우 어렵다. 하지만 아주 절제된 유머는 도움이 되었다.

금요일 안드레아는 어떤 전문가의 도움을 받았다. 매스크 회사는 미디어를 상대하기 위하여 회사 대표로 조나단과 앨리슨 두 사람을 보냈다. 그것이 그녀를 살렸다. 하지만 조나단이 문에 들어섰을 때 안드레아는 조금 냉소적이었다. 안드레아가 반농담조로 말했다.

"회사는 배를 되찾았어요. 내 남편에게 무슨 일이 벌어지더라도 무슨 상관이에요?" 조나단은 그렇게 생각했음이 분명하다.

"오, 오, 오케이. 하지만 우리는 여기 왔어요." 얼버무렸지만 안드레아는 상처받고 있었다.

조나단과 앨리슨은 화가 난 버몬트의 시골 사람들 또는 신경질적인 분위기로 가득할 우리 집에 어떤 태도로 들어가야 할지 몰랐다. 그들은 따뜻하고 연민을 자아내는 분위기를 보고 놀랄 뿐이었다. 조나단은 차분하고 진지한 친구였으며 앨리슨은 내 아내의 가장 절친한 새 친구가 되었다. 앨리슨은 바로 그곳에 있던 일행의 한 부분이 되었으며 그녀는 안드레아가 무엇을 해야 할지 조언해 주었다. 그러나 역시 도움이 되었던 것은 조나단과 앨리슨이 사태를 있는 그대로 볼 수 있게 한 것이었다. 그들은 말했다.

"오케이, 이것은 우리가 하려는 것이다. 우리는 TV를 끄려고 한다. 우리는 삼발이를 세워 커다란 종이 패드를 걸어 우리가 확인할 수 있는 어떤 정보라도 거기에 기록하려 한다. 그리고 전화를 통제하게 하여 안드레아가 정말로 필요한 전화만 받게 할 것이다."

앨리슨은 항상 포스터 보드를 가지고 있으면서 모든 이슈에 대해 어떻게 대응할 것인지를 기록했다.

지속적으로 뉴스를 시청해야한다는 강박관념은 다스리기가 어렵다.

안드레아에게 돌파구도 없이 언제나 반복되는 똑같은 뉴스였다.

그녀는 화면상의 내 사진을 계속 보아야 했고 심적인 고통을 매번 안겨주었다. 따라서 앨리슨은 TV를 껐고 그때부터 가족들은 국무성, 국방성 및 매스크 회사로부터 오는 정보만을 보고 들으며, 이제 걸려오는 전화를 선별해 주는 사람이 있었다. 그녀는 어떤 사람의 이름을 듣고 말했다.

"아, 그 전화를 받을 거야" 아니면,

"지금 바로 받을 수 없어" 라고.

그날의 우리 집으로 돌아가면 무시무시한 한 가지 일이 있었다. 그날 오후 내 안과의사는 안드레아에게 전화로 말했다. "리치가 보트에서 뛰어 내렸다고 들었어요. 그 와중에 그가 안경을 잃어버린 것이 분명해요. 새 안경을 만들어 보내고 있어요."

당시 온갖 사람들이 우리 집을 들락거렸으므로 화장실 변기가 고장이 났다. 결국 우리 이웃 마이크가 변기의 방수 씰과 스네이크(S 트랩)를 분해해야만 했다. 마이크는 변기가 막힌 원인이 안경이 *끼었다*는 것을 발견했다.

여동생 낸시가 말했다.

"세상에. 그 안경은 리차드 것일 거야." 모두가 웃었다.

그 바로 몇 시간 전에, 내가 구명정에서 뛰어 내리면서 안경을 잃어버렸고, 그 안경이 지구를 반 바퀴 돌아 우리집 오수 배출 라인에 걸린 것 같았다. 안드레아는 국무성을 경유하여 나에게 메시지를 보낼 수 있었다.

"후드 속에 있는 모든 사람은 당신을 기다리고 있어요. 우리는 당신을 사랑해요."

'후드'는 가까운 친구나 가족들 사이에서 통용되는 우리의 별명 이다. 안드레아는 이 말이 내 얼굴에 미소를 던질 것임을 알고 있었다.

3 D-day
일 후 18:00

FBI는 인질협상자들 중에 소말리아 해적들과의 인질협상을 도와주기 위해 해군이 포함된 것을 확인해주었다. 그들이 무슨 말을 하건 협상은 원격통신으로 진행되고 있다. 현재 해당 해역에 있는 미 해군 군함 함상에 FBI 요원은 없다. 따라서 그들이 해군과 어떤 교신으로 상황이 어떻게 전개되는지 파악하여, 대처방법을 권고하는 형태가 될 가능성이 가장 많다.

– CNN 국방성 출입기자

이는 오바마 행정부 외교정책에 대한 매우 심각한 도전이다. 미국 시민들이 범죄자의 손안에 있고, 사람들은 무슨 일이 벌어지는지 보려고 기다리고 있다.

– 그래미 깁본 브룩스, 해양정보 전문가

해적들은

불안해했다. 그들은 수평 해치에 머리를 바로 세우거나 수직 해치에 가까이 접근하지 않았다. 저격수의 표적이 되기를 원치 않았다. 그들을 발견하는 즉시, 해군이 처치할 수 있음을 알고 있었다. 더워서 문을 열어 두었지만 저격수가 그들의 머리에 총알을 박아버릴 것이므로 거기로 나서지 않았다. 나름대로 영악했다. 하지만 그들은 역사를 알고 있었다. 소말리아 해적으로부터 인질을 구조하려고 시도한 사람이 아무도 없었다는 것을. 단 한 번도 없었다. 협상과 몸값 지불이 당시의 절차였다. 당시 어떤 군대도 소말리아 밖에서 날뛰는 해적을 공격하지 않았다. 아무도 먼저 나서기를 원하지 않았다. 두목은 자주 무전기를 들고 말했다. "군사행동 금지. 군사행동 금지." 사태가 경직될 때마다 그는 해군에게 실질적으로 그 말을 되풀이 했다.

엔진은 정상적으로 돌아갔다. 해적들이 뭔가 긴장했다. 나는 놈들에게 묻고 싶었다. '나는 모르고 너희들만 아는 게 뭐야?' 그러나 불가능했다. 그들이 나에게 말하는 것은 나를 "바보 같은 미국 놈"이라고 부르거나 내가 돌아보도록 명령할 때 뿐 이었다. 배인브리지호의 도착은 나를 보는 해적들의 시각을 분명히 바꾸어 놓았다. 그들의 눈에, 구조작전 시도가 임박해 있었고 나의 존재는 몸값 지불뿐 아니라 그들 생명에 매우 실질적인 위협일 수도 있었다.

해군은 나와 무전기로 교신 할 수 있도록 해적에게 요구했다.

두목이 나에게 무전기를 넘겨주었다.

"그들이 당신을 잘 대접하고 있는가?" 미국인의 목소리가 들렸다.

"그들이 매우 이상하게 행동하지만 나를 대접해 주고 있어요"

나는 대답했다.

"오케이. 좋아요. 두목을 바꿔 주세요."

내 목 뒤의 머리카락이 주뼛 올라갔다.

그가 해적을 거의 알고 있는 것 같았다.

그날 밤 늦게, 나는 의자에 앉아 있었고 두목은 권총 격발 연습을 했다. 그리고 다시 무슬림 성가 같은 노래를 시작했다. 구명정의 분위기도 바뀌었다. 그들이 나를 보는 태도의 변화였다. 나는 어떤 사람을 매우 정확하게 읽을 수 있다고 생각한다. 이는 선장으로서 터득해야 할 사항으로 당신의 삶을 좌우할 수도 있는 사람들에게 업무를 할당할 때, 나의 육감은 잘 작동한다. 어떤 악몽 같은 것이 그날 밤 구명정에 엄습했다. 두목이 노래를 하더니 키다리에게 권총을 주며, "네가 해" 소말리아 말로 중얼거렸다. 다른 자들은 한 마디 또는 함께 흥얼거리며 노래 가락으로 대답했다. 세 명의 해적이 일어나 나에게 다가왔다. 무쏘가 뒤로 가서 손목을 묶은 로프를 잡았고, 애송이는 내 다리 아래에 자리 잡았다. 키다리는 총을 가지고 내 뒤에 섰다.

"팔과 다리를 뻗어" 무쏘가 말했다. 나는 고개를 가로 저었다.

"그렇게 해!" 무쏘가 내 손목을 잡았고 애송이가 내 다리를 당겼다.

나는 그들과 싸우고 있었다.

"너희는 결코 그렇게 하지 못할 것이다."

내가 이를 악물고 무쏘에게 으르렁거렸다.

"너는 그렇게 할 만한 힘이 없어."

싸움은 15분이나 계속되었으며 잠시 쉬었다가 다시 내 팔을 잡았다. 오히려 나를 웃기려고 노력했으면 그들은 나의 저항을 풀 수 있었을 것이다. 그들이 쉬었다. 무쏘는 당황하며 나를 쳐다보았다.

"무슨 종족이야?" 그가 물었다.

"뭐? '종족'이라고?" 그가 비웃었다.

마치 '어떻게 인간이 자기 종족도 모르는가?'라는 듯이.

"너희 종족, 너희 인간들."

나도 여전히 반 쯤 숨을 몰아쉬고 있었다.

'이제' 말장난을 하겠다고? 그러나 어떤 말이 살인하려는 그의 마음을 돌릴 수 있을지도 몰랐다.

"내가 미국인이라고 했지."

그가 머리를 흔들었다.

"아니, 그건 너의 국적이야. 너의 종족은 뭐야?"

"난 아일랜드계야."

"아, 아일랜드계" 그가 머리를 흔들었다.

"아일랜드계, 골칫거리. 거지같은 아일랜드 인종."

내가 고개를 끄덕였다.

"그래 바로 맞아."

그의 눈빛이 달라지면서 로프를 낚아챘다. 나는 등 뒤의 팔을 아래로 당겼다. 별안간 쾅. 눈에 별이 번쩍이며 머리가 앞으로 꼬꾸라졌다. 나는 죽은 것으로 생각했다. 하지만 죽지 않았다. 피가 손을 타고 흘러 로프에 떨어졌다. 무쏘가 주춤했다. "그러지 마!" 그가 소리쳤다.

키다리가 손에 총을 들고 내 뒤에서 나타났다. 그의 어깨는 축 늘어지고 고개는 숙여져 있었다. 온몸이 실의에 차 있었다. 무쏘가 나에게 욕설을 퍼붓는 동안 키다리는 구명정 앞부분으로 가서 쓰러졌다. '무슨 일이 일어났지?' 나는 생각했다. '총을 쏘았는데 빗나갔나? 아니면 총 개머리로 나를 후려쳤나?' 나는 알 수가 없었다. 감각으로는 전에 그가 나에게 가했던 주먹보다 훨씬 강했다. '그는 총을 쏘았어야만 했는데.'

두목이 소리쳤다.

"움직이지 마. 움직이지 마. 세 시간 내 풀어줄 거야."

나는 살아있어 행복했다. 그러나 한편 비참했다.

"무슨 짓을 했어?" 내가 두목에게 물었다.

"입 닥쳐" 그가 소리쳤다.

"날 죽이려고 했어?"

두목이 고개를 돌려 침을 뱉었다.

"닥쳐."

"아, 그래. '제발 조용히 해. 선장님'이라고."

무쏘가 비아냥거리는 소리를 들었다. 두목마저 조소를 지었다. 그것이 그의 처음이자 마지막 웃음이었다.

"골칫거리 아일랜드 놈" 무쏘가 중얼거렸다

"그래 정말 문제 있는 놈이야."

그들이 나를 죽이려 했는지 아니면 모의 사형 집행인지 나는 알수가 없었다. 그것이 심리적 게임이라면 치사하게 수긍이 되는 것이다.

나의 머리에는 여전히 올가미가 채워져 있고 피는 얼굴을 타고 내렸다. 내가 몸값 흥정에 관여하지도 못하는데 왜 나에게 협박을 하는가? 그리고 키다리가 뭔가 중요한 것을 그르친것 같아 보이는데? 도대체 내막을 알 수 없었다.

놈들이 다시 시도할 경우에 대비해야 한다. 가족들에게 마음속으로 작별인사를 했다. 우선 안드레아의 얼굴을 떠올리며 버몬트의 우리 농가 식당 테이블에 앉아 있는 그녀에게 전화했다. 나는 모든 것을 볼 수 있었다 □ 무성한 잔디밭 그리고 뒤이어 소나무로 덮인 언덕으로 연결되는, 식당 창문을 통하여 보이는 정원의 광경. 나는 말했다.

"앤지, 아침 일찍 전화해서 미안해. 새벽 네 시에 당신을 깨워서. 사람들이 말하기 전에 그들이 뭘 말하려고 하는지 당신은 이미 알고 있을 거야." 나는 그녀가 전화로 대답하는 것, 두려움, 그리고 내 눈에서 흐르는 눈물을 보았다. 나는 그녀의 고통을 나누고 싶었지만 그럴 수 없었다.

"당신을 사랑해. 며칠간 울부짖을 테지만 곧 진정 될거야" 나는 안드레아가 강한 사람임을 알고 있었다. '그녀는 괜찮을 것이다. 아마 한 달 또는 석 달쯤 지나면 가장 큰 어려움을 극복할 것이다.'

다음으로 마리아를 생각했다. 그녀는 엄마를 닮아, 이탈리아의 오페라처럼 감정이 풍부하지만, 심지가 깊고 독립적이며 강하다.

"홀로 일어서라" 나는 딸에게 말했다.

"강하게 살아라! 아빠는 언제나 너를 사랑할 테니까" 딸이 더 오래 울고 엄청난 충격을 받을 것이지만 점차 역경을 극복할 것임을 알았다.

아들 댄에게 갔다. 아들은 내가 거의 잊고 있던 존재였다. 댄은 그 나이의 나와 많이 닮아 겉으로는 강하지만 탐색적이다. 그는 고통을 숨긴다. 엄마나 누나처럼 개방적인 성격의 소유자가 아니다. 아들의 목소리가 들렸다. "난 아빠가 없어. 우리 아빠는 결코 집에 없고, 항상 바다에 있어. 아빠는 날 사랑하지 않아" 그 말이 예리한 칼날처럼 내 가슴을 후비고 지나갔다. 왜냐하면 댄은 집안에서 내 부재의 고통을 가리기 위해 그렇게 말했다는 것을 나는 알기 때문이다.

나는 누구보다도 댄이 걱정되었다.

"하느님" 나는 기도했다.

"부디 댄에게 이 고난을 극복할 수 있도록 힘을 주십시오" 나는 댄이 극복할 수 있을지 몰랐기 때문이다. 나는 그 생각이 – "우리 아빠는 날 사랑하지 않아"– 내가 죽기 전에 아빠에 대한 댄의 마지막 생각이 아니기를 원했다. 나는 댄이 아이들을 키울 때, 그의 아버지인 내가 그를 돌봐주지 않았다거나 또는 댄의 아이들과 댄의 관계를 내가 헝클어 버렸다고 생각하지 않기를 바랬다.

고개를 숙였다. 내 얼굴을 해적들에게 보여주고 싶지 않았다. 그리고 이제 현실적인 것들을 챙겼다. "엔지, 집을 팔지 마" 내가 당부했다. "애들이 대학을 졸업할 때까지는" 아버지로서 마음에 맺히는 것들이었다. 못 다한 집수리도 생각났다. 내 보험금으로 충분하게 아이들이 학교를 마칠 수 있을지 궁금했다. 기본적인 과정만이라도⋯. 나는 천국에서 만날 모든 사람들을 보기 시작했다. 아버지와 나의 삼촌, 며칠 전 암으로 돌아가신 안드레아의 계모, 티나. 그녀가 임종하기 전에 보았어야만 했다. 지난 해 10월 아주 어린 나이에 예기치 못하게 죽은 내 동생의 아들 제임스를 만나려고 했다. 위안이 되었다.

그 얼굴들이 눈앞을 스쳐 지나갔다. 그리고 이제 나는 세상에서 가장 멋지게 보이는 개와 가장 못된개를 만나려고 했다. 프래니. 그녀의 이름을 불러도 결코 오지 않았던⋯ 정말로 호두껍데기 같은 나쁜 놈. 생각만 해도 입가에 웃음이 떠올랐다.

나는 항상 말했다. 죽을 때가 되어 내가 행동하고 경험했던 것에 대하여 웃을 수 있다면 좋은 삶을 산 것이라고. 그것은 돈이나 명성이나 재산이 아니다. 당신은 인생을 어떻게 살았는가? 라는 문제이다. 나는 운이 좋은 삶을 살았다. 그러나 나는 아직 삶을 포기하려 하지 않았다. 나는 십자가처럼 구성된 구명정 격벽의 녹색 지주를 쳐다보면서 눈을 감았다.

• • •

세 시간 후 해가 떠오르고 있었다. 해적들이 다시 무슬림 노래를 시작했다. 그들은 하루 다섯 번의 무슬림 기도를 했으며 이 죽음의 의식은 그 기도 시간 언저리 이루어진다고 생각했다. 곁눈으로 애송이가 나를 주시하고 있었다. 그는 내가 감상적이 된 것을 보았으며 내가 사랑하는 사람들을 떠올리면서 슬퍼하고 고통스러워하는 것을 즐기고 있었다. 힐끗 곁눈질을 하자 다른 해적들도 역시 나를 보고 있었다. 그것이 나를 더욱 비참하게 만들었다. 나는 그들 앞에서 겁을 내거나 무서워 벌벌 떠는 모습을 보여주지 않았다. 나는 그들에게 만족감을 주려하지 않았다. 분노가 내 사랑하는 사람들의 얼굴을 씻어버렸다. 이제 이 거지 같은 놈들을 상대해야 한다!

애송이를 주의 깊게 살핀후 시선을 돌렸다. 나는 다짐했다. 내 눈 속에서 감정을 말끔히 씻어버렸고 가능한 한 냉혹한 표정을 지었으며 최대한 열광적으로 보이려고 노력했다. 얼굴에 미친 개 같은 표정을 여실히 짓고 있는 애송이 놈을 돌아보았다. 나는 웃기 시작했다. 그리고 미소를 지으며 얼굴을 돌렸다.

"너희가 이겼다고 생각하겠지" 내가 말했다.

"하지만, 아무도 여기서 살아서 나갈 수 없어."

그의 얼굴이 일그러지며 뒤로 물러났다. 놈은 내가 미친 것으로 여겼다. 내가 깔깔 웃었다. 다른 놈들도 나를 머리가 두개 달린 사람쯤으로 바라본다는 것을 느낄 수 있었다.

"미쳤어. 넌 미쳤어" 애송이가 말했다.

"나? 성났다고?" 그에게 이죽거렸다.

"아니, 난 미치지 않았어. 하지만 열광하고 있어."

그래, 엿이나 먹어라. 양쪽 모두 심리전을 펴고 있었다.

• • •

그날 오후, 두목은 해군 통역관과 소말리아 말로 무전 교신을 했다.

"어떻게 되고 있어?" 내가 물었다.

가능하면 어떤 정보라도 입수하고 싶었다.

"저 친구들과" 두목이 대답했다.

"그래, 그들을 위해 일하고 있지."

그의 다음 말은 더욱 더 놀라웠다.

"미 해군을 위해서 일한다고?"

"물론이지" 그가 태연하게 말했다.

"이것은 훈련 임무야. 나는 언제나 이렇게 해. 우리는 배를 납치하여 해군이 어떻게 대응하는지를 봐. 당신 회사가 우리를 고용했어. 여기 이곳에 더 이상 해적은 없어."

"정말이야?" 그가 고개를 끄덕였다.

"나는 이 해군 친구들을 오래 동안 알고 있어. 우리는 친구야!"

나의 뇌는 즉각 두 방향으로 달렸다. 첫째는 '조롱한다'는 것이었다. 또 다른 생각은 그는 해군과 친구인 것처럼 꾸미고 있다. 게다가 놈은 개머리에 해군 로고 같은 것이 새겨진 해군용 9mm 권총까지 소지하고 있다. 놈들이 어떻게 그걸 구했을까? 그리고 해군이 기회를 포착했을 때 왜 나를 구조하지 않았을까?' 미친 생각이 머릿속에서 날아다녔다. 편집병의 초기 증상이 일어나는 것을 느낄 수 있었다.

"우리는 당신 1항사와 얘기했어" 두목이 말했다.

"그는 이것을 하나의 테스트로 알고 있어."

"우하하" 내가 웃었다.

"그리고 당신 기관장과도. 해군과 당신 회사가 우리에게 이 일을 시켰어."

나는 우리가 MOB를 준비하고 있었을 때 셰인과 마이크의 표정을 기억했다. 그들은 정말 두려워하고 있었다. 소말리아 놈은 거짓말을 하고 있는 것이 분명했다.

"그래. 그러면 나를 죽이려는 것도 그 임무의 일부야?"

그가 웃었다. 그리고 기침을 하며 침을 뱉었다.

"당신을 죽인다고? 언제 우리가 그렇게 했어?"

"너는 배에서 나를 거의 죽이려고 했어. 그리고 이 보트 속에서 내 머리 1피트 위로 AK 소총을 쏘았어."

"경고 사격. 훈련의 일부야."

믿을 수 없었다.

"그 훈련의 일부분 뒤에 무슨 일이 벌어졌어?"

"무슨 뜻이야?"

"네 졸병이 내 머리에 권총을 쏘았을 때"

그가 비웃었다.

"그는 쏘지 않았어! 단지 머리를 쳤어."

그가 웃음으로 얼버무렸다. 그의 말이 사실 일 수도 있었다.

"헤이, 필립스. 이 일을 끝낸 뒤 나는 그리스 배에서 일하려고 해"

두목이 말했다.

"아 그래? 정말 멋진 일이야."

"그럼. 난 선원이 되려고 해. 그 후에 미국 배에 일하러 갈 거야."

"네가 미국 배에서?" 내가 웃었다. "너는 결코 그럴 수 없어."

그 말이 보트 전체를 흐려 놓았다.

"왜? 미국 선원이 소말리아 선원보다 낫다고 생각해?"

무쏘가 항의했다.

"하하! 미국 놈들이 하는 짓은 모두 방에 앉아 TV를 보며 맥주를 마시는 것뿐이야. 게을러. 정말 게을러. 우리 소말리아 선원들은 24살에서 27살짜리도 뭐든 할 수 있어."

그가 로프 하나를 나에게 던졌다.

"여기, 나처럼 로프를 묶어 봐."

나는 로프를 쳐다 보았다.

"왜 내가 그렇게 해야 하지?"

"네가 진정한 세일러인가를 보기 위해."

"내가 배를 조종할 수 있는가 보여주기 위해 매듭을 묶을 필요는 없어. 나는 항해를 30년간 해 왔어. 비록 매듭을 서너개 밖에 묶지 못할지라도 말이야." 무쏘가 코웃음을 쳤다.

"넌 베이비야. 필립스. 정말 베이비야. 소말리아 사람이 진정한 세일러야."

"미국 선원들은 가장 나빠." 키다리가 끼어들었다.

나는 그들을 무시하고 좀 쉬어야 했다.

내가 졸고 있을 때 해적들이 나를 깨웠다.

해군은 소화 호스로 우리에게 물을 쏘고, 헬리콥터(소리를 들을 수 있으나 볼는 수 없는)를 우리 보트 정수 상공에 호버링(정지하여 체공) 시키는 등 점점 공세적으로 나오고 있었다. 그들은 해적이 소말리아 해안으로 가는 것을 막으려고 했다. 당황한 해적들은 보조 연료통 뚜껑을 열었다. 연료를 쏟아 붓지는 않았지만, 엔진을 끄고, 불을 붙일 준비를 하여, 지옥처럼 뜨거운 갑판 상에 열을 지어 늘어놓았다. 놈들은 보트에 불을 질러 해군의 공격에 대응하려는 것처럼 보였다.

두목이 나를 쳐다 보았다.

"야, 봤지? 너는 소말리아에서 죽으려 하고 나는 미국에서 죽으려 해."

"무슨 지랄 같은 소리야?"

"너는 여기서 죽어. 나는 네 집에서 죽을 거야."

그의 말은 놈들이 나를 소말리아 해역에서 죽이겠다는 것으로, 내 영혼이 결코 여기를 떠날 수 없다는 뜻이었다. 그리고 미국 해군이 그를 죽이려하니, 우리의 영혼은 자리를 바꾸게 된다는 것이었다.

그는 미국 사람의 총알에 죽을 것이며 나는 소말리아의 총알에 죽을 것이다.

"그러나 나는 그들을 옭아매고 있어" 두목이 말했다.

"그들이 뭔가를 시도하면, 우리는 자살공격을 한다."

나는 디젤 연료통으로 시선을 돌렸다.

'제기랄.' 나는 생각했다. '놈들은 소말리아로 돌아갈 연료를 원하지 않았던 거야. 놈들은 알 카에다가 미 해군 군함 콜 호를 공격했던 것처럼 군함을 폭파시키고 싶었던 거야.'

이후, 놈들이 위협을 느꼈다면, 연료통을 더 많이 열었을 것이다.

두목이 엔진을 재시동 했고 우리는 항해를 계속했다. 몇 시간 뒤, 선외로 나가는 배기관에서 불꽃이 튀고 있었다. 과열이었다. 해적들은 어떻게 해야 할지 논쟁을 했다. 마침내 배기관을 둘러싸고 있는 단열재를 조금 절단하여 배기관에 물을 붓기 시작했다. 만일 그 근처에 연료통을 두었더라면 머리에 박힐 총알을 걱정할 필요가 없었을 것이다. 바로 화염의 지옥으로 바뀌었을 것이니.

• • •

"나는 계속 달나라로 들어갔어요."

안드레아가 가혹한 시련의 시기를 생각하며 말했다.

"오로지 내가 알고 있던 사실은 당신 역시 그 달을 보고 있을 것이라는 생각뿐이었어요. 나는 말했어, '리차드, 당신은 저 달 아래에 있고 나는 여기에서 당신과 함께 있어요.'" 플로리다에 있는 친구들은 비디오폰으로 안드레아를 불러 밤하늘 아래 샴페인 잔에 달을 띄워 모두 건배를 하면서, "이건 리치를 위해서" 라고 외쳤다. 내가 납치된 이후 매일 밤 안드레아는 밤하늘의 새하얀 달의 모습을 찾았을 것이다. 우리 침실 창으로, 그녀는 바깥을 내다보며 달이 거기에 있는 것을 확인할 수 있었을 것이다.

"리차드, 나 여기 당신과 함께 있어요" 그녀가 말했다. 그것은 매일 밤 그녀가 했던 일이었다. 먼 곳에서, 지구를 반 바퀴나 돌아 나는 구명정 창문을 통하여 달의 희미한 윤곽을 언핏 보았을 뿐이었다.

안드레아의 가장 친한 친구 앰버는 그날 밤 그녀와 함께 침대에 드러누웠다. 그들의 농담은 히피 버몬트로서, 아무런 논란 없이 함께 즐길 수 있었다. 나의 양털 방한 재킷을 덮고 보스턴에서 밤을 함께 했던 좋은 추억들, 그들이 간호대학 학생 시절 내가 그들을 픽업했을 때 사용했던 차들, 챔플레인 호수에서 안드레아와 내가 함께 즐겼던 낭만적인 보트 놀이, 밤중의 알몸 수영 등등을 그저 주고 받았다
.

그리고 해가 뜨기 전 아침 일찍, 앰버는 그녀와 함께 일어나서 안드레아의 걱정거리를 얘기했을 것이다.

"그녀는 리차드를 대신하여 내가 기댈 수 있는 든든한 바위가 되었어" 안드레아가 농담을 했다. 그들 사이에 있었던 단 한 가지 의견 차이는 앰버가 침대 위 내가 자는 쪽에서 자기를 원했을 때였다.

안드레아가 말했다.

"앰버, 그건 안 돼! 그 문제로 너와 싸우고 싶지 않아. 나는 그의 아내야. 내가 이겨야 해."

그들은 한바탕 웃었다. 그들은 거의 대부분, 지구의 반대편에서 바로 그 순간 내가 어떻게 지내는지 상상하려 했다. 실질적으로 아무도 어떤 희망의 실마리도 갖지 못했다. 간신히 내 스스로 심연을 헤치기도 어려웠다. 여명 직전이 안드레아가 가장 어려워하는 순간이었다.

그때는 "혼자의 생각". 그가 살아서 돌아오지 못하면 어떻게 하나?
나는 어떻게 하나? 등등에 골몰했을 것이다. 토요일 아침도 예외가 아니었다. 앰버가 일어났고 그들의 대화가 시작되었다.

"그가 살아서 돌아오지 못하면 어떻게 하나, 앰버? 나는 어떻게 해야 하나? 그 없이 내가 살아갈 수 있을지 모르겠어. 그는 나의 바탕이야. 그리고 애들은 어떻게 해? 내가 집을 유지할 수 있을까? 그리고, 세상에! 나는 풀타임으로 근무해야 할 거야!" 앰버가 웃었다.

"그는 매우 지쳐 있을 거야. 너무 더워서."

안드레아는 내가 얼마나 더위를 싫어하는지 알고 있었다. 더위는 나를 기진맥진 시키고 바로 벽에 기댈 수 밖에 없게 만들었다.

"그가 얼마나 더 오래 버틸 수 있을까?"
"리치는 네가 생각하는 것보다 훨씬 강해" 앰버가 말했다.
"그는 결코 포기하지 않을 거야."
그녀는 안드레아에게 확신을 심어주기 위해 최선을 다했다.

마침내, 그들은 다시 한 시간 동안 잠으로 빠져들었다.

이 무렵 국방성 및 국무성 사람들이 조나단과 앨리슨에게 통첩한 내용을 나중에야 안드레아에게 전했다.

"최악의 사태에 대비하여 안드레아가 준비하게 할 필요가 있습니다. 그녀의 남편이 죽으면, 그녀가 잘 극복할 수 있게 당신들이 준비해야 합니다. 왜냐하면 이런 일들은 보통 좋은 결말을 보지 못하기 때문입니다. 우리가 조만간 입수하려는 뉴스를 듣고, 견디기 어려워 할 누군가에게 심각한 사태를 알려줄 수밖에 없어 안타까울 뿐입니다"라고, 그러나 그래도 안드레아는 사실을 직시했을 것이라고 나는 생각한다.

"그 배는 안전하고 승무원도 안전하다. 리치는 단지 한 사람이다. 모든 것이 다 구조되기를 기대 할 순 없다."

3 D-day
일 후 19:00

구명정 위의 해적들은 절망적으로 소리쳤다.."군함들이 우리를 포위했고 대화할 시간도 없다."해적 한 명이 말했다."우리를 위해 기도를."

— 로이터 통신, 4월 9일

"상황은 곧 끝날 것이다. 미국인들이 그들 국민을 구하고 내 동료들과 함께 보트를 침몰시키거나, 아니면 우리가 향후 몇 시간 이내에 그 선장과 내 동료를 구조할 것이다. 그러나 만일 미국인이 섣부른 군사작전을 감행하면 아무도 살아남지 못할 것임을 나는 확신한다."

— 소말리아 해적, 다우드 Bloomberg.com, 4월 11일

4월 11일
금요일, 해적들은 복잡하게 뒤엉킨 일련의 매듭 묶기로 나를 계속 괴롭히고 있었다. 무쏘가 어떻게 작업을 하는지 나에게 설명했다. 반드시 오른 손으로 흰 끈을 만져야 했다. 붉은 끈은 어느 손으로도 만질 수 있었다. 흰 끈은 "하랄 로프"(신성한 끈)다. 그걸 여기에 묶는다. 그래서 이 매듭을 묶고 그리고 다른 매듭을 묶어 여기로 연결한다. 로프를 결코 갑판에 닿게 해서는 안된다. 그리고 만일 내가 하랄 로프 하나라도 입에 대면 우선 그것부터 먼저 깨끗이 씻어야 한다. 이 특수한 매듭을 깨끗이 유지하고 오른 손을 제외한 어떤 것으로도 만져서는 안 된다는 것은 그들에게는 매우 중요했다. 매듭 묶기의 목적은 소말리아인들이 얼마나 우수한 선원인가를 입증하는 것이며 반면에 나를 매우 짜증나게 하는 것이었다.

무쏘가 계속해서 나에게 매듭을 묶게 했다. 나는 잠시 따라 하다 결국 포기했다. 무쏘처럼 잘하려면 몇 달이 걸릴 것 같았고 나는 그들과 그렇게 오래 지낼 계획이 없었다. 내가 매듭 묶기를 중단했다.

"너 베이비, 필립스. 게으른 미국 놈." 우리 배에서의 게임과 이곳의 게임을 비교했다. 그것은 신경과 위트의 싸움이다. 체스와 같았다. 내 승무원들과 나는 이겼다. 우리는 이기기 위하여 준비했고 또한 배의 시스템을 알고 있기 때문에 이 거지 같은 놈들을 따돌렸다. 그러나 그 게임이 이 구명정에서는 통하지 않았다. 여기에는 정제되지 않은 투박한 것 뿐이었다. 이곳은 의지의 싸움장 이었다. 해적들은 끊임없이 나를 지치게 하고 혼란시키고, 모욕을 주고, 어른이 아닌 어린이로 만들려고 노력했다. 나는 이기기 위하여 저항했다. 이런 차이가 매스크 앨라배마 호 선상에서 무슨 일이 일어났던 지를 쉽게 되새겨 볼 수 있게 해 주었다.

해가 수평선 너머로 사라졌다. 금요일 밤이 되었다. 눈을 붙이려고 졸고 있었고 갑자기 잠을 깰 때까지 두어 시간정도 선잠을 잤을까. 구명정 속은 어두웠다. 이제 토요일 아침으로 접어들고 있었다. 창문을 통해 비치는 달빛이 구명정 바깥의 소말리아 해적 4명을 볼 수 있게 했다. 해치는 모두 닫겼다. 그때 밖에서 사람 목소리가 들렸다. 조종실 근처 위쪽에서 두목이 누군가와 얘기하고 있었다.

조종실 창문 바깥에서 소말리아 말을 하는 사람이 있었다. 무전기로 하는 대화가 아니었다. 목소리는 실제로 바깥에서 들려왔다. 조종실 창문을 통해 사람의 실루엣을 볼 수 있었다. '도대체 저 사람이 누군가?' 두목과 낯선 사람이 소말리아 말로 뭔가 다투고 있었다. 나는 계속해서 언급하는 "사나"와 "팔레스타인 사람" 그리고 "파타" 라는 단어를 들었다. 한기가 전신을 휘감고 지나갔다. 사나는 예멘의 수도로 실제 알 카에다의 유력한 근거지이다. 관광객들과 관광 도우미들이 사나의 곳곳에서 납치되고 어떤 사람은 살해되기도 했다. 예멘은 가장 우려하는 최악의 악몽이었다. 나는 몸을 내밀어 그들이 뭘 얘기하는지 들으려고 귀를 쫑긋 기울였다. 해적 모두가 각자의 의견을 제시하는 것 같았다. 그리고는 무슨 일이 일어날 것인지 주의 깊게 저울질 해

보는 것 같았다. 그들은 "파타(Fatah)" -팔레스타인 무리- 와 "파트와 (fatwa)," 즉, 이슬람 학자가 내린 법령만을 얘기하는 것 같지 않았다. 그들은 협상을 하고 있는 것 같았고 간간이 해적 한 명이 "에이, 시팔!" 이라고 쌍욕을 내뱉었다. 그들이 원하는 대로 잘되지 않는 것 같았다. 그런데 나를 납치한 놈들과 얘기하는 소말리아 사람은 누구인가? 맨 처음 떠오르는 생각은 '소말리아 해적 본부에서 증강세력을 보내 왔다는 것'이었다. 그것은 해적들 간의 통상적인 수법이다. 그들은 최초 해적들을 교대시킬 새로운 병력과 보트 파견을 요청했을 것이다. 그러나 그들이 어떻게 해군 감시망을 뚫고 이 구명정에 바로 접근할 수 있었을까? 그런 일이 일어날 수 없다고 단언한다. 배인브리지 호는 구명정에 접근하는 어떤 것도 차단했을 것이다.

그렇다면 해군의 소말리아어 통역관이어야만 했다. 그렇다면 왜 그들이 파타와 예멘에 관해서 얘기하고 있는가? 두목이 해군 친구들을 알고 있다고 주장했던 말이 생각났고, 그가 파타와 예멘에 익숙한 것처럼 느껴졌다. 그들의 어조에는 몇 년간 알고 지내온 사람들만의 친근감이 배어 있었다. 보트 밖에 있는 사람은 해적들에게 이유를 제시하려고 노력하면서, 소말리아 말로 호소하고 있었다. 그러나 해적들은 아무것도 받아들이지 않았다. 논쟁이 분분했다. 무쏘와 키다리가 소리를 지르고 펄펄 뛰는 것으로 보아 그들은 뭔가를 포기 하기를 원하지 않고, 목숨 걸고 싸우기를 원한다고 느꼈다. 애송이는, '너희들이 무엇을 결정하든'이라는 태도로 그저 고개만 끄덕이고 있었다. 그는 자신의 의견이 없는 것 같았다. 두목은 고심했다. 해적들 중에 그만이 지금 얼마나 위험한 상황에 놓여 있는지 파악하고 있는 것 같았다. 나는 이제 절망적인 시간이 되었음을 느꼈다. 그들은 죽음에 관해 얘기했다. 영어로 그들이 "death"라고 했던 것이다. 그리고 그들은 "가족"을 들먹였다. 그리고 "파트와"를 다시, "에이 시팔!"이라는 쌍욕을 내뱉었다.

나는 침묵을 지켰다. 통역관들이 나의 석방을 협상했던 것 같았다. 그들이 떠날 때, 갑판을 걸어가서 보트에 타는 소리를 들을 수 있었다. 엔진 시동 소리를 들었고 이후 그 소리는 멀어져 갔다. 협상이 끝난 것 같았다. 긴장된 논쟁이었고 협상가가 떠난 후 구명정의 분위기는 사뭇 무거웠다. 일견 추세를 관망하는 것 같기도 했다. '뭔가 침몰하는 것 같군.' 나는 생각했다.

나중에, 해군 요원들이 아무도 그 구명정에 탑승하지 않았다고 천명했다. 그러나 그때 나는 꿈도 꾸지 않았고 해적들과 거래한 시도가 있었으며 그것이 실패하는 걸 분명히 듣고 느꼈다.

• • •

해가 떠올랐다. 이튿날과 사흘 밤을 구명정에서 지냈다. 해적들은 속옷 차림이었다. 그날 아침 그들은 논쟁을 —내가 알아듣게 일부러 영어로— 시작했다. 그들은 구명정 뒷쪽에서 졸고 있던 두목에게 다가

갔다. 나는 가느다란 다리를 볼 수 있었다. 그러나 그들은 두목을 깨울 수 없었다. 아무리 세게 두목을 흔들어도 계속 코를 골고 있었다. 마침내 그들이 포기하고 말했다.

"야, 나중에 우리가 죽여야 할 거야."

'그래' 나는 깨달았다.

'나를 처단하기 위해 저 친구를 깨울 수는 없군'

시간은 천천히 흘러갔다.

종교의식으로 나를 죽일 것에 대한 절차를 기다리면서 나는 긴장했다. 협상가들과의 −적어도 나는 그들이 협상가라고 생각했다− 에피소드가 내 머리 속을 맴돌았다. 회전 날개가 윙윙거리면서 헬리콥터가 접근하는 소리를 들었다. 프로펠러가 일으키는 하향 바람이 구명정을 흔들었으므로, 그들이 우리 상공에서 멈추고 있는 것을 알 수 있었다. 해수 비말이 창문을 통해 구명정 속으로 튕겨들어 왔다.

'와우, 그들이 더 가까이 와야 해. 더 많은 물을 뿜어 올리도록.' 그러나 나중에 알았지만, 그것은 배인브리지 호의 소화 호스로서 바짝 다가와서 우리가 소말리아 해안으로 향해 가지 못하도록 물을 살포하고 있었던 것이다. 이유가 뭔든 상관없었다. 그것은 연중 가장 더운 날의 스프링 쿨러처럼 매우 시원하고 상쾌했다.

'오, 떠나지 마. 이건 천국이야!' 나는 외치고 싶었다.

두목이 일어났다. 그는 매우 신경이 날카로워져 있었다.

"행동 금지, 행동 금지" 두목이 무전기로 소리쳤다.

"군사행동 금지, 군사행동 금지."

선미 창문을 통해 내다보자 헬리콥터가 미끄러지듯 호버링하고 있었다. 그것은 초현실이었다. 대략 3m 가량 떨어져 내가 점프하여 잡을 수만 있으면, 자유를 찾았을 것 같았다.

"좋아, 우리는 지금 인질을 죽일 수도 있어."

두목을 보았다. 그는 무전기를 들고 긴장으로 굳어 있었다. 헬리콥터의 프로펠러 소리가 작아졌다. 나는 해군 UDT-SEALs 팀이 로프를 타고 내려와 보트를 공격하는 것을 기대하지도 않았다. 그것은 자살행위였다. 나는 단지 시원한 해수 분말이 그리웠다. 해적들도 마찬가지였을 것이다. 헬리콥터가 떠나자 해수 분말이 사라졌다. 해적들이 말도 안 돼는 소리를 늘어놓았다.

"소말리아에는 해적이 없어" 키다리가 말했다.

"그건 바로 미디어 때문이야. 우리는 해군에 고용되어 있고 당신 회사의 안전관과 1항사와 기관장도 알고 있어." 키다리는 심지어 해적들이 레이콘 사업 ―소말리아 연안의 전자식 등대에 긴요하게 운용되는― 에 대하여 해군과 계약에 관여하고 있다고 했다. 그는 나에게 서명을 요구했다. "물론"이라고 농담을 했다.

"나는 아덴만에서 당신들과 함께 6개월간 일할 거야."

내가 아는 한 그것은 사실이 아니었고, 거기에는 나를 믿게 하려는 조그만 꼼수가 있었다. '아마 이 더위는 나를 환각 상태로 빠져들게 할거야. 이것은 하나의 시험일 거야.'

"나에게 말해 봐" 내가 물었다.

"네가 승선하기 전날 밤, 우리 무전기에 대고 '소말리아 해적, 소말리아 해적' 하고 불렀던 사람이 바로 너야?"

두목이 고개를 끄덕였다. "그래, 그건 나였어."

"소말리아 해적, 소말리아 해적. 우리는 당신에게 접근하고 있어" 그가 말했고 그것은 무전기를 통해 들려온 목소리와 같았다.

그가 웃었고, 다른 해적들이 따라 웃었다.

"그렇군" 내가 말했다.

"나는 배가 속력을 올려 도망가는 것을 보기 좋아해. 너희들은 너무 빨리 겁을 먹더군!"

"그래서 너는 언제나 이런 짓을 하는군?"

"그래, 언제나. 배가 회피기동을 하고 소화 호스가 올라가고 불을 비추고. 우린 그걸 지켜보면서 웃을 뿐이지." 다른 해적들도 유쾌하게 듣고 있었다.

"그래, 네가 요구하려는 몸값은 얼마냐?" 내가 물었다.

"얼마라고 생각해?"

"나는 몰라. 그러나 미국 사람들은 나를 위해 아무것도 지불하지 않을 거야. 10센트도. 너는 그걸 알아야 해. 너는 이 보트에서 나와 함께 죽어야 할거야. 나를 놓아주지 않으면"

두목은 거의 1분간 생각에 잠겨 나를 주시했다.

"아니야. 미국사람이 가장 많이 준다."

나는 고개를 저었다. "미국사람들은 지불하지 않을 거야, 하지만 그들은 너를 놓아줄 거야. 미국인은 우직해. 우리는 너희들과 달라 약속을 지켜. 우리는 너를 놓아줄 거야. 나를 석방하면 네가 이 보트도 갖게 할 거야."

두목은 그저 웃기만 했다.

"네 몸값이 얼마야, 필립스? 2백만?"

그가 습관적으로 침을 뱉었다

"2백만 달러로는 바로 너를 죽여 버릴 거야. 우리 시대에 그건 공평한 가치가 아니야."

"그건 아무것도 아니라고? 너는 우리 승무원의 구두도 훔쳤어!"

그가 고개를 흔들었다.

"나는 그리스 배를 납치했어. 그리곤 선장을 죽여 버렸어. 그들이 단돈 2백만을 주었기 때문에."

두목은 그의 해적 역사를 나에게 늘어놓기 시작했다.

"나는 로리첸을 납치했어" 그가 말했다.

로리첸은 냉동화물을 전문으로 취급하는 프랑스 해운회사이다.

두목은 그렇게 오래 되지 않은 가까운 과거에 그 회사 배 한 척을 납치했다고 자랑했다.

"나는 그 배를 돌려주고 6백만을 받았어."

"6백만?" 나는 물었다. "그런데도 너는 여기서 여전히 뭘 하는 거야?" 나는 그의 얼굴을 보고 웃었다. 그 돈은 다 어쩌고? 그러나 그는 선원으로 그리스 배에서 일할 것이라는 이야기로 돌아갔다. 그는 나를 혼란에 빠뜨리려 한다, 나는 알고 있다. 다음 장막이 걷히면 그가 무대에 올라가 있을 것이라고 나에게 주입시키려 하는 것을. 해치를 통하여 공기주입식 고무보트가 지나가는 것을 보았다. 몇 사람이 타고 있는 조디악 고무보트 같았다. '우리는 분명히 육지 근처에 있다.'고 생각했다.

"난 보았어" 키다리가 말했다.
"나는 그들이 보트에 접근하도록 유혹할 거야" 두목이 말했다.
"그리고 그를 죽일 거야."
"그래, 그거 괜찮은 생각이네" 무쏘가 찬성했다.
"많은 놈들을 여기로 불러들여 죽여 버려."
나는 구명정 밖에서 이쪽저쪽으로 이동하는 보트 소리를 들었다. 무쏘가 깨진 유리잔을 들고 해치로 달려갔다.
"헤이, 해군 아저씨" 그가 소리쳤다.
"미군 수병, 맥주 마실래? 이리 와, 너에게 줄 맥주가 있어."
놈들이 웃었다. 해적들은 미군 수병들이 맥주를 절대로 거부하지 않을 것으로 믿었다. 그들이 틀린 게 아니다. 생각해 볼 일이었다.

구명정은 계속해서 너울 때문에 흔들렸다. 따라서 어떤 사물에 집중하는 것이 매우 어려웠다. 그런데 갑자기 배인브리지 호가 해치로 불쑥 나타났다. 나는 커다란 괴물 같은 함수, 캘리버 50 기관총에 배치된 수병의 윤곽을 재빠르게 포착했다. 그 옆에 사진사가 연속적으로 사진을 찍고 있었으며, 렌즈는 정확하게 나를 향하고 있었다.

"고마워. 친구들" 나는 손을 흔들며 말했다.

"왜 카메라 대신 대포를 사용하지 않아." 나중에 해군 수병들을 가득 태운 조디악 한 척이 탐색을 위해 지나갈 때 외쳤다.

"이 쓰레기들을 쓸어버려!"

엔진을 끄고 우리는 표류했다.

• • •

머리가 혼미해지고 있었다. 너무나 단순한 것은 —돈을 위한 납치 — 지겨움으로 바뀌었다. 예멘, 자살공격, 파트와스, 파타, 정신이 오락가락해지는 것 같았다. 정신이 온전하게 유지되도록 싸워야만 했다. 진정한 장애물은 소말리아 해적이 아니었다. 바로 공포였다. 공포를 제압하여 밀고나갈 때 나는 저항할 수 있었다. '네가 끝났다고 말할 때까지 끝내지 않는다' 나는 혼잣말을 했다. '나는 포기하지 않을 것이다. 나는 이놈들을 뛰어넘을 것이다.'

배인브리지 호에 두 척의 다른 군함, 복서 호와 알레이 버크 호가 합류된 것을 해치를 통해 보았다. 그 배들은 모두 우리를 향해 직각으로 현측을 드러내고 있었다. 선형으로 기동하는 것 같았다. 이제 군함들은 닻을 내릴 때의 조치를 하는 것 같았다. 보통 입항 중에만 하는 행동이다. '나는 어디 있을까?' 생각했다. '육지에 가까이 있나?' 아마 군함들은 반대편 현측에서 뭔가를 숨기려 하는 것 같았다. 기습 팀. 아무런 일도 없는 것 같았다. 그러나 적어도 나는 군함들을 볼 수 있었다. '저것은 현실이다. 저 배들은 실재 존재하고 있고 저 사람들은 우리나라 사람이야. 이것은 진실이야.'

우리 사이의 심리전이 다시 시작되었다.

"여기에 해적은 없어" 두목이 말했다.

"모든 걸 믿어. 난 너희 배를 탔어. 우리는 전에 몸바사에서 만난 적이 있어!" 나는 껄껄 웃었다.

"너를 기억할 것 같은데."

"난 소말리아에서 오지 않았어" 그가 계속했다.

"나는 케냐의 몸바사에 살아."

"그래, 난 알아" 내가 대꾸했다.

"우리 세 사람은 몸바사에 살아" 그가 말했다.

두목이 키다리를 가리켰다.

"그리고 저 친구는 뉴욕시에 살아."

"정말? 어느 지역에?"

"거기 타임스 스퀘어 근처에"

키다리가 무슨 말을 하기도 전에 두목이 말했다.

"그는 부자임에 틀림없어. 거긴 비싼 곳이야."

놈들이 나를 갖고 놀듯 나도 놈들을 가지고 놀았다.

"그래, 우린 비밀 사업을 해. 수입이 좋아."

"그런데 네가 우리 배에 승선할 때 거의 나를 쏠 뻔 했어! 총알 한 발이 내 머리에서 6인치 떨어진 선체를 때렸어. 그리고 내가 구명정에서 떠나려 했을 때, 너는 나를 쏘려고 했어." 두목은, '모든 게 훈련의 일부야, 친구.' 라는 듯 어깨를 으쓱했다.

그들은 해군에게 어처구니없는 짓거리를 하기도 했다.

"우리는 시체를 넣을 가방이 필요해"

두목이 무전기에 대고 소리쳤다.

"시체 가방을 지금 당장"

"왜 시체 가방을 필요로 하지?" 해군 쪽에서 물었다.

"우리는 여기에서 한 여자를 죽여야 해. 그녀는 불순해. 그녀는 율법을 어겼어." 잠시 침묵.

"오케이, 우리는 시체 가방 하나를 전달할 거야."

나는 다시 환각에 빠지는 것 같았다.

"시체를 가방에 넣어라. 그러면 우리가 이송할 것이다. 오버."

나는 흥분했다.

"나는 매스크 앨라배마 호의 리차드 필립스!" 내가 외쳤다.

두목이 무전기를 껐다.

"미친 해군 놈들" 그가 말했다.

"나는 몇 년간 그들과 함께 일해 왔어." 나는 그를 무시했다.

"이 친구는 바보야. 소령 놈. 난 그 놈을 죽일 거야. 그는 바보야."

"그게 모든 문제에 대한 너의 해결방법이군?"

내가 비꼬자 그가 고개를 끄덕였다.

"두목" 키다리가 끼어들었다.

"그는 여자를 죽이는 것을 좋아할 거야."

그들은 민감한 미국인인 나에게 그들이 얼마나 피에 굶주렸는지를 각인시키려고 했다. 그들의 짓거리는 나의 혐오감을 가중시킬 뿐이었다.

"나는 그런 일에 협조 할 수 없어" 라고 소리쳤다.

• • •

해 질 무렵, 해적들은 죽음의 의식을 재개했다. 두목이 무슬림 노래를 시작했고, 다른 놈들이 화답을 했으며, 무쏘가 내 훈련용 로프의 매듭 묶기를 완료하기 위해 다가왔다. 놈들은 나를 마지막으로 수평 막대기에 매달기 전에 평소 주던 음식이나 물을 주지 않았다. 놈들은 언제라도 마음만 먹으면 자기들 마음대로 식품 공급을 중단하곤 했다. 뱃속의 창자가 꼬이는 것 같았다. 놈들이 하랄(신성시 하는) 꼼수를 쓰기 시작했다. '이 로프를 만지지 마. 입을 대지 마. 일어서 있어. 너는 오렌지 색 구명의 위에 서 있어야 해.' 나는 오렌지 색 구명의 위에 서지 않으려고 발버둥 쳤으며, 무쏘는 이전처럼 나를 때리면서 끌어 당겼다.

"오렌지색 위에 똑바로 서!" 그가 외쳤다.
"넌 미친놈이야" 그가 내 손을 당겨 팔을 펴려고 했다.
"어른답게 해!" 그가 외쳤다.
"군인 자세! 군인 자세! 앉아!" 나는 안쪽 의자 끝에 앉아 있었다.

그들이 내 뒤에서 손전등을 비추었으므로 나는 먼 격벽에 있는 내 머리의 실루엣을 볼 수 있었다. 키다리가 내 다리를 차며 오렌지색 구멍의 위에 내 발을 옮기려 했다. 그리고 구멍정이 오른 쪽으로 기울 때마다 배의 요동에 시간을 맞춘 총의 격발 소리를 들었다. 나는 죽음을 두려워했다. 나는 그 두려움을 잘 숨겼지만 '격발'이 '꽝' 한 번만 소리를 내면 죽는다. 그러자 감정이 돌진하고 힘이 솟구쳤으며, 더 살아야 하겠다는 원초적 본능이 살아났다. 그 밖의 아무것도, 음식도, 친구도, 어느 것도 아닌 10분간이라도 더 살고 싶다는 본능이었다.

· · ·

토요일은 안드레아에게도 힘든 날이었다. 국무성에서 말했던 내용을 생각하며 금요일에 어떤 큰 뉴스를 들을 것으로 기대했다. 그녀는 그 전화를 받기 위해 마음이 들떠 있었다. 그러나 소식이 없었다.

그것은 너무 힘들었다. 심지어 먹을 수조차 없어 페이지와 앰버가 오트밀을 먹으라고 했을 때 "인질 다이어트" 중이라고 농담을 했다. 그녀는 살아오던 중 우리 집에 가장 많은 음식이 있었지만 한 조각도 삼킬 수 없었다.

아들 댄이 토요일에 집으로 왔고 안드레아는 댄과 마리아가 가능한 한 정상적으로 자신들의 생활을 유지하기를 원했다. 안드레아는 아이들이 얼마나 강한지 놀랐다. 친구들에 둘러싸여, 눈물이나 히스

테리도 보이지 않고, 나름대로 의연하게 심리전의 최전방을 지켰다. 그녀는 나를 웃게 했던 댄의 얘기를 나중에 들려주었다. 안드레아가 이른 저녁 거실에 앉아 있을 때, 아들 댄이 특유의 아일랜드인다운 행태로 들어와 어깨 사이에 머리를 움푹 넣었다. 그건 그의 버릇이고 그의 트레이드 마크이다.

"엄마?" "응?"
"아빠가 괜찮을 거라고 생각하죠?"
"그래. 댄, 물론이지."
그가 뛰어나갔다.
"좋아. 난 루크에게 갈 거야" 루크는 길 아래 사는 그의 친구이다.
안드레아는 그저 웃었다.
"그래. 댄. 가 봐." 그가 사라졌다.

그러나 그것은 그날 하루 중에서 안드레아의 마음이 편안했던 단 한 순간이었다. 그녀는 토요일 하루 종일 보도를 지켜보고 있었다. "해적들은 돈을 원하고 상륙하기를 원한다" 그것은 그들의 두 가지 요구 사항이었다. 그녀는 관계자들에게 말했을 것이다. "당신들은 그저 그 두 가지를 주고 내 남편을 돌려받을 수 없는가?" 관계자들은 말했을 것이다. "그래요. 그게 우리가 하려는 것입니다. 염려하는 바는 만일 그들이 상륙하면, 우리가 결코 당신 남편을 찾을 수 없을지도 모른다는 점입니다." 안드레아는 "만일 회사에서 지불을 하면, 즉 몸값이 가능하면, 왜 바로 건네주지 않는가?"를 알고 싶었다. 그러나 그것에 대한 대답을 들을 수 없었다. 사태는 너무나 혼란스러웠다.

안드레아는 해군의 화력이나 돈, 또는 해적들과의 협상 메시지에 관해서는 개의치 않았다. 그녀는 단지 내가 돌아오기만을 원했다. 그러나 그렇게 될 것 같지 않았다. 그리고 사람들은 인질들이 살해당했던 과거의 인질사건에 관한 e메일을 계속 보내고 있었다. 그 e메일의 제목은 다음과 같았다: "잔인한 사살로 인질 6명 살해" "납치해적들의 총격으로 인질들의 처참한 최후" 안드레아가 대답했다. "당신이 나에게 보내는 것이 무엇인지 모르겠어요?" 마침내 그녀는 하나의 e메일을 보냈다. "즐거운 생각만, 제발."

안드레아는 국무성에 나에게 메시지를 보낼 수 있는지를 물었다. 그들은 시도해 보겠다고 했다. 그래서 그녀는 급히 뭔가를 썼다. 미국 정부의 어떤 사람은 내 아내가 멍청이라고 생각했을 것이 분명하다. 왜냐하면 그녀는, "리차드, 우리는 당신을 사랑해. 우리 가족은 당신을 위해 기도하고 있어요, 당신 아들이 부활절 초콜릿 계란을 모두 먼저 먹어버리지 않는다면. 우리는 당신을 위해 그 계란을 보관할 거예요!" 라고 썼기 때문이다. 나는 왜 그렇게 썼는지 안다. 댄은 내 부활절 계란 또는 어떤 초콜릿을 먹을 것이며, 그 메모의 유머로 내가 아내의 무사함을 짐작할 수 있을 것이기 때문이다.

안드레아는 자신의 마음에서 한 가지 생각이 떠올랐다고 '해적들은 어디로 가려고 하는가?' 그녀는 그 점이 정말 두려웠다. 해적들은 거대한 군함 세 척으로 둘러싸여 있고 그들은 여전히 버티고 있었으므로, 그들이 실제로 얼마나 절망적인지를 그녀는 짐작하고 있었다. 따라서 그들이 포기하거나 자살공격을 한다면? 가능성은 50대 50이었다. 그리고 오래 끌면 끌수록, 후자의 가능성이 높을 것이라고 생각했다.

"내 마음은 계속 바뀌는 것 같았어요" 그녀가 말했다.

"한동안 나는 당신을 다시 볼 것이라고 믿었어요. 그리고 다음에는 어두운 생각이 끼어들었어요. 내 머리 속의 한 목소리가, '그는 죽을 수도 있어. 이런 일들은 좋은 결과로 끝나지 않아' 라고 했어요. 나는 그런 생각을 떨쳐버려야 한다고 했지만, 어느 새 슬며시 되살아나기도 했어요."

토요일 밤 늦게 압박감과 실망감이 안드레아를 짓눌렀다. 그녀가 내 누이들을 사랑한 만큼 그들의 듣기 좋은 노래와 유머도 그녀를 지치게 했다. 결국 더 이상 농담도 할 수 없었다. 웃는 것조차 따라 할 수 없었다.

최소한의 여유도 사라졌다.

내 누이 중 한 명이 그녀에게 말했다.

"야, 언니는 이 일로 돈을 많이 벌겠는데. 이제 은퇴해도 되겠네"

안드레아가 되물었다.

"정말로… 그렇게… 생각해?" 냉정하게 말했다.

"리차드가 그 구명정 속에 갇혀 있어서 우리가 백만장자가 된다고?"

토요일에는 더 이상의 소식이 없었으므로 안드레아와 나머지 가족들은 깊은 무력감에 빠졌다. 이제 일요일은 마지막 기회 같았다.

• • •

구명정에서 나는 윙윙거리는 전기 모터 소리를 들었다. 단조로운 전기 장비 또는 엔진 소리 같았다. 구명정 안의 분위기는 즉각 예민해 졌다. 해적들은 흩어져 몸을 숨겼다. 애송이의 눈에는 비참한 공포만 떠올랐다. 해적들은 달려가 해치 도어를 쾅, 하고 걸어 잠갔다. '올 것이 왔다' 라고 생각했다. '해적들은 해상에서 우리를 조준하고 있던 보트들을 본 것이 틀림없다. 아마 해군 군함들이 뭔가를 감추기 위해 일렬로 서서 꾸몄던 것이리라'

두목이 애송이에게 소말리아 말로 소리쳤다. 애송이가 다가와 통로를 사이에 두고 나의 반대편 의자에 앉았다. 그것으로 눈 속의 공포가 완화되는 것 같았다. 그가 AK-47 소총 방아쇠를 당기며 미친 개 같은 눈으로 미소를 지었다. 키다리가 가스통을 열고 끈으로 해치 손잡이에 묶었다. 무쏘가 달려와 헝겊으로 내 눈을 가리려고 묶었다. 나는 머리를 어깨로 내려 눈가리개를 끌어내리려 했다. 해적들은 해치를 통해 밖을 엿보았다. 나는 바깥 소음 −전기모터 소리와 엔진 소음− 을 들었다. 해적들은 총을 준비하고, 탄창을 빼내어 검사하고 다시 철컥

하며 밀어 넣었다. 놈들은 안전핀을 뽑았다. 공포가 구명정 안에 부풀어 올랐다.

두목은 조종실에서 물러났고 모든 해적들은 등을 선체에 바짝 붙이고 가능한 한 먼 좌석 열로 살금살금 물러났다. 놈들은 필사적으로 노출되지 않으려고 했다. 때때로 창문을 통해 밖을 내다보았으나, 거의 동시에 숨었던 곳으로 웅크리고 되돌아가는 것으로 보아, 조준 사격을 받는 것을 두려워하는 것 같았다. 무쏘가 그늘 속으로 들어와 나의 눈가리개가 벗겨진 것을 보았다. 놈이 내 얼굴을 세게 때렸다.

"다시 이러면 후회할 거야!" 그가 외쳤다.

턱이 얼얼했지만, 놈을 골려주어 즐거웠다. 나는 싱긋 웃었다.

"어떡할 건데?" 내가 물었다.

"나를 쏘려고?"

다시 소음이 들렸다. 무쏘가 나를 노려봤지만, 너무 공포를 느껴 나를 제재하지 못했다. 그는 웅크리고 앉아 둘째 열 좌석으로 물러났다. 이제 애송이를 제외하곤 해적들 누구도 보이지 않았다. 애송이는 나를 떠나려 하지 않았다. 놈은 총을 바로 내 가슴에 조준한 채 연쇄 살인자의 모습을 보이고 있었다. 그가 나에게 눈가리개를 씌웠지만, 나는 다시 끌어내렸다. 총구는 나로부터 60㎝ 이내에 있었다.

나는 좌현 정미로부터 통로 쪽 셋째 좌석에 앉았다. 로프에 묶여 위험 상태에서 벗어날 수 없었다. 나는 식육점 상품 진열대의 고기

덩어리 같은 기분을 느꼈다. 공포감도 더해졌다. 해적들이 무서워 하면, 거기에는 이유가 있을 것이다. 총을 가진 자들의 공포를 보는 것이 이상했다. 갑자기 총소리가 났다. AK소총 소리 같았다. 누가 총을 쏘는지 볼 수 없었지만 가깝게 들렸다. 해적들이 앞 쪽 해치를 열고 해군 배에 총을 쏜 것으로 알았다. 그 총소리는 긴장에 숨구멍을 터주었다. 이제 해적들은 숨은 곳에서 천천히 나왔다. 몇 분 후 키다리가 구명정 앞쪽에서 잠에 떨어졌다. 나는 소변을 보고 싶었다.

"헤이, 나 화장실에 가야겠어" 누구에게랄 것도 없이 말했다.

"병이 필요해" 탈출 실패 후, 놈들은 나더러 병에 소변을 하게 했다. 놈들은 더 이상 나를 도어 근처에 갈 수 있도록 내버려 두지 않았다.

"안 돼" 두목이 말했다.

"뭐라고?" 두목이 부정적으로 손을 흔들었다. 나는 이런 식으로 하면 모두들 이 구명정 안에서 죽을 것이며, 또한 이런 행동은 다름 아닌 해적의 짓거리라고 외쳤다. 놈들은 자신들이 해적으로 불리는 것을 아주 싫어했다.

"닥쳐, 입 닥쳐!" 두목이 고함을 질렀다.

"난 입을 다물지 않을 거야. 너희들은 변덕쟁이 해적이고, 그 변덕은 너희들이 어떻게 죽을 것인지를 보여주는 거야."

두목이 엔진을 시동하여 속력을 올렸다. 그는 자신이 하려는 짓을 분명히 알고 있었다. 두목이 폭발하듯 나에게 입을 닥치라고 소리 쳤다. 다른 소말리아 해적들은 무슬림 성가를 부르기 시작했으며,

이번에는 아주 짧은 버전이었고, 두목이 엔진 스로틀을 밀자 보트가 앞으로 기우뚱했다.

"우리가 너를 죽여 더러운 곳에 던져버릴 거야" 두목이 말했다. "그게 바로 지금 내가 너를 데려가는 곳이야."

"무슨 뜻이야?"

그들은 물이 정체되어 수심이 얕은 곳을 알고 있다고 했다. 그곳은 12시간마다 물이 들고 빠지는 조수가 일어나는 해역이 아니었다. 어떤 시체라도 그곳에 던져버리면 썩고 부풀고 악취를 풍기며 하늘 나라로 가는, 물이 고여 있는 더러운 바다였다. "아주 더러운 곳이야" 무쏘가 말했다. 나는 더 이상 소변을 참을 수 없었다. 바짓가랑이가 축축하게 젖는 것이 느껴졌다. 놈들은 내가 동물처럼 오줌을 싸도록 내버려 두었다. 분노가 치밀었다. 의욕을 상실하고 있었다. 나는 놈들 에게 욕을 퍼붓고 지옥에나 떨어져 죽으라고 저주하면서 고함을 질렀다. 두목이 되받았다. "입 닥쳐! 입 닥쳐!"

목적지에 도착하자 두목이 엔진을 죽였다. 선미 해치를 통하여 배인브리지 호를 볼 수 있었다. 해군 군함이 우리를 잡으려 했지만, 해적이 따돌린 것 같았다. 이제 소말리아 해적들은 나에게 물과 음식을 주었다. 두목은 내가 팝-타트를 먹도록 강요했다. "좋아. 내가 음식을 먹지" 놈들은 정상적인 종교의식을 뒤집어 시행하고 있었다. 나에게 깨끗한 죽음을 줄 가치가 없음을 의미하는 듯 했다. "더 먹어" 나에게 팝-타트를 강제로 먹이면서 두목이 말했다. "개새끼!" 내가 외쳤다. "너는 신성하지 않아. 넌 더러운 동물이야" 두목이 받았다. 나를 더럽히려고 음식을 내 입에 밀어 넣고 비웃었다. 놈이 물러나서 조종실로 갔다. 극적으로 바로 돌아서면서 오른팔을 들어, 처음에는 목을, 다음으로 양 손목을, 마지막으로는 성기 부분을 자르는 시늉을 해보였다. "개 같은 새끼!" 내가 소리쳤다. "네가 나를 죽이면 나도 너를 죽일 거야. 내가 유령이 되어 끝까지 너를 쫓아다닐 거야."

놈들이 바닥에 놓여 있는 푸른 가방 위로 내 발을 강제로 옮기려 했다. 나는 발을 통로 반대편 의자의 팔걸이에 걸고 의자 끝에 앉아 있었다. 나는 여전히 묶여 있었다. 너무 어두워 누가 무엇을 하는지 몰랐다. 손전등을 비추며 AK소총을 든 한 명이 등 뒤에 있었다. 내가 볼 수 있는 것은 맞은 편 벽에 나타나는 실루엣 속의 내 머리뿐이었다. 다른 소말리아 해적이 내 곁에 누워 AK소총으로 내 배를 겨누고 있었다. 구명정은 너울을 타고 심하게 흔들렸다.

"너는 깨끗한 죽음을 맞이할 수 없어" 누군가 어둠 속에서 말했다.

나는 다시 다리에 따뜻한 기운을 느꼈다. 오줌을 싸고 있었다. 비참하고 매우 기분이 상했고 동물처럼 앉아 있어야만 했다. 움츠리고 앉아 있으니 전신의 힘이 빠졌으며, 반면에 해적들은 주위에서 킬킬거리고 있었다. '이게 끝이다' 생각했다. '끝났다' 내 마음속의 뭔가는 차라리 행복하게 생각되었다. 나는 해군이 0.5구경 기관총으로 구명정에 발포하여 모든 것을 끝내버리기를 바랬다. 죽는 것도 개의치 않았다. 단지 모든 것이 끝나기만을 원했다. 혼란은 소용돌이쳤고 나는 최후를 맞을 각오를 했다. 하지만 가족을 생각하자 살아나야 한다고 스스로에게 다짐했다. 내 생각은 두 가지 방향으로 향했다. 해적이 나를 죽이지 않을 것이라고 믿는 것과 죽일 것이라고 믿는 것, 나는 이 혼란이 끝나기를 원했고 또한 단 5분이라도 더 살기를 원했다. 나를 정말로 혼란시키는 것은 해적의 동기였다. 왜 그들은 나를 협박할까? 나는 그들에게 몸값을 지불할 권한을 갖고 있지 않다. 그럼 이건 뭔가? 정말로 이건 단지 테스트에 불과한 것인가?

뒤에서 누군가 움직이는 소리를 들었다. 너무나 어두웠기 때문에 어느 놈인지 알 수 없었다. 그는 AK-47소총의 가짜 격발을 시작하며 내가 일어나도록 명령했다. 나는 똑바로 서려고 애쓰면서 비틀거렸다. 그는 구명정이 오른쪽으로 롤링하는 시기에 맞추어 소총의 격발을 반복했다. 정말로 이상하게 춤을 추는 것 같았다. 세 시간 동안 계속하는 것 같았다. "앉아" 놈들이 말했다.

나는 죽음에 대한 준비가 되어 있었다. 등을 쭉 펴서 가능한 한 높이 앉았다. 땀이 얼굴에 쏟아져 흘렀다. 내 위장은 과거 매사추세츠 해양대학의 '네 구석'으로 돌아가 방금 300회의 윗몸 일으키기를 끝낸 것처럼 뒤틀리고 꼬였다.

"군인같은 자세. 아, 아주 좋아" 두목 놈이 비웃었다.

이런 짓이 몇 시간이나 반복되었다. 메트로놈처럼 격발이 찰칵, 찰칵, 찰칵 이어지는 동안 우아한 죽음을 맞으려고 애쓰면서 나는 비틀거렸다. 마침내 올 것이 왔다.

"나를 죽일 미친놈을 데려 와"

내가 땀에 젖어 의자에 꼬꾸라지며 말했다.

"나는 준비됐어. 네 놈들이 원하는 대로 하라고."

두목이 조종실에서 나를 내려다보았다.

"오케이, 됐어. 오늘 밤은 그만 해. 그만 해"

다른 해적 놈들이 느긋해졌고 긴장이 빠져 나갔다.

하지만 그날 밤 나머지 시간 동안, 놈들은 갖가지 새로운 살인 의식을 시작했다. 놈들은 나에게 총을 겨누고 옷가지나 손도끼 같은 물건을 들고 이 좌석에서 저 좌석으로 옮기거나, 어느 곳에 두도록 명령을 반복했다. 내가 신성한 하랄 끈을 갑판에 닿게 하면 때렸다. 그래서 내 몸에 묶인 로프를 바닥에 끌 수 없었다. 그렇게 하는 동안 놈들은 나를 "동물… 미친 놈… 전형적인 미국 놈"이라고 조소했다. 내가 더럽기 때문에 이런 의식을 통하여 깨끗하게 하려는 것 같았다. 나는 한 곳에서 다른 곳으로 계속 뛰기도 했다. 어느 순간 보트가 너울에 부딪쳤을 때 나는 갑판에 넘어졌다. 아침이 다시 찾아왔을 때 나는 결심했다. '이런 날을 하루 더 보내지 않을 것이다.' 뭔가 변화를 추구해야만 했다.

5 D-day
일 후 03:00

이제까지 아프리카의 뿔 근해에서 발생한 대부분의 해적
상황은 인질에게 신체적 해를 가하지 않고 석방했으며, 몸
값을 지불하는 것으로 끝냈다. 그러나 바로 어제 이런 방법
에서 이변이 일어났다. 프랑스 인질들… 거의 1주간의
억류 후 어제 석방되었다… 어른 4명과 어린이 1명이었다.
그들은 토요일 아덴만에서 납치되었을 때 요트를 타고 있었
다. 그 인질 중 한 명과 해적 두 명이 구조작전 과정에서
죽었다. 실제로 해적 3명이 체포되었다. 프랑스 군은 해적
들이 몇 가지 제안을 거부하자 행동에 들어갔고, 그 제안에
는 납치되어 있던 어린이와 어머니 대신에 장교 한 명을
교환하자는 것도 들어 있었다. 해적들은 인질을 한 명씩
살해하겠다고 위협하기도 했다. 사망한 인질이 구조작전에
서 교차사격으로 희생되었는지 해적이 살해 했는지 분명하
지는 않다.

－ CNN, 4월 11일

일요일
아침에 일어났을 때, 구명정 안의 분위기는 어둡고 울적했다. 꼭 나의 기분 같았다.

"헤이, 필립스" 두목이 불렀다. "난 이제 새로운 일이 생겼어. 나는 푸른 파키스탄 터그보트로 가서 해군을 위해 그들이 알 카에다가 아닌지 확인하러 가려고 해." 나는 그저 시큰둥하게 투덜댔다. "난 그들을 도우려고 해. 어디서 식품과 연료를 구했는지 말해 줘."

해군이 다시 무전기로 호출했다. 그들은 분명히 내가 살아있는지 증거를 확보하려 했다. 나는 그들이 선미 도어 밖 4.5m에서 조디악 고무보트를 타고 나를 살피는 것을 보았다. 내가 팔을 흔들었다. 해적들은 선체에 절반 쯤 가려진 도어 근처에 몰려 있으면서, 총을 밖으로 향해 해군을 겨누고 있었다. 해군 위생병이 나를 보며 이상이 없는지 물었고, 내가 괜찮다고 대답했다. 매우 집요한 해적들이 1m 이내에 붙어 있었으므로 007의 제임스 본드와 같은 전격적인 행동은 없었다. "알 카에다 사태와 같은 게 여기 있군." 해군 한 명이 농담조로 해적에게 말했다. 소말리아 해적들은 딱딱한 표정을 지으며 정말로 알 카에다의 역할을 하고 있었다. 친근감의 노출은 역력했다. 나는, "이 친구들을 알아?" 외치고 싶었다. 하지만 조디악은 두어 번 왔다 갔다 하다가 떠났다.

두목이 구명정을 떠났다. 나는 그가 어디로 갔는지, 또는 어떻게 갔는지 알 수 없었지만, 그는 푸른 파키스탄 터그보트를 조사하러 간다고 주장했다. 애송이는 나에게 말을 걸 기회가 생겼다. "우리가 소말리아에 가면, 나와 함께 영화구경을 가지 않을래요?"

"오, 좋지" 내가 대답했다.

"난 여자 친구와 가려고 해" 애송이가 말했다. 그를 훑어보았다. 그는 좀처럼 말을 하지 않았는데 뜻밖이었다.

"애인이 있어?"

"그래요, 여자 친구와 데이트 해요. 그녀의 엄마도 있어요. 당신은 걔 엄마와 함께 갈 수 있어요." 나의 눈이 휘둥그레졌다.

"나는 내 여자 친구와 함께 가고 당신은 걔 엄마와 함께 갈 수 있어요" 그가 말했다. "우리는 영화구경 갈 겁니다." 그가 내 쪽으로 몸을 기울였다. "그리고, 호텔로." 웃음이 터져 나왔다.

나는 궁금했다. '지금 나는 어디에 있는 것인가? 조그만 해군 투묘지가 있는 육지에 가까이 있나?' 해적들이 해군 군함 세 척이 있고 -터그보트와 다른 배들도- 모든 활동들을 나에게 설명해 주었는데, 이는 연안으로부터 300마일 떨어진 대양에서는 있을 수 없던 이상한 일이었다. 헷갈렸다. 주위에서 발생하고 있는 것들에 관해 아무것도 종잡을 수 없었다.

갑자기 선미 해치를 통하여 돌고래 떼가 보였다. 100여 마리가 될 것이 분명했다. 나는 고개를 들어 물을 통해 그들을 추적하려 했으나 사라져 버렸다. 1분 후 돌고래들이 선미 해치 바로 앞에 다시 나타났다. 부상했다가 미끄러지면서 숨구멍으로 물을 뿜어 올렸다.

함께 수영하는 돌고래 떼를 보자 마음이 들떴다. 아마 오늘은 좋은 날이 될 것이다. 하지만 소말리아 해적들은 나를 혼자 내버려 두지 않았다. 그들은 매듭 묶기를 다시 강요했다. 그들이 매듭 하나를 묶고 내게 풀게 했다. 내가 다른 끈을 만지면 그들이 내 머리를 쥐어박고 둘째 매듭을 묶었다. 그리고 내가 잘못하면 셋째 매듭을, 이어서 내가 풀려고 애를 썼던 매듭이 여섯 개나 되었다. 심지어 애송이마저도 그 게임에 지쳤다. "중요한 게 뭐야?" 그가 무쏘와 키다리에게 외쳤다. 그들이 애송이에게 바로 돌아섰다.

"뭐라고? 너도 미국 뱃놈이 되고 싶어? 응? 우리는 소말리아 사람이야. 우리는 24~27세의 멋진 소말리아 선원이야." 긴장이 쌓이고 있었다. 해적들은 애송이 대 나머지 두 사람으로 패가 나뉘었다. 정오 경 해군이 식품을 더 투하했지만, 그것으로 보트 안의 분위기가 완화되진 못했다.

두목이 배를 떠난 지 한 시간이 되었다. '그는 배반하고 도주 중이다'고 나는 생각했다. '그는 뭔가가 오는 것을 보았고 나머지 놈들을 강 하구로 떠내려가도록 팔아넘겼다.' 나중에 그가 해군과 몸값과 석방조건을 의논하기 위해 갔다고 들었지만, 나는 믿지 않았다. 두목은 창 끝에 무서운 독이 묻어 다가오는 것을 보았으므로 보트를 떠났던 것이다. 계속해서 나머지 해적 3명은 소말리아식 매듭 묶기 학습을 강요했다. 그러나 나 역시 그것으로 충분했다. "그만 해" 내가 말했다. "난 됐어." 오후 세 시였다. 그 순간 나는 그들이 나를 죽이더라도 상관하지 않았고, 더 이상 매듭을 묶거나 다른 명령을 받으려고도 하지 않았다.

갑자기 허약해지는 것을 느꼈다. 모든 힘이 몸에서 빠져나가는 것 같았다. 나는 의자에 털썩 주저앉았고 물건들이 흐릿하게 보였다. 어떤 것에 집중할 수 없었고, 정신이 몸에서 빠져나가는 듯 했다. 어지럽고 머리가 텅 빈 것 같았다. 해적들이 과민해졌다. "의사가 필요해. 의사가 필요해" 무쏘가 말했다. 그가 무전기에 대고 의사 한 명을 보내 달라고 요구했다. 해적들이 물을 가져 왔고 나는 조금 마신 후 나머지를 머리에 부었다. 그들은 식수를 배급하는 것부터 이제 내가 원하는 대로 해주었다. 나는 두려웠다. 나는 살아오면서 이런 일을 겪어보지 않았다. '정신이 나갔다'고 생각했다. '이런 일이 어떻게 일어나는가?' 그것은 더위로 인한 피로임에 틀림없었다. 나는 항상 더위를 싫어했지만 이런 일은 처음이었다.

한 시간 후, 해군 군의관이 왔다.
"어떻습니까?" 그가 고무보트에서 물었다.

"그래요. 이제 괜찮아요. 아마 열사병인 것 같았어요."

"위생시설은 어때요?"

"보시는 바와 같아요."

"어떻게 계시는지 나오실 수 있습니까? 우리는 당신이 괜찮은지 확인하고 싶습니다."

나는 나가지 못했다. 나는 해적들이 나를 문 가까이 나가지 못하게 한다는 것을 말했어야 했다.

당시 내가 몰랐던 것은 조디악 선체 속의 담요 아래에 총이 숨겨져 있었다는 사실이었다. 해군들은 내가 뛰어 내리도록 하려고 선미 도어 근처로 다가오기를 애썼다. 내가 그렇게 했다면, 그들은 소말리아 해적들에게 총알을 쏟아 부었을 것이다. 하지만 해적들은 내가 해치 근처로 가도록 내버려 두지 않았다. 해군은 우리들의 암호 "저녁시간"도 사용했다. 그들이 그 암호를 -셰인이 그들에게 알려 주었다- 어떻게 알고 있는지 이해할 수 없었다.

해군 위생병들이 떠나기 전에 더 많은 식품, 약간의 생선 요리와 조금과 건포도 푸딩을 건네주면서 해적들에게 말했다, "선장님이 이걸 드시도록 해. 너희들 것이 아니야. 선장님만" 그래서 나는 별로 배가 고프지 않았지만 애써 먹었다. 그 건포도 푸딩은 내가 먹어본 것 중에서 제일 맛있었다. 그들은 네 개를 가져 왔다. 내가 뭘 하고 있는지 의식하기도 전에 나는 두 개를 삼켜버렸다. "아, 미안해. 네 것을 먹어버렸지?" 내가 무쏘에게 사과했다. "여기, 내 생선요리를 먹어." 그가 손을 내저었다. 그들은 내가 죽을까봐 겁을 내고 있었고, 따라서 내가 먹는 것을 보고 기뻐했다. 해군은 또한 청색 바지와 샛노란 셔츠를 보냈다. 내 몸이 더러워 그 옷을 입고 싶지 않았다. "샤워를 한 후에 이 옷을 입을 거야." 그러나 해적들이 입도록 고집을 부렸다. 할 수 없이 옷을 입었고 내 머리 위로 뿌린 물과 보트 내의 여러 가지 오물로 그 셔츠는 바로 젖고 더러워졌다. 해군이 나에게 샛노란 셔츠를 입게 하여 저격수들이 나를 해적들로부터 구별하게 하려는 의도는 상상조차 못했다. 내 머리는 그렇게 예리하지 못했다. 나는 둔한 동물 같은 느낌이 들었다. A.1. 스테이크 소스 한 병도 있었다. 나중에까지 발견하지 못했지만, 해군 승무원이 라벨에다 메시지를 썼다. "오래 견뎌 내십시오. 우리가 당신을 구하러 갈 겁니다." 나는 건포도 푸딩을 게걸스럽게 먹어치우면서도 그 메모를 보지 못했다. 설사 그걸 보았더라도 안경이 없어 메시지를 읽을 수 없었을 것이다. 나는 생선요리에 A.1. 소스를 왜 주었는지 궁금했다 -그 배에 지니고 있는 소스가 그것뿐이라고 생각했다- 나는 바로 그 생각을 떨쳐버리고 그 병을 소말리아 해적에게 건네주었다.

조디악이 다시 나타났다. "우리는 당신들의 구명정을 예인하려고 한다." 해군 한 명이 큰 소리로 말했다. "우리를 끌어 준다고?" 내가 물었다. 키다리에게로 돌아섰다. "뭘 했어? 엔진을 껐어? 키는 괜찮아?

무엇이 고장 났어?" 해적들은 이상하게 즉시 예인에 동의했다. 왜 상대에게 우리의 이동을 맡기려는 것일까?

나에게 알려 주지는 않았지만 우리는 이제 소말리아 해안선으로부터 20마일 이내에 있었다. 해군은 해적들이 증원세력을 요청하거나 나를 구명정에서 몰래 빼낼 수 있으므로, 우리가 접안하는 것을 원하지 않았다. 그러나 해적들도 우리가 그들의 모항으로부터 너무 멀리 표류했고 경쟁적인 종족이 통제하는 해안에 가까이 접근했으므로 상륙을 원하지 않았다. 또한 상륙 시 폭력을 유발할 수 있으므로 접근을 원하지 않았다.

오후 다섯 시. 우리는 배인브리지 호의 함미에 있는 윈치에 이끌려, 구명정의 선수에 와이어로프가 연결되었다. 마지막으로 해군들이 떠나면서 키다리에게 뭔가를 건네었다. "이걸 선장님께 드려." 그들이 말했다. 키다리가 받아 힐끗 보고 나에게 주었다. 내 시계였다. "이게 어디서 났어?" 내가 물었다. 내가 이 시계를 마지막으로 본 것은 두목이 손에 차고 있을 때였다. "해적으로부터" 해군이 말했다. 머릿속이 뒤엉켰다.

• • •

구명정 안의 긴장은 고조되었다. 우리가 배인브리지 호 함미로부터 예인되면서 물기둥이 솟구쳤고 하나 둘 검은 물체가 떠 있는 것을 보았다. "저게 뭐야?" 해적들이 무전기에 대고 외쳤다. "행동 금지, 행동 금지." 나는 검은 물체가 무엇인지 알 수 없었지만 어떤 생각이 떠올랐다. 상선은 대양에서 비닐봉지를 버릴 수 없지만 군함은 그럴 수 있을 것이라는… . 해군이 확인해 주었다. 그들은 단지 쓰레기를 버리는 것이라고 해적들에게 말했다.

두목이 떠나면서 해적들의 응집력은 점차 약화되었다. 키다리와 무쏘가 애송이에게 돌아섰다. 아마 애송이가 이전처럼 그들에게 순종하지 않는 -그들이 해군 협상자들과 대화하고 있을 때 확연히 드러났다- 것에 대한 스트레스 혹은 그 사실 때문인 것 같았다. 이제 그들은 애송이를 괴롭히기 시작했다.

"뭐라고. 미국 놈처럼 맥주를 마시러 가고 싶다고? 그래?"
"아니, 난 소말리아 사람이야."
"우리는 소말리아 선원이야. 우리는 시계처럼 일을 해. 우리는 멈추지 않아. 너는 맥주를 마시고 영화를 보러가고 저 게으른 미국 놈과 같아. 영화를 보러가고 싶다고?"
"지옥으로 꺼져!"
"지옥으로 꺼져. 미국 놈. 우리는 임무를 위해 여기에 있을 거야."

그리고 놈들은 애송이를 검둥이라고 불렀다. 나는 충격을 받았다.

너는 미국 놈이 되고 싶어? 너는 검둥이야?" 애송이는 소말리아 말과 영어로 되받아 쳤다. 그들 세 사람은 분노로 이글거리고 있었다. 그리고 그들 각자는 손이 닿는 거리에 총을 지니고 있었다.

나는 몇 시간 잠에 골아 떨어졌다가 놀라 깨었다. 그들은 아직도 싸우고 있었다.

"난 이제 좀 좋아졌어" 내가 말했다.

"수영하고 싶어." 나는 정말로 다시 바다에 뛰어들고 싶었다.

그 시원한 물에 대한 기억은 여전히 나에게 남아 있었다. 놀랍게도 소말리아 해적들이 나를 풀어주기 시작했다. 그들이 로프를 풀었을 때 내 팔은 부어 있었고 고통스러웠지만, 전신을 통하여 안도감이 흘렀다. 그들은 헐렁하게 내 발 주위에 로프를 남겨 두었으므로 달리거나 해치를 통해 바다로 뛰어들 수는 없었다. "이거 봐. 단지 저기에 뛰어들게 해 줘" 내가 부탁했다. 나는 그저 내 몸을 식히고 싶었다.

"아니, 당신은 너무 약해졌어."

"잠시 뛰어들었다가 나올 거야."

"너무 약해. 너무 아파. 그냥 자."

애송이가 겉옷 몇 개를 꺼내 내 옆 통로에 펴 나를 위해 일종의 잠자리를 만들었다. "누워" 그가 말했다.

"난 눕지 않아. 너희들이 말하는 것은 어떤 것도 안 해. 나를 물 속에 뛰어들게 내버려 둬."

이것은 이변이었다. 나는 모든 것에 반대하기로 작심했다. 이 흉측한 놈들에게 하는 협조는 나에게 아무런 도움이 되지 않았다. 해적들은 몇 분간 안된다고 떠들더니 각자의 자리로 돌아갔다. 나는 발을 움직여 가능한 한 로프를 느슨하게 했다. 애송이가 눈치를 채고 손전등을 들고 통로로 내려왔다. 로프는 점점 느슨해졌다.

"이 친구가 로프로 장난을 치고 있어."
"아니야. 난 단지 발을 뻗고 있어."
그러나 그 때 나는 '충분하다'고 생각했다.

"난 여기에서 나간다. 더 이상 이런 게임을 하지 않는다." 나는 발로 로프를 차버리고 일어섰다. 해적들의 머리가 구명정의 앞뒤에서 불쑥 올라왔다. 나는 앞으로 걸어갔다. 무쏘가 뛰어 올랐다.
"앉아. 앉아! 넌 떠날 수 없어."
"그래 날 쏘아" 내가 말했다.
"난 충분히 지냈어. 난 여기서 나가야 해."
무쏘가 총을 내리고 내 허리를 잡았다. 나는 키다리가 뒤에서 뛰어올라 다리를 잡는 것을 느꼈다. "난 여기가 진절머리 나" 나는 선수 쪽을 향해 두 걸음을 옮겼다. 쾅! 정수 쪽에서 총구가 불을 뿜었다. 나는 뒤로 자빠지면서 3번 좌석에 앉았다.
"무슨 짓이야!" 내가 외쳤다.
애송이가 선수에서 총알 한 발을 쏘았다.

"거기 무슨 일이야? 무슨 문제야?" 바깥에서 목소리가 들렸고 여성의 목소리 같았다. 해적들이 서로 외치고 있었다.

"여기서 쏠 수 없어!"

"무슨 짓을 해!?"

"쏘지 마!"

"거기에 무슨 일이 일어났어? 무슨 일이야?" 여자 목소리가 매우 다급하게 들려왔다.

"문제 없어요! 오발이야!" 목소리들이 구명정의 어둠 곳곳에서 흘러나왔다.

"안심해, 오케이, 오케이!"

법석을 떨었던 애송이는 조종실에 있었다. 키다리가 그와 함께 있었다. "괜찮아요." 키다리가 보트 밖에 있는 여자에게 외쳤다.

"이제 문제 없어요! 모든 게 좋아요."

나는 임시 잠자리에 드러누웠다. 내가 돌아눕자, 무쏘와 키다리가 선수 해치를 향해 걸어가는 것이 보였다. "오발. 문제없어! 오케이, 오케이!" 내가 바닥으로 미끄러져 눕는 동안 그들은 일어서서 스스로를 드러내었다. 나는 지쳐서 그저 쉬고 싶었다.

갑자기, 총소리가 울렸다. 방방방방방방. 연속으로 여섯 또는 일곱 발 같이 들렸다. 총소리가 조그만 보트 안에 울리자, 좌석 열 사이로 파고들었다. 나는 피부를 꼬집으며, 뭔가 내 얼굴 위로 쏟아지는 것을 느꼈다. 뭐야? '무슨 일이 벌어졌지?' 사격이 15분간이나 지속된 것 같았지만 벌어진 것 같지만 단 몇 초간에 일어난 일들이었다. 나는 가능한 한 아래로 파고들면서 공포와 혼란을 느꼈다. "뭘 하는거야?" 내가 외쳤다. "무슨 짓을 하는 있는 거야?" 나는 해적들이 서로 간에 사격을 하고 십자 포화에 갇혀버렸다고 생각했다. 그들이 서로 다투다 총싸움으로 격화되었다. 뜨거운 교전과 징벌 그리고 위협이 지나간 후, 완전한 침묵만이 남아 있었다.

어디선가 소리가 들려왔다. 남자 미국인 목소리였다.
"괜찮습니까?" 목소리의 주인공이 물었다.
누가 말하는지 이해할 수 없었다.
"무사합니까?" "난 괜찮아요." 내가 대답했다.
"그런데 당신은 누구요?"

고개를 들자 애송이가 내 얼굴로부터 30㎝ 거리에 있었다. 그는 조종실의 높은 의자에서 떨어져 갑판에 뒹굴고 있었다. 눈은 부릅 뜬채 숨을 쉬려고 몸부림치고 있었다. "후-후-후우우우후후." 나는 애송이가 마지막 숨을 몰아 쉬는 것을 지켜보았다. 그가 신음을 토했다. 오래 살지 못할 것 같았다. 그리고 내 앞에 있는 물체의 윤곽을 보았다. 그는 검은 옷을 입고 있었다. 눈에 보이는 것은 그것뿐이었다. UDT/SEALs 팀은 해적에게 사격을 가한 뒤 소리 죽인 외침을 들었다고 나중에 나에게 말했다. 그들은 내 뒤에 소말리아 해적 한 명이 있는 것으로 생각했다. 실 팀은 예인 색을 타고 선수로 미끄러져 내려와 구명정으로 들어왔던 것이다.

SEAL팀이 해적들을 체크했다. 이제 그들은 모두 죽었다. "여기에서 어떻게 나가는지 압니까?" 그 대원이 물었다. 나를 묶은 로프를 풀고, 나는 일어섰다. 해적들이 좌석들을 가로질러 묶어둔 로프 장애물을 넘었다. 나의 다리는 약했다. 비틀거리며 해치로 가서 밖에서 열지 못하도록 묶은 로프를 풀었다. 도어의 다른 쪽에서 누군가 강제로 열려고 밀고 당기고 있었다. "기다려. 내가 열어 줄 테니" 내가 외쳤다.

로프를 풀고 문을 활짝 열었다. 건장한 SEAL 대원이 문을 열고 들어와 나를 보트 바닥에 강제로 눕혔다. 내 위를 덮는 것 같은 그의 얼굴을 볼 수 있었다. 그리고 그의 뒤로 어렴풋이 나타난 거대한 배인 브리지 호의 선체를 보았다. 손을 내밀면 만질 수 있을 것 같았다.

"그가 다쳤어요. 그가 다쳤어요." 그 대원이 외쳤다. 내 얼굴에서 피가 흘렀는데 총알이 보트 안을 휩쓸때의 파편 때문이었다. "난 괜찮아요. 괜찮아" 내가 말했다. 보트 선미 쪽으로 더듬어 가자 그들이 엔진을 가동했다. 거기에는 해군 5명이 있었고 그들이 엄지손가락을 치켜세웠다. 모든 일은 약 60초 만에 이루어졌다.

다른 보트 한 척이 윙윙거리고 있었다. SEAL팀은 그들의 지휘관에게 외쳤다.

"그는 괜찮습니다. 우리가 그를 데리고 있습니다!" 어떤 목소리가 무전기에 끼어들었다.
"그가 다쳤어? 반복한다. 그가 다쳤나?"
SEAL 대원 한 명이 대답했다.
"아마 다쳤을 겁니다."
"나는 괜찮아요" 내가 소리쳤다.

그 보트가 배인브리지 호로 향했다. 나는 커다란 배가 점점 가까이 오는 것을 보았다. '하느님, 이제 끝났습니다. 난 해냈어. 난 그곳에서 빠져 나왔어. 나는 살아났어.'

• • •

일요일 이른 아침 안드레아가 자고 있을 때, "엔지, 난 괜찮아. 걱정 마, 난 괜찮아." 하는 내 목소리를 들었다고 생각했다. 그녀는 일어나 화장실에 다녀와서 다시 잠자리에 들었다.
"안드레아" 앰버가 침대의 다른 쪽에서 말했다.
"나는 어떤 직관이 떠올랐어."
"그게 뭔데?"

"난 리치가 정말로 괜찮을 거라고 생각해."

"너는 정말로 그렇게 생각해? 왜냐하면 나도 똑같이 그렇게 느꼈기 때문에."

그녀는 그 때 뭔가가 일어나고 있음을 알았다. 부활절 일요일이었다. 좋든 싫든 안드레아의 머리에 어떤 것이 떠오르는 것을 느꼈다. 앰버는 다시 잠들었지만 안드레아는 그렇게 할 수 없었다. 그녀는 계속 생각에 잠겼다. '생각하고, 또 생각하고. 나는 뭔가를 해야 한다. 리치는 이제 지쳤을 것이며 더워서 기력을 잃었을 것이다. 얼마나 더 버틸 수 있을까?' 그녀는 어떤 긍정적인 에너지를 나에게 보내고 싶었다. 그러나 남편으로부터 7,500마일이나 떨어져 있었다. 그녀가 뭘 할 수 있었을까?

그 때 그녀에게 생각이 떠올랐다. 목요일 버몬트 교구 주교님이 그녀를 방문했을 때, 그가 가족을 도울 수 있는 게 없는지 간곡하게 물었다. 갑자기 안드레아는 부활절 아침에 뭔가를 해야 한다고 생각하며 다급해졌다. 그리고 그녀는 정확하게 무엇을 해야 할지를 알았다.

몇 년 전 우리 가족은 미사를 드리기 위해 케이프 캇으로 갔다. 신부님은 아프리카에서 선교활동을 하시다 방금 돌아온 분이었다. 그는 자신의 업무에 관해서 말했고 그것이 큰 의미를 지니고 있으며 우리가 항상 기억하는 성스러운 구절에 관한 강론을 하셨다.

"하느님은 좋은 분." 그에 대한 응답은 "언제나"였다.

그리고 신부님이 말했다, "언제나" 그러면 그 응답은 "하느님은 좋은 분"이었다. 신부님은 매사추세츠의 하이야니스에 사는 보수적이며 퉁명스런 가톨릭 신자들에게 파고들기를 어려워했고, 이 문구는 흥미와 감동을 주었다. 그것은 우리 가족의 금언이 되었다. 우리는 공항에서 누군가를 떠나보낼 때, 또는 전화를 끊을 때, 어느 한 사람이 말한다.

"하느님은 좋은 분" 그러면 상대방은 대답한다.

"언제나" 이는 가족 모두를 함께 묶어주는 한 가지 암호 같았다.

위기 시에 이 말은 우리가 가진 것에 감사해야 한다는 것을 일깨워 준다.

안드레아는 침대에 누웠으나 잠들 수 없었다. 시시각각 시간이 흘러 아침 여섯 시, 그리고 여섯 시 삼십 분. 그녀는 박차고 일어났다.

'누구라도, 심지어 가장 나쁜 가톨릭 신자라도, 부활절 아침에는 성당에 간다. 나는 왜 버몬트주의 주교님께 모든 신부님들이 미사에서 이 짧은 성스러운 구절을 사용하도록 요청하지 못할까? 나는 버몬트 전체가 그 말을 쓰게 할 수 있다!' 벌링턴으로부터 브래틀보로의 대학생들, 그리고 조그만 농촌 공동체에 이르기까지 수천 명이 그 작은 성구를 되풀이 하는 상상만으로 그녀는 강력한 힘을 받았다.

"나는 그것을 해야 해." 그녀는 침대에서 뛰쳐나와 앨리슨에게 달려가서 그녀가 모리스빌의 프리브 신부님과 언더힐의 대니엘슨 신부님께 강론에서 그 성구를 말씀하시도록 요청할 수 있을 것인지 물었다. 그리고 그녀는 자신의 아침 일상생활로 돌아갔다.

나의 어머니가 플로리다에서 와 계셨다. 그녀는 더 이상 오래 머물 수 없었다. 그리고 내 누이들은 자신들의 가족에게 돌아갈 채비를 하고 있었다. 안드레아가 모르는 동안 앨리슨은 신부님께 전화를 걸었다. 통화를 할 수 없어서 앨리슨은 차를 타고 시동을 걸었다. GPS는 그녀에게 반대 방향을 제시했으며, 그녀가 신부님을 놓칠까 봐, 안절부절 하면서 잘못된 방향으로 1마일 또 1마일을 몰았다.

결국 그녀는 돌고 돌아 성당에 도착했고, 프리브 신부님은 기꺼이 그렇게 하겠다고 약속하셨다.

11시 경, 안드레아는 생각했다.

'앨리슨에게 무리한 부탁이 아닐까?' 그녀는 무려 다섯 시간이나 집을 떠나 있었다. 바로 그 때, 그녀의 협조자 조나단이 들어왔다.

"당신은 이걸 들어야 해." 조나단이 아이폰을 꺼내 스피커를 켰고, 그 폰을 부엌 테이블 위에 놓았다. 가톨릭 신자인 앨리슨은 성당에 머물 필요성을 느꼈다. 그리고 안드레아는 미사가 진행되는 것을 들을 수 있었다. 그 성구가 흘러나왔고 신부님이 노래하기 시작했다.

"하느님은 좋은 분" 성당 안에 있는 모든 사람들이 받아서 노래했다. "언제나" 프리브 신부님은 우리 가족의 모토를 노래로 만들어 불렀다. 안드레아는 엄청난 감동의 물결이 그녀를 휩쓸고 지나가는 것을 느꼈다.

그녀는 머리를 벽에 기대고 울기 시작했다. 나를 모르는 그 모든 사람들이 우리 가족을 위해서 그렇게 하고 있다는 것을 생각했다. 눈물을 흘리면서. 그녀는 고개를 들어 창문 밖을 내다보았다. 눈이 내리기 시작했다. 내가 세상에서 가장 좋아하는 것 중의 하나인 눈이. 안드레아는 이것이 그녀를 위한 좋은 징표라고 느꼈다. 그녀는 벽으로 얼굴을 돌렸다. 그리고 혼자 말했다.

"오 나의 하느님. 그는 정말로 괜찮을 것입니다."

5 D-day
일 후 19:45

나는 필립스 선장이 구조되어 미 해군군함 복서 호에 안전하게 탑승한 것을 매우 기쁘게 생각합니다. 그의 안전은 우리의 가장 기본적인 관심사였으며, 그의 가족과 부하 승무원들에게 깊은 안도감을 주었습니다. 나는 또한 필립스 선장의 안전한 귀환을 위해 지칠 줄 모르고 일했던 미국 군대와 다른 여러 부서 및 조직들의 노력에 대하여 매우 자랑스럽게 생각합니다. 나는 필립스 선장의 용기와 부하 승무원들을 위한 헌신적인 배려에 국민과 더불어 존경을 표합니다. 그의 용기는 모든 미국인의 표상입니다.

해군은 인양기를 이용하여 조디악을 배인브리지 호 함상에 끌어 올렸다. 나는 앞서가는 SEAL 대원의 어깨에 손을 올리고 걸었다.

우리는 해군들이 환성을 지르며 축하하는 함미 격납고 안으로 들어갔다. 그러나 그곳은 여전히 긴장되어 있었다. 수병들이 헤드폰과 음성장치를 끼고 바쁘게 달리고 해적이 더 있는지 밀려나간 구명정에 관한 상황을 파악하고 있었다. 나는 손을 흔들며 소리쳤다. "고맙습니다." 그리고 나는 곧 바로 의무실로 안내되었다. 안도감이 내 전신에 흘러넘쳤다. 모든 것이 매우 빨리 일어났고 그 지긋지긋한 보트로부터 이 거대한 군함에 곧장 후송된 것 같았다. 긴장이 내 몸속에서 빠져나가기 시작했다. 천천히.

• • •

수천 마일 떨어진 곳에서 안드레아는 일요일 아침에 아무 것도 듣지 못했다. 그녀는 가족들에게 돌아가려는 내 누이들에게 작별 인사를 하고, 오전 11시 30분 경 이층으로 올라가 낮잠을 자기 위해 2층으로 올라갔다. 침실은 그녀의 안전구역이었고, 무제한 자유 구역이었다. TV를 보며 잠에 들려고 안드레아는 영화 채널을 돌렸으며 화면 아래쪽에 "필립스 선장이 구조되었다." 라는 자막을 보았다.

그녀는 그걸 믿지 못했다. 그녀는 계단을 나는 듯 달려 내려가서 조나단을 발견하고 소리쳤다. "조나단리치가 구조되었대. 사실인지 확인 해 줘!" 환희와 흥분 속에서 모두들 내 아내에게 전화하는 것을 잊고 있었다. 그들은 그저 어느 누군가가 전화를 걸겠거니 하고 미루고 있었다. 정보요소가 매우 광범위하게 산재되어 있으면, 특히 사람들이 주인공에 심취해 있으면, 매우 중요한 뉴스거리가 특정한 사람에게 전달되지 않는다. 조나단이 사정을 알기 위해 매스크 회사와 국방성에 전화를 했다. 안드레아는 개의치 않았다. 그녀에게 필요한 것은 내가 안전하다는 것을 확인하는 것 뿐이었다.

조나단이 즉시 확인했다. "나는 집을 뛰쳐나가 그 뉴스를 외쳤다." 안드레아는 기억했다. "그리고 아는 사람 모두를 불렀다." 곧 집안은 가족들과 가까운 친구들로 가득했다. 안드레아는 바로 TV에 나오는 내 사진을 보기 시작했다. 그것이 정말로 내가 괜찮다는 것을 그녀에게 보여주는 것이었다. 그녀는 TV에서 같은 테이프를 몇 번 방영하든 상관없이 그 화면에 눈을 고정했다. "나는 결코, 아무리 많이 봐도 만족할 수 없었어요" 나에게 말했다.

오후 세 시경, 그녀의 친구 페이지가 전화를 받았다. 우리 작은 농가는 수많은 미디어의 전화를 받고 있었으므로 그녀는 퉁명스런 목소리로 "누구세요?" 라고 물었다. 그러자 내가 "당신은 내 목소리를 기억하지 못한다는 말인가?" 라고 하자 그녀가 비명을 질렀다. 나는 안드레아가 전화기 쪽으로 달려오는 소리를 들었고 페이지가,

"리차드야" 소리치는 것도 들었다.

곧 안드레아의 목소리가 들려왔다. "여보세요, 여보세요?"

나는 평상시처럼 말했다. "당신 남편이 집에 있어요?"

"아니" 안드레아가 대답했다.

"좋아. 내가 곧 갈게요."

안드레아는 눈물이 가득 차올랐다.

"난 당신이 무사하다는 것이 그저 기뻐" 그녀가 말했다. 감정에 휩싸여 목소리가 무거웠다. 그리고 계속 물었다. "그 구명정 안에 들어가면서 무엇을 생각했어요?" 그녀의 목소리를 듣는 것이 정말 좋았다. 그녀의 목소리를 듣는 것이 나에게 필요한 모든 것이었다. 말이 잘 이어지지 않았다. 나는 아이들에 관해서 물었고 그녀는 내가 어디 다친 곳이 없는지 그리고 내가 뭘 먹고 싶은지 물었다. 그녀 특유의 간호사 모드로 들어간 것이다.

전화가 끊어졌다. 안드레아는 마침내 남편이 집에 돌아온다고 했지만 나에게 말할 수 없어 초조해지기 시작했다. 페이지는 수많은 사람들에게 회신 전화를 했는데 배인브리지 호 인근에서 항해를 하고 있던 복서 호 함상의 해군 SEAL 대원에게 까지 감사 전화를 했다. 그녀는 얼마나 기쁘고 모두에게 감사한지 말로 표현하기 어려울 지경이라고 하자, 그 해군 SEAL 대원이 "사모님, 저희는 단지 임무를 하고 있었습니다" 라고 했다. 그녀는 그와 다른 실 대원들에게 특별히 요리한 이탈리아 식사를 대접하기 위해 버몬트의 집으로 초청했다. 그것은 안드레아가 SEAL 대원들에게 하고 싶은 말과 똑 같았다. 페이지는 전화를 끊고서 한참을 울었다.

함상 의료진은 내 옷을 잘라 벗겼다. 처음으로 내 자신의 냄새를 맡을 수 있었다. 구명정 속에서는 내가 얼마나 지독한 냄새를 풍겼는지 느끼지도 못했다. 나는 매사추세츠 해양대학의 실습선인 패트리엇 스테이트 호 선상에서의 지난날을 돌이켜 보았다. 초여름, 몇 명의 동료와 나는 목욕이나 샤워를 하지 않고 누가 얼마나 오래 버틸 수 있는지 시합을 하였다. 그 배에는 에어컨이 없었으므로, 그것은 죽음에 이르는 결투 같았다. 우리는 스스로 '비천한 가족' 이라고 했다. 지금의 나라면 그 경쟁에서 이겼을 것이다. 의료진은 나에게 별 문제가 없다고 하여 나는 갑판으로 나가 헬리콥터를 타고 대형 해군 상륙 강습함인 복서 호로 날아갔다. 해군 SEAL 대원 두 명이 나와 함께 동행 했는데, 여전히 임무 중심의 자세로 완벽하게 집중했다.

복서 호에 도착 후 나는 또 다른 신체검사를 받았다. 새로운 옷 □ 티셔츠, 푸른 점프 수트, 그리고 야구 모자– 을 받았다. 그리고 VIP 구역으로 안내되었다. 한 친구가 들어왔다.

"필요한 것이 무엇입니까?"

"예" 내가 말했다.

"난 맥주를 사랑합니다." 그 친구가 고개를 끄덕였다.

"가능합니다" 당시에는 몰랐으나 그는 복서 호의 함장이었다. 그가 돌아서서 걸어 나가기 시작했던 바로 그때, 내가 불렀다.

"저기"

"네?"

"맥주 두 잔을 줄 수 있는지?" 함장이 미소를 머금었다.

"예. 맥주 두잔을 드릴 수 있습니다."

그 친구가 떠나자 나는 옷을 벗어던지고 샤워 준비를 했다.

함장이 커다란 음료수 용 쿨러를 든 수병 두 명을 데리고 돌아 왔을 때 나는 벌거벗고 이를 닦고 있었다. 쿨러에는 맥주가 가득했다.

"멋진 친구" 내가 말했다.

"얼마나 오래 여기에 있을 수 있을까요?" 그들이 웃었고, 함장은 내가 전화를 걸 수 있다고 했다. 그는 또한 오바마 대통령이 나와 통화하고 싶어 한다고 알려 주었다. 나는 샤워를 끝내고 옷을 입은 뒤 맥주 캔 하나를 거머쥐고 함장을 따라 갔다. 수병들이 내가 지낼 방으로 안내했고 나는 침대에 앉아 맥주 한 캔을 단숨에 비워버렸다. '나는 자유롭다. 나는 살아났다. 나는 안전하다.' 현실이 아닌 것 같았다. 저 지독한 구명정의 생지옥에서 이 깨끗하고 조용한 군함으로 순식간에 돌아온 것 같았다. 오바마 대통령이 전화를 걸어 왔다. 전화기를 들자 그 친근한 바리톤 목소리가 축하한다고 말했다. "나는 당신이 그곳에서 대단한 일을 했다고 생각합니다." 대통령이 말했다. "네. 모든 공로는 해군에게 있습니다.""그들에게 얼마나 감사를 표해야 할지 모르겠습니다. 그리고 대통령께서 배려해 주신 점에 대해서도 감사드립니다." 내 말의 의미는 다음과 같다. 구조를 위한 명령과 절차는 최고위층까지 모두 보고되었으며, 인도양 한 복판의 생지옥에서 나를 건져낸 사람에게 고마움을 표시하고 싶었다.

"우리는 당신이 무사한 것이 그저 기쁩니다." 대통령이 말했다. 그리고 우리는 농구 얘기를 조금 나누었다. 대통령은 시카고 팀의 핵심 팬이고 나는 보스턴 팀의 고집스런 팬이다. 따라서 우리는 그의 불스 팀이 내 사랑 셀틱 팀에 상대가 될 것인지 잡담을 했다. 어떻게 내가 지구 저 반대편에 있는 해군 군함 함상에서, 대통령과 전화로 케빈 가넷(보스턴 셀틱스 농구팀 선수)의 점프 샷에 관해 얘기를 나누고 있는지 믿을 수 없었다.

이튿날 의무병이 내가 무엇을 하고 싶은지 물었다. "나는 전부 살펴보고 수평선 끝까지 마음껏 대양을 바라보고 싶어." 나는 여전히 내가 납치, 감금된 감정을 느끼고 있었다. 그들은 나를 상부 노천갑판으로 데려갔고 나는 바로 나를 둘러싸고 있는 거대한 대양을 훑어보았으며 피랍으로 발생한 폐소공포증이라는 감정이 해소되기 시작했다. 나는 소말리아 해안선을 볼 수 있었으므로 우리가 실제로 얼마나 가까이 왔는지 깨달았다. 그러나 바다를 떠나 케냐에서 땅을 밟을 때까지, 나는 완전한 자유를 실감할 수 없었다. 그리고 나를 구조한 사람들을 만났다. UDT-SEAL 팀은 복서 호에 집합해 있었고 나는 모든 대열을 지나가면서 악수를 하며 정말로 고맙다고 말했다. 나는 항상 군인을 존경했다. 그러나 이제 나는 이 친구들이 얼마나 희생적이며 의무에만 몰두하고 있는지 진정으로 절감했다. 그들은 명성이나 돈이나 남으로

부터의 인정조차 원하지 않았다. 그들은 단지 나의 안전과 가정으로의 복귀만을 원했다.

"당신들은 영웅입니다" 내가 말했다.

"천하장사들 입니다." 나는 그걸 믿었다.

내가 하고 있던 일은 SEAL 팀이 매일 하는 것에 비하면 아무것도 아니었다. 그들 역시 아주 즐거워했다.

"우리의 임무가 이렇게 좋은 방향으로 전개되는 것이 드뭅니다" SEAL 대원 한 명이 나에게 말했다.

"우리는 어제 했던 것과 똑같이 정확하게 훈련합니다."

나는 그들의 수년에 걸친 피와 땀과 눈물의 훈련 결과로 지금의 나라는, 실제 손으로 만질 수 있는 행운의 징표를 얻을 수 있음을 알았다.

SEAL 팀의 리더가 내 방으로 왔다. 그가 잠을 잘 잤는지 물었다. 처음에 나는 무슨 일이 일어났는지 그에게 말하고 싶지 않았다. 말하는 것이 부끄러울 것 같았다. 구조된 후 첫날 밤, 새벽 다섯 시에 눈을 비비면서 일어났다. 사실 내가 소년시절 이후 그렇게 울었던 적이 없었다. 난 뭔가? 울보 겁쟁이? '나는 운이 좋게 살아나 여기에서 소녀처럼 울고 있다.'

나는 고통을 느끼면서 샤워를 했다. 다음날 똑같은 시간에 다시 울며 눈물을 흘렸다. 깊은 잠에서 벗어나자마자 울부짖다가 훌쩍거리기도 했다. SEAL 리더는 내 말을 듣고 고개를 끄덕였다.

"우리 정신과 의사와 상담하는 것이 좋을 것 같습니다." 그가 말했다.

"난 정말 우스꽝스런 정신과 의사에게 가고 싶지 않아."

그가 미소를 지었다.

"그럴 겁니다. 하지만 우리 모두 그렇게 합니다. 당신이 극복해야할 것은 감정의 롤러코스터입니다. 당신이 말을 해서 해소하지 않으면, 마음속에 그것이 머물러 있을 것입니다."

그는 정신과 의사와 상담해야 한다고 주장하면서 한 마디 대답도 들으려하지 않았다.

마침내 나는 SEAL 팀의 정신과 의사에게 말했다. 내가 전화를 걸었고 그는 인질로 잡히는 것은 삶과 죽음 사이에 놓이는 것이므로, 육체가 그런 상황에 처하면, 그 위기를 극복하기 위하여 특별한 화학 물질을 분비한다고 설명했다. 그리고 이러한 호르몬들이 여전히 내 몸 전체에 소용돌이치고 있었다.

"당신은 어딘가에서 울었던 적이 있지요?" 그가 물었다. 나는 주춤 하면서 대답했다. "정확합니다."

"그건 정상입니다." 그가 말했다. "모두가 그걸 겪습니다. 그래서 어떻게 처리합니까?"

"저 자신에게 외칩니다. 울보 겁쟁이가 되려는 것을 멈추라고 내게 말합니다. 얼굴에 물을 끼얹고 그렇게 극복합니다."

"다음에는 그렇게 끝내지 마세요. 그대로 흘러가게 내버려 두세요."

나는 의구심을 가졌다. 그러나 다음날 아침, 변함없이 오전 다섯 시에 나는 잠에서 깨어 울었다. 발을 벌리고 침대 끝에 앉아 손으로 머리를 감싸쥐고 울었다. 나는 그대로 내버려 두었다. 30분 간 눈물이 얼굴을 타고 흘러내렸고 울음은 한동안 잦아들지 않았다. 슬픔과 비탄이 나를 씻어 내렸다. 나는 그대로 있었다. 이상한 기분이 들었다. 그런 후 결코 다시 울음이 찾아오지 않았다.

그 후 4일간 나는 배인브리지 호에 돌아가서 지냈다. 내 생애에 자신이 늙었다는 것을 이전에는 결코 느끼지 못했다. 나는 18~24세의 남녀 해군들과 함께 지냈으며, 그들은 매우 능숙하고 열정적이며 그리고 진취적이었다. 거기에는 전반적으로 전문성, 임무, 그리고 명예에 대한 감각이 살아 숨쉬고 있었다. 그러나 해군들이 숨기려 했지만, 결코 숨길 수 없던 한 가지가 있었다. 이 남녀 해군들은 매우 지쳐 있었다. 나도 오랜 시간 잠을 못자고 일한 적이 있어 그 피로의 증상을 알고 있었다. 호흡 시 커피 냄새를 풍기고, 눈 아래가 붓고, 지친 목소리로 말하고, 무딘 반응 등이 그것이다. 그들은 나를 구조하려고 며칠간 눈을 붙이지 못했다. 프랭크 함장이 이 시련의 기간 중 함교를 거의 떠나지 않았다는 것을 나중에 알았고, 그러한 노력의 흔적을 그의 얼굴에서도 볼 수 있었다. 그것은 헌신이었다.

그날 밤 나는 내 거주 구역으로 돌아갔다. 내가 잠을 자려고 준비하면서, 내 침대 머리 맡 벽에 그림이 걸려 있는 것을 보았다. 그 그림은 구식 초상화였으며, 그 사람은 19세기 미국의 해군 사관 같았다. 나중에 함장에게 물었더니, "아, 그건 윌리엄 배인브리지 입니다" 라고 했다. 나는 웃었다. 과거 해적 사냥꾼이며 바바리아 해적의 인질이었던 사람이 나를 주시하고 있었다. 나는 함 전반을 두루두루 걸쳐 돌아다녔다. 저녁 항해 브리핑에도 참가했고 몸바사 입항에 대비하여 사관이 보고하는 조석 정보도 경청했다. 함상에서 개최된 모든 진급 신고식에도 참석했다. 나는 밤9시에 지급되는 아이스크림 급식에서 제2차 그룹에 속했다. 대양의 한 가운데에서 보급함을 만나 식품, 우편물 및 기타 화물을 적재하는 것도 보았다. 아마 바다와 배를 사랑하는 사람에게만 의미있는 일이겠지만, 거대한 해군 군함의 이면을 보는 특권을 누렸다. 나는 조금 죄의식이 들었다. 내가 배에서 증오하던 바로 그런 사람이 되었음을 프랭크 함장에게 실토했다. 식당에서 모든 음식을 먹어치우고, 하루에 14시간이나 잠을 자며, 그리고 아무 일도 하지 않는 사람이었다. 쓸모없는 사람. 내 삶에 한 번도 없었던, 그런 역할을 하는 사람이 되어 있었다.

해군 군인들은 나의 인질 피랍을 해결한 상황에 관한 미디어의 홍수에 대해 인상적으로 설명해주었다. 그러나 그것은 나의 흥미를 끌지 못했다. 복서 호에서 지냈던 첫날, 식당에 앉아 있을 때 귀에 익은 목소리, 멀리 집에서 나오는 목소리를 들었다. 나는 놀라 돌아

보았다. 군함의 위성 TV에서 이웃 사람, 아이들, 그리고 매스크 회사 직원들을 보았다. 나는 등을 돌렸다. 듣고 싶지 않았다. 해군 군인이 내게 물었다.

"저것을 보고 싶지 않으세요?"

"나는 이미 그 스토리를 알고 있어" 내가 대답했다.

"다시 그걸 듣고 싶지 않아."

그 전날 밤 배인브리지 호는 몸바사에 입항하게 되어 있었는데, 우리는 변침을 하여 해적의 습격을 받고 있던 다른 미국 상선 '리버티 선' 호를 보호하기 위해 항해하고 있다는 메시지를 함내 방송을 통해 들었다. 나는 프랭크 함장에게 달려갔고, 그는 이 사태로 내가 나의 승무원과 상봉하지 못하게 된 것을 사과하기 시작했다. 내가 말했다.

"천만의 말씀. 바로 가서 놈들을 격퇴하고, 승무원들을 구하세요." 우리는 리버티 선 호를 만났고 해적들을 쫓아버린 후 케냐로 함수를 돌려 고도의 보안과 미디어의 극성 속에 입항했다. 나는 금요일 아침 새벽4시에 배인브리지 호에서 출발했다.

한편 UDT-SEALs도 아무런 과시나 다른 사람의 인정도 바라지 않았고 한밤중에 사라졌고 그 후 결코 다시 볼 수 없었다.

우리 농가에서, 미디어의 극성은 다시 불이 붙었다. 앨리슨은 밖으로 나가 부활절 일요일이며 필립스가는 가족시간을 가져야만 한다고 저널리스트들에게 말했다. 전화가 빗발쳤다. 패트릭 리히 상원의원이 전화를 걸어 그들은 뉴스를 듣고 성당 주차장에서 춤을 추고 있다고 안드레아에게 말했다. 다이앤 소여는 전화를 걸어 바퀴돌리기놀이(cartwheel)를 하고 있다고 말했다. 버몬트 출신 상원의원과 주지사, 그리고 우리 가족들에게 호의를 가지고 있는 모든 사람들은 전화를 걸어 사태가 멋지게 반전된 것에 기쁨을 표했다. 일요일 저녁 늦게 오바마 대통령이 안드레아에게 전화를 했다.

"방금 당신 남편과 전화를 했습니다"대통령이 말했다.

"그렇다면 저는 이 사건과 관련하여 대통령의 전화를 맨 처음이 아닌 두 번째로 받는 사람이란 말입니까?"안드레아가 농담으로 받았다.

오바마 대통령이 웃었다.

안드레아는 대통령이 얼마나 큰 역할을 했는지 알았으므로 따뜻한 감사와 함께 존경과 예의를 표하고 싶었다.

대통령은 안드레아에게,

"나라 전체가 당신을 위해 기도 했습니다"문제가 잘 해결되어 매우 기쁘며 또한 전화상의 내 목소리가 건강 했었다고 말했다.

"우리를 위해 모든 분들이 베풀어주신 은혜에 얼마나 감사해야 할지 모르겠어." 안드레아가 말했다.

"나는 한 가지 말씀, '저의 부활절 바구니가 흘러 넘칩니다.' 라는 말을 회상했어요." 대통령께서 시간을 내어 나는 물론 버몬트의 우리 가족에게까지 전화해 주신 것은 놀라운 일이라고 생각했다.

사람들이 축하하기 위해 물밀 듯이 집으로 몰려들었다. 그러나 나의 구조에 대한 정신적 해방감이 안드레아를 탈진시켰다.

"플러그 하나가 빠져 내 모든 힘과 에너지가 소진되는 것 같았어" 그녀가 말했다.

"나는 우리 아이들과 혼자만 있고 싶었어요." 그녀와 앨리슨은 각자의 가족들에게 돌아가게 하는 해산계획을 궁리했다. 그녀의 친구 한 사람은, 다른 방에서 "걸레에 누가 소다수를 엎질렀어?" 라는 안드레아의 말을 듣고 그녀가 정상으로 돌아가고 있다는 것을 알았다.

안드레아는 그 말을 기억하지 못했지만 옳은 판단이었다.

그녀가 나에게 흔히 하는 말, 모두 충분히 먹었어? 그리고 누가 우리 집을 이렇게 어질러 놓았어? 였다.

나의 구조는 안드레아의 신앙을 회복시켜 주었다. 아니면 흔히 잘못 놓인 뭔가를 제자리에 되돌려 주었다.

"하느님은 사람을 벌하거나 모든 죄를 추적하신다고 믿지 않아요." 그녀는 말했다.

"그러나 사랑의 하느님이라고 나는 정말 믿어요. 그리고 나중에 나는, '사랑하는 하느님, 저는 당신의 훌륭한 신자가 되지는 못했지만 당신에게 너무나 큰 빚을 졌습니다.' 라고 했어요, 그리고 그 큰 빚의 구속이 진실임을 알아요."

나는 부활절 일요일에 구조되어 다음 금요일에 집으로 날아갔다. 매스크 회사 사주가 전용기를 제공해주어 보통 45시간 걸리던 여행이 단 18시간으로 단축되었다. 30여년의 세월 동안 나는 너무나 많이 바다에서 버몬트로 돌아왔으며, 그때마다 지구상의 모든 곳으로부터 비행했지만, 이번에는 완전히 다른 것을 느꼈다. 화려한 제트비행기와 직항비행은 물론, 내 가족들의 얼굴을 다시 본다는 기대감 때문이었다. 비행기 속에 앉아 콜라를 마시면서 구름을 내려다보며 마지막으로 가족을 보았던 순간을 머릿속에 떠올렸다.

내가 탄 비행기가 벌링턴 공항에 도착한 뒤, 댄, 마리아, 그리고 안드레아가 비행기로 향해 걸어오며, 마리아가 말했다.

"엄마, 난 바로 달려가야겠어."

그녀가 대답했다. "그렇게 해. 달려가."

그러자 마리아가 눈물을 터뜨리며 달려 왔다.

그것은 딸이 어렸을 때 한 짓과 똑같았다. 그 다음에 내가 본 것은 세관 직원들을 밀치고 달려와 내 품에 바로 안기는 것이었다. 나는 마리아를 꽉 안으며 키스했다. 나는 댄을 힘차게 포옹했고 안드레아를 보았다. 그녀가 내 품에 뛰어들었으며 목이 메여 할 말을 잊었다.

"오, 세상에. 당신을 보니 이렇게 좋아."

그녀의 두 번째 말은 "당신은 옷을 갈아입지 않았군?!" 이었다.

왜냐하면 4일전에 TV에서 나를 보았을 때와 같은 옷을 입고 있었기 때문이다. 나는 웃었다. 나와 배인브리지 호, 복서 호 및 알레이 버크 호 와의 관계를 유지하기 위해 나는 계속 그 옷을 입었다. 내가 전에 별로 입지 않았지만, 해군이 내게 준 표준보급품 흰 티셔츠도 이제 입었다. 그러자 안드레아는 바로 간호사 모드로 변신했다. 그녀는 내 상처를 살피기 시작했다. 몇 달 후에도, 여전히 팔과 손목에는 로프에 의한 상 흔과 무감각이 남아 있다. 나를 위해 요리를 할것이고 당신은 우선 충 분한 수면을 취해야 한다고 아내가 말했다.

과거 내가 그린란드에서 화물에 치여 중상입고 거의 죽을 뻔했던 때와 같았다. 우리는 뭔가를 상실할 것 같은 위험이 가까워지기 전까지 자신이 가지고 있는 중요한 그것을 깨닫지 못한다. 그리고 그 막바지에서야 비로소 그것이 매우 중요하다는 것을 느낄 뿐이다.

공항에서 우리는 군중, 미디어, 잘되기를 바라는 사람들, 그리고 정부 관료들 등, 수많은 사람들에 둘러 싸였다. 그들의 얼굴에서 나의 귀환을 얼마나 환영하고 있는지를 볼 수 있었다. 하지만 나는 집으로 가고 싶어 죽을 지경이었다. 내가 사랑했던 생활로, 그렇게 그리워했던 가족품으로 돌아가고 싶었다.

집으로 가면서 공항 밖에서 플래카드를 들고 있는 사람들, 도로변에 서있는 사람들, 집 앞에 서있는 사람들을 보았다. 마을 가게 앞에 걸려있는 간판에는, "환영. 귀가. 필립스 선장" 이라고 씌어 있고, 수백 명의 사람들이 거기에 서명을 했다. 마을 도로에 접어들었을 때, 길 맞은 편 우리 창고 벽에도 플래카드가 걸려 있었다. 이 모든 것들에 대하여 어떻게 감사를 해야 할지 모를 지경이었다. 집에 도착하기도 전에, 내가 겪었던 상황에 대한 총체적 중압감이 나를 덮어 씌웠다. 나는 보트 속의 특별한 한 순간으로 되돌아갔다. 보트에 앉아서 가족들에게 이별을 고하면서, 댄이 어떻게 말했고, 성장했으며, 아버지가 멀리 떠나 자신에게는 아버지가 없고 자기를 사랑하지 않는다고 했던 것들을 회상했다. 그 기억은 두고두고 나를 위협했다. 나는 그에 대하여 조치를 하지 않고 단 1분도 지나칠 수 없었다.

나는 눈물이 가득히 고인 눈으로, 댄을 옆으로 끌어당겼다.

"댄" 내가 불렀다.

"너는 아버지가 없다는 농담을 얼마나 자주 했는지 알아?"

"네!" 그가 대답했다.

"다시는 그런 말 하지 마. 알았지?"

그가 고개를 끄덕였다. 아들이 농담을 한다는 생각만 해도 너무나 깊은 상처가 되어, 그 농담 자체를 원치 않았다. 이제 내가 고난 끝에 가족들에게 되돌아 왔으며, 그들이 나에게는 엄청나게 큰 의미라는 확신에 일말의 의혹도 남기고 싶지 않았다.

안드레아와 나는 서로를 잃을 뻔했던 위기에 우리가 얼마나 가까이 갔던지를 알았다. 우리 두 사람만이 집안 긴 의자에 앉았을때, 내가 말했다.

"알겠지, 앤지. 내가 정말로 살아서 돌아오지 않으면 안 된다는 것을!" "알아." 그녀가 대답했다.

나는 정말로 알았다.

그러자 그녀가 "당신 복권이라도 하나 사야 하는 거 아냐. 이렇게 큰 행운을 거머쥐었으니" 하고 웃었다.

초기 몇 주 간, 안드레아는 내가 그녀의 시야에서 벗어나면 두려워 했다. 내가 한 밤중에 일어나면, 그녀는 나에게 다가와 침대의 내가 누웠던 부분을 더듬으며 비어 있지 않는가 하고 두려워했다. 안드레아는 그렇게 했다는 것조차도 기억하지 못했다. 나는 그녀에게 말했다.

"괜찮아. 앤지. 난 바로 여기 있어. 다시 잠을 자."

며칠 후 나는 친구들에게 말하기 시작했다.

"그녀는 심지어 나 혼자 화장실에 가게 내버려 두지 않았어!"

그것은 과장이었다. 그러나 그리 큰 과장은 아니었다.

나는 여전히 전 세계가 내 사건을 지켜보고 있었다는 것을 몰랐다.

얼마나 많은 사람들이 그 사건을 주시했고 언급했는지 알고 놀랄 따름이었다. 병원 침대에 누워 상황을 생생하게 지켜보았던 사람들, 또는 뭔가 비슷한 역경을 겪었던 사람들, 또는 단지 나의 경우에 교감을 하고 싶었던 사람들은 나를 매우 자랑스럽게 생각했다. 어느 서부에 사는 농부는 내가 원하는 어디에라도 가축이나 가금류를 가져오겠다고 혼자 고집을 부리기도 했고(나는 소를 사육하지 않는다고 그에게 말해야만 했다), 어느 버몬트 주민은 나더러 그의 사냥캠프를 사용하도록 제안했다. 사람들은 그저 나의 스토리를 함께 느끼고 싶었던 것이다. 나는 당황했다.

"인간에 대한 나의 신념을 회복했어" 안드레아가 말했다.

"16년간 병원 응급실 간호사로 근무한 사람으로, 끔찍한 상황에 처한 사람들이 좀처럼 잘 호전되지 않는 것을 보면, 평소의 신념이 약화될 수 있어. 사람들은 때때로 저기 바깥에 좋은 것이 있음을 망각해요. 그러나 사람들이 우리에게 얼마나 관대하게 대해 주었으며, 얼마나 깊은 관심을 가져주었는지를 알고 난 다음, 저기 바깥에 정말로 좋은 것이 있음을 나는 보았어." 우리를 다르게 느끼도록 만들어 준 사건이 축복은 아니지만, 평범한 모든 사람들이 역경을 이겨낸 우리를 좋아한다. 이웃 사람들은 고맙다는 말을 원하지 않으면서 집에서 만든 음식을 보내주었다. 안드레아의 병원에 근무하며 벌링턴에 거주하는 소말리아 난민 한 사람은 안드레아를 찾아와서 내가 돌아온 것을 매우 기뻐하면서 나쁜 소말리아 사람들에 대하여 어떻게라도 사과하고 싶다고 말했다. 안드레아가 말했다, "나쁜 사람은 어디에나 있어요." 그래 그런 사람이 있다. 그러나 좋은 사람이 더 많다. 이제 나는 그걸 믿는다.

우리는 그렇게 하리라고 결코 꿈도 꾸지 못한 일들을 했다. 검정 나비넥타이를 매는 예식 정장차림의 행사인, 워싱턴 국립오페라에 참가하여 믿을 수 없을 정도의 유력인사들을 만났다. 믿어지지 않았다. 우리가 백악관 오벌 오피스에 앉았을 때 안드레아가 나에게, "내가 어떻게 여기 왔지?" 속삭이는 순간도 있었다. 믿을 수 없는 유원지 페리스 관람차량 티켓을 구하는 것도 어려웠지만, 안드레아는 가능했다. 그녀는 거대한 놀이공원에 그대로 빠져드는 버몬트 소녀였다. 그녀는 "리차드 필립스와 지낼 수 있는 101가지"에 관한 책을 쓸 것이라고 말했다. 그러나 가장 감동적인 이벤트는 해군 UDT-SEAL과의 재상봉이었다. 실 대원의 부인들은 안드레아가 어떻게 건사했는지 존경한다고 말했다. 안드레아는 믿을 수 없었다. "우리는 남편들이 임무를 수행하려 한다는 것을 알았습니다." 그녀들은 말했다. "그러나 우리는 그저 잠자코 앉아서 무슨 일이 벌어질지 고민할 뿐입니다."
한 동안 우리는 그들 2,30대의 젊은 부인들, -그들 중 몇몇은 과부인
사람들- 의 두려움을 같이 느꼈다. 해군 SEAL 대원의 아내는 남편이
임무를 수행한 후 언제 집에 돌아올 수 있을 것인지 결코 모른다. 안드
레아의 눈에 눈물이 고였다, 그리고 내 눈에도.

• • •

모두들 나에게 물었다. "그 경험이 당신을 변화시켰습니까?" 라고,
내 신앙심은 더욱 강해졌다. 틀림없다. 나는 하느님과 결속하는 인간이
되지 못했고, 나를 그 구명정에서 꺼내어 주시면 평생 동안 성당에 잘
나가겠다거나 그 비슷한 언약을 하느님께 결코 하지 않았다. 그것은
정직하지 못한 거래니까. 하지만 나는 힘을 달라고 기도했다. 지혜를
달라고 기도했다. 나는 결과를 요구하지 않았으며, 단지 최선의 나
자신이 될 수 있는 능력을 간구했다.

나는 죽는 날까지 UDT-SEAL 대원들이 나를 위해 최선을 다했
던 헌신에 감사할 것이다. 그리고 요즈음 나는 야구경기를 관람하러
가서 "미국 국가"를 들을 때, 목이 메여 제대로 서 있을 수가 없다. 다른
사람들이 나를 구조하기 위하여 자신들의 목숨을 걸고 모험할 때를
생각하면, 내가 듣는 국가에는 일반적인 노래 이상의 그 무엇이 있었다.
이는 나라를 위하여 당신이 느끼는 모든 것이다. 우리가 서로 간에

가지는 결속력은 흔히 눈에 띄지 않고 대부분 간과된다. 아마 군인만이 향유할 수 있는 방식으로 내가 그 결속력을 경험한 것은 정말 큰 행운이었다.

그러나 그 경험이 나를 변화시키지는 않았다. 그것은 언제나 내 앞에 있었던 것을 보이게 했다. 다른 사람의 눈을 통하여 사물을 보려고 하는 가치와 같은 것이다. 선장으로 근무하는 동안, 승무원이 뭔가를 아주 이상하게 할 때마다 나는 그것을 바꾸려고만 하지는 않았다. '나는 왜 그들이 그런 방법으로 하고 있는지 물었다.' 다른 사람의 동기에 관심을 가짐으로써 내가 나중에 직면한 위험한 순간을 예측하는데 도움이 되었다.

특히 매스크 앨라배마 호를 타고 있을 때, 부하 승무원들과 나는 상황에 대비하여 훈련을 했기 때문만이 아니라, 해적 보다 세 수를 먼저 생각했기 때문에 위기에 대응할 수 있었다. 나는 해적들이 그들의 두목과 대화를 원했던 것을 알았다. 해적들이 겨우 몇 천 달러에 불과할지라도 어떤 보상을 바라는 것을 나는 알고 있었다. 그리고 그들이 내 부하 승무원들을 한 곳에 가두어 두기를 원하는 것도 알았다. 그런 정보들이 나에게 크나 큰 도움을 주었다. 그러나 나를 살아나도록 지탱해준 것은 정신력이었다. 해적들이 무조건 나를 때리는 것을 거부했다.

내가 이기지 못하게 되어 있을 때에도 항상 승리를 염원했다. 요즘 야구를 하면서 상대 팀이 우수하여 승부가 불리할 때에도, 최선을 다해 승리를 쟁취하면 그 승리는 더욱 감미롭다. 우리는 결코 포기하지 않는 정신력을 구비하도록 단련해야 한다.

내가 가장 극명하게 보았던 것은 구명정에서 터득한 교훈이었다. 우리는 자신이 생각하는 것보다 강하다. 시련 중 다음 5분을 버티기 위하여 뭔가를 가지지 못한 것을 두려워한 적이 많았다. 특히 모의 사형 집행의 경우 정말로 두려웠다. 자신의 죽임을 지켜보는 극단적인 공포는 갑자기 멈추는 단두대의 칼날 속으로 내가 쓰러질 것이라는 생각으로 치가 떨리도록 무서웠다. 그러나 나는 견뎌냈다. 그 교훈은 주어진 역량 보다 내가 훨씬 더 잘 적응할 수 있음을 가르쳐 주었다. 우리 모두는 인내력의 수준을 낮게 설정하므로, 공포에 직면하면 실패한다. '내가 이 자리, 또는 이 집, 또는 이 파트너, 또는 이 정도의 돈을 갖기만 하면, 나는 괜찮을 것이다.' 라고 생각한다. 그런데 그런 것들이 당신으로부터 사라지면 어떻게 할 것인가? 더욱이 당신의 자유, 당신의 권위, 심지어 화장실을 사용할 수 있는 권리와 같은, 지극히 당연한 것을 잃었을 때에는 어떻게 할 것인가? 다른 사람이 당신의 생명까지 앗아 가려고 하면 어떻게 할 것인가? 당신이 과거부터 상상해 왔던 것보다 당신은 보다 크고 강한 특성을 가지고 있음을 발견한다. 그러한 당신의 역량과 신념은 당신이 얼마나 안전한가에 좌우되지 않는다. 당신의 힘과 신념은 이런 것들로부터 독립적인 것이다.

"내가 했던 것을 당신도 할 수 있다"라고 나는 사람들에게 말한다.
"당신은 단지 그런 경우에 아직 직면하지 않았다.
그러면 그들은 항상 말한다.
"그래요. 그럴지 모르겠네요."

나는 할 수 있다. 나를 믿어라. 내 자신에 의구심을 가질 때마다 신념으로 성취했다. 뭔가를 실패했을 때에는 내가 정말로 그것을 필요로 하지 않았음을 발견했다. 우리는 생각보다 강하다. 그리고 H로 시작되는 단어가 있다. "영웅(Hero)." 내가 집에 도착하고 미디어 관련자들이 떠나고 친구들이 안녕하며 그들의 집이나 생활로 돌아가고 할리우드 영화사들과의 통화가 끝났을 때 나는 앉아서 사람들이 보내온 편지를 읽을 기회가 있었다. 어떤 편지의 주소는 "필립스 선장, 버몬트."라고만 씌어 있었다. 나는 그것을 보고 웃었다. 내가 린드버그(최초로 대서양 횡단비행에 성공한 사람)나 에이브레헴 링컨 또는 북극에 있는 산타 클로즈라도 된단 말인가! 하지만 나는 특별하게 생각하지 않는다. 나는 보통 사람이다. 정말로 평범한 인간이다. 그리고 이제 사람들은 오디 머피(2차 대전 참전 영웅이며 영화배우)나 닐 암스트롱(최초의 달 착륙 자) 같은 사람들을 위해 남겨둔 단어를 나에게 사용하고 있다.

"당신은 나의 영웅입니다."

이 말은 내 눈에 눈물을 흐르게 한다.

그러나 그 눈물은 행복의 눈물이 아니다. 그런 말을 들으면, 솔직히 나는 사기꾼 또는 위선자 같은 기분이 든다. 나는 아무런 특별한 일도 하지 않았다. 이 모든 찬사를 받을 자격이 없다. 이는 아일랜드계 가톨릭 가정에서 7남매와 더불어 성장한 과거로 거슬러 올라간다. 누군가가 괴롭히면 어떻게 대처하는지 나는 안다. 그러나 칭찬을 받을 행동이 아니다. 사실, 돌아온 후 3일째 밤에 모든 것이 가짜였다는 꿈을 꾸었다.

해적도, 인질 피랍도, 구조도 없었다. 모든 사람들이 내가 영웅이라고 생각하지만 그것은 할리우드 스튜디오에서 꾸민 것이다. 나는 엉터리 아티스트였고 모두가 그걸 발견하고 나를 미워했다. 나는 식은땀을 흘리며 잠에서 깨어났다. 그러나 뭔가 특별한 것을 해낸 모든 사람들을 영웅이라고 부르는 것을 나는 보았다.

그리고 그들은 토크 쇼에 가서 말한다.

"아시겠죠. 나는 그런 사람이 아니라고 생각합니다."

그들이 진정으로 하는 말은 "내가 영웅이라면, 그건 우연입니다. 당신도 그런 잠재력을 가지고 있습니다. 운명이 당신을 내 입장에 서게 했으면, 똑같은 일을 했을 겁니다." 그건 사실이다. 나는 소말리아 연안에서 나 자신에 관해 뭔가를 발견하지 못했다. 단지 사람의 마음을 강하게 단련시키는 잠재력에 관한 뭔가를 발견했다. 나는 버몬트 출신의 평범한 사람으로 소수의 사람만이 볼 수 있는 커다란 행운 같은 것을 힐끗 보게된 것 뿐이었다.

여러 가지 인터뷰와 연설, 그리고 고통스런 환영파티(마을 공원에서 피크닉을 겸한 500명의 친구와 이웃 사람들이 참가)를 끝낸 뒤, 나는 한 사람의 아버지와 남편으로 돌아왔다. 마침내 나는 새로운 강아지, 이반을 얻었다. 스패니얼과 이상한 종류의 DNA의 혼혈로서 프래니처럼 순종하지 않는 놈이다. 그 놈은 더운 여름날, 우리 집 맞은 편 개울에서 내 뒤를 따라 물에 뛰어들기도 했다.

내가 돌아온 몇 주 뒤, 먼지를 일으키고 자갈을 튕기면서 차를 몰던 이웃 사람 한 명이 세탁물을 뒷마당 빨랫줄에 널고 있는 나를 보았다. 앤지는 바쁘기 때문에 내가 그 일을 하고 있었다. 그에게는 나의 행동이 충격적이었을 것이다. 영화 촬영 운운하는 영웅이, 결코 인질로 피랍되어 죽을 뻔 했던 일도 없었다는 듯이, 지극히 평범한 일상으로 돌아온 것을 무슨 코미디처럼 생각했기 때문이리라.

그가 나를 향해 외치자, 내가 돌아서서 손을 흔들었다. 나는 웃었다.
나의 삶이 하나의 완전한 원을 그리며 본연의 생활로 복귀하고 있는지 생각도 하지 않았다. 그러나 그 순간 정말로 그런 생각이 들었다.
'나는 집에 있다.' 라고.
마침내 나는 내 자신의 생활로 돌아왔다.